鞠菟 / 著

唐诗为镜照汗青

修订版 （上册）

清华大学
出版社
北京

内容简介

本书以唐诗为切入点，以史书史料、野史神话、轶事典故、诗词歌赋等为手段，将众多历史人物及其背后的故事有机地串联起来。

本书绝非枯燥的历史书，也非一般介绍唐诗的文学书，作者在书中旁征博引，将中国古代诗词、中国社会发展史与艺术史等巧妙地融合在一起。全书气势恢宏而不失幽默，读来令人拍案叫绝、不忍释卷，是老少咸宜的休闲读物。从学龄儿童到成年人，从原本畏惧诗词与历史的人到文学历史爱好者，都能从中找到兴趣点。

本书原稿曾连载于天涯社区，多次被首页推荐。

图书在版编目 (CIP) 数据

唐诗为镜照汗青：上下册 / 鞠菟 著 . —修订版 . —北京：
清华大学出版社，2017（2022.11 重印）
ISBN 978-7-302-46813-4

Ⅰ . ①唐… Ⅱ . ①鞠… Ⅲ . ①唐诗—诗歌研究 Ⅳ . ① I207.22

中国版本图书馆 CIP 数据核字 (2017) 第 053148 号

责任编辑： 陈立静
装帧设计： 杨玉兰
责任校对： 张文青
责任印制： 丛怀宇

出版发行： 清华大学出版社
　　　　　　网　　址：http://www.tup.com.cn, http://www.wqbook.com
　　　　　　地　　址：北京清华大学学研大厦 A 座　　　邮　编：100084
　　　　　　社总机：010-83470000　　　　　　　　　邮　购：010-62786544
　　　　　　投稿与读者服务：010-62776969, c-service@tup.tsinghua.edu.cn
　　　　　　质量反馈：010-62772015, zhiliang@tup.tsinghua.edu.cn
印 装 者： 北京鑫海金澳胶印有限公司
经　　销： 全国新华书店
开　　本： 148mm×210mm　　　**印　张：** 15　　　**字　数：** 220 千字
版　　次： 2015 年 10 月第 1 版　　　2017 年 5 月第 2 版
印　　次： 2022 年 11 月第 18 次印刷
定　　价： 59.00 元（上下册）

产品编号：071911-04

窃闻盛衰兴亡之枢，史家之所道也；兴观群怨之变，诗家之所好也，岂同一哉。今者《唐诗为镜照汗青》一书，盖以风雅颂率陈存亡之道，以赋比兴喻义王霸之辩，溯前代史笔，追异代文体，得自家面貌，然后礼乐征伐一时俱现矣。

九方皋相马，其用心在牝牡骊黄之外。鞠先生著书，着墨于云篆烟毫，而寄言于世情，寓理于逸趣，托襟怀于典籍，藏行迹于幽壑。笔锋徵徵，述而少作，嬉笑调谑，不啻诟詈，篇外大有刺世余意，诚不可谓不渊深也。

余读斯篇，谓之一叶知秋，褒贬自见也哉。达者以为月旦人事，责备贤者，乃春秋应有之义；未得者尽可小窥堂奥，后生汲汲而臻骚雅之情。引领之效，功莫大焉。

举凡书剑矫然，慷慨放旷之士，诚如神龙潜渊，未可呼之即应也。余固庸钝，亦美斯人处林泉而友麋鹿，于洙泗如立老鹤之风范，然缘悭一面，常置书为叹矣。躬逢书友会共读之盛，乃与斯人同席论文，以风骨相标榜，以道义相砥砺，引以为幸事也。

春秋所载，闻西狩获麟，夫子掷笔曰："吾道穷矣！"呜呼，方今盛唐气象远矣。吾侪憾不见长安浮云，激万仞浩荡长风，慕千古诗脉文宗，徒然以寻章摘句为务、求田问舍为荣，可叹也夫。

或有论曰，凤鸟不至，河不出图，吾已矣夫。奈何今之诗道不行久矣，若得先生著作，但使时人多沐唐贤诗教德化，乃近温良敦厚之源，而承诗者悲悯元元之心，则诗道纵不昌，亦不远矣。吟成一律赋之，是为赠序。

> 胸次常怀异代秋，萧然王粲此登楼。
> 宋唐文韵随云去，昼夜川声入笔流。
> 未见金盘承冷露，空怜石兽卧荒丘。
> 白头庾信翻书久，阅尽西风不胜愁。

藏剑

在那些我们耳熟能详的唐诗、文采飞扬的诗人、恢宏精彩的典故之间，本有着千丝万缕的联系，可惜却少有人知，以至于在大家的脑海中成为孤立枯燥的片段。如果将这些片段有机地编织串联起来，则会迸发出许多趣味。我当初写下这些文字，原本是想留给孩子，让他们也能体会并且享受这种乐趣，所以力求文字简洁清晰。没想到也为这么多的成人朋友所欣赏，实是意外之喜。从历史和诗歌之间发掘并传扬复杂人性中的善与美，让我们身处的社会能被感染得更美好——哪怕只是一点点，我认为是一件非常有价值的事情。我也为能给孩子留下这样一部书而感到欣慰。

本书能够再版，首先要感谢读者们的支持。我知道有许多读者是买了多本赠亲送友，有许多语文老师买了多本，作为奖品颁给学生，还有老师将它作为指定的课外读物，这些都让我有被认可的感动。在写作时所付出的每一份心血都没有白费，其中深意总是会被敏感的读者品鉴出来。

其次要感谢清华大学出版社的信任与支持。在典藏版的出版过程中，编辑张文青女士与我细致校订了第一版内容中的许多疏误，并增补了一些脍炙人口的诗歌及其背后的故事；在装帧设计、用纸工艺等方面也力求较第一版有明显提升。典藏版封面由杨玉兰女士设计，内文版式由陈永龙先生设计，书签与海报由李坤先生设计，非常感谢他们为本书付出的努力。70后的作者、80后的编辑、80后与90后的设计师，本书凝聚了三个年龄段之人的知识、审美与追求，希望能为读者带来更愉悦的阅读感受。

最后，再次衷心感谢亲爱的读者们！

鞠菀

　　阿基米德说过，只要给他一个支点，就可以撬起地球。那么只要给出一个唐朝的名人，也可以用他来串起全唐的诗人，因为他们之间有着很多不为人所熟知的联系，有着很多趣味盎然的典故。

　　从初唐的骆宾王、宋之问、王勃、杨炯、卢照邻、陈子昂、张若虚、贺知章、张说，到盛唐的李白、杜甫、王维、张九龄、孟浩然、王昌龄、王之涣，再到中唐的白居易、元稹、刘禹锡、柳宗元、韩愈、孟郊、贾岛、李贺，最后到晚唐的杜牧、李商隐、张祜、温庭筠、韦庄……在这些诗人及其诗歌背后，串联着浩瀚如烟海、璀璨如星空的精彩故事，上起春秋战国，下至明清近代，有的故事令你感动得热泪盈眶，有的故事令你激动得热血沸腾。

　　本书将透过那些让你感觉耳熟能详或似曾相识的唐诗，帮助你了解相关的名人和典故。全书内容的70%源于正史，20%源于诗话、小说以及令人喜闻乐见的野史，其余10%则是作者穿针引线的联想和演义。如吾友雪落吴天诗云：

振衣吟啸最高楼，句不惊人咏不休。

从古江山书锦绣，千年诗酒话风流。

泠泠古意云岚起，落落高才墨砚留。

异代襟期如可会，拈香一瓣到心头。

本书并非艰涩枯燥的史书，它会带给你轻松愉悦的阅读感受，无疑是老少咸宜的读物。在此建议所有家长培养孩子从小读唐诗、读历史的爱好，使之腹有诗书气自华。

简介完毕，就让我们一起开始这场美轮美奂的唐诗之旅吧。

鞠菟

目录

第一章
一座最贵先把酒　千年风萧易水寒

　　唐朝的伟大诗人可谓群星闪耀，令人眼花缭乱。从哪一位聊起比较合适呢？

　　按照中国的传统，单位里无论有多么杰出的人物，都应首先归功于一把手的领导有方。唐太宗李世民为唐诗的辉煌打下了坚实的环境基础，这种说法应该没毛病，正因为他苦心缔造了贞观之治，开创了伟大、光荣、让我们在梦里都想回去的唐朝，生活在那个梦幻时代的许多才子才有了可以酣畅淋漓地发挥的空间。太宗皇帝只有一首诗为人所熟知，就是《赠萧瑀》：

　　　　疾风知劲草，板荡识诚臣。

　　　　勇夫安识义，智者必怀仁。

　　"疾风知劲草"这句诗非唐太宗首创，版权属于汉光武帝刘秀（笔者最欣赏的中国古代君主，没有之一）。《赠萧瑀》全诗无甚出彩之处，只有最后一句"智者必怀仁"勉强镇得住台面，它教育我们"有才无德"是不好的。比此诗本身更有意思的是被赐诗的这位萧瑀，他称得上是一位"千足金"的贵二代。

天子亲家

有一次，唐太宗搞了个宫廷夜宴，请朝廷重臣们喝酒开心。不知道出于什么动机，也许仅仅是喝高了，他突然冒出一句令人匪夷所思的话："自知一座最贵者，先把酒。"当夜牛人满座，长孙无忌、房玄龄、杜如晦等名相正在暗自思忖，自己还是温良恭俭让吧，不要当被枪打的出头鸟。没想到萧瑀气定神闲，伸手就把面前的酒杯端了起来。太宗笑眯眯地问："萧卿怎么个说法啊？"萧瑀底气十足地回答："臣乃是梁朝天子儿，隋朝皇后弟，尚书左仆射，天子亲家翁。"太宗闻言拍手大笑，满座也无人不服。

萧瑀的高祖父是梁武帝萧衍，就是皇帝当得好好的，突然丢下国家大事和满朝文武，跑到寺庙出家，然后让朝廷出巨款赎回肉票的那位神人。没有最神只有更神的是，他居然乐此不疲地把这事连干了四次，完全是当成事业来做的。萧瑀的曾祖父是大名鼎鼎的昭明太子萧统，主编过《昭明文选》，也就是南北朝版的《古文观止》。萧瑀的父亲是梁明帝萧岿，据说机敏善辩，善于安抚部下。萧瑀的亲姐姐是隋炀帝的皇后萧氏，隋炀帝死后，这位历史上有名的屡遭桃花劫的美女皇后一直在突厥生活，传说后来唐太宗纳她为昭容，那萧瑀就是李世民的小舅子。同时，萧瑀的儿媳妇是唐太宗的女儿襄城公主，这位金枝玉叶下嫁给了萧瑀的长子萧锐。

其实，萧瑀还算谦虚，如果再多说两句，他本人和隋炀帝杨广有着多年的私交；他的妻子是隋文帝独孤伽罗皇后（河东狮吼派开山掌门）的亲侄女，那就意味着与独孤皇后的亲外甥——唐高祖李渊还是表兄妹。

西谚有云，一百年才能养成一个贵族。萧家在三个朝代都是天潢贵胄，差不多满足条件。如果按此硬标准，中国大部分的当代"贵族"只能算是"富二代"，还当不起"贵二代"之称；精神境界的软标准那就更不用提了。许多暴发户以为全身上下都是名牌就可以堆出贵族范来，他们不明白，像《悲惨世界》里那位穷得家里只有一副银餐具的主教才是真正的贵族范。

萧瑀的家世资本这么牛了，那么资本之外的能力又如何呢？唐朝初年的尚书仆射就是宰相，萧瑀一生多次拜相。唐太宗评价他："此人不可以厚利诱之，不可以刑戮惧之，真社稷臣也。"因为功劳卓著，萧瑀位列唐初"凌烟阁开国二十四功臣"，与之为伴的是"风尘三侠"之一的李靖、神机妙算的瓦岗寨军师徐懋功（也称徐茂公）、尉迟恭与秦叔宝这对"三鞭换两锏"的门神、三板斧的程咬金、"以人为镜可以明得失"的魏征之类家喻户晓、百姓喜闻乐见的牛人。

既然萧瑀曾多次拜相，当然也多次被罢相，原因大抵是忠诚耿直但失于偏狭，肚里还不能撑船，经常在唐太宗面前说同僚的不好。有些皇帝就喜欢听臣下偷偷告状，但唐太宗性格开明，倾向于看人的长处，对萧瑀这一点就不是很满意。同殿为臣的魏征曾对唐太宗评论，以萧瑀的性格，很容易不得好死，除非是遇上宽容的圣主。还好萧瑀的运气确实不错，真被他摊上了中国三千年历史中对臣子宽容度（不算对兄弟的宽容度）可能排进前五名的李世民，虽然屡屡被罢相，但还屡屡起复。

| 千古一帝 |

唐太宗不但有容人之量，而且在纳谏改过方面更称得上千古一帝。回顾我们自己听到一点批评时的不爽，就能够大致想象一言九鼎、生杀予夺的帝王们在纳谏时的自我克制有多么难。

尽管隋朝结束了三国两晋南北朝的数百年乱世，但三十七年二世而亡，大一统局面只是昙花一现。隋末大乱中，群雄逐鹿中原，李世民在唐王朝建立与统一过程中屡立大功，从而以次子的身份成为皇储的有力竞争者，与太子李建成之间逐渐由一母同胞的亲兄弟，发展为势不两立的对手。为了赢得这场生死之争，不被李渊支持的李世民发动了玄武门之变，史书上明确记载的是他将兄弟侄儿统统杀光，未记载但合理的猜测是他还软禁了父亲，这才当上了皇帝。

我们可以想象，得位不正给李世民造成了何等巨大的心理压力。再联想前朝的隋炀帝杨广，也是作为次子，先立下灭陈大功，又费尽心机夺了长子杨勇的太子之位，但即位后骄奢淫逸、好大喜功、虚耗国力，使得强盛的隋朝迅速灭亡。这样相似而惨痛的前车之鉴近在眼前，立志要做一代明君以洗刷自身污点的李世民不得不更加警惕，在即位后的大部分时间里都能够以隋炀帝为戒，不断克制欲望、从谏如流，以期让自己在亲情上的巨大失败能够被在治国上的巨大成功所弥补。

正因为如此，唐太宗最显著的优点就是虚怀纳谏，通过众人的监督和规劝来帮助自己克制身为帝王之尊而不受约束的个人权力与欲望，其故事之多在中国古代君主之中无出其右者。他的这个优点在一定程度上可弥补独裁政治体制的缺点，即使只限于少数的几个方面。

唐太宗开启了著名的贞观之治，为伟大辉煌的大唐打下了坚实的基础，基本实现了他的人生抱负，并被后世标榜为明君楷模。就在他晚年刚刚开始志得意满、有好大喜功迹象出现时，他及时地驾

崩了，逃过了许多明君"靡不有初，鲜克有终"的规律。李世民的曾孙唐玄宗李隆基就是这种规律的一个典型代表：前半生一手开创了开元盛世，将唐朝推上光辉的顶峰；后半生一手纵容出安史之乱，将唐朝抛入万丈深渊，甚至埋下了灭亡的伏笔。

| 刺秦长歌 |

贞观年间，大唐的第一批诗歌天才相继诞生，他们就是唐诗星空中最先闪耀出夺目光芒的"初唐四杰"王、杨、卢、骆。先从哪位开始说起呢？看着可爱的孩子满地蹦跶，就从他们都喜闻乐见的一首诗入手吧：

> 鹅鹅鹅，曲项向天歌。
>
> 白毛浮绿水，红掌拨清波。

中国的孩子们大多七岁开始读小学，若此时能背下几十首唐诗，会让父母颇为欣慰。但如果想到这首简洁明快的《咏鹅》居然是骆宾王在七岁时所作，残酷的真相足以令有志于培养神童的家长们发狂。

骆宾王的诞生年份众说纷纭，比较可信的说法是出生于贞观初期。他还有一首名作也入选了小学课本。当时他正在秋风萧瑟的易水畔送别友人，不由想起近千年前荆轲就是在这里唱出了那句悲壮的"风萧萧兮易水寒，壮士一去兮不复还"，遂提笔写下《于易水送人》：

> 此地别燕丹，壮士发冲冠。
>
> 昔时人已没，今日水犹寒。

荆轲是中国古代著名的刺客之一，他之所以名垂青史，是因为他明知身入虎狼之暴秦刺杀秦王嬴政是毫无生还机会的任务，却依然慷慨赴行。

为了能够接近被重重保护的嬴政，荆轲的理由是当面献上燕国督亢地区的地图并详细讲解，这可是秦国多年来最为垂涎的一块膏腴之地，所以献图的请求得到了许可。当荆轲在秦王面前将地图缓缓展开到最后时，突然寒光一闪，正是那把燕太子丹事先用毒药淬了好几天的匕首，嬴政一见就吓得跳起身来，这就是成语"图穷匕见"的来历。荆轲一手拉住嬴政的衣袖，一手抓起匕首刺向他的胸口。生死一线间，嬴政用尽全身力气向后一转，生生挣断了袖子。锋利的匕首将嬴政贴身的衣衫划得稀烂，却没有划伤皮肤，否则嬴政就见血封喉了。

嬴政不敢直线奔逃，生怕被荆轲飞刀夺命，只能绕着朝堂上的大柱子跑来躲避，荆轲在后面紧追不舍。秦国的法律极其严苛，台阶下远远站立的带刀武士们在没有接到秦王命令的情况下，绝对不准上殿，况且远水救不得近火。旁边的秦国大臣们被这突变惊得目瞪口呆，醒悟过来后，顾不得手无寸铁，纷纷以手相搏，但无人拦得住如猛虎下山般的荆轲。只有御医夏无且用手中的药袋飞砸过去，荆轲用手一挥，将其击飞，追势却不免稍微一缓。嬴政所佩宝剑长约八尺，本是防身利器，惊惶之下竟一时拔不出来。这时，小内侍赵高大叫提醒道："大王何不背剑而拔之？"嬴政立刻醒悟过来，把剑鞘推到背后，再用力一拔，"锵"的一声长剑出鞘，于是返身回击。荆轲用短匕首便于隐藏偷袭，在如此对战之下，自然不是长剑的对手，很快被砍断左腿。荆轲孤注一掷，将匕首飞击而出，嬴政把头一偏，匕首击中他头边的铜柱，发出刺耳的声音，火光四溅。

这时候，武士们才来得及一拥而上，将荆轲杀死。电光火石之间，不可一世的秦王已经在鬼门关走了两遭，不禁头晕目眩。

事后秦王重赏了夏无且和赵高。夏无且就是一个跑龙套的，真正的主角小内侍赵高从此走上了事业的阳光大道。秦始皇驾崩以后，赵高先拉拢丞相李斯，一起害死嬴政长子——仁慈的扶苏，又害死大将蒙恬，扶立胡亥为帝，还反过手来干掉了同谋李斯，大权独揽，并将秦始皇的其他儿子们诛杀殆尽。赵高最有名的故事是用"指鹿为马"之计，将朝堂上尚敢指鹿为鹿的少数直臣通通消灭，直到将秦二世胡亥也杀掉，使得秦朝二世而亡。荆轲做不到的事情，赵高替他做得干净彻底，简直是对秦国的完美复仇，真不知这两个人是不是暗中有约在先的无间道。

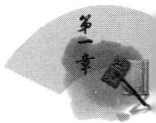

| 精卫填海 |

在关于刺秦的诗歌中，还有一首很出色：

> 慷慨歌燕市，从容做楚囚。
> 引刀成一快，不负少年头。

如果不搜索的话，很多人可能都想不到这豪迈诗歌的作者，原来竟是大汉奸汪精卫。其实这是一首十六句的长诗，起首四句是："衔石成痴绝，沧波万里愁。孤飞终不倦，羞逐海鸥浮。"讲的是精卫填海的故事，他的名字就源自这个神话。

《山海经》上记载，炎帝神农氏的小女儿在东海边游玩时不幸溺死，她的灵魂化作小鸟，每天一边发出"精卫、精卫"的悲鸣，一边从西山上衔来石头、树枝投入海中，立志要将东海填平以报仇。东海龙王与精卫、哪吒、八仙这些正面形象都有过节，不知和民间文学创作者们究竟有什么仇怨。在中国古代传说里，大都是恶龙在抢镜头，善龙寥若晨星，我只记得唐僧的白龙马算是善龙。很奇怪古代帝王们为什么会同意用公关形象这么差的龙来象征皇权，莫非他们也承认，正如龙的整体素质一样，在帝王这个群体中，暴君比比皆是，而明君却凤毛麟角？

"精卫填海"这个故事里那种直面强敌、敢于斗争、不畏艰难、永不放弃的精神，正是青年汪精卫的写照。面对同盟会多次起义失败而泛起的畏惧情绪，汪精卫决意以刺杀满清摄政王载沣来振奋人心，他后来的妻子陈璧君甘愿同去。事败被捕后，汪精卫在狱中虽知必死也全无畏惧，写下的这首诗传诵一时。负责审讯的肃亲王善耆属于比较开明的君主立宪派，被汪精卫大义凛然的爱国情怀所感动，居然免了他的死罪。这位肃亲王有个女儿，满族本名爱新觉罗·显玗，汉名金璧辉，不过最出名的要属她的日本名字——川岛芳子，因为她的养父是日本间谍川岛浪速。川岛芳子后来成为臭名昭著的关东军间谍，不但参与了炸死"东北王"张作霖的皇姑屯事件和使得东北沦陷的"九一八"事变，还一手实施了导致日军进攻上海的"一·二八"事变。虽然汪精卫最终走上了歧途，可他的愤青时代还是令人敬佩的。

《于易水送人》是借咏史抒怀，明眼人不难从中看得出骆宾王的抱负和苦闷。多年后，他果然参与了"惊天动地的大事"，就是那种可以被株连九族的大罪——谋反。

当然，谋反的罪名是由最后的胜利者武则天定义的，骆宾王自己并不这样认为。他本人的动机是推翻牝鸡司晨的武则天，匡复李唐皇室。这场战争中最有名的不是其中任何一场战役，而是一篇文采精华、令武则天本人也叹服的战斗檄文——《讨武曌檄》。

第二章

年年岁岁花相似　开箱验取石榴裙

　　上一章最后，我们聊到了《讨武曌檄》。一般人觉得"曌"字很眼生，因为据说这是武媚娘作为皇太后临朝称制、掌握大权时，为自己生造出来的日月照空、霸气侧漏的新名字。武媚娘虽然很有文化，但脸皮恐怕也没有厚到能为自己起这种名字的地步，应该是阿谀奉承者为她拟好的。

　　要了解《讨武曌檄》诞生的前因后果，就得聊聊唐太宗、武媚娘和徐懋功之间不得不说的故事了。

| 初露锋芒 |

　　武媚娘最初是太宗皇帝的一个不起眼的小才人，对，你没有看错，她确实原本是后来的老公——高宗李治的小妈。有人进献了一匹烈马狮子骢，唐太宗身边的人居然无人能够驯服。武媚娘一心想要吸引皇帝的眼球，便说："我能够制服它，只需要三样东西：铁鞭、铁锤、匕首。先用铁鞭打它，不服就用铁锤锤它，还不服就用匕首捅了它。"这听上去很血腥的方法，在唐太宗看来无疑是正确的，因为这正是帝王驭下的手段之一，李世民不禁对这个貌如春花、心如蛇蝎的小老婆另眼相待，心生戒备。从此，武媚娘在才人位置上一坐就是十二年，没有升迁，可见被领导另眼相待并不总是好事。

据说唐太宗病危时，考虑到将来无人能制武媚娘，便把她唤至榻前问道："你知道朕对你一向宠爱有加。朕百年之后，你打算何以自处？"这是在问她是否愿意殉葬。冰雪聪明的武媚娘立刻回答："臣妾愿长伴青灯古佛，为陛下吃斋念佛，祈求冥福。"就这样，武媚娘逃过一死，太宗驾崩后被送至长安感业寺出家为尼，显然甄嬛出家的灵感是由此而来。可能在此之前，武媚娘和太子李治在服侍太宗病体的时候，就已经彼此暗送秋波了。

| 看朱成碧 |

唐高宗李治登基后，对外忙于治理国家，对内忙于安抚后宫，早把旧情人武媚娘抛到了九霄云外。但武媚娘从来就不是一个逆来顺受、坐以待毙的柔弱女子，她一定会为改变命运而做点什么。这一天，唐高宗收到一封来信，邮戳上盖的是"长安感业寺"。顺便问一句，你是否已经忘记了什么是邮戳？高宗拆开信封，展开带着香气的信笺，四行字迹娟秀的诗句随即映入眼帘：

> 看朱成碧思纷纷，憔悴支离为忆君。
> 不信比来长下泪，开箱验取石榴裙。

诗句的意思就是：我因为思念您而心乱如麻，已经到了看颜色都红绿不分的地步。如果您不相信我最近因此泪水长流，可以开箱取出我的石榴裙来查验上面留下的泪痕啊。诗下落款"如意娘"。

唐高宗一见这熟悉的笔迹，立刻想起了自己和武媚娘的那些年、那些事，心底涌起不可遏制的内疚和思念之情。没过多久，他就想办法去感业寺和媚娘相见，又想办法把她接回了后宫，封为九嫔之

首的昭仪。据说在此过程中，王皇后也帮了大忙，因为她想借助媚娘来对付当时正得盛宠的萧淑妃，没想到引狼入室、作茧自缚，最后把自己的皇后之位乃至性命都丢了。

武媚娘、杨玉环都是离宫出家之后回来再宠冠后宫的，甄嬛依样画葫芦，可谓艺术取材于真实历史。后人常常揣测，武媚娘的这首诗究竟是真情流露，还是急于摆脱困境的心机之作。因为当时她已经二十六七岁了，而李治比她小四岁，正是容易被她玩弄于股掌之中的纯情暖男。以后来形势的发展看，确是如此。但我相信诗品即人品，人品通过诗歌而展现，从诗歌本身蕴藏的深深思念来看，武媚娘对李治至少是有几分真情的，而且终李治之世，武媚娘也没有做过什么对不起他的事。

后世提到武后时，名称有很多，只怕大家都要被搞糊涂了。"则天"是其尊号的简称。"媚娘"是唐太宗赐的名字，大概因她外貌娇媚、倾倒众生，给李世民留下了深刻的印象。而这首诗名为《如意娘》，可以由此推断媚娘小名叫"如意"。如意姑娘后来成为中国历史上唯一一位正统女皇帝，《如意娘》也是中国历史上唯一一首在帮助作者成为皇帝的过程中立下汗马功劳的诗歌。

"看朱成碧"听起来很夸张，却并非武如意的首创，版权属于南梁王僧孺，他在《夜愁示诸宾》一诗中有"谁知心眼乱，看朱忽成碧"之句。红色和绿色本应是对比最强烈的两个颜色，如"接天莲叶无穷碧，映日荷花别样红"，交通灯也采用红绿做对比。金庸先生应该也很喜欢"看朱成碧"一词，《天龙八部》里人见人厌的心机表哥姑苏慕容复家有两位侍女，一位唤作阿朱，另一位便唤作阿碧。

一百年后，诗仙李白写了一组三首的《长相思》，其二为：

日色欲尽花含烟，月明欲素愁不眠。

赵瑟初停凤凰柱，蜀琴欲奏鸳鸯弦。

此曲有意无人传，愿随春风寄燕然。

忆君迢迢隔青天。

昔时横波目，今作流泪泉。

不信妾肠断，归来看取明镜前。

结尾四句的意思是：以前秋波频送的美目，今天变作了泪水的源泉，如果您不相信我如此伤心断肠，可以回来验看我镜子上的泪痕。李白的夫人也是书香门第出身，见闻广博，读了此诗后便问他："夫君没有听说过则天皇后的那首《如意娘》么？'不信比来长下泪，开箱验取石榴裙'。你的诗作意境不胜于她，而且问世在后，很难出头啊！"正在得意洋洋的李白听后，极其不爽。李白先后两位夫人都是前宰相的孙女，自是家学渊源，只是不知这个故事里的是哪位夫人。

而李白这组《长相思》中的第一首，正是大家熟悉的千古名篇：

长相思，在长安。

络纬秋啼金井阑，微霜凄凄簟色寒。

孤灯不明思欲绝，卷帷望月空长叹。

美人如花隔云端。

上有青冥之高天，下有渌水之波澜。

天长路远魂飞苦，梦魂不到关山难。

长相思，摧心肝。

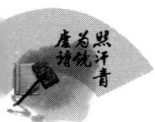

国事家事

花开两朵，各表一枝，暂且按下武媚娘，来看看另一位与她大有关系的人物——《说唐》里大名鼎鼎的瓦岗寨狗头军师李勣。

李勣本名徐世勣，字懋功。唐高祖李渊因他功高，赐其姓李，变成了"李世勣"。在大家熟悉的唐初名将中，尉迟恭、程咬金等人长于内战，比如平定各地叛乱，在玄武门之变中为李世民夺位立下汗马功劳；李世勣则和李靖一样，长于外战，为大唐开疆拓土，在玄武门之变中是保持中立的。

李世民登基后，为了方便大家，规定只有"世民"两字一起出现时才需要避讳，单独的"世"字或"民"字都不需要避讳，于是李世勣可以保持本名。但是李治即位后，为了表示对父亲的尊崇，改为单独的"世"字或"民"字都要避讳，李世勣便去掉了"世"字，变成了"李勣"，凌烟阁图画二十四功臣时用的就是这个名字。

李勣因为当年在玄武门之变中未接受李世民的拉拢，所以并不是太宗的心腹嫡系，但太宗依然尊重、任用他，这是太宗皇帝的特点。李勣也不负太宗的信任，率兵大破东突厥、薛延陀、高句丽，名震域外，因功封英国公。后来他身染重病，御医束手无策，但又不愿显得自己无能，便说还是有救的，只是药中需用一味龙须烧成的灰。众人都骂御医说了等于没说。太宗闻后，立即将自己细心保养、引以为豪的美髯剪下一缕，派人送至李勣府上。古人认为，身体发肤受之父母，一向看重爱惜，何况天子的"龙须"更加关系到国家形象，太宗为了救回李勣的性命也是蛮拼的。家人将其烧成灰后入药喂李勣服下，说来也是凑巧，竟然真的慢慢痊愈了。李勣康复后，对太宗叩头出血、流泪道谢。太宗温言抚慰："朕这样做，

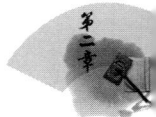

乃是为社稷着想，卿不必过分相谢。"

唐太宗晚年对太子李治说："如今开国宿将凋零将尽，你即位后无人可用，只剩李勣一人了。但你无恩于他，恐日后他也不会尽心辅佐你。"不久便故意找了个小碴儿，将李勣贬官。李治登基后，立即恢复并高升了李勣的职位，这是太宗父子为了驾驭这位名将而打出的一套自以为漂亮的组合拳。

唐太宗并非杞人忧天，开国功臣往往容易自恃功高而难以驾驭，雄才大略的老皇帝在世时还镇得住，资历不足的新皇帝即位后，这种君臣矛盾常常成为皇朝的不稳定因素。后周世宗柴荣急病去世，留下孤儿寡母，功臣赵匡胤马上就陈桥兵变、黄袍加身、建立宋朝。无数前车之鉴在眼前，朱元璋便把开国功臣们几乎屠戮殆尽，免得他们将来功高震主、图谋社稷。洪武大帝这样做，自以为帮子孙清除了隐患，没想到人算不如天算，当他自己的儿子燕王朱棣起来造他孙子建文帝朱允炆的反时，建文帝已经没有宿将可用了，只能被打得落花流水。

当然，残酷清洗开国功臣的都是没什么文化、出身市井又比较自卑的人，比如汉高祖刘邦是吃霸王餐的小混混，明太祖朱元璋甚至当过在当时性质等同于乞丐的和尚，所以除了简单粗暴地杀人，他们也没有什么高级一点的技术手段来解决复杂的政治问题。宋太祖赵匡胤读过些书，为人宅心仁厚，就能礼遇功臣，杯酒释兵权，与功臣结为儿女亲家，君臣共享富贵，流传为千古佳话。

李世民以权谋之术待李勣，不料多年后李勣也来了个投桃报李。唐高宗对武媚娘宠信日甚，准备废了原配王皇后，改立媚娘为后。但王皇后的后台是李世民长孙皇后的哥哥、时任宰相的长孙无忌，

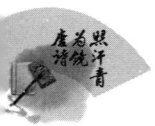

他自然坚决反对，率领朝廷重臣们一致劝谏，陛下你和先帝的小老婆悄悄乱伦也就罢了，居然还想扶正她来母仪天下，咱们大唐可丢不起这个人。当时高宗大权旁落，几乎就是个傀儡皇帝，对于大臣们的联合抵制束手无策。最后询问到李勣时，李勣不愿意得罪高宗，又想趁机打击一下自己的政敌长孙无忌，便微笑着答道："此乃陛下家事，何须问于外人？"

中国古代皇朝立储和立后，从来都是国事而不是家事。但唐高宗对李勣的"家事"理论深表满意，立刻册立武媚娘为皇后。而正是这位武氏，先是清洗了长孙无忌等关陇集团的重臣，为李治和自己夺回大权；在李治逝世后又以皇太后的身份临朝称制，屠戮了大量的李唐宗室，最终颠覆李唐、建立武周，成为中国历史上唯一一位正统女皇帝——则天大圣皇帝。

以诚待人，往往换来以诚相待；和别人玩权谋，别人也难以尽心待你。李勣在唐高宗做如此重要决定之时，未能以国士之诚苦谏，也算唐太宗临终前待李勣以权谋之术的报应。战国时的又一知名刺客豫让就说过一段名言："以众人待我者，我以众人报之；以国士待我者，我以国士报之。"顺带多说一句，"士为知己者死，女为悦己者容"也是豫让的名言，大家可以搜索一下豫让，这是一位有故事的壮士。

唐高宗打算将父亲的小妾扶为自己的正妻，在这种惊世骇俗的乱伦行为所导致的危机面前，李勣明哲保身，帮助野心已显的武昭仪一跃成为正位中官，这才使她有机会将来成为皇太后、大权在握，导致唐朝中断十余载。作为李唐臣子，李勣算不得无罪。

讨武曌檄

李勣身后，还是为自己讨巧的中立立场付出了惨重的代价。武曌掌权后，李勣（徐世勣）之孙徐敬业起兵讨伐，兵败身死，而谋反罪的下场是灭门。

据说在唐高宗时，流散之人聚集为寇，朝廷出兵讨伐屡吃败仗，就任命徐敬业为刺史前去剿灭。徐大人让前来郊外迎接他的官兵全部回去，单人独马、大摇大摆地进了郡府。贼寇听说新刺史将到，赶紧修整战具、严阵以待。徐敬业气定神闲，将其他事务都处理完后，才问了一句"贼寇在何处"，下属答曰"在南岸"，徐大人便带了两个文职随从，施施然乘船前去。旁人不知他葫芦里卖的什么药，无不惊骇愕然。

贼寇最初刀出鞘弓上弦，准备战斗，却见刺史大人的船内空无兵士，就关起营门，继续躲藏。徐敬业上岸后，直入贼营，大声宣告："国家知道各位是被贪官污吏所害，并无其他罪恶，如今你们都可以平安回家乡去。最后负隅顽抗不离开的才是贼寇！"然后只招来为首的贼寇，责备他们何不早降，各打了数十板后也将其遣送回乡。

重罪轻罚、得以过关，贼寇们自然心安，境内顿时肃然平静。李勣听说此事后，对孙子的胆略亦喜亦忧："如此险中求胜的事情，我是做不到的。然而将来败我家者，定是这个孩子。"事实证明了李勣的远见。

徐敬业起兵后，骆宾王立刻投奔，为他写下了著名的《讨武曌檄》，充分发挥了才子本色。武则天对敌人的宣传单阅读得很仔细，当读到"入门见嫉，蛾眉不肯让人；掩袖工谗，狐媚偏能惑主"这两句时，不过微微一笑，但一路读下去，脸色就变了："班声动而

北风起，剑气冲而南斗平。喑呜则山岳崩颓，叱咤则风云变色。公等或家传汉爵，或地协周亲，或膺重寄于爪牙，或受顾命于宣室。言犹在耳，忠岂忘心？一抔之土未干，六尺之孤何托？"武则天深知此文能激发出李唐旧臣对故君的怀念，煽动力极强，立刻动容问道："此文是何人所写？"下面人回话："是骆宾王。"武则天叹息："有如此才而使之沦落为贼人所用，宰相之过也！"

这段不禁让人联想起汉朝末年的类似故事。官渡之战前，曹操正犯着神医华佗都治不好的偏头痛，在床上哼哼唧唧，读了袁绍主簿（古代官名，是各级主官属下掌管文书的佐吏）、"建安七子"之一的陈琳所写的言辞激烈的《为袁绍檄豫州文》后，惊出一身冷汗，头痛不治自愈。袁绍战败后，陈琳随众人投降。曹操对这篇火力凶猛的檄文还耿耿于怀，便问陈琳："你骂我无妨，为何要上及我的祖父呢？"陈琳答道："当时的情势是箭在弦上，不得不发啊。"曹操爱惜他的才华，呵呵一笑就真的不再计较了，后来还重用了他。曹操和武则天均是一代枭雄，在这种事情上都有大肚量。

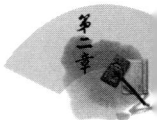

|隐世寺中|

徐敬业没有继承爷爷李勣的军事基因，他的武力值远配不上骆宾王的文采，起事几个月后就在败逃过程中被部下王那相杀死。有记载称，王那相砍下徐敬业、徐敬猷（徐敬业之弟）和骆宾王的首级后，向官军投降。但也有说法认为，骆宾王在乱军中不知所终，爱才的人们都希望他是隐姓埋名活了下去，因此诞生了下面的传说。

相传多年后，诗人宋之问畅游杭州灵隐寺，一时诗兴大发，吟出两句极为拗口的"鹫岭郁岧峣，龙宫隐寂寥"，下面就没有了。

他在寺中来回踱步，口中不住地把这两句念来念去，以为机械性地重复就会引发接下去的灵感。身边一位老僧本来一直在默默地扫地，听他这两句来回啰唆，甚不耐烦，随口道："何不接'楼观沧海日，门对浙江潮'？"宋之问闻言，浑身一个激灵，因为这两句高出自己的水平太多。随后他凑齐全诗，翻来覆去细看，也就这两句出彩。第二天，宋之问再赶到寺中寻那老僧，大家都能猜到，自然是人去寺空的老套路。

宋之问找到一个正在扫地的小和尚穷追不舍，磨了半天，小孩子实在受不了才告诉他，老僧的俗家名字姓骆，一早就离寺云游去了。真正的高人，都是这般神龙见首不见尾，偶尔露峥嵘就惊世骇俗。结合《天龙八部》里少林寺藏经阁中扫地老僧的事迹，我们得到的经验是——一定要尊重环卫工人。图书馆管理员是现实中最牛的职业，环卫工人则是传说中最牛的职业。

骆宾王颇有先见之明，行迹一露，立刻走人。他若不走，宋之问八成会去告密，因为此人的品行不佳，不但曾经卖友求荣，而且有谋杀亲属的嫌疑。

｜因诗杀亲｜

大家应该都听过一句名诗："年年岁岁花相似，岁岁年年人不同。"据说这一联是宋之问的外甥刘希夷所作，在未发表前被宋之问读到，十分喜爱，就想占为己有。刘希夷不同意出让这两句神来之笔的版权，宋之问便用土袋将他压死了，这段公案被称作"因诗杀亲"。

匹夫无罪，怀璧其罪。虽然有些人考证此事为捕风捉影，但还

是有很多人认为确有此事。根据宋之问的人品与一贯表现，令人生疑是很自然的。《全唐诗》就收录了刘希夷的这首名篇《代悲白头翁》：

> 洛阳城东桃李花，飞来飞去落谁家？
> 洛阳女儿好颜色，坐见落花长叹息。
> 今年花落颜色改，明年花开复谁在？
> 已见松柏摧为薪，更闻桑田变成海。
> 古人无复洛城东，今人还对落花风。
> 年年岁岁花相似，岁岁年年人不同。
> 寄言全盛红颜子，应怜半死白头翁。
> 此翁白头真可怜，伊昔红颜美少年。
> 公子王孙芳树下，清歌妙舞落花前。
> 光禄池台文锦绣，将军楼阁画神仙。
> 一朝卧病无相识，三春行乐在谁边？
> 宛转蛾眉能几时？须臾鹤发乱如丝。
> 但看古来歌舞地，惟有黄昏鸟雀悲。

有趣的是，《全唐诗》在另一卷中收录了一首几乎一模一样的长诗，题目为《有所思》，署名则是宋之问。这桩著作权疑案要传达出什么样的讯息，很耐人寻味。

武曌有很多面首，宋之问对其中最为飞黄腾达的五郎、六郎（张易之、张昌宗）兄弟甚是羡慕嫉妒恨，于是写了首艳诗毛遂自荐，表达了在生活上侍奉女皇的热切愿望。此诗让武曌读得赞不绝口，读完了却不表态。等到宋之问告退后，女皇才对身边人说出了真相："此人确是难遇之才，只是口臭熏人，让朕无法忍受啊！"

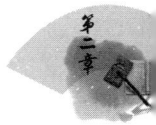

我觉得宋之问唯一不错的作品是《渡汉江》：

> 岭外音书断，经冬复历春。
>
> 近乡情更怯，不敢问来人。

宋之问当年被流放时，曾经偷偷跑回家乡，所以诗歌最后两句是在形容一个犯法跑路的浪子偷回故园时的复杂情绪，生动传神。宋之问因为依附安乐公主，在激烈的宫廷政治斗争中站错了队，最终在唐玄宗登基后被赐死，为自己的人品埋了单。

我们在了解骆宾王的同时，还捎上了宋之问，接下来介绍"初唐四杰"之中的另一位天才儿童。

第三章

滕王高阁临江渚　秋水长天共一色

上一章结尾处所说的"另一位天才儿童"，正是这一章的主角。至于他是谁，我想光看这一章的题目，大家就能猜到了。

唐初时，有位大儒颜师古（光看名字就知道这人多有文化）写了本《汉书注》，权威程度到了天下的读书人都把它当教科书的地步。这位颜师古有两位名气更大的堂曾孙，一位名叫颜真卿，一位名叫颜杲卿。突然平地里响起一声惊雷，有个九岁的孩子写了十卷《汉书指瑕》，揪出了颜师古《汉书注》里的一大堆错误。大家可以回想一下，自己九岁时是否还在玩撒尿和泥巴，或者看看自己九岁的孩子现在正在干什么。这个牛气冲天的孩子姓王名勃，字子安。

| 千古文章 |

王勃和宋之问的年纪差不多，算是骆宾王的晚辈。不同于方仲永的"小时了了，大未必佳"，王勃的才华在青年时代继续爆发，诗名益盛。他流传最广的名作是《送杜少府之任蜀州》：

> 城阙辅三秦，风烟望五津。
>
> 与君离别意，同是宦游人。
>
> 海内存知己，天涯若比邻。

无为在歧路，儿女共沾巾。

如果给历代所有的送别诗搞个排名，个人认为王勃这首可高居前三名。另外两首，一是"劝君更尽一杯酒，西出阳关无故人"，一是"莫愁前路无知己，天下谁人不识君"，相信大家不会有太大的异议。

王勃写文章有个特点：先把墨磨好，然后像二货青年一样，把被子往头上一蒙，倒在床上开始沉思，半晌后突然一跃而起，瞬间变回文艺青年，文不加点，一气呵成，时人谓之"腹稿"，这就是"腹稿"的典故出处。但他最脍炙人口的作品——骈文《滕王阁序》，却是即时作文。

当时王勃的父亲被朝廷贬到交趾去当县令。交趾远在今天的越南北部，历史上曾为南越国的一部分。从汉到明，大体上一直受中国古代各王朝政权的直接管辖。大家自行搜索一下这个地名，就明白其中隐含的贬义了。作为孝子，王勃自然要去探望；作为才子，他自然会在一路上信马由缰、东游西荡。这天，王勃路过洪州（今江西省南昌市），便顺路去登临天下闻名的滕王阁。好在那时候无论多么著名的景区，都不需要今天这么昂贵的门票，所以即使是王勃这样的穷游者也毫无心理压力。

虽然唐朝时滕王阁还不要门票，但当王勃施施然地来到门口时，却被几名士兵伸手挡驾："洪州都督今天在此大宴宾客，席散之后闲杂人等才能上楼。"等级观念古来有之，过去的官老爷们出行是锣鼓开道、肃静回避。但王勃显然并不认为自己是闲杂人等，他一拍胸口："在下和阎都督很熟。"士兵们将信将疑，为了保险起见，还是跑上楼汇报。

洪州都督阎伯屿的爱婿吴子章颇有文才，提前一宿抓耳挠腮、殚精竭虑地为今日盛会写好了一篇赋，准备当场拿出来宣读，好挣点名声。把酒临风、心情大好的阎大人听说多了位朋友来捧场，虽然一时想不起是谁，但又何必拒绝呢？于是大手一挥："让他上来吧。"他做梦也想不到，因为这随意的一挥手，女婿的心血结晶就再也没能见天日；他更不会想到，因为另一篇文章的横空出世，他也以这顿饭局主人的身份而名留千古，真是塞翁失马，焉知非福。

只见一位眼生的文艺青年缓缓拾级而上，风度翩翩地作了一揖。阎大人疑惑地问道："恕老夫眼拙，这位公子是？"来者答道："晚生绛州王勃。"王勃当时早已声名远扬，一听他自报家门，阎大人心中顿时亦喜亦忧：喜的是以王勃之盛名，足以为此宴增色不少；忧的是今天女婿的风头定是要被王勃盖住。但他无暇细想，忙招呼这位不速之贵客落座，然后继续忙活自己的正事儿，按照事先预备好的戏码，诚恳地询问大家："今日诚为盛世盛会，哪位高才愿意写篇文章以作纪念啊？"

满座宾客都是阎大人的朋友，心里自然明镜似的，大家都闷头啃鸡腿，积蓄体力、酝酿情绪，只等大人女婿的文章宣读以后，一齐鼓掌到流泪。不料王勃抬头朗声应道："晚生既然叨扰都督大人一餐，自当献丑，聊为报效。"

这下阎大人真像吃了只苍蝇一样难受，但话已至此，骑虎难下，只好赶紧叫人安排纸笔，并立刻把可以用来蒙头的被状物都丢入赣江之中，看你拿什么打腹稿！王勃接过笔，当即唰唰唰地笔走龙蛇，写将起来。

阎都督心中郁闷，冷冷地说了一句："王才子你慢慢写，本都督年纪大了，精力不济，到隔壁小憩一会儿。"说罢便起身拂袖而去。到了隔壁，往椅子上一躺，吩咐幕僚，待王勃下笔，便将文章背给他听。

不一会儿，幕僚就过来汇报，起首一句是："豫章故郡，洪都新府。"阎都督安卧榻上，闭目养神，听后淡然一笑："不过是老生常谈。"之后报来第二句是："星分翼轸，地接衡庐。"阎都督听了，沉吟不语。幕僚继续报来，接下来是："襟三江而带五湖，控蛮荆而引瓯越。物华天宝，龙光射牛斗之墟；人杰地灵，徐孺下陈蕃之榻。雄州雾列，俊采星驰。"阎都督不禁眼睛微微张开："用典纯熟贴切，王子安名不虚传。'星驰'二字，做人名甚佳。"

不一会儿，幕僚又过来背了两句。阎都督一听，双目精光四射，在椅子扶手上重重一拍："此人当真天才！此文当垂不朽矣！"立即跳起身来，赶回宴会去看王勃下面的文章。因为他心里已经明白，大唐历史上，不，是中国历史上最为璀璨夺目的文章之一正在诞生，而能亲自催生并目睹这篇文章的出世，将是他阎伯屿一生最大的荣耀。他所见证的最精彩的两句便是："落霞与孤鹜齐飞，秋水共长天一色。"

《唐摭言》记录了阎都督这段有趣的前倨后恭，可惜只到此为止。其实，《滕王阁序》真正的高潮才刚刚开始，写到此处时，王勃的小宇宙在滕王阁上空无可阻挡地爆发了："渔舟唱晚，响穷彭蠡之滨；雁阵惊寒，声断衡阳之浦。"想起自己路途艰难、颇招冷眼，接着写道："关山难越，谁悲失路之人？萍水相逢，尽是他乡之客。"这是间接承认自己迷路了，去越南不该走到南昌来。但他胸中块垒，显然不止于此："嗟乎！时运不齐，命途

王子安献赋惊四座

多舛。冯唐易老，李广难封。屈贾谊于长沙，非无圣主；窜梁鸿于海曲，岂乏明时？所赖君子见机，达人知命。老当益壮，宁移白首之心？穷且益坚，不坠青云之志。"一连串流传到千载之后的今天依然让我们耳熟能详的成语和典故喷薄而出，我仿佛亲眼看见了长空中那绚丽的烟花绽放。

地灵人杰

王勃一气呵成的《滕王阁序》中引用了许多典故，在此简介其中一二。

物华天宝，龙光射牛斗之墟：晋朝时，有紫气上冲牛宿和斗宿之间，据说是宝剑之精气上彻于天，地点应在南昌之南。随后果然在此地找到一双宝剑，一名龙泉，一名太阿，精芒炫目，这便是成语"气冲牛斗"的来历。今天龙泉已成为宝剑的别名，太阿亦然。可以用成语"太阿倒持"为谜面，打另一成语，谜底是"授人以柄"，颇有趣味。

人杰地灵，徐孺下陈蕃之榻：东汉名臣陈蕃少时曾独处一小院读书，有位长辈来看望他，见到院里杂草丛生，就问："何不洒扫庭院以待宾客？"陈蕃答道："大丈夫处世，当扫除天下，这个小房间还值得我动手吗？"长辈见他胸怀大志，觉得孺子可教，便循循善诱："一屋不扫，何以扫天下？"这段经典的对话流传至今，激励志向远大的人要学会从小事做起，不要眼高手低。陈蕃后来成为朝廷重臣，且因其气节而千古流芳。

当时外戚大将军梁冀权倾朝野，连八九岁的小皇帝（汉质帝）都看不过眼，称他为"跋扈将军"，成语"飞扬跋扈"即出典于此。

梁冀对这个评价很不爽，又担心年少早慧的小皇帝将来不好掌控，索性毒死了他，证明了自己确实配得上这个评语，确实是一个充满了黑色幽默感的大奸臣。这位气焰熏天的梁大将军有次派人送信给陈蕃，托他办件私事，陈蕃却拒而不见。使者狗仗人势，诈称自己是梁冀亲信，陈蕃就直接把狐假虎威的使者抓起来一顿痛揍打死了，完全不给梁冀面子，这就叫"威武不能屈"。梁冀竟然拿陈蕃没有办法，真是大快人心。

陈蕃一生不喜欢应酬，但很尊重有品位的人。他在因得罪权贵而被贬到豫章做太守时，邀请当地的一位高人徐孺子来家中做客。徐穉（通"稚"），字孺子，他"恭俭义让，所居服其德"，有"南州高士"之誉。朝廷屡次想起用他，他都予以推辞，因为他认为东汉王朝已经病入膏肓，无药可救，"大树将颠，非一绳所维"。陈蕃对这样的名士非常敬重，一到豫章，连官衙都没进，就率领僚属直奔徐孺子家，欲礼请徐孺子担任功曹。虽然徐孺子还是坚辞不就，但出于对陈蕃的敬重，答应会经常造访太守府。两人惺惺相惜，相谈甚欢。陈蕃特意给徐孺子准备了一张卧榻，供他过夜时休息。只要徐孺子一离开，就把此榻挂起来不给别人用，直到下次徐孺子造访时才放下，以示自己留客仅留徐孺子。这是一段志趣相投的佳话。王勃就用以上典故，来赞美南昌物华天宝、人杰地灵。

"落霞与孤鹜齐飞，秋水共长天一色"是全文中最伟大的两句。即使你可能不知道《滕王阁序》这篇文章，但你几乎不可能不知道这两句话。如果你真的没有印象，只要在搜狗输入法中输入"LXYGWQF"，它就会第一个跳出来证明你的孤陋寡闻。这个句型其实是前人用过的，原型出自南北朝诗人庾信的"落花与芝盖同飞，杨柳共春旗一色"，王勃算是站在了巨人的肩膀上。

庾信的作品《徵调曲》里有一句"落其实者思其树，饮其流者怀其源"，被后人总结为成语"饮水思源"，上海交通大学以此为校训。说到这个《徵调曲》，有人在传抄中图省事，把第一个字简化了，变成《征调曲》——我只能叹息一句"没文化真可怕"。"徵"是一个多音字，当念 zhēng 时，是"征"的繁体字，比如"文徵明"现在常被简写成"文征明"；但在庾信的诗中，则是念 zhǐ，即古"宫商角徵羽"五音的"徵调"。这五音的唱名就是现在简谱中的 1、2、3、5、6。现在请你倒唱一遍 6、5、3、2、1，是什么？

居然是"沧海一声笑"！

你激动吗？萦绕在无数人的青春记忆中，配图是李连杰和林青霞飘逸身姿的"沧海一声笑"，竟只是纯倒序的"羽徵角商宫"而已。你可能觉得这个版权费黄霑挣得也太容易了吧？其实不然，1990 年黄霑受徐克之邀，为其拍摄的电影《笑傲江湖》写主题曲，前六稿都被完美主义者徐克打回来了。据说黄霑泪眼望天、无计可施之下，随手翻阅古书，蓦然看到一句"大乐必易"，灵光一闪，把最简单的"宫商角徵羽"倒过来一弹，这段永远的旋律就横空出世了。

| 怀才不遇 |

王勃接下来一口气连用了汉朝的冯唐、李广、贾谊、梁鸿四位名人的典故。优美的文章都很重视用典，如果用典不足或者不当，文辞再好也是下品。在这一点上，《滕王阁序》显然是上品之中的上品。

冯唐很有才干，但年纪一大把了，还只是个小小的郎官。有

一次，他偶然有机会得见汉文帝，通过一席直率而情理兼备的对答，解救了功高罪微的云中守魏尚，并且被汉文帝所赏识。由于他性格耿直，景帝即位不久后就被罢官。到了武帝时有人推举他，可此时冯唐已九十多岁，力不从心，再也不能出来任职为国家效力了。正所谓"人生天地间，若白驹过隙"。

"平明寻白羽，没在石棱中"的飞将军李广，是另一位著名的郁郁不得志者。汉朝评军功的依据是在战役中的斩首数或者俘虏人数，李广在这个硬指标上没过关，即使欣赏他的汉武帝也爱莫能助。等到李广的许多晚辈、下属后来都因军功封侯了，他自己还是没有熬成功。王维也在《老将行》中写到"卫青不败由天幸，李广无功缘数奇"，但如果我们翻阅汉朝历史，卫青的成功与李广的失败，在相当大程度上都是本人的能力和性格中的因素使然，并不仅仅是因为运气。卫青用兵小心谨慎却又能出其不意，而且性格沉稳大度；李广爱逞一己之勇，轻敌冒进，而且性格偏执刚狠。成功与运气，经常青睐那些做好了准备的人。

贾谊的才气和品格都很高，他的《过秦论》今天还入选了高中语文课本，我小时候背得摇头晃脑、眉飞色舞，对提升古文爱好功莫大焉。按说他的运气也不差，遇上了跻身中国古代明君之列的汉文帝。文帝虽然器重他，但终因小人谗言未能重用。文帝有次召他回长安，偶然谈到对鬼神的见解，贾谊旁征博引、口若悬河，文帝倒是听得很入神，直至半夜，所以李商隐在《贾生》中讥讽文帝："可怜夜半虚前席，不问苍生问鬼神。"自古帝王多对神仙之事感兴趣，也是地位使然，既然已经到了皇帝之尊，除了成仙之外，确实也很难有什么更高的个人追求了。贾谊怀才又遇上明君，但还是不得志，也许只能说他运气不好，或说他生不逢时，因为他建议的政策到了文帝的孙子武帝时期，基本都被采用了。

梁鸿是成语"举案齐眉"中的男一号，而女一号则是他的貌丑贤妻孟光。诸葛亮娶丑女黄氏，大家都认为他是想借助丈人的关系网来炒作自己；无意出仕的梁鸿则完全是看上了孟光的品德，两人一生夫唱妇随、相敬如宾，属于恩爱夫妻的典范。梁鸿生活在政治相对清明的东汉初年，依然清高不仕、有料不秀，被誉为"君子见机，达人知命"。

王勃一连借用了上述四位怀才不遇者的典故，明显是在抒发自己胸中的郁结。

| 青云之志 |

如果仅仅停留在"怀才不遇"这个层面，《滕王阁序》的格调还不能算出类拔萃。但就在冯唐、李广、贾谊、梁鸿这四个指名道姓的明显典故之后，还有第五个隐藏的、来自东汉的伏波将军马援的典故。

马援作为战国时赵国名将马服君赵奢（他的儿子你可能更熟悉，对，就是那个纸上谈兵的赵括）的后人，年过三十尚且一事无成，只能在北方当牧民，唱着山歌放放牛羊。别人都觉得他这辈子也就这点出息了，可马援毫不气馁地勉励自己："丈夫为志，穷当益坚，老当益壮。"他到了四十九岁才开始独当一面，在西北边陲平定羌人之乱，使得此地其后二十余年兵革不兴。然后又从西北转战到位于汉帝国最南端的交趾，一剑平伏万里波，因功封新息侯于绝域之外，官至伏波将军，被人尊称为"马伏波"，时年已经五十七岁，果然是大器晚成。然后继续一路向南，穿越蛮荒甚至无

人之境，直达汉朝时代中原人可以想象的最南之处。马援得胜班师回到长安时，已经年近六十，听说北方边境局势不稳，又再次为国请缨出征。《后汉书·马援传》对马援当时的慷慨陈词是这样记载的："方今匈奴、乌桓尚扰北边，欲自请击之。男儿要当死于边野，以马革裹尸还葬耳，何能卧床上在儿女子手中邪？"成语"马革裹尸"就源自于此。马援一生戎马，最终以六十三岁的高龄病逝于南征五溪蛮的军旅之中。

很多人在《滕王阁序》中最喜欢的，其实是"冯唐易老，李广难封"等一连串慨叹之后拔地而起的那句"老当益壮，宁移白首之心？穷且益坚，不坠青云之志"。这句话，才是《滕王阁序》的画龙点睛之笔，它使文章的境界从怀才不遇的牢骚之语，一跃如鲲鹏振翅般扶摇直上九万里，壮志凌于云霄，真正成了千古第一雄文。

《滕王阁序》里还有一句"钟期既遇，奏流水以何惭"，也是我很喜欢的典故。春秋时的著名琴师俞伯牙有次出差路过汉阳江口，长夜漫漫，无心睡眠，遂取出自己的瑶琴，对着月亮弹了一首《高山》，琴声巍峨，仁者乐山之意尽在其中。忽见岸边一个黑影肃立不动，心下微微一惊，只听得"啪"的一声，断了一根琴弦。岸边那人朗声道："先生莫惊，在下钟子期，是个樵夫。听先生的琴声绝妙，一时忘情未语，失礼了。"伯牙半信半疑："既然如此，请问刚才我所弹的是何曲意？"子期答道："峨峨兮，其志若泰山。"伯牙闻言大惊："阁下果然高人！请听我再弹一曲。"换了琴弦后，伯牙再次抚琴，琴音忽然一变，激昂澎湃，乃是一曲《流水》，暗寓智者乐水之意。子期缓缓道："洋洋兮，其志若江河。"伯牙大喜，忙请子期上船相叙。两人琴逢知己，相见恨晚，于是八拜为交，结为异姓兄弟，并相约来年江边再见，洒泪依依惜别。次年，伯牙依约千里迢迢而来，不料子期已经病故，新坟正立在江边。子期临死前留下遗愿，托父亲转告伯牙，要在旧地再听义兄弹奏一曲。伯牙挥泪将《高山》《流水》再次演奏一遍之后，突然举起这具自己视为至宝的瑶琴，向地上用力一摔，顿时琴碎。旁人都大惊失色，问其何故。伯牙叹息道：

> 摔破瑶琴凤尾寒，子期不在对谁弹？
> 春风满面皆朋友，欲觅知音难上难。

按道理讲，春秋时多为四言诗，要到汉末曹丕《燕歌行》开始才出现比较成熟的七言诗，所以俞伯牙这首诗应是后人假托。但"知音难求，得之我幸，不得我命"的慨叹，让任何时代的人都能产生共鸣。岳飞是不是《满江红》的真实作者尚有争议，但他的《小重山》里有一句"欲将心事付瑶琴，知音少，弦断有谁听"，足够让他在中国诗歌史上占据一席之地。

王勃用此典自比俞伯牙，正在写的《滕王阁序》是名传千古的《高山流水》，而阎都督就是钟子期。这既是一个高雅的马屁，同时也标示着自己的身价，有文化的人拍马屁都这样一举两得。阎都督看了此句，对王勃的态度立刻又大不一样了。

一字千金

酣畅淋漓的《滕王阁序》一气呵成，王勃接着写下了这篇序要引出的主体《滕王阁诗》：

> 滕王高阁临江渚，佩玉鸣鸾罢歌舞。
> 画栋朝飞南浦云，珠帘暮卷西山雨。

闲云潭影日悠悠，物换星移几度秋。

阁中帝子今何在？槛外长江　自流。

奇怪的是，在"江""自"两字之间，空了一格。王勃把序、诗呈给阎都督，对盛情款待表示了谢意之后，便告辞出门。阎都督一边看着眼前这篇绝代佳作，一边赞不绝口，待得看到最后一句中的空格，心知这是人家在出题了。旁观的文人雅士们七嘴八舌，各抒己见，这个点头说"应该是个'水'字"，那个摇头说"八成是个'独'字"。阎都督思来想去，觉得均差了一丝韵味，于是命人立刻出门追赶王勃，请他把落了的字补上来。

使者快马加鞭、满头大汗地追上王勃。不料王才子很有个性地回答说："一字值千金，还望都督海涵。"使者只好返报。阎都督沉吟片刻，心想既然是一段佳话，就干脆做足吧，便命人备好纹银千两，亲率众文人学士赶到王勃住处。王勃这时候故作惊讶："何劳阎公下问，晚生岂敢空字？空者，空也。阁中帝子今何在？槛外长江空自流。"众人听了，都是一拍脑门，用"空"字果然最有神韵！

本人读崔颢《黄鹤楼》的"黄鹤一去不复返，白云千载空悠悠"这两句，总会联想到"阁中帝子今何在？槛外长江空自流"，大概因为有着相似的意境吧。王勃的作品在前，首创性当然更强。

按逻辑关系，本来《滕王阁诗》是主体，为了要写这首诗才需要写这篇序，但《滕王阁序》实在是太过光芒万丈，让很多人反而把诗给忽略了。《滕王阁诗并序》一经流传，大家纷纷传抄，一时洛阳纸贵，连唐高宗读后都不禁掩卷长叹"真天下奇才也"。连皇帝都如此激赏王勃，这就引起了另一位天才儿童的攀比之心。

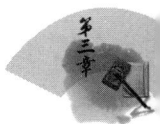

▎耻居王后▎

"初唐四杰"的排序是"王杨卢骆"。笔者不太重视排名，随手从最后的骆宾王写起也无所谓。但并不代表大家都不重视，尤其是排名中人，比如本章的配角杨炯。他一向认为"王杨卢骆"的次序没有真实地反映出各位选手的实力，所以公然声称"愧在卢前，耻居王后"。

卢照邻比杨炯大十几岁，杨炯因此不好意思居在卢前，尊老毕竟是中华民族的传统美德。杨炯不服气王勃，可能因为王勃与他同年出生，做官比他还晚一年。就像如果有个比你早十年进公司的人，级别还没你高，你多少也会有点不好意思；而如果有个比你晚一年进公司的人，升得却比你快，你大概心里也会不爽。

不过杨炯在王勃死后为其文集写序言，对王勃的评价倒是极高。人死为尊，是中华民族的另一传统美德。王勃是溺水后惊悸而死，其时尚未到而立之年，这一点教育我们学好游泳很重要，关键时刻能救命。卢照邻、李白、张志和也都是死在水里，很容易让人想起李白《哭晁卿衡》里的"明月不归沉碧海，白云愁色满苍梧"。这首诗是李白听到自己的日本友人、遣唐使晁衡（原名阿倍仲麻吕）在渡海返日途中淹死的谣言后所做的悼亡诗。实际上，晁衡并没有淹死，他被海风刮到了越南而幸存，后来以七十二岁的高龄病逝于长安，在唐生活了五十四年，最终未能回归故土。相比之下，张志和就没这么幸运了，他在与颜真卿等人东游平望驿时，不慎在平望莺脰湖落水身亡，终年仅四十二岁。而传说李白自己倒是喝醉后想要去捞水中之月，掉在江里淹死了，可谓一语成谶。

杨炯最好的作品是这首《从军行》：

烽火照西京，心中自不平。

牙璋辞凤阙，铁骑绕龙城。

雪暗凋旗画，风多杂鼓声。

宁为百夫长，胜作一书生。

对于读惯了一流唐诗的当代人来说，杨炯的这首诗并不惊艳。但在此之前的初唐诗歌大多还陷于魏晋以来的绮靡之风，而这首《从军行》却雄浑刚健，在当时一定令人眼前一亮，可称得上是唐人边塞诗的第一声号角。尤其是尾联，令人感受到班超班定远投笔从戎、万里觅封侯的冲天豪气。

杨神童眼高于顶的著名例子，是称当朝官员为"麒麟楦"。楦是做鞋帽所用的模子，麒麟楦自然就是做麒麟的模子。麒麟是传说中的动物，古人演戏时没法搞一只高仿真的来，只好用驴马修饰皮毛后假充。说人假充麒麟，就像明明骂人"蠢驴"，还文绉绉地绕了个弯子，可见杨炯年少气盛，得罪很多人是免不了的。这里顺带介绍俗语"露马脚"的出处之一：用驴马冒充麒麟，上半身容易遮盖，腿脚却难以遮掩得好。演戏时，驴马一走动起来，很容易把未经修饰的长毛大脚露出来，此谓"露马脚"。

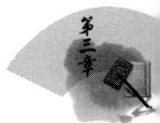

| 愧在卢前 |

被杨炯一句"愧在卢前"而推崇的卢照邻，也是一位神童，十几岁时就以博学闻名。对于"王杨卢骆"的排名，卢照邻的表态显得很谦虚："喜居王后，耻在骆前。"意思是对于自己能排在王勃后面与之齐名，就已经感到非常荣幸了，而居然还能排在骆宾王之前，实在有点不好意思。相对于杨炯的年轻气盛，卢照邻在对待名声方面表现出了成熟的君子之风。

卢照邻最优秀的作品是长诗《长安古意》，其中有一句"得成比目何辞死，愿作鸳鸯不羡仙"。我们现在常说的"只羡鸳鸯不羡仙"，就是从这句演化而来。他本是个多愁多病身，后世推测他可能患有麻风病，后来和唐太宗一样，被传统假药"长生丹"进一步摧残。沉重的病势使他毁容并残废，再加上仕途不如意，只觉了无生趣，与亲人告别后，投颍水自尽，当时年仅四十岁。

"初唐四杰"不满当时纤丽绮靡的诗风，改走慷慨激昂的路线，对之后唐诗的辉煌有奠基之功。同时代的很多人却没有那么长远的眼光，对他们颇为轻视。但杜甫很认可他们的成就，在自己的《戏为六绝句》里写道：

> 王杨卢骆当时体，轻薄为文哂未休。
> 尔曹身与名俱灭，不废江河万古流。

骂人也能骂得这么酣畅淋漓、千古传诵，"诗圣"确实令人佩服。杜甫此诗之后，再也没人敢跳出来说"初唐四杰"的坏话。但历史总是在不断地重复，杜甫身后也曾被人指摘他的诗风，引得韩愈在《调张籍》中写出"李杜文章在，光焰万丈长。不知群儿愚，那用故谤伤。蚍蜉撼大树，可笑不自量"之句（关于这段韩愈大战元稹、白居易的笔墨官司，后文将会详细讲到），可见唐太宗的"以史为鉴"之言是多么睿智，而著名哲学家黑格尔对此如是说："我们从历史中学到的教训就是，我们从历史中什么也没有学到。"

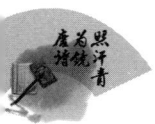

第四章
江月年年望相似　不见古人幽州台

"初唐四杰"可算唐朝诗文革新的先锋，但紧随他们之后，名动江湖的陈子昂才是初唐的最高峰。这位有才多金、善于自我炒作以抬高声名的高富帅，标榜汉魏风骨，反对齐梁绮靡文风，被后人尊为"诗骨"，算是赢得了身后名。

｜千金摔琴｜

陈子昂，字伯玉，比王勃和杨炯小十一岁。他是来自天府之国的富二代，本来是个问题少年，十八岁了还打架赌博、游手好闲、不学无术，后来不知受了什么刺激，突然开始发愤上进。在一个深山道观中苦读几年之后，陈子昂功力猛进，于是出川入京，打算去考进士求取功名。

唐朝虽说有进士考试，但朝廷的选官权在很大程度上，还是被把持于关陇集团手中，是否能得到名流贵胄的推荐，甚至可以决定科考的成败，而考生的名气和口碑在考官心目中是可以加分的。陈子昂初到长安时，也和其他准备应考的年轻人一样，到处拜访达官显贵，想为自己增加点名气，但效果并不明显。虽然他也是妥妥的富二代一枚，但在豪门云集的京城，人家一听他来自偏远的蜀中，根本不带他玩，因为在权贵们看来，自汉朝那位靠一曲《凤求凰》拐走大才女卓文君去当垆卖酒的司马相如之后，蜀中就再没出过名动天下的大才子。融不进上流社会的朋友圈，百无聊赖的陈子昂只好每天上街闲逛散心，逛着逛着，眉头一皱，计上心来……

长安，风和日丽的一天，黄金地段朱雀大街的集市上熙熙攘攘，各个店面皆人头攒动，好似巴黎春天不打烊。贞观时期，市民的购买力还是比较强的。只见一个地摊前，一位衣着普通的老者手捧一把貌不惊人的古琴，居然叫价千金，自然吸引了众多人围观。帝都市民纵然见多识广，围观者中也不乏名士，但大家一时难辨此琴优劣，因此无人愿意出手购买。正在众人窃窃私语之时，忽听身后有人操着川音朗声道："此琴，在下买了！"

众人皆是一惊，纷纷回头。看官猜得不错，口出此大言的正是轻摇折扇的高富帅陈子昂。有人忍不住问："这位公子，此琴优劣难辨，你为何敢出如此高价？"陈子昂微笑道："在下善琴，自知优劣。诸君若有意，明日请到敝处，愿以此琴为各位演奏一曲。"说罢飘然而去，只在众人的咂舌声中留下一个道骨仙风的背影。

翌日，陈子昂所住的客栈果然门庭若市，以至店小二开始出售门票牟利。等到楼上楼下院里房顶都黑压压地挤满了人后，陈子昂长身而起，作了个罗圈揖："在下陈子昂，自蜀地千里入京，携诗百篇四处求告，但无人赏识。弹琴乃区区乐工所为，岂吾辈鸿鹄之志者所应留心？！"说罢，举起那具千金之琴，朝地上用力一摔，古琴顿时粉碎。

这一举动大出所有人的意料，大家还没回过神来，陈子昂已以迅雷不及掩耳之势拿出自己的诗文，分赠给围观之人。众人正为陈

子昂一掷千金的豪举所惊，再读其诗，果然意境不俗，于是争相传阅。两三日内，既有财又有才的文艺青年陈子昂便登上头条、名满京城，成为家家户户文化人晚餐桌上的主题谈资，许多待字闺中的名媛纷纷打听陈帅哥是否已经名草有主。估计你会认为他是在炒作——我也这样认为。名声大噪的陈子昂果然在随后的考试中进士及第。

千金的付出相对于中进士的收益来说，投入产出比实在是太高了。更何况卖琴的老者八成是陈子昂安排的托儿，那把琴搞不好就是成本低廉的普通货色。反正琴也摔烂了，毁尸灭迹，死无对证。俞伯牙摔琴出名，陈子昂摔琴也出名，可怜琴何辜？恳请大家不要再学着摔它了。

| 少年得意 |

唐朝的进士考试选拔全国最顶尖的人才，每次及第的仅约三十人。据《文献通考·选举二》记载："进士大抵千人，得第者百一二；明经倍之，得第者十一二。"即唐朝进士科的录取率在1%~2%；明经科录取率比进士科多了10%——科考中举的难度与含金量可想而知。孟郊曾经两次落第，第三次考试高中进士后，仿佛一下子从苦海中超脱出来，按捺不住得意之情，写下《登科后》：

> 昔日龌龊不足夸，今朝放荡思无涯。
>
> 春风得意马蹄疾，一日看尽长安花。

这首诗给后人留下了"春风得意"与"走马观花"两个成语，那一年，孟郊四十六岁。

新科进士们按照惯例，会在长安慈恩寺聚集，推举一人作文以

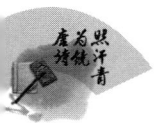

记此盛事，并将各人的姓名、籍贯一起交与石匠，刻在大雁塔的石砖上，因此成语"雁塔题名"就是代指进士及第。白居易考中进士时，写诗自夸道："慈恩塔下题名处，十七人中最少年。"春风得意之情溢于言表，因为当时他还是二十七岁的小鲜肉，而身边大都是孟郊那个年龄段的大叔。那么陈子昂中进士时的年龄呢？呃……二十四岁。

陈子昂中进士时比白居易还小三岁，可以想象他该有多得意。当然他也有那个资本，整个唐朝近三百年间，比他成名更早的天才屈指可数。少年得志、意气风发的陈子昂，肯定想高唱一声："大地在我脚下！"

| 登台兴叹 |

一人得道鸡犬升天，女皇武则天的侄子们几乎都在朝中担任要职，哪怕是个草包。不幸这样的上司就让陈子昂碰到了。他在武攸宜幕府担任参谋，随同征伐叛乱的契丹部落。武攸宜以其"素是书生，谢而不纳"为由，对他言不听计不从，陈子昂胸中郁闷无比。在这种状态下，当他路过幽州台（也就是著名的"黄金台"）时，提笔写下了这首千古名篇《登幽州台歌》：

> 前不见古人，后不见来者。
> 念天地之悠悠，独怆然而涕下。

战国时，燕昭王心忧燕国偏远弱小，一心想招揽人才，但大家都怀疑他是叶公好龙，并非真的求贤若渴。为了纠正别人对他的误解，燕昭王采纳郭隗的建议，筑造了黄金台来礼待这位行将就木的老者。那些觉得自己比郭隗强太多的能人们自然兴趣大涨，没多久

小山

陈子昂登台叹八荒

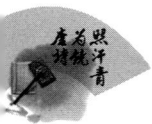

就形成了"士争凑燕"的可喜局面,其中包括来自魏国的军事家乐毅等人。原本落后的燕国一下子人才济济,迅速强盛。乐毅率领被人轻视的燕国军队,把强大的世仇齐国打得奄奄一息,只剩下两座城池。齐国遭此重创,几乎灭亡,全靠燕昭王死得早、乐毅被新君猜忌出走,再加上齐国名将田单的火牛阵才缓过劲儿来。不只是在二十一世纪时人才才是最重要的资源,自古以来,国家、民族之间的竞争,都是人才的竞争,或者说是培养、吸引人才的体制的竞争。

大多数诗评对《登幽州台歌》的理解是,陈子昂在感叹像燕昭王那样的前代贤君已不可复见,后代的贤明之主自己也熬不到了,真是生不逢时啊。登上高台极目远眺,天地苍茫,人生寂寞,不禁悲从中来,不可断绝,怆然而下几滴英雄泪。主调是"才高命蹇"四个字,貌似这是历代许多才子的共同命运。

但我觉得此诗更像是在感叹人之一生在历史长河中的短促渺小,其意境有点接近张若虚"孤篇压全唐"的《春江花月夜》里那句:"江畔何人初见月?江月何年初照人?人生代代无穷已,江月年年望相似。"陈子昂当时估计在思考人生终极问题,此诗充满了哲学味。当代能在深度上与之相比的也只有著名的"保安三问"了:"你是谁?你从哪儿来?你要去哪儿?"

孤篇压全唐

如果张若虚没有写出这篇《春江花月夜》,很多人可能都会怀疑历史上是否真有此人,因为他留下的文字痕迹如此之少,而且其生卒年、事迹通通不详,但正是这仅有的一首作品,就让他"孤篇横绝,竟为大家"。全诗如下:

春江潮水连海平，海上明月共潮生。

滟滟随波千万里，何处春江无月明？

江流宛转绕芳甸，月照花林皆似霰；

空里流霜不觉飞，汀上白沙看不见。

江天一色无纤尘，皎皎空中孤月轮。

江畔何人初见月？江月何年初照人？

人生代代无穷已，江月年年望相似。

不知江月待何人，但见长江送流水。

白云一片去悠悠，青枫浦上不胜愁。

谁家今夜扁舟子？何处相思明月楼？

可怜楼上月徘徊，应照离人妆镜台。

玉户帘中卷不去，捣衣砧上拂还来。

此时相望不相闻，愿逐月华流照君。

鸿雁长飞光不度，鱼龙潜跃水成文。

昨夜闲潭梦落花，可怜春半不还家。

江水流春去欲尽，江潭落月复西斜。

斜月沉沉藏海雾，碣石潇湘无限路。

不知乘月几人归，落月摇情满江树。

虽然有人说"孤篇压全唐"的评价实属过誉，但我认为此诗至少在两个方面实至名归。第一，是在内容上的突破，超越了一般诗歌的写景、状物、叙事、抒情，通过"江畔何人初见月，江月何年初照人"两句跨入了追问终极问题的范畴，在这方面可谓前无古人、后稀来者，陈子昂的《登幽州台歌》也没有用这么明确的疑问句来提出哲学性思考。第二，是在诗风上的突破，当初唐诗歌还在六朝的绮靡文风里兜兜转转、寻找出路时，此诗走出了正确的方向，而后来的唐诗，也正是朝着这个方向前进的。诗中很多名句被后世诗人或引用或化用：你有没有看到崔颢"黄鹤一去不复返，白云千载空悠悠"的影子？有没有看到李白"今人不见古时月，今月曾经照古人"的影子？有没有看到张九龄"海上生明月，天涯共此时"的影子？

金庸肯定很喜欢《春江花月夜》，所以东邪黄药师在"海上明月共潮生"一句的基础上创制了"碧海潮生曲"的独门武功，以极高内力从玉箫中吹奏出优美的旋律，听者只要内功、定力稍弱，轻则受伤，重则丧命。傻哥哥郭靖当时如果没有通过这一关考试，也无法名正言顺地娶到古灵精怪的桃花岛千金黄蓉妹妹。

| 黄金铸子昂 |

历代文人对陈子昂的评价都很高。韩愈在向宰相郑馀庆推荐孟郊的《荐士》（荐孟郊于郑馀庆也）一诗中，称赞陈子昂是盛唐文采风流的真正开创者："国朝盛文章，子昂始高蹈。"金末元初的著名诗人兼诗评家元好问则在他的《论诗三十首》里如此赞叹：

> 沈宋横驰翰墨场，风流初不废齐梁。
> 论功若准平吴例，合著黄金铸子昂。

这首诗中用了一个典故：越王勾践卧薪尝胆、奋发图强、灭亡世仇吴国之后，对功臣们论功行赏，大家都公推范蠡为首，勾践就让人用黄金为他铸了个像。元好问的意思是，把诗文从南朝的靡靡之音中解脱出来，为唐诗走向雄浑刚健开了风气之先河的众人之中，功居首位者应该是陈子昂。

这位勤学好问的元好问一共写了三十首论诗的绝句，其中的

《论诗第七首》我也非常喜欢：

> 慷慨歌谣绝不传，穹庐一曲本天然。
>
> 中州万古英雄气，也到阴山敕勒川。

大家都能够看出，这首诗评论的是你我耳熟能详的北朝乐府民歌《敕勒歌》：

> 敕勒川，阴山下。天似穹庐，笼盖四野。
>
> 天苍苍，野茫茫，风吹草低见牛羊。

从元好问此诗里，能看出北方少数民族对中原文化的倾慕和向往。元好问自己正是鲜卑族人，他的姓氏提供了明显的线索。北魏孝文帝拓跋宏把皇家鲜卑姓"拓跋"改为汉姓"元"，自己改名为"元宏"，元稹、元好问都是鲜卑贵族后裔。北魏孝文帝是被后代严重低估了其重要性的伟大君主，他是五胡乱华时期北方少数民族汉化的里程碑式的人物，为隋唐两代在中国恢复大一统局面打下了坚实的思想根基，他对历史所起到的推动作用与深远影响，怎么评价都不为过。

元好问的作品中流传最广的是《摸鱼儿·雁丘词》，前半阕是：

> 问世间，情为何物，直教生死相许？
>
> 天南地北双飞客，老翅几回寒暑。
>
> 欢乐趣，离别苦，就中更有痴儿女。
>
> 君应有语：
>
> 渺万里层云，千山暮雪，只影向谁去？

《神雕侠侣》中的古墓派大师姐赤练仙子李莫愁就是吟唱着这首词出场，也是吟唱着这首词在绝情谷的大火中谢幕的，形象很酷。

后世人尊元好问为"北方文雄"，认为他为金元之际的中国文学做出了承前启后的贡献，《论诗三十首》在中国文学评论史上颇有地位。而他对陈子昂的评价，伯玉可谓当之无愧。在幽州台上的那一曲苍凉激越的长歌，是为流行了百年的齐梁文风所唱响的挽歌，也是为即将登台的中国历史上甚至世界历史上最庞大辉煌的诗歌巨制所吹响的嘹亮号角，盛唐恢宏气象的大幕正在徐徐拉开。

| 激流勇退 |

既然前文提到本人非常欣赏的范蠡，就请允许我多说几句。

大多数人可能只记得范蠡献西施给夫差的美人计，其实他的功劳远不止于此。范蠡不但亲身陪伴越王勾践在吴国度过了最艰难、最危险的人质时光，在杀机四伏的环境中察言观色、建言献策，走钢丝一般地保护了主公的安全，还在勾践回到越国后辅佐他，十年生聚，十年教训，九术灭吴。更为难得的是，自古以来开国兴邦的功臣多矣，但像范蠡这样深明"鸟尽弓藏，兔死狗烹"道理且能够见机而去的君子，在我看来一只手就数得过来，可见他的智商、情商都到了何等高度。他砸掉自己的公务员铁饭碗之后，远走异国，下海经商，很快成为富可敌国的陶朱公，充分证明了只要是金子，在哪里都会发光。不知道这会不会让今天一些本来不适合却硬要去挤千军万马过独木桥考公务员的年轻人有所感悟。

在一只手就数得过来的君子里面，和范蠡的智商与结局相似的就要数汉初名臣张良了。他家祖上五代人都在韩国为官，韩国被秦王嬴政灭掉以后，张良并没有甘心做暴秦的顺民，而是一心要替祖国复仇。他寻访到一位志同道合的大力士，让其手持一百二十斤的

大铁椎，在博浪沙甘冒奇险，飞椎袭击出巡的秦始皇，可惜击中的是旁边的副车，这就是成语"误中副车"的来历。文天祥在《正气歌》里赞叹道"在秦张良椎"，典出于此。险些丧命的始皇帝气冲斗牛，大索天下，张良只好隐姓埋名逃亡，后来辅佐刘邦灭秦，并在鸿门宴上保住了深陷险境的刘邦的性命。

张良不但想做的事情一定要做成功，而且能够与时俱进。刘邦的谋士郦食其曾经献计，复立六国王族之后人来收买人心，对抗项羽。大老粗刘邦拍手称赞，命人速速刻制六王印玺，让郦食其带去各地分封。郦食其还没有出发，张良正好外出归来，听刘邦说了这个打算，立刻伸手拿起酒桌上的一双筷子，连比带画地讲了其中的利害关系，阻止这个开历史倒车的计划。刘邦茅塞顿开，下令立即销毁已经刻制好的六国印玺，从而避免了一次重大的战略错误，否则中国只怕还要再次陷入诸侯割据的战乱局面几十甚至上百年。

张良刚刚跟随刘邦时，处心积虑地只是想要恢复父母之邦韩国，但随着世易时移，他敏锐地意识到时代已经发生变化，并不故步自封。张良劝说刘邦维持大一统政权，在中国古代政治思想史上留下了重要的一页。

汉朝建立后，张良因功封为留侯。他跟随刘邦多年，深知他猜忌的性格，既然伴君如伴虎，不如距离产生美。知道在危险的政治博弈中该如何做的人很多，但真正能做到的人不多，正所谓"知易行难"。但张良视功名富贵如浮云，明哲保身不问朝政，赢得了刘邦和吕后的信任和尊重。后来萧何下狱、韩信被杀，张良成为"汉初三杰"中唯一一位能够善始善终的人。

至于范蠡所行的美人计，也不是吴国灭亡的主因。唐末五代时期的罗隐有首《西施》，言简意赅，很有说服力：

> 家国兴亡自有时，吴人何苦怨西施。
> 西施若解倾吴国，越国亡来又是谁？

把吴国灭亡的主因归咎于中了范蠡美人计的人，若不是思维过于简单，就是存心为统治者开脱。夫差在一连串的战争胜利之后的骄傲自满才是主因。历代农民起义一旦成功，从乡下进城以后的表现也与此类似。何况自古明君皆有宠妃，人家也没因此亡国，关键是要在美人与江山之间把握好平衡。把没管理好国家的错儿归咎于女人，这种论调也太给男人丢脸了。

云英未嫁

可能因为罗隐太喜欢说实话了，所以科举之途并不顺利，史载他"十上不第"，运气比陈子昂、白居易差了十万八千里。

他年轻时意气风发地奔赴长安科场，路过钟陵时结识了一位名叫云英的烟花女子，身材曼妙，好似赵飞燕，能做掌中舞。而云英也对罗隐的才气印象深刻，双方互有好感，最后怀着朦胧的暧昧依依惜别。十二年后，还没有考上进士的罗隐再次路过钟陵时，居然又遇见了云英，这对两人来说都是一场意外的重逢。徐娘半老的云英看着两鬓微霜的罗隐，很诧异地问道："先生还是白丁吗？"这一问真是戳中了罗隐的痛处。他不禁思绪万千，当场赋诗《偶题》：

> 钟陵醉别十余春，重见云英掌上身。
> 我未成名卿未嫁，可能俱是不如人。

"云英未嫁"就此成为典故，貌似说女子尚未出阁，实则比喻一个人尚未得志。罗隐才高八斗而未能考场得意，云英色艺俱佳却无人救拔从良，并非他们不如他人，应该是时运不济吧。

罗隐流传下来的最脍炙人口的作品是《蜂》：

> 不论平地与山尖，无限风光尽被占。
> 采得百花成蜜后，为谁辛苦为谁甜？

此诗用字浅白，可入小学语文课本诵读，一般被理解成是为劳动人民虽勤劳辛苦却不得温饱生活的不平而呐喊，但我认为它有着更深刻的讽世内涵，类似于《红楼梦》里《好了歌》中的那句"终朝聚敛苦无多，及到多时眼闭了"。这种可以抽丝剥茧般解读出多层意境的诗歌，诚为诗中上品。

罗隐另一首名作是《自遣》：

> 得即高歌失即休，多愁多恨亦悠悠。
> 今朝有酒今朝醉，明日愁来明日愁。

若说此诗是悲观主义吧，它在劝你及时行乐；若说它是乐观主义吧，从骨子里又透出一丝掩不住的愤世嫉俗和颓废。由此可见，看重及时行乐的人，其实正因为其悲观；真正的乐观主义者，在生命中是微笑而不是大笑。考虑到罗隐十次应考进士而不中的郁闷心情，写出《自遣》这样骨子里含着悲观的诗歌，也就不足为奇了。

像罗隐这样的大才子在唐朝都考不中进士，可知那考试有多难，但大家依然趋之若鹜。自魏晋以来，人才的选拔一直实行九品中正制，能力不重要，出身门第才是最重要的。这就导致官僚集团世袭化、家族化，"上品无寒门，下品无士族"，是个拼爹的时代。士族社会除了培养出一大批误国的清谈家，给我们贡献了充斥着

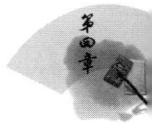

奇葩之人和奇葩之事的《世说新语》外，在政治上却是死气沉沉的。底层人士没有上升的通道，读书人经世报国的志向无从施展，就成为社会动荡的助力。到了五胡乱华时期，少数民族的君主只要尊重汉族的知识分子，给他们施展的空间，反而更容易让他们效忠，石勒的谋士张宾、苻坚的谋士王猛都是有代表性的例子。当然，这些在少数民族政权中得志的汉族知识分子反过来也帮助了少数民族的汉化和中国北方的民族大融合。

| 太宗长策 |

隋炀帝创立的科举制度，是历史性的巨大进步。之后唐太宗对科举做了有力的推动，有一次，他站在城楼上，看着新科进士鱼贯而入皇城，不禁志得意满地对身边的魏征说："天下英雄，尽入吾彀中矣。"意即用科举一途，将天下的能人尽收自己的囊中。而对于全天下的读书人，特别是寒门子弟来说，科举给了他们改变命运、向上流动的机会，于是"万般皆下品，唯有读书高"，搞得知识分子们从黑发考到白发，穷尽一生为那个鲤鱼跃龙门的梦忙碌，哪还有心思去考虑别的？！所以晚唐诗人赵嘏有诗云："太宗皇帝真长策，赚得英雄尽白头。"

科举相当于改革开放后的高考和公务员考试的合体。今天的高考制度虽屡受诟病，但在高等教育资源稀缺的中国，高考无疑是目前相对最为公平的选拔方式。如果没有高考中各种相对公平的严苛规定，高等教育资源在中国这个人情社会中将被分配成什么样子，真令人不敢想象。

第五章

少小离家老大回　春风不改旧时波

　　虽然唐朝的进士考试很难，大多数应试者都像罗隐一样熬白了头，但像陈子昂和白居易那样少年得志的诗人也不少。比如有位天才，三十六岁中状元后就在帝都做官，在官场上一直混到八十六岁才告老还乡，一生有幸经历贞观和开元两个盛世，五十年中从未被贬官到基层或者边远地区。据《新唐书》记载，这位老人家临退休时，唐玄宗为了表达对他的尊重，亲自写诗相赠，还让所有的皇子皇孙都来相送，在城外大摆筵席，满朝文武都放假一天去为他饯行。老人家希望得到周宫湖数顷作为放生池，玄宗下诏"赐镜湖剡川一曲"，远超过他之所求，可见恩宠之隆。

　　这位堪称人生赢家的老者，就是贺知章贺大人。

┃回乡偶书┃

　　贺知章，字季真，比陈子昂大两岁，生活的时代跨越了初唐和盛唐。他的家乡在浙江，风光无限的老人家还乡后，就在镜湖前赋了一首《回乡偶书》：

> 离别家乡岁月多，近来人事半消磨。
>
> 唯有门前镜湖水，春风不改旧时波。

诗中的镜湖即今天的鉴湖。"鉴"字的本意是镜子，今天的名字倒比唐朝时更为雅致。《回乡偶书》一共两首，除了上文提到的这首之外，另一首更加知名：

> 少小离家老大回，乡音无改鬓毛衰。
> 儿童相见不相识，笑问客从何处来。

多年宦游之后归家的无限感慨，尽在其中。现在如果找位八十五岁的老人来写诗，能写得出吗？一般情况下，只怕念都念不利索；还要考虑唐朝人的平均寿命约六十岁，那时讲"人生七十古来稀"，八十五岁可称"人瑞"。在复杂的官场上、在几朝皇帝的身边混得如此人见人爱就很难了，还能如此长寿就更难了；长寿到这个地步，脑筋还这么清楚，那是难上加难。这位人生赢家究竟有哪些过人之处呢？

在我看来，老贺的第一样好处是率性随意，而且他喜好喝酒是很出名的。在杜甫《饮中八仙歌》中排名第一的就是"知章骑马似乘船，眼花落井水底眠"。杜甫打趣他酒后骑马前仰后合，好似坐船，万一不小心摔到井里，接着睡觉就是了，老贺豁达豪放的形象跃然纸上。

老贺的第二样好处看起来似乎与第一样好处不易兼容于一人——他乃是风度翩翩、谈吐儒雅、温润如玉的谦谦君子。宰相陆象先是贺知章的表弟，他特别欣赏老贺的第二点，曾经说道："季真风流倜傥，实为高士。我和子弟们很久未见，并不想念；可是一天不见他，就觉得自己变猥琐了。"物以类聚，人以群分，让我们来看看如此推崇老贺的陆象先本人又是如何。

宽仁为政

陆象先，本名陆景初，象先是唐睿宗所赐名。"天下本无事，庸人自扰之"就是出自此人之口，由此可以想见他的清高。太平公主专权时，大臣们多阿附于她，陆象先却不为所屈。太平公主想提拔亲信崔湜做宰相，崔湜死活不肯："陆公高出常人一等，应被提为宰相。如果他都当不上，我怎么有脸当呢？"太平公主无奈之下，只好把陆象先和崔湜一起提名给皇帝，结果两人一起当上了宰相。不阿附权贵依然被如此尊重而位极人臣，这需要多么彪悍的人格魅力！先天政变中，唐玄宗诛杀太平公主一党，陆象先因是太平公主所举荐，也吃了瓜落儿，但唐玄宗很快将他释放，还加封为兖国公，赐实封二百户，加银青光禄大夫。

陆象先后来被贬官到益州（今四川省一带）执政，"仁恕"在心，从不苛待下属和百姓。曾有部下劝谏他说："此处民风刁滑，您应用严刑峻法来树立威信，否则百姓就会怠慢而不畏惧您。"陆象先微笑而答："政，在治之而已。难道一定要用刑罚来树威吗？"百姓们听说后都很感动，渐渐形成路不拾遗、夜不闭户的风气，蜀中大治。这样的政绩让人想起成都武侯祠上清人赵藩所撰的那副楹联：

> 能攻心则反侧自消，自古知兵非好战。
> 不审势即宽严皆误，后来治蜀要深思。

此联结合七擒孟获的故事，对诸葛亮治蜀的功业进行了总结。真正会治理的统辖者并不在于"好战"，而是从心理上消除官府与民间的对立情绪，从而保持长久的安定局面。这种方法过去有用，今天仍有用。

名臣文宗

对陆公心服口服的这位崔湜，担任宰相时年仅三十八岁。据说有一次，他在傍晚时分策马出玄武门，在马上赋诗道："春还上林苑，花满洛阳城。"张说（yuè）正巧在路边望见这位春风得意的崔帅哥，不禁自叹道："论文采，我还可以追得上他；论地位，我将来也可以追得上他；可是像他这般年纪轻轻便有如此成就，我可就比不上了。"他当年确实没有想到，自己将来的成就、名声和历史地位会远远超出崔湜。

张说早年参加制科考试，策论排名第一，前后三次为相，既是一朝名臣，也是一代文宗。他病逝后，唐玄宗亲自为其撰写神道碑文，并罢元旦朝会，追赠其为太师，赐谥文贞。相传张说的母亲曾梦到一只玉燕，自东南飞来投入怀中，继而有孕生下张说，后来人们便以"玉燕投怀"作为喜得贵子的恭贺语。连称呼岳父为"泰山"的典故也是出自这位张丞相。唐玄宗封禅泰山时，张说为封禅使。按照惯例，封禅之后，三公以下所有官员都要迁升一级。张说利用职权，将本是九品芝麻官的女婿郑镒一跃提升至五品。玄宗大宴群臣时，看到穿着绯袍的郑镒，问他为什么得到了火箭上升，靠裙带关系上位的郑镒无言以对，当时的名伶黄幡绰调侃道："这都是泰山的功劳啊！"皇帝封禅，岳父借机提拔女婿，满含敬仰之情的"老泰山"这一称谓的诞生，竟充满了讽刺的味道。

崔湜能够年轻得志，在于他先是傍上了有"女宰相"之称的大才女上官婉儿，后又依附权势熏天的太平公主，基本都是靠吃软饭挣来的。张说则完全依靠自己文武双全的能力建功立业，爵至燕国公：他对内拥立李隆基扳倒太平公主，辅佐明君；对外讨平叛胡，

裁撤镇军，整顿府兵。他执掌开元文坛三十年，文章与许国公苏颋齐名，二人号称"燕许大手笔"，而且两个人的好文笔都用来写过著名的墓志铭。唐朝最有名的墓志铭故事，就是"死姚崇算计活张说"。

| 死姚崇算计活张说 |

姚崇，字元之，也堪称文武双全，历经高宗、武周、中宗、睿宗、玄宗五朝皇帝，三次拜相，并兼任兵部尚书。他曾因不肯依附太平公主而被贬官。唐玄宗亲政后，姚崇历任高职，封梁国公。他提出"十事要说"，实行新政，辅佐唐玄宗开创开元盛世，被称为"救时宰相"，与房玄龄、杜如晦、宋璟并称唐朝四大贤相，身后赐谥文献。

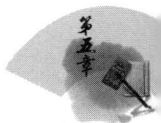

早年间，姚崇为了执掌朝政，曾把拥立唐玄宗的功臣张说挤出朝廷，到边疆镇守。姚崇自此独揽大权，成为开元年间第一位名相，为开元盛世打下了坚实的根基。多年后，姚崇退休，张说则因立下军功回到朝廷为相，可谓三十年河东三十年河西。

姚崇病危时，担心自己死后，张说会对儿子们秋后算账，便把他们叫到床前叮嘱说："张公与我政见不合，但他的文章妙绝天下。我死之后，希望能请他给我写篇墓志铭。"儿子们听到这个不可能完成的任务，不由面面相觑。

姚崇继续安排："张公最大的嗜好是古玩字画。我死之后，按照礼节，他一定会来吊唁，你们就把我的珍藏都摆在灵堂上。如果他看了无动于衷，就说明他迟早要找你们的麻烦，你们兄弟立刻辞官回乡，不要留在长安。如果他见了流露出恋恋不舍的表情，你们便如此这般……"

在姚崇的葬礼上，张说果然前来吊唁，当看到灵堂上陈列的古玩字画时，他两眼直冒金光。姚崇的儿子立刻上前施礼道："先父留有遗言，这些字画只有张大人的慧眼才能欣赏，令我们赠予张公。"张说倒吃了一惊："这个，怎么好意思呢？""先父只有一个心愿未了，就是想求张公的墨宝，为他写篇碑文。""原来如此。在下义不容辞，理所应当嘛！那这些……在下就却之不恭，受之有愧了。"张说收下礼物，拿人手短，当即笔绽莲花地写了一篇祭文，详述了这位前宰相的生平，褒扬其政绩，颂赞其品德，基本就是"此人只应天上有"了。

姚家人一拿到文章，立即连夜找人刻碑，同时将文稿呈皇帝过目。几天后，张说总觉得好像哪里不大对劲，便派人向姚家索要稿本，说是文辞不够周密，想拿回去再润色完善一下。姚崇儿子领来人看了已刻好的石碑，并说连皇上都已看过，还称赞张丞相文笔过人、同僚情深，等等等等。仆人回报之后，张说大为懊恼，抚膺长叹："死姚崇能算计活张说！"看来《三国演义》中说"死诸葛吓走活仲达"真是不虚啊。

姚崇确实了解张说的两个软肋，一是多少有点贪财之心，二是反应慢了一拍。张说为姚崇写了这篇墓志铭之后，世人都认为他与姚崇已经和解了，他也就不好意思再为难姚崇的儿子们了。从这个故事中我们可以看出姚崇的权谋和张说的率直，而张说的率直，早在其青年时期就已显露无遗。

| 据实铸史 |

武皇时代，女皇著名的面首张昌宗（就是被宋之问艳羡的那位

男宠，人称"六郎"）诬陷御史大夫魏元忠与人私议谋反，并胁迫张说做伪证，张说迫不得已之下应允了。后来成为开元年间第二位名相的宋璟专门等在张说进官的路上，劝他不要冤枉魏元忠，张说不置可否。待到面见武则天时，张昌宗便气焰逼人地让张说做证。顶着女皇热恋男友的重压，张说突然慷慨陈词："陛下您看，张昌宗当着您的面都敢这样强逼微臣，没在您面前的时候他该何等嚣张！臣今天面对大庭广众，不敢不据实以对。臣没听到魏公说过那些话，都是张昌宗逼臣诬陷他。臣岂不知今日如果阿附张昌宗便能立取高官，否则就惹下灭族大祸，但实在不敢诬陷他人！"群臣听了张说这番话，都不住地点头，所谓公道自在人心。张说的证言果然保住了魏元忠。武则天总要给鲜肉男友留点面子，虽然明知张说所言是真，但还是斥责他是"反复小人"，把他流放岭外。张说在这件事情上的英雄表现可令人浮一大白，但这还不是整个故事中最出彩的。

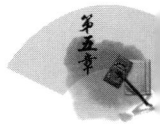

多年后，史官吴兢写《则天实录》时，如实记载了这段历史，包括宋璟的激励之语。当时张说已继宋璟之后，成为开元年间的第三位名相，位高权重，门生故吏满天下。为了面子，他暗中请求吴兢把宋璟相劝的那段话删掉，免得人家认为自己本来已经屈从张昌宗，全靠宋璟的激励才有此胆气。但吴兢坚决不肯："若徇公请，则此史不为直笔，何以取信于后？"最终也没有改动一字。

其实，张说即使真是内心先屈服后来才被宋璟激励起来，也已经非常难得了，毕竟他甘冒身家性命的巨大风险说了真话。更可敬的是，吴兢据实写史，不搞样板戏文风，塑造不食人间烟火的高大全虚假形象。

我很喜欢文天祥的《正气歌》，因为里面藏着许多精彩典故，除了前文提到的"在秦张良椎",还包括两个史官的光辉故事——"在齐太史简"和"在晋董狐笔"。由此可看出,吴兢并不是中国史官中的特例,他们确实有着能够引以为傲的优良传统。这两个故事意味深长,相信大家一定会喜欢。

| 太史简 董狐笔 |

齐国大臣崔杼杀了齐庄公之后,史官太史伯秉笔直书:"崔杼弑其君。"崔杼要求太史伯将记载改成齐庄公暴病身亡,太史伯不从,崔杼便杀了他;换太史伯的二弟太史仲来写,不料他也如实记载,崔杼干净利落地把太史仲也杀了;再换老三太史叔,还是如实记载,崔杼麻木不仁地把太史叔也杀了;换老四太史季,他继续照抄一遍。

刀都砍钝了的崔杼再也无法淡定了,暴跳如雷道:"你的三个哥哥都因为不听话死掉了,你难道不怕也死掉、全家被灭门吗?"

太史季正色道:"据实直书是史官的职责。若渎职求生,还不如去死。"崔杼无计可施,终于放弃,由得太史季去了。

太史季走出门来,艳阳高照,只觉恍若隔世。忽见另一家史官南史氏抱着竹简一路小跑而来,太史季忙问何故。南史氏答道:"只怕你家四兄弟都被杀光了,再也没人能如实记载此事,我只好赶来继续履行史官的职责。"太史季向其出示手中记着"崔杼弑其君"的竹简,南史氏仔细看了,方才放心,两人施礼而别。这便是"在齐太史简"。

中央一台曾经播放过电视剧《赵氏孤儿》,"在晋董狐笔"其实就是这个故事的前传。电视剧常常情节拖沓,远不如读书来得效

率高而且有味道，所以我也没看，也就不知电视剧里有没有交代晋景公记恨赵朔的前因了。这个前因就是之前的国君晋灵公（晋景公的堂兄）在赵朔的父亲赵盾执政时被杀。

晋国权臣、卿大夫赵盾为人仁厚，晋灵公小时候也是由他扶立为君的。但晋灵公长大后，越来越不像话，干的事儿一件比一件无节操、无下限。据《左传·晋灵公不君》记载，他最大的兴趣是在高台上用弹弓射行人，看他们鸡飞狗跳地躲避，然后幼稚地大笑。有一次，因为熊掌没炖烂，他就把厨师杀了，还将尸体分装到筐中，让宫女顶着经过朝堂，"杀鸡"给那些劝谏他的人看。

自古昏君大多玩物丧志，各有各的败家嗜好。比如卫懿公极度喜好养鹤，而晋灵公则是位爱狗人士，给狗穿绣花衣，把大夫们才吃得上的肉食拿来喂狗，无限抬高狗的地位，使得人人见狗都得躲着走。另外恶名昭著的事例就是重税厚敛，当时晋国人民已不堪重负。

赵盾看不下去，苦苦相劝，晋灵公对他的啰哩啰嗦十分腻烦，打算从肉体上消灭他。幸好遇到了忠义之士，赵盾躲过两次暗杀，心想还是保命要紧，便带着儿子赵朔逃往国外，在国境线上正巧遇见弟弟赵穿出使回国。

赵穿听了事情原委，便劝哥哥留在国境内先别出去，免得将来回国手续不好办，还是等自己先去劝晋灵公痛改前非再说。他在归途中一路盘算，觉得要想说服正处于青春叛逆期的晋灵公很不现实，搞不好连自己的小命也得葬送掉，所以回京后直接挑唆卫士哗变，杀死了晋灵公。晋灵公本来对军队高级将领很是笼络，为他们配备了超标准的豪华马车，但下级军官和士兵的家人都负担着苛捐杂税，

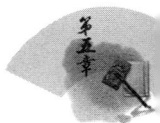

早已愤懑于心，光是养少数脑满肠肥的高官又有何用？！

赵盾闻变回京，拥立公子黑臀为君（史称晋成公，他是晋灵公的叔叔、晋景公的父亲），自己继续当首辅大臣。于是史官董狐记载："秋七月，赵盾弑其君。"赵盾对于赵穿弑君的行为一直心中有愧，有一天专门找了董狐索要史书翻阅，一看到这句，不禁勃然大怒："弑君的是赵穿，并不是我啊！"董狐平静地回答："赵穿行凶之后，说句'我哥是赵盾'就没事了。您是首辅，逃未出境，归不讨贼，责任自然该由您来负。"赵盾无语以对，仰天长叹一声，对董狐无可奈何，只好作罢。

从这个故事中，我们能够理解《赵氏孤儿》一剧的深层历史背景。赵氏政治集团杀了国君都不必偿命，后任的国君能不忌讳？能不故意放任"下宫之难"，把赵家灭得只剩赵氏孤儿？这位孤儿赵武后来使赵氏重新光大昌盛，他的后代终于与韩、魏两族一起，三家分晋。

第六章

问君西游何时还　金龟换酒蜀道难

张说自愧不如崔湜；崔湜自愧不如陆象先；陆象先本人已经超凡脱俗，大家可以想象被他如此推崇的贺知章该是何等人。

| 谪仙人 |

天宝初年的一天，我们这位人见人爱、花见花开的贺知章贺大人又像往常一样，一路溜达到了自己最爱的杏花村酒家。他施施然上到二楼，在自己最喜欢的靠窗雅座坐下，要了一壶酒、一盘肉，准备自斟自饮，来个一醉方休。只听见楼梯嘎吱声响，走上来一位白衣公子，此人目光深邃、面容俊朗，眼光朝众人扫了一圈。被他眼光扫过之人，只觉对方气势逼人，都不禁打了个寒战。

见白衣公子的眼神停在自己脸上，贺知章心中一跳，心想自己闯荡文坛几十年，顶尖高人见得多了，但还从未遇见过如此英气逼人的眼神。老贺正在暗忖对方的来路如何，白衣公子已面带微笑，缓步走到桌前，一揖到地："晚生见过贺老前辈。"抬头一笑，灿若春花。老贺见是友非敌，一颗心落回原处，起身还礼："这位公子如何认得老朽？敢问公子尊姓大名？""贺老前辈提携后进，名满天下，何人不知？正所谓'平生不识贺季真，满腹诗书无人赏'。

晚生姓李名白，乃是蜀中人氏。"

原来李白的祖上在西域生活多年，据说他本人则出生于今天的四川省江油市青莲乡。诞生前一夜，母亲梦见太白金星飞入怀中，故为孩子取字太白（大家可联想前文的"玉燕投怀"，大人物都喜欢给自己或被后世人渲染上些许神话色彩）。李家本是武学世家，李白少时曾在眉州象耳山中读书习武，甚觉枯燥，一日丢了书本，下山玩耍。一路走到溪边，只见一位白发老婆婆正在那里嘿呀嘿呀地磨一根铁杵。李公子家学渊源，一眼看出这老妪身负绝学，忍不住问道："请教这位大娘，磨杵何为？"老妪微微一笑："无他，打算磨成我家传神针而已。"李白一惊："老人家莫非正是江湖上人称仙鹤神针的武家大娘？"他立时明白过来，于是恭恭敬敬地行了个大礼："多谢前辈教诲！弟子若不学成，誓不出此山一步。"自此李白勤学苦练、文武双修，不出几年便有大成。这个大家耳熟能详的"铁杵成针"的故事，和所有武侠小说的桥段一样，男主角得遇世外高人的指点，瞬间打通任督二脉，功力达到前所未有的境界。

学成文武艺，货卖帝王家，李白随后便出川入京，求取功名。他自忖若想在京都之地扬名立万，还须有前辈代为延誉方可，闻得贺大人最喜提携后进，遂一路打探，找到老贺常来的这家杏花村酒家等候，果然得见。

几句场面话说过，贺知章便问："贤侄可有诗稿带在身边？"这一问正中李白下怀，他立刻从袖中取出一篇《乌栖曲》递上。老贺接过来摇头晃脑地念道：

姑苏台上乌栖时，吴王宫里醉西施。

吴歌楚舞欢未毕，青山欲衔半边日。

银箭金壶漏水多，起看秋月坠江波。

东方渐高奈乐何！

老贺越读，脸色越是阴晴不定，读毕长叹一声："此诗足可惊天地泣鬼神！然而你竟敢这样讥刺当朝天子，不怕诛九族吗？"原来此诗明写的是春秋时吴王夫差先发愤图强、振吴败越，后沉湎声色、反致覆亡；暗讽的却是唐玄宗与之相似的早期励精图治、后期荒淫废政。全诗乐极生悲的意蕴呼之欲出，老贺这样的明眼人一看即知。我们若联想到几年后的安史之乱，"渔阳鼙鼓动地来，惊破霓裳羽衣曲"，玄宗仓皇逃蜀地，贵妃命丧马嵬坡，李白可算是有先见之明。

出手的第一首诗即为上品，贺知章心知面前的青年才气之高不可限量，忙问："贤侄可还有其他诗稿？"李白早有准备，立时又递上一篇。老贺接过，朗声读道：

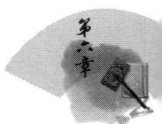

　　噫吁嚱，危乎高哉！

　　蜀道之难，难于上青天。

贺知章不禁击节赞叹："比拟之奇，闻所未闻！"继续抑扬顿挫地念下去：

　　蚕丛及鱼凫，开国何茫然。

　　尔来四万八千岁，不与秦塞通人烟。

　　西当太白有鸟道，可以横绝峨眉巅。

　　地崩山摧壮士死，然后天梯石栈相钩连。

　　上有六龙回日之高标，下有冲波逆折之回川。

　　黄鹤之飞尚不得过，猿猱欲度愁攀援。

青泥何盘盘！百步九折萦岩峦。

扪参历井仰胁息，以手抚膺坐长叹。

我们可以清晰地看到，李白在这里用出了前无古人的夸张手法，奠定了自己最独特的风格。老贺越读越兴起，根本停不下来：

问君西游何时还？畏途巉岩不可攀。

但见悲鸟号古木，雄飞雌从绕林间。

又闻子规啼夜月，愁空山。

蜀道之难，难于上青天！

使人听此凋朱颜。

连峰去天不盈尺，枯松倒挂倚绝壁。

飞湍瀑流争喧豗，砯崖转石万壑雷。

其险也如此，嗟尔远道之人胡为乎来哉？

剑阁峥嵘而崔嵬，一夫当关，万夫莫开。

所守或匪亲，化为狼与豺。

朝避猛虎，夕避长蛇。

磨牙吮血，杀人如麻。

锦城虽云乐，不如早还家。

蜀道之难，难于上青天，侧身西望长咨嗟！

贺知章一口气读罢，难捺激动之情："你定是神仙遇谪下界，凡人哪能写出这种诗！"李白的外号"谪仙人"就从此而来。

|金龟换酒|

兴奋的老贺急忙招呼李白落座："来来来，咱爷儿俩好好喝几杯，我请客！"又吩咐一声："小二，这酒别断了，今日我要一醉

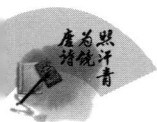

方休！"爷儿俩开始推杯换盏，谈文论诗。酒逢知己千杯少，抬头红日已西斜。酒足饭饱后，老贺叫来小二结账，一看账单，酒就醒了一半，再颤颤巍巍去摸腰间，突然一个激灵，发现自己今日出门，竟然没带荷包。

老贺是酒店的熟客，店小二当然了解这位礼部侍郎（侍郎相当于现在的副部级）不是故意吃霸王餐的那种人，赶紧赔笑道："要不您签个单，结在礼部的公款招待费里？这也是在为国家礼贤，并非私事嘛。"不料贺副部长一摆手："我倒是也想报销来着，只是本朝从来不准用公款消费，还是拿这个抵酒钱吧。"说着，解下了腰间皇帝御赐的金龟。

店小二和李白见了，都啧啧称奇。要知道这金龟的价值远不止那点金子，而是极高的荣耀和身份的象征。唐代只有亲王和三品以上官员（也就是宰相级别）才有资格佩戴金龟，其他人即使有钱买，也没资格用。老贺现在居然舍得、也敢将金龟拿出来换酒，说明对自己的尊贵身份毫不在意，对赏赐金龟的君主也不是毕恭毕敬，当得起"四明狂客"这个称号。若是赊账当然也行，但那太俗，也就不会有这个"金龟换酒"的故事流传下来了。

说到金龟，晚唐李商隐有首七绝，是一首他最擅长的无题诗，后来就以诗的头两字命名为《为有》：

> 为有云屏无限娇，凤城寒尽怕春宵。
> 无端嫁得金龟婿，辜负香衾事早朝。

这首诗描写了一个嫁给高官的妻子埋怨丈夫因为要赴早朝而不得不清晨就从温暖的被窝里爬起来。此后"金龟婿"就成为身份地位高的女婿的代称。但到了现代，贵不贵的大家已经不在乎，只

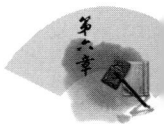

舍金龟沽酒宴李白

要是富，也就可以称为"金龟婿"了。

老贺与李白大吃大喝了一顿还不过瘾，干脆邀请他将行李从客栈搬到自己家里。两人每日谈诗饮酒，宾主甚是相得。李白比贺知章大约小四十岁，两人是祖孙辈的忘年交。

时光荏苒，转眼进士考试之期将至，老贺对李白道："今春考官乃是杨贵妃之兄、宰相杨国忠，监考乃是大太监高力士，他二人都是爱财之人。贤侄若不拿出些金银去买通他们，就算你有满腹的学问，恐怕也难中进士。不如老夫写封帖子去，预先嘱托一下，也许他俩能给老夫一点薄面。"李白点头称谢。没想到老贺的这番好意，倒引出好大的一场波折。

第七章

太白醉草吓蛮书　升平驸马打金枝

话说贺知章当时写了两封推荐李白的书信，差人分别送给杨国忠与高力士。杨高二人看信之后，都是微微冷笑："老贺八成是收了人家的金银，却空手写了书信来我这里白讨人情，这么不识相！到那天如果真有李白名字的卷子交上来，我便看也不看就给他废了。"这正是以小人之心度君子之腹。

到了考试那日，李白文思泉涌，一笔挥就，当先交卷。杨国忠见卷子上有李白之名，果然言出必行，看也不看就一顿乱笔涂抹："这样的书生，只配给我磨墨。"高力士哈哈大笑："我看连给我磨墨也不配，给我脱靴结袜罢了。"

李白被杨高二人如此嘲笑了一番，怒气冲天地回到贺知章家。贺知章劝道："贤侄不必烦恼，暂且在舍下安心住着，老夫再帮你谋划谋划。大不了等到再次考试，考官换人，你必然能够登第了。"李白无计可施，只好终日与贺知章饮酒赋诗，倒也快活。

| 醉草吓蛮书 |

一天，贺知章照常上朝。专门负责外事接待的鸿胪寺卿（不是鸿胪寺方丈）出班上奏道："今有渤海国遣使我朝，并奉上国书。"

只见一位身材短小、外邦衣着的使节，双手捧着国书缓步走上殿来。奇怪的是，当他走到最后几步时，每步均稍稍一顿。众大臣微觉诧异，留心一看，不禁咋舌。殿前坚硬的青砖上，他走过的地方都留下了半寸深的足印，原来是有意显露武功示威。唐玄宗见此，眉头也不由地微微一皱。使者行礼如仪，朗声道："渤海国使者拜见大唐皇帝陛下，并奉上国书。"汉语稍显生硬，倒也字正腔圆，调调和今天的留学生"歪果仁"们差不多。

旁边的翰林学士展开国书，倒吸一口冷气，赶快拜伏启奏："臣等学识浅薄，全然不识一字。"唐玄宗见使者面露微笑，并不接话解释，心知原来这是故意考较本国来了，便道："将国书传与诸大臣，看可有人识得。"传了一圈，众人尽皆摇头。唐玄宗无奈道："杨卿，你乃今春考官，学识渊博，翻译来听听吧。"杨国忠汗如雨下，只能不住磕头："陛下圣明！若是吐蕃、回纥等大邦文字，我朝学士尽皆纯熟。此小邦语种，并未设四六级考试，故大家均未学习。此诚应试教育之弊端也！"

唐玄宗心想，这小邦使节都能讲如此流利的汉话，我堂堂大唐威加四海却无人能识得彼邦文字，岂不被他小瞧？于是当即勃然大怒："尔等空食君禄，竟无一个饱学之士与朕分忧！此书识不得，如何答复？天朝的脸面岂不丢尽！"百官免冠叩首，不敢答言。

贺知章见时机已到，赶紧出班奏道："臣家中有一饱学之士，姓李名白，博学多能。陛下可请来一试。"贺知章是唐玄宗为太子挑选的老师，素以满腹经纶为当朝所推崇，他既然举荐李白，唐玄宗正急于维护国威，自然立刻遣使去贺宅宣召李白火速入宫。

李白听使者讲了原委，抬头望日，"仰天大笑出门去，我辈岂

是蓬蒿人"，穿了御赐袍服，打马入朝。上得殿来，看见青砖上的足印，心中一动，面上却不露声色，当下缓步上前，每一步都正好踏在足印之上，并微微搓上一搓。殿前文武见状，俱留心他走过之地，只见渤海国使者留在青砖上的足印已被搓得痕迹模糊，忍不住低声叫好。唯有杨国忠和高力士见李白露了这一手，脸色愈发难看。渤海国使者本来一脸倨傲，此时也不由地微露钦佩之色。

唐玄宗见李白比武已胜一筹，自是龙颜大悦："今有外邦国书，无人能解。闻得李卿博学多能，特宣卿至，为朕分忧。"李白此时倒端起架子来，躬身奏道："臣才疏学浅，应考也不能中。今有番书，何不令主考官解之？"唐玄宗道："贺公力荐卿，卿其勿辞！"遂将国书赐与李白观看。李白一边看，一边随口译出："渤海国王书达大唐皇帝：自贵国占了高句丽，与敝国逼近，边兵屡犯吾界。何不将高句丽一百七十六城让与敝国，免伤和气？敝国自当有好礼相送。如若不肯，愿与陛下会猎于高句丽。"

百官听了，面面相觑。杨国忠好大喜功，出班奏道："渤海国夜郎自大！微臣不才，愿提十万劲旅平之。"贺知章赶快谏阻："太宗皇帝天纵神武，连征高句丽尚未能取胜，府库为之虚耗。今承平日久，无将无兵，倘若轻动干戈，兵连祸结，且难保必胜。兵者，凶器也，圣人不得已而用之。"唐玄宗点头："这般便如何答他呢？"贺知章道："李白善于辞令，可使其作国书复之。"唐玄宗大悦，即拜李白为翰林学士，赐宴金銮殿："李卿可开怀畅饮，休拘礼法。"李白果然喝得酩酊大醉。唐玄宗吩咐御厨做醒酒羹，亲手赐予，李白一饮而尽。杨国忠、高力士见了，自是怏怏不乐。

唐玄宗又赐李白坐在御榻之前的锦墩上草诏。李白奏道："微臣靴上不净，恐有污前席。望圣上宽恩，赐微臣脱靴结袜而登。"

唐玄宗觉得这个要求很合理嘛，遂命小内侍："与李学士脱靴。"不料李白的真意在后面，他借着酒劲道："微臣还有一言，乞陛下赦臣狂妄。微臣之前入试春闱，因才疏学浅被杨相国批落，又为高将军所笑。今日他二位领班，微臣见之神气不旺。乞陛下吩咐杨相国与臣捧砚磨墨，高将军与臣脱靴结袜，微臣始得意气自豪，举笔草诏，口代天言，方可不辱君命。"唐玄宗本就是一位性格宽厚的皇帝，且一来知道李白是要报被辱之仇，并非无端挑衅；二来见他醉态可掬；三来见他识得渤海文字，确是奇才，此诚用人之际，不愿拂了其意，当下传旨："既然如此，着杨国忠捧砚，高力士脱靴。"

两人见李白恃天子一时宠幸，居然在大殿之上当着百官之面报复前仇，心中大怒，然皆敢怒不敢言，只得垂头丧气照做。李白洋洋得意，笔走龙蛇，须臾间草就了诏书献上。唐玄宗一看自然不识，便命李白读出来。李白意气风发，读得声韵铿锵："大唐皇帝诏谕渤海国王：自昔石卵不敌，蛇龙不斗。大唐应运开天，抚有四海，将勇卒精，甲坚兵锐。突厥背盟而被擒，吐蕃铸鹅而纳誓，新罗奏织锦之颂，天竺致能言之鸟……皆畏威怀德，买静求安。高丽拒命，天讨再加，传世九百，一朝殄灭，岂非逆天之咎徵，衡大之明鉴与！况尔海外小邦，高丽附国，比之中国，不过一郡，士马刍粮，万分不及。若螳怒是逞，鹅骄不逊，天兵一下，千里流血，君同颉利之俘，国为高丽之续。今大唐天子圣度汪洋，恕尔狂悖，急宜悔祸，勤修岁事，毋取败亡，为四夷笑。尔其三思哉！故谕。"

这篇诏旨可谓恩威并济、气势逼人，群臣齐呼万岁。唐玄宗捋须大喜。渤海国使者不发一言，接书告辞而出。鸿胪寺卿送至宫门，使者私下里问："适才拟诏者何人？"答曰："姓李名白，翰林学士。"使者又问："他是多大的官，能够使宰相捧砚，太尉脱靴？"

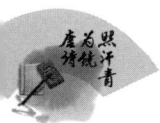

鸿胪寺卿专门负责外事接待，脑筋和口齿都是第一等的，在这种时候当然要抓紧机会树立国威，遂答道："宰相太尉，不过人间之极贵。李学士乃天上神仙下凡，更有何人可及？"

使者听了，点头而别，归至本国复命，详述了在大唐的见闻。渤海国王看了国书，心想：大唐有神仙相助，那还如何与他们做对？于是立刻修书结好，年年进贡，岁岁来朝。这一段演义，民间称为"李太白醉草吓蛮书"。在《宰相刘罗锅》这部特别暴露年龄的电视剧中，刘罗锅金殿见君、震慑外邦来使的桥段就套用了这个故事。

| 刀下留人 |

自此，唐玄宗对李白十分宠幸，常常宣召他入宫吟诗作赋，并以政事相询，想看他是否有治国之才，评估一下能否重用。就在这恩幸日隆的蜜月期里，李白做了一件日后挽救大唐王朝的事情。

一日，李学士正在长安大街上闲游，思索着要去哪家酒肆欢饮，忽听得锣鼓齐鸣，一队刀斧手拥着一辆囚车经过。驻马问之，原来是从边疆押解来的行军误期军官，按军法推至东市处斩。只见囚车中站着一位壮汉，容貌英伟，虎背熊腰。李白是个好奇心旺盛之人，便问其姓名。那人回答得声如洪钟，并无赴死之人常见的恐惧战兢。李白见他气概非凡，心想若留得此人性命，将来必为国家柱石，遂喝住刀斧手："尔等不可动手，待我亲往驾前保奏。"众人见是神仙下凡、圣眷正隆的李学士，谁敢不依，乐得做个顺水人情，便停车相待。李白当即回马直奔宫门求见皇帝，舌灿莲花地讨来一道赦救，便像电视剧里常见的那样，一路高喊"刀下留人"，飞马赶到东市，打开囚车放此人出来，许他戴罪立功。这位被李白从囚车里

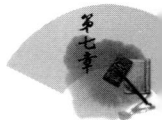

救出的壮士，便是大名鼎鼎的郭子仪。

被救的郭子仪拜谢了李学士的救命之恩，立志将功补过、尽忠报国。李白救人一命胜造七级浮屠，心情自然大好，又约了三五好友到杏花村酒楼痛饮，"五花马，千金裘，呼儿将出换美酒"，不觉酣然睡去。李学士暂且搁下，我们且来说说郭子仪。

郭子仪一生经历了武则天、唐中宗、唐睿宗、唐玄宗、唐肃宗、唐代宗、唐德宗七朝，早年未受重用，后来唐王朝在安史之乱中几乎覆灭，郭子仪率军收复洛阳、长安两京，功居平乱之首。后来吐蕃、回纥联兵入侵大唐，吐蕃一度攻占长安，郭子仪单骑驰入回纥大营，靠自己的威望和人品与回纥结盟，典型的"不战而屈人之兵"，然后掉头击溃吐蕃。郭老令公可谓再造大唐，在乱世中安定唐朝达二十多年，因功封汾阳郡王，唐德宗更是尊其为"尚父"。

历史上功劳盖世的名将有很多，但郭汾阳前无古人、后无来者的是"权倾天下而朝不忌，功盖一代而主不疑，侈穷人欲而君子不之贬"：他人品极好，最大的特点是宽厚；智商极高，既是战略家，又是战术家；情商极高，不仅功高不震主，更难得的是，连奸臣都不忍陷害他；哪怕生活奢侈，也无人因此贬低他，用"完美人设"来苛责他（他的奢侈，某种程度上是"有好大家分"，而且作为功臣，让自己表现出贪财、好酒色之类的小毛病，才是安全的、明智的）。《旧唐书》评价他道"以身为天下安危者二十年，校中书令考二十四……富贵寿考，哀荣终始，人臣之道无缺焉"，《新唐书》也评价其为"完名高节，烂然独著，福禄永终"——妥妥的360度无缺憾，用"人生赢家"都不足以形容其人生的圆满了。

郭子仪自己是富贵寿考的代表，子孙也"多以功名显"，这或

许就是"积德昌后、荫及子孙"吧。史载他有七子八婿或八子七婿，其中一儿媳是唐代宗的升平公主；而升平公主所生的女儿，后来被唐宪宗封为贵妃，诞下了唐穆宗，安享皇太后之尊，并在唐敬宗、唐文宗、唐武宗、唐宣宗四朝被尊为太皇太后，一生历经七朝皇帝，后世谓之"七朝五尊"（尽管其结局并不算好），谥号懿安皇后。

提到升平公主，就不得不说郭子仪与他的亲家翁皇帝合演的一出流传千古的家庭伦理教育戏。你猜的没错，就是"醉打金枝"。

| 醉打金枝 |

郭子仪七十岁大寿那日，儿子、儿媳、女儿、女婿齐来拜寿。一家人欢聚，发现满床的连襟、妯娌都是高官贵胄，所以这出戏叫作《满床笏》。朝笏是官员面圣时才会使用的办公用品，作用相当于记事本或提词器，所以用来象征高官。旧时民间的有钱人家，要把郭子仪的画像悬挂于中堂，称作"天官图"，以祈全福全寿；而"满床笏"则寓意家门福禄昌盛，绵延不绝。虽然它原出《旧唐书·崔义玄传》，后来俗传误为郭子仪事，但这反而令其更加为人所喜闻乐见。至明清两代，它成了从官场到民间的重头戏。《红楼梦》里的贾母就尤为偏爱这出戏——哪位老太君不希望儿孙满堂、富贵热闹、喜气洋洋呢？

说回到拜寿上来。原本的喜事，出现了一点不和谐的小插曲：当时儿女们数来数去，都是二十九人，少了一位儿媳，原来是老六郭暧的媳妇升平公主未到。郭暧作为男人，感到很没面子。

父亲爵至郡王、位极人臣，郭暧绝对算个贵二代了，但在他老婆升平公主的眼里，也就是个凤凰男，因为整个大唐天下都是她李

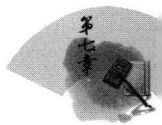

家的。嫁到郭家后，公主保持了金枝玉叶的本色做派，动不动就对丈夫和公婆发点刁蛮小脾气。其实郭暖夫妻的关系总体上还是不错的，但就在尊重公婆这点上，总是达不成一致。这次父亲七十大寿，郭暖一看嫂子、弟媳们一早都到齐了，就自己老婆睡懒觉迟到，心里很是郁闷。派家童去催了几次，公主终于摇摇曳曳地晃进门来。既然人齐了，儿媳们便排成一字横队，齐刷刷地向公婆行礼。

只听环佩声响，儿媳们皆跪下去，唯有一位赫然独立。不用说，高人一头的自然是公主啦。这位皇帝的女儿，莫非在等着臣子郭子仪夫妇来拜自己？究竟应该是臣子拜公主，还是儿媳拜公婆，估计在每位驸马家里都是个问题。我猜想日常的操作方案可能是相互免礼，一团和气。但在公公七十大寿这样重大的日子里，作为儿媳的升平公主只要残存丁点情商，就不会仍端着公主架子。随妯娌们一起行个大礼，又不会闪了腰，既显得自己温良贤淑，又能给老公面子、有利于夫妻和顺，何乐而不为呢？但是古今中外损人不利己的二货女青年从来都是层出不穷，升平公主便是其中一位。

苦等公主时已经灌了好些闷酒的郭暖看着长身玉立的老婆，忍不住斥责：“今日父亲大寿，你为何不拜？”公主见平日唯唯诺诺的老公今天竟敢当众斥责自己，不由逆反心理发作，柳眉一竖：“我爹是皇帝，我为什么要拜？！没让你们一起拜我，已经是客气了！”郭暖一听，火冒三丈：“你仗着你爹是皇帝，就不给我爹拜寿？你爹能当这个皇帝，那是因为我爹懒得当皇帝！”说完，顺手就“啪”地给了老婆一巴掌，这正是“酒壮怂人胆”。按郭子仪宽厚的性格，本应打圆场的，但毕竟年纪大了，没来得及反应；而兄弟姐妹们也是万万没想到郭暖能有如此壮举，根本来不及阻止这迅雷不及掩耳的一巴掌，就让一出“醉打金枝”顺利完成了。

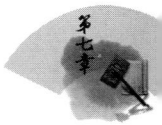

郭暖此言一出、巴掌一打，满屋人瞬间石化。这话不只伤及公主的尊严，更伤及当今天子的尊严，是毫无疑问的大逆不道。历史用无数鲜血证明，在等级森严的古代社会，这种大不敬之言足以导致灭门。政治经验丰富、一生谨小慎微的郭子仪立刻吓出一身冷汗。升平公主从小到大都过着众星捧月的生活，绝对是"豌豆上的公主"，何曾有人敢加一根小指头在她身上？！虽然郭暖这一下可能高举轻放，肉体上并无痛楚，但公主的颜面却挨了火辣辣的一巴掌。升平公主又急又怒，一声娇叱："你反了！敢打我？！我现在就回娘家，把你这话告诉父皇去！"当下不顾众人劝阻，呜呜咽咽地夺门而出。

郭子仪如何立即把儿子痛斥得满头黑线，自然不必多讲。单说公主一路哭哭啼啼地奔进宫，见了父母，把在郭家拜寿发生的事竹筒倒豆子般从头到尾哭诉了个遍："父皇你不知道郭暖多牛，居然说他爹懒得当皇帝！父皇你快治他大不敬之罪！"母妃赶紧把受了委屈的女儿揽进怀里，温言好语，轻声安慰。

唐代宗听公主讲完，不禁莞尔："郭暖这小子虽口无遮拦，所言倒也不虚。你公公对大唐有再造之功，若非他几次舍身为国平乱，父皇这个位置早被叛贼或吐蕃所夺了，你也做不成歌舞升平的公主。你实在不知，当年我大唐风雨飘摇之际，他若有心取而代之，也是不难。郭老确是古今难得的忠勇双全之良臣！"

这番胳膊肘向外拐的话，听得公主瞠目结舌。此时只听内侍来报："陛下，汾阳郡王在外求见。郭驸马也来了，呃……是绑着来的。"唐代宗道："快请进来！"郭子仪推着五花大绑、垂头丧气的郭暖进来，一齐跪下："老臣特来请罪！想来公主已对陛下讲了前后原委。犬子酒后口出狂言，都是老臣教子无方！现将逆子绑了来，请陛下发落。"唐代宗赶紧伸手扶起郭子仪:"亲家公不必如此。小儿女闺房口角,何足计较?不痴不聋,不做家翁。来,咱们大家喝一杯,给老令公祝寿,"又回头吩咐公主。"还不赶快将驸马扶起来!"

公主见郭暖被绑成粽子模样,也是心疼,立即给他解了,想想还未出气,偷偷在他腰上又狠狠地拧了一把。郭暖憨厚一笑,对公主一揖到地,尽在不言中。两人和好如初,并排坐了喝酒。

我们对比着看:现在很多年轻小夫妻争吵,双方的父母或七大姑八大姨常常"责无旁贷"地介入"帮忙",却不知这样往往会激化矛盾,小事变大。其实,子女结婚组成独立的家庭后,父母不应过多介入。"不痴不聋,不做家翁"在今天已是成语,可做为人公婆、岳父母者的座右铭,定能有助于家庭和睦。

第八章

李白斗酒诗百篇　沉香亭北倚阑干

还是那句老话，机会永远垂青有准备的人。文武双全的李白在金殿上威震外邦来使后，一炮走红，并以他的绝世才情使得恩宠日盛，三首辞藻艳丽的《清平调》博得嫣然妃子笑，将君臣关系推向蜜月期的最顶峰。然而也正是这三首传世之作，让进谗言的小人有机可乘，李白的仕途就此急转直下，真可谓成也萧何败也萧何。要说起这其中的渊源，我们可以先聊点题外话，话题是"美女"。

四大美女

这日春和景明，宫中沉香亭畔牡丹花盛开，唐玄宗正与杨贵妃同游赏玩。说到杨贵妃喜欢赏花，颇有一番来历。贵妃娘娘有一次在御花园中游玩，见一花儿娇美可爱，便伸手去摘，不料花叶立刻收缩卷起。这一幕恰巧被一位宫娥看见，逢人便大力宣扬贵妃和鲜花比美，连花儿都含羞低头了，"贵妃羞花"的典故就此诞生。我们大致都能猜到，贵妃娘娘摸到的是含羞草。至于这位宫娥，自然是极有前途的。

在此顺便就按历史的倒序，将"沉鱼落雁、闭月羞花"的四大美女中的其他三位一锅烩吧。

东汉末年，貂蝉见义父王允为了国家大事日夜忧虑，叹息自己身为女子，不能为父分忧，只能拜月默祷。此时一阵轻风微拂，浮云将皎洁的明月遮住。王允瞧见这一情形，灵机一动，大肆宣传营销，逢人就夸耀说我女儿貂蝉如何美丽动人，连月亮见了她也羞愧地躲到云彩后面去了。他故意让董卓和吕布闻貂蝉之艳名，然后施用美人计一举成功，激得"三姓家奴"吕布干掉了第二位干爹、大奸贼董卓，差点儿暂时挽救了奄奄一息、行将就木的东汉。这就是"貂蝉闭月"的典故。历史研究者对貂蝉这一人物的真实性存有争议，有观点认为她是一个虚构出来的艺术形象，四大美女中的其他三位都是历史中的真实人物。

接下来这位青史留名的美女名叫王嫱，字昭君。据说晋代时为避司马昭的讳，改昭君为"明君"，所以后人又称她为"明妃"。中唐诗人戎昱在《咏史·和番》中讽刺道："汉家青史上，计拙是和亲。社稷依明主，安危托妇人。"大家不要以为昭君和呼韩邪单于有着电视剧里那样的甜美爱情，事实上，他们是老夫少妻，算是祖孙恋，只在一起生活了两年，呼韩邪就病死了。随后王昭君按照匈奴风俗，改嫁给了呼韩邪的长子、新一代单于，又做了十一年的"阏氏"（yān zhī，相当于匈奴的王后），可能后一段婚姻还相对平稳一些。然而昭君远嫁匈奴之后，终生未能再看故土一眼，"独留青冢向黄昏"，命运也是相当凄凉的。当年她在出塞途中心情忧郁，在坐骑之上随手拨弦，琴声凄切，直冲云霄，一只南飞的大雁听到这伤心的旋律，悲伤得忘记摆动翅膀，竟然跌落下来，这便是"昭君落雁"的故事。更嬴射下惊弓之鸟，虽不用箭，也得用把弓，怎么说都是动用了兵器；而昭君只用乐器便可落雁，实在是位奇女子。

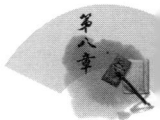

昭君的家乡据说在今天的湖北省秭归县，她有一位著名的同乡——屈原。屈原被流放前，他的姐姐特地赶回家来宽慰弟弟，后人为了表示对这位贤惠姐姐的敬意，将县名改为"姊归"，后来演变成了现在的"秭归"。

春秋时，越国少女西施在河边浣纱，水中的鱼儿看见她清丽动人的面容，竟忘记了游动，渐渐沉到河底，"西施沉鱼"的说法不胫而走。西施有先天性心脏病，发作时常忍不住皱眉捂胸，人们都觉得她这样更美，称为"西子捧心"。同住施家村的东施姑娘容貌平庸、心脏健康，没事也学西施紧皱眉头、招摇过村，结果形容丑不堪言，邻居纷纷闭门躲避，这就叫"东施效颦"。范蠡听说西施美绝人寰，遂教以歌舞，用了三年时间，将她训练成能歌善舞的绝代佳人，然后献给吴王夫差，好让他沉湎酒色、不思国事，用美人计助越灭吴。

关于西施的结局，史书中没有明确记载，善良的人们愿意相信她跟着初恋情人、智富帅范蠡泛舟太湖去了，更现实的版本则是说她被勾践或其夫人沉江。到了人生的末尾，才知道原来东施的生活也许更为平静幸福，你猜中了故事的开始，却没有料到结局。所以曹雪芹借黛玉之手写的《五美吟·西施》为她叹息道：

> 一代倾城逐浪花，吴宫空自忆儿家。
> 效颦莫笑东村女，头白溪边尚浣纱。

四大美人中的前三位都成了政治和战争的工具，第四位也是死于非命，难怪诗人们常发"自古红颜多薄命"之叹。

走马入宫

让我们回到唐朝。当日贵妃娘娘对着盛开的牡丹，心情甚佳，便招宫里的梨园子弟到沉香亭前奏乐。唐玄宗笑道："新花怎能用旧曲呢？"便命乐师李龟年速召李学士入宫。

这位李龟年，在唐诗史上颇有一席之地。杜甫诗云"正是江南好风景，落花时节又逢君"，安史之乱后又逢的这位君，便是李龟年。他年轻时受到玄宗的特殊优待，皇帝在东都洛阳为他修造了豪华的住宅，奢华程度甚至超过了王公大臣。岐王李隆范是玄宗的弟弟，好学爱才，善于音律。有一次，李龟年应邀到岐王府中做客，乐声刚起，他立即说："这是秦音的慢板。"隔了一会儿，乐音一变，他又说："现在是楚音的流水板。"岐王均点头称是。演奏结束后，李龟年也不理旁人，径自掀起隔开宾客与乐师的帷幕，把乐师手中的琵琶取过来自己弹奏，看来他喜爱音乐已经到了目中无人的地步。杜甫大概就是在这种场合认识李龟年的。

李龟年带了人出宫去寻李白，随从们纷纷议论道："这么大一座长安城，到哪里去寻李学士啊？"李龟年微笑不语，直奔城中最大的酒楼而去。才到门口，就听得楼上有人作歌道：

> 天若不爱酒，酒星不在天。
>
> 地若不爱酒，地应无酒泉。
>
> 天地既爱酒，爱酒不愧天。
>
> 已闻清比圣，复道浊如贤。
>
> 贤圣既已饮，何必求神仙。
>
> 三杯通大道，一斗合自然。
>
> 但得酒中趣，勿为醒者传。

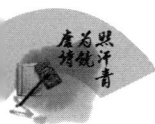

歌声中气十足，直送出两条街去，歌者不是李白又是谁？李龟年赶快大步上楼，只见李白独占一桌，已喝得酩酊大醉。李龟年上前摇醒他："圣上在沉香亭宣召学士，快随我去吧！"

众酒客闻得有圣旨，都好奇地站起来闲看。李白半睁醉眼，嘴里嘟嘟囔囔："我醉欲眠……君且去。"翻个身接着睡觉，居然还打起鼾来。众人不禁哗然，这分明是抗旨不遵嘛，好大的胆子！李白的忠实粉丝杜甫曾经在《饮中八仙歌》里对这一幕有生动的再现：

> 李白斗酒诗百篇，长安市上酒家眠。
> 天子呼来不上船，自称臣是酒中仙。

面对鼾声渐高的李白，李龟年急得一跺脚，走到窗口向楼下扬手一招。七八个随从噔噔噔一齐上楼，不由分说，将李白抬下楼，扶上玉花骢，直奔宫门而去，李龟年骑马紧随其后。刚跑到五凤楼前，唐玄宗又遣内侍来催促了，赐李白"走马入宫"，抓紧时间赶路。这可是只有皇帝非常宠信的少数年迈重臣、贵戚才能享受的待遇！李龟年便可不必扶李白下马，而是策马一路小跑，直到后宫沉香亭。

| 贵妃醉酒 |

来到圣驾前，玄宗见李白还未醒来，便命宫女含甘泉水喷之。被喷了一头冷水的李白从梦中惊醒，见已在天子和贵妃面前，大惊俯伏在地："陛下恕臣失礼！"玄宗微笑着亲手挽起："朕今日同贵妃赏名花，不可无新词，所以召卿前来。"李白应道："既然如此，请赐臣文房四宝。"一旁李龟年立即递上纸笔。李白醉意朦胧，大笔连挥，立成《清平调·其一》：

云想衣裳花想容，春风拂槛露华浓。

若非群玉山头见，会向瑶台月下逢。

贵妃一看，诗中将自己比作眼前雍容华贵的牡丹花，又比作幻想中衣袂飘飘的瑶池仙女，不禁芳心大悦："李学士醉中成诗，才华超曹子建远矣。"曹植七步成诗，是急智作诗的代表人物，但那是在清醒状态下完成的；李白酒醉而立刻成诗，难度更大。贵妃和玄宗这厢正在摇头晃脑地赞叹，李白那边手不停挥，片刻间又一首作好，李龟年双手奉与玄宗，即是《清平调·其二》：

一枝红艳露凝香，云雨巫山枉断肠。

借问汉宫谁得似？可怜飞燕倚新妆。

楚襄王为之断肠的巫山神女，只出现在梦中而已，哪及贵妃娘娘真实的花容月貌触手可及；汉成帝的皇后赵飞燕据说可做盘中舞，算得上绝代佳人，可李白说她还得倚仗新妆，素颜能不能入眼就很难讲，哪及贵妃娘娘天生丽质，即便不施脂粉也是绝色。其实，这个抑古扬今的说法并不是很靠谱，属于欺负古人不能辩驳。按照今天的审美观，骨感的赵飞燕应该更受广告商的欢迎，而玉环姐姐八成要忙着运动瘦身。唐朝受鲜卑文化的影响，以丰腴为美，我们可以看到唐代画作上的美女都是珠圆玉润的。

李白被玄宗赐予"走马入宫"的殊荣，而这两首诗内都有流传千古的名句，已足以回报皇帝。但他兴致正高，显然没有收手的意思，须臾间，《清平调·其三》也横空出世，方投笔捻须微笑：

名花倾国两相欢，长得君王带笑看。

解释春风无限恨，沉香亭北倚阑干。

这三首《清平调》好比长江三叠浪，一浪高过一浪。玄宗拍手

叹道："李卿之才，果非人间所能有！"当即命李龟年按调而歌，梨园子弟丝竹并起，玄宗也亲自吹玉笛相和，一派靡靡之音、歌舞升平之象。贵妃大喜，一连敬了李白三杯西凉葡萄美酒，自己也赏脸陪了一杯。借着酒兴，娘娘随歌起舞，意态似醉非醉，恍若仙女下凡。这一段可曾令你想到"贵妃醉酒"，这是后来四大名旦之首、京剧大师梅兰芳先生的拿手曲目之一。

当下玄宗赏赐李白可遍游皇宫内苑的特权，又令内侍推了一小车美酒紧随其后，任其酣饮。自此以后，凡宫中内宴，李白每每被召，连贵妃也对他十分敬重。

| 仕途失意 |

大太监高力士对殿上当众为李白脱靴之事耿耿于怀，一直伺机报复，但见李白圣眷正隆，也无可奈何。一日，高力士见贵妃娘娘独自倚栏低唱《清平调》三首，一唱三叹，正在顾影自赏，赶紧小碎步上前，给李白在领导夫人那儿上眼药："老奴原以为娘娘会对此诗怨入骨髓，不料竟然如此喜欢，实为不解。"贵妃诧异道："此诗有何可怨之处？"高力士道："诗中的'飞燕'，乃汉成帝的皇后，虽受宠幸，但竟与燕赤凤私通。李白以赵飞燕比娘娘，其心可诛！"

杨贵妃听了此言，一张脸顿时涨得通红。原来她认了胡人安禄山为义子，常出入宫禁，关系暧昧。据说安禄山曾误伤杨贵妃胸前，留下了"禄山之爪"这个典故，还相传杨贵妃为了遮挡伤处，发明了抹胸。高力士提赵飞燕此事，正刺中杨贵妃的忌讳，贵妃遂心下怀恨李白，常在玄宗耳畔说李白好酒轻狂，无人臣之礼。玄宗见贵妃不喜欢李白，便不再召他入内宴。李白情知为人所中伤，再难被重用，只得借酒浇愁，与贺知章、张旭等人每日纵酒高歌，被时人称为"饮中八仙"。

前文对高力士的描写出自《警世通言》，一些细节禁不起推敲。在后世的演义小说中，宦官绝大多数是奸臣或弄臣的形象，但很多正史中记载的高力士却是位"千古贤宦第一人"。《资治通鉴》称其"性和谨，少过，善观时俯仰，不敢骄横，故天子终亲任之，士大夫亦不疾恶也"。据说连张说、张九龄、李邕等贤相名臣都对他尊重有加，这在《全唐文》中被多处提及。《史纲评要》更是评价其为"真忠臣也，谁谓阉宦无人"。

李白通家子侄范传正将李白墓由龙山迁葬青山，并亲自撰写《唐左拾遗林学士李公新墓碑》碑文，碑文中有"时公已被酒于翰林苑中……命高将军扶以登舟，优宠如是"的记载。一个是谨言慎行的侍从，一个是心怀天下的臣子，二人同受天子恩宠，按道理讲应该可以相安无事。不过人性复杂，李白与高力士之间的关系究竟如何，已不得而知。但李白很可能并不是因高力士进谗言而失宠的。

后人论到南唐后主李煜，总道"国家不幸词家幸"，否则就不会有"问君能有几多愁，恰似一江春水向东流"这样的千古名句留给我们了。同样的道理，李白如果仕途得意，最好也不过出将入相、位极人臣，但在诗歌创作上可能就难以登峰造极，中国文学史上会损失最闪耀的一颗巨星。他个人政治上的失意，实是我中华文化的福气。

唐朝的几位超一流大诗人，其作品都有着鲜明的个人特色，以至于有些诗句即使我们不知道确切的作者，考试时都可以按其风格蒙对连线题。本人总结李白的特点如下。

第一，想象力已经丰富到了非人类的程度，观察事物所站的角度都不是凡人能去的地方。

第二，大开大阖，气势雄伟，走的是纯阳刚路线，唯少林派九阳真经可比。

第三，可以把极大的数目词化成形容词的效果来用，比如"千里江陵一日还""飞流直下三千尺""白发三千丈""轻舟已过万重山""尔来四万八千岁"等。这种用法只有他敢用，用得也最臻于化境，从来不怕数字大。

|十里桃花|

李白的诗歌还有个明显的特点，就是常常为酒类做广告代言，著名案例之一是兰陵酒。他在《客中行》里写道：

> 兰陵美酒郁金香，玉碗盛来琥珀光。
> 但使主人能醉客，不知何处是他乡。

这里的"郁金香"不是指美丽的荷兰国花，而是指浸在酒中的香草"郁金"的香味。诗中虽藏着一抹作客异乡的哀愁，主调却是主人的盛情和客人的豪爽。唐诗中若无李白诗，就不再称其为唐诗；李白诗中若无饮酒诗，就不再成其为李白。他居然连"一杯一杯复一杯"这种句子都写得出来，且不显枯燥。但传说李白最后也是死在酒上，有一次他喝高了，想去捞水中月，结果可想而知。小酌怡情，过则伤身，可见凡事须有节制。当然也有人说，李白如此嗜酒，是因为在仕途上不得志。

曹操在代表作《短歌行》里写道：

对酒当歌，人生几何？

譬如朝露，去日苦多。

慨当以慷，忧思难忘。

何以解忧？唯有杜康。

他以大汉帝国丞相的身份为杜康酒代言，开了风气之先。而此类商业活动的鼎盛期则是在唐朝，比如李白代言兰陵酒，杜牧代言杏花村酒，而王翰觉得只代言一个品牌还不足以展示其个人影响力，遂为整个葡萄酒行业代言。李白是诗仙兼酒仙，岂能落人之后？干脆也为整个清酒行业代言。这场名人代言广告大战还蔓延到酒具行业，金樽、玉碗、夜光杯纷纷参战。

大唐经济繁荣，名人代言对消费的拉动效应非常明显。杜牧赋的两句"借问酒家何处有？牧童遥指杏花村"，就为杏花村酒业的股价连拉五个涨停板，使其赚得盆满钵满。而李白一句"金樽清酒斗十千"，更是拉动整个清酒板块的全线上扬，连日本游资都来入市，甚至买下好几个清酒品牌回国经营。继在酒业和酒具业代言成功之后，李白又开始代言酒店业，《金陵酒肆留别》诗云：

风吹柳花满店香，吴姬压酒劝客尝。

金陵子弟来相送，欲行不行各尽觞。

请君试问东流水，别意与之谁短长。

此诗发表后，金陵各大酒肆门庭若市，需领号排队等座，年夜饭提前半年预订，且讲明要翻台（指饭店生意好，限定的招待时间一到，马上要收拾台面换下一批客人）。

在目睹了李白代言所带来的商业奇迹之后，一些有旅游资源但缺乏名气的地方也绞尽脑汁，想办法蹭李白的热度。一日，李白正

按其正常生活规律，在酒肆间逍遥，突然收到一封装帧精美的邀请信，拆开一看："先生好游乎？此地有十里桃花。先生好饮乎？此地有万家酒店……"再看落款，是一个陌生的名字：泾州汪伦。地球人都知道李白的两大爱好就是旅游和喝酒，接到这么有吸引力的信，他自然迫不及待地快马加鞭而去，来了一场说走就走的旅行。

一见到汪伦，简单地寒暄一下，李白便要他赶快领着去看"十里桃花"和"万家酒店"。不料汪伦笑道："敝处有桃花潭，方圆十里，可惜未种得桃花。敝处有一家小酒店，店主姓万，倒并无一万家酒店。"

李白一愣，随即大笑道："原来如此！好一个'十里桃花'，好一个'万家酒店'！"

汪伦遂邀李白小住几天。李白是随性之人，当然既来之则安之。汪宅群山环抱，曲径通幽，恍若仙境。每日里汪伦以美酒佳肴款待，嘉宾满座相陪，借酒高谈阔论，正是李白喜欢的生活节奏。两人酒逢知己千杯少，只觉相见恨晚。

然而千里搭长棚，没有不散的筵席，再长的黄金周假期，也终究会过完，终于到了要返程的这一天。在汪伦家中喝完饯行酒，李白来到桃花潭边上船。正要启程时，忽听得一阵歌声。李白回头一看，只见汪伦和许多村民在岸上踏歌为自己送行。古朴的送客方式中蕴含的深情厚谊，使李白十分感动，当即赋出这首流传千古的送别诗：

> 李白乘舟将欲行，忽闻岸上踏歌声。
> 桃花潭水深千尺，不及汪伦送我情。

李白走后，汪伦立刻组织村民，将诗仙手书的这首《赠汪伦》印成传单，上有桃花潭自驾游路线图及驴友攻略，并以李白的头像作为品牌标志，到各大城镇派发。桃花潭随即名声大噪，成为旅游打卡胜地，节假日游人如织。当地村民依靠农家乐，一举脱贫致富。镇长汪伦每年为李白送去好酒二十坛，作为代言费。

第九章
天生我材必有用　此地空余黄鹤楼

正所谓各花入各眼，每个人在李白无数的名篇佳作里各有所爱。假如只能选一首作为代表作来介绍，本人反复挑选后，只能割爱其他，留下这篇《将进酒》：

> 君不见黄河之水天上来，奔流到海不复回。
> 君不见高堂明镜悲白发，朝如青丝暮成雪。
> 人生得意须尽欢，莫使金樽空对月。
> 天生我材必有用，千金散尽还复来。
> 烹羊宰牛且为乐，会须一饮三百杯。
> 岑夫子，丹丘生，将进酒，杯莫停。
> 与君歌一曲，请君为我倾耳听。
> 钟鼓馔玉不足贵，但愿长醉不复醒。
> 古来圣贤皆寂寞，惟有饮者留其名。
> 陈王昔时宴平乐，斗酒十千恣欢谑。
> 主人何为言少钱，径须沽取对君酌。
> 五花马，千金裘，呼儿将出换美酒，
> 与尔同销万古愁。

李白的嗜酒如命、极度夸张、一掷千金、怀才不遇等特色，在这首诗中展露无遗。背得出这首诗，就能了解他人生的一大半。既知得罪权贵、仕途无望后，李白也不愿留在帝都继续虚耗光阴，就在《梦游天姥吟留别》中高唱道：

> 世间行乐亦如此，古来万事东流水。
>
> 别君去今何时还？
>
> 且放白鹿青崖间，须行即骑访名山。
>
> 安能摧眉折腰事权贵，使我不得开心颜？

幸得如此，在祖国的名山大川间才留下了这位知名驴友的无数诗篇。还好当时没有今天这么昂贵的过路费和景区门票，不然他的盘缠也就只够京畿近郊游。从天门山到敬亭山，从泰山到庐山，李白一路走、一路喝、一路题诗。他这个做法给后来的诗人们造成很大压力，因为别人到了这些景点，兴致一来，正打算题个诗，抬头发现李白的作品已经涂鸦在墙了，心内盘算一下，无法与之抗衡，只好掩面而去。

| 黄鹤楼之败 |

话说这一日，李白来到长江上的名楼黄鹤楼。喝高之后，他习惯性地要来笔墨，准备上墙涂两句，抬头就看见已然有一首七律龙飞凤舞地题在那里：

> 昔人已乘黄鹤去，此地空余黄鹤楼。
>
> 黄鹤一去不复返，白云千载空悠悠。
>
> 晴川历历汉阳树，芳草萋萋鹦鹉洲。
>
> 日暮乡关何处是？烟波江上使人愁。

落款为"汴州崔颢"。

李白在墙下踱了几十个来回，沉默半晌，长叹一声："眼前有景道不得，崔颢题诗在上头！"把笔一搁，泪奔而出。

崔颢这首《黄鹤楼》确实脍炙人口。抗日战争初期，北平的达官贵人们抢运古董狼狈逃离，鲁迅先生为此作过一首剥皮诗：

> 阔人已乘文化去，此地空余文化城。
> 文化一去不复返，古城千载冷清清。
> 专车队队前面站，晦气重重大学生。
> 日薄榆关何处抗？烟花场上没人惊。

有一首诗谜，谜面是元朝马致远的《天净沙·秋思》：

> 枯藤老树昏鸦，小桥流水人家，古道西风瘦马。
> 夕阳西下，断肠人在天涯。

谜底打唐诗一句。标准答案便是这句"日暮乡关何处是"。若有人答"日暮客愁新"，亦可。

李白是何等人物，在崔颢手下输了一着，自然心有不甘。从黄鹤楼飘然而去后，便在不远处的鹦鹉洲上赋出一首《鹦鹉洲》：

> 鹦鹉来过吴江水，江上洲传鹦鹉名。
> 鹦鹉西飞陇山去，芳洲之树何青青。
> 烟开兰叶香风暖，岸夹桃花锦浪生。
> 迁客此时徒极目，长洲孤月向谁明？

此诗与崔颢的《黄鹤楼》相比孰高孰低，相信大家自然能看出来。而且此诗框架完全仿照崔颢诗，与其说是在比拼，不如说是在致敬。而让李白如此衷心佩服的，实在想不出还有其他人。当然，那句"生不用封万户侯，但愿一识韩荆州"的拍马不能算

数（这是李白写给荆州刺史韩朝宗的自荐信《与韩荆州书》的开篇第一句）。我等闲人都能看出高下，白哥自己心中更是有数。他在汉阳有了心理阴影写不出，就跑去金陵，好不容易憋出了这首《登金陵凤凰台》：

> 凤凰台上凤凰游，凤去台空江自流。
>
> 吴宫花草埋幽径，晋代衣冠成古丘。
>
> 三山半落青天外，二水中分白鹭洲。
>
> 总为浮云能蔽日，长安不见使人愁。

这首诗在艺术境界上终于可和《黄鹤楼》并驾齐驱了。另一方面，《黄鹤楼》的影子依然浮现其中，足证在黄鹤楼上看见崔颢诗对李白造成的心理冲击有多大。崔颢流传下来的作品不多，但即使仅此一首，亦可万古流芳。两诗的诗眼都在最后一联，《黄鹤楼》抒发的是乡愁，《登金陵凤凰台》则是对于政治上不得志的抒怀。"浮云蔽日"借指奸臣当道，贤良之人不能为朝廷效力。看来李白虽人处江湖之远，依旧心忧庙堂。另外有一则诗文谜语，谜面是李白这首《登金陵凤凰台》，打古文一句，谜底就是范仲淹《岳阳楼记》中的那句"登斯楼也，则有去国怀乡，忧谗畏讥，满目萧然，感极而悲者矣"。

即使李白的这首《登金陵凤凰台》可以和崔颢的《黄鹤楼》平起平坐，但若论有关黄鹤楼的七律第一，始终公推崔颢诗。李白绝对是个好胜心很强的人，后来逮住机会又跑到黄鹤楼，借着送别友人的机会写了一首七绝，终于在有关黄鹤楼的七绝中拔得千载头筹，这就是《送孟浩然之广陵》：

> 故人西辞黄鹤楼，烟花三月下扬州。

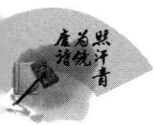

孤帆远影碧空尽，唯见长江天际流。

本人想来，以李白的性格不干上这漂亮的一票，大概是不会放手的。但七绝的字数比起七律来少了一半，和崔颢比起来，还不能算是完全平手。所以李白晚年继续发愤图强，又写了一首艺术水准与之相当的《与史郎中钦听黄鹤楼上吹笛》：

一为迁客去长沙，西望长安不见家。
黄鹤楼中吹玉笛，江城五月落梅花。

李白因为曾经错误地加入了唐肃宗的政治对手——永王李璘的阵营而被流放夜郎，就是那个在汉朝时留下"夜郎自大"成语的地方。唐肃宗觉得李白也是个自大的家伙，所以故意把他流放到夜郎去面壁思过。李白在经过黄鹤楼时，与朋友史钦小聚，想起西汉贾谊因指摘时政受到谗毁，被贬至长沙，不禁穿越历史长河，与这位汉代才子同病相怜，写下此诗。这下他在黄鹤楼上写的两首第一流的七绝加起来一共五十六个字，终于在字数上也和崔颢打平了。

后世有人将李白此诗和《黄鹤楼》之句化用而写成一副对联，可称为神来之笔：

何时黄鹤重来，且自把金樽，看洲渚千年芳草；
今日白云尚在，问谁吹玉笛，落江城五月梅花。

长干行之战

李白在虚拟中和崔颢比拼了黄鹤楼一役，总觉得落了下风，此后就把对方当成了假想敌，干脆去地摊上买了一本《崔颢诗集》，打算继续战斗。他随手一翻，看见崔颢的一首《行路难》："君不

095

见建章宫中金明枝，万万长条拂地垂……"于是绞尽脑汁，也写出一首《行路难》：

> 金樽清酒斗十千，玉盘珍羞直万钱。
>
> 停杯投箸不能食，拔剑四顾心茫然。
>
> 欲渡黄河冰塞川，将登太行雪满山。
>
> 闲来垂钓碧溪上，忽复乘舟梦日边。
>
> 行路难！行路难！多歧路，今安在？
>
> 长风破浪会有时，直挂云帆济沧海。

我们今天都不记得崔颢那首《行路难》了，但李白这首绝对是如雷贯耳。第二局，李白胜。然后他继续向后翻，又看见崔颢那首著名的《长干行》组诗（又名《长干曲》），其一是：

> 君家何处住？妾住在横塘。
>
> 停船暂借问，或恐是同乡。

长干里是金陵城内的一条小巷，住了很多商人，这些人经常坐船外出做生意。一位姑娘看见对面来船上的小伙子精神抖擞，估计是个年轻的商界精英，心中有了好感，便没话找话地同人家搭讪。女孩子大胆纯朴，清新可爱。对面的小伙子的对答词，就是《长干行·其二》：

> 家临九江水，来去九江侧。
>
> 同是长干人，生小不相识。

这意思就是：姑娘你好，咱们相见恨晚啊！小伙子知情识趣，故事的下文有了无限可能。关关雎鸠，在河之洲，如玉君子，淑女好逑。两人眉目传情，或许能终成眷属。

白哥一看，崔颢你这不是写的本为邻居，却惋惜没能从小就培养感情吗？好，那我就来写个同题的《长干行》，告诉大家一个完完整整的故事：

> 妾发初覆额，折花门前剧。
>
> 郎骑竹马来，绕床弄青梅。
>
> 同居长干里，两小无嫌猜，
>
> 十四为君妇，羞颜未尝开。
>
> 低头向暗壁，千唤不一回。
>
> 十五始展眉，愿同尘与灰。
>
> 常存抱柱信，岂上望夫台。
>
> 十六君远行，瞿塘滟滪堆。
>
> 五月不可触，猿声天上哀。
>
> 门前迟行迹，一一生绿苔。
>
> 苔深不能扫，落叶秋风早。
>
> 八月蝴蝶来，双飞西园草。
>
> 感此伤妾心，坐愁红颜老。
>
> 早晚下三巴，预将书报家。
>
> 相迎不道远，直至长风沙。

这下诞生了"青梅竹马""两小无猜"两个可爱的成语，李白自己觉得可算为三局两胜，投笔仰天长笑，终于志得意满地收手了。

李白的一个梦想是当大官，其实还有一个与之不相容的梦想，就是当大侠。他在天宝初年作《侠客行》：

> 十步杀一人，千里不留行。
>
> 事了拂衣去，深藏身与名。

青梅竹马 两小无猜

这首诗被金庸大侠借来发挥，成了同名小说。该诗主干是战国时信陵君窃符救赵的故事，写得浓墨重彩，我们在此先不聊这个了。《笑傲江湖》里衡山派掌门莫大先生的风采，就是"事了拂衣去，深藏身与名"，可见金大侠深受此诗的影响。最后一句"谁能书阁下，白首太玄经"，说的是西汉著名辞赋家扬雄在书阁之中白首穷经的典故。李白和诸葛亮对扬雄都不怎么待见，诸葛亮认为他侍奉逆贼王莽，大节有亏。但也有很多人推崇扬雄的学问，刘禹锡《陋室铭》中"西蜀子云亭"的"子云"，就是扬雄的字。

| 三圣之师 |

年轻时的李白确实喜欢挑衅、斗殴、打群架，但随着年纪渐长，总归慢慢懂些事理了，能够写出《战城南》这样悲悯的诗歌：

> 去年战，桑干源；今年战，葱河道。
>
> 洗兵条支海上波，放马天山雪中草。
>
> 万里长征战，三军尽衰老。
>
> 匈奴以杀戮为耕作，古来惟见白骨黄沙田。
>
> 秦家筑城避胡处，汉家还有烽火燃。
>
> 烽火燃不息，征战无已时。
>
> 野战格斗死，败马号鸣向天悲。
>
> 乌鸢啄人肠，衔飞上挂枯树枝。
>
> 士卒涂草莽，将军空尔为。
>
> 乃知兵者是凶器，圣人不得已而用之。

可见这个时候的李白，已经不再那么喜欢砍人了，而是明白了即使武功再强，杀人也是不对的。公孙大娘是当时公认的武林一流高手，和李白有没有交集也不清楚。但有一位伟大诗人为她留下了

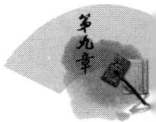

一首诗歌《观公孙大娘弟子舞剑器行》：

> 昔有佳人公孙氏，一舞剑器动四方。
>
> 观者如山色沮丧，天地为之久低昂。
>
> 霍如羿射九日落，矫如群帝骖龙翔。
>
> 来如雷霆收震怒，罢如江海凝清光。
>
> ……

这位伟大诗人就是李白的小迷弟、接下来要出场的主角、后来与诗仙李白双峰并峙的诗圣杜甫。

杜甫在年少时曾经有幸目睹过公孙大娘舞剑，五十年后的一个偶然机会，又观看了公孙大娘的弟子李十二娘舞剑，幼年那些印象深刻的记忆片段不禁浮现在脑海之中，便写下了这首名作。

如果你以为公孙大娘是李白和杜甫时代的第一剑术高手的话，那就错了。当时的第一高手并不是她，而是有"剑圣"之盛名的将军裴旻。据说李白师承裴旻，公孙大娘也得到过裴旻的指点，这样看来，李白和公孙大娘说不定还是同门。公孙大娘在剑术上虽然没能排名第一，但在教学生、出成绩这一点上，却是当之无愧的第一。古龙先生说她的徒孙公孙兰打得陆小凤一身冷汗，可惜最后死在叶孤城手下，当然这是小说的虚构，但公孙大娘真实地成就了至少三位圣人——诗圣杜甫、画圣吴道子、草圣张旭。

通过杜甫诗中的描写可以想象，公孙大娘激昂酣畅的舞姿对诗圣的作品风格起到了巨大的启发作用；吴道子曾观赏公孙大娘舞剑，由此体会到用笔之道，画中人物的衣袖、飘带都具有迎风起舞的动势，成语"吴带当风"形容的就是他的神妙画技；张旭谈到自己写草书的经验时说："始吾见公主与担夫争路，而得笔法之意；后见

舞剑器公孙动四方

公孙大娘练剑演武而得其神。"从此茅塞顿开，笔走龙蛇。本人不知历史上还有谁能不发一言就成为这么多牛人的老师，还是跨界的。

　　张旭极有个性，常常喝得酩酊大醉后呼叫狂走，然后落笔成书，甚至把头发浸入墨汁用来书写，酒醒后看见昨天用头写的字，自己都觉得真是神来之笔、不可复得，世人称他为"张颠"。杜甫在《饮中八仙歌》对其描写到"张旭三杯草圣传，脱帽露顶王公前，挥毫落纸如云烟"。据说张旭刚担任常熟尉十多天，有位老人因事前来告状，他便在状纸上写了批示。不料几天后这位老人又为了鸡毛蒜皮的小事来击鼓告状。张旭大怒："大胆老头，竟敢屡次用闲事来滋扰公堂！"老人回答说："老朽这次确实不是来告状的，而是看到县尉您批状纸上的字写得神妙，想拿回去珍藏起来。"张旭瞠目结舌。苏东坡曾评价道："诗至于杜子美（杜甫），文至于韩退之（韩愈），书至于颜鲁公（颜真卿），画至于吴道子，而古今之变，天下能事毕矣！"颜真卿曾经两度辞官拜张旭为师，专心学习写字，可见张旭在书坛的地位。

　　颜真卿的堂曾祖父，就是前文提到的写了《汉书注》但是被九岁的王勃揪出一大堆错误的大儒颜师古。颜真卿的堂兄颜杲卿曾是安禄山的部下，安禄山反叛之后，颜杲卿死守常山不肯投降叛军，城破力战被俘后送至洛阳。安禄山斥责他："从前是我为你奏请升官。我有什么事负于你，而你竟然背叛我？！"颜杲卿瞋目而骂："我家世代为唐朝大臣，岂能因小小私恩而跟着你反叛？况且天子又有什么事情负于你，而你竟然反叛呢？！"这叫不以私恩而废公义。安禄山大怒，命人钩断了他的舌头："看你还怎么骂？！"颜杲卿毫不屈服，在含糊不清的骂声中死去。文天祥《正气歌》里那句"为颜常山舌"，便是颂扬这位常山太守。颜杲卿的次子颜季明

也在这场战役中殉国，颜氏家族死难者达三十余人。颜真卿在收葬颜季明遗骸时写下《祭侄文》草稿，笔随心至，一气呵成，悲愤苍凉之情尽显其中，流传至今，被书法界称为"天下第二行书"。考虑到现存的"天下第一行书"的《兰亭集序》是摹本，而王羲之真迹已然不存，这《祭侄文》原稿是现存最宝贵的古代大书法家行书手迹了。二十八年后，颜真卿出使叛将李希烈处，面对威胁，守节不屈而死。唐德宗为了哀悼他，罢朝八日。颜氏一族，满门忠烈！

有一次，画圣吴道子随唐玄宗到了东都洛阳，遇到草圣张旭和剑圣裴旻，三人各自表演了绝技：裴旻舞剑一曲，张旭作书于壁，吴道子也作画"俄顷而就，有若神助"。洛阳市民大饱眼福，都高兴地说"一日之中，获睹三绝"。后来裴旻母亲去世，想请吴道子在天宫寺作画为母祈求冥福，吴道子回答："我很久没画了，如果将军有意为我舞剑一曲，也许能激发我的灵感。"裴旻遂脱去丧服，一身短打，健步如飞，将宝剑舞成一团光影，好似《笑傲江湖》中的冲虚道长。舞到兴头上，他忽地将剑抛向高空，距地面有数十丈，如电光雷火般直射下来。裴旻举起剑鞘，只听"锵"的一声，宝剑不偏不倚，正入鞘内。观者千人，喝彩声如雷。吴道子灵感大发，起身挥毫作画，"飒然风起，为天下之壮观"，画出了他一生的杰作，"得意无出于此"。

裴旻不但是剑圣、武术家，还是疆场杀敌的将军。他北伐奚人时，被敌人重重包围。敌军乱箭齐发，一般这种情况下，再猛的人也挂了，因为猛将不怕千军，只怕寸铁，强弓硬弩雨点般乱射，任你多么勇悍，也得变成个大刺猬，罗成（《隋唐演义》中的人物）、杨再兴（南宋抗金名将）不都是这样挂掉的？但裴旻立于马上，将宝剑舞成一团光影，飞矢四集，却迎刃而断。奚人大惊，解围而去。

王维以此作《赠裴将军》诗曰：

> 腰间宝剑七星文，臂上雕弓百战勋。
>
> 见说云中擒黠虏，始知天上有将军。

|仙圣之交|

唐朝开元、天宝年间，民众生活普遍较为富裕，从杜甫的《忆昔》一诗中可见一斑：

> 忆昔开元全盛日，小邑犹藏万家室。
>
> 稻米流脂粟米白，公私仓廪俱丰实。
>
> 九州道路无豺虎，远行不劳吉日出。

国家的强盛、政局的稳定、经济的繁荣，激励文人们去游历大好河山。李白、杜甫和著名边塞诗人高适曾组团自助游，并且结下了深厚的友谊。高适和李白的年纪差不多。杜甫比李白小十一岁，而且李白天纵英才、誉满宇内，杜甫对他很倾慕，曾写下一堆赞美和怀念他的诗歌，除了前文多次引用的《饮中八仙歌》和大家耳熟能详的"笔落惊风雨，诗成泣鬼神"（出自《寄李太白二十韵》，该诗是李白被放逐后，杜甫思念李白时所作），还有充满了景仰之情的《春日忆李白》：

> 白也诗无敌，飘然思不群。
>
> 清新庾开府，俊逸鲍参军。
>
> 渭北春天树，江东日暮云。
>
> 何时一樽酒，重与细论文？

还有充满了怀念之情的《不见》：

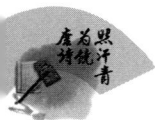

> 不见李生久，佯狂真可哀。
>
> 世人皆欲杀，吾意独怜才。
>
> 敏捷诗千首，飘零酒一杯。
>
> 匡山读书处，头白好归来。

以及最精简却完整刻画了诗仙好饮酒、不得志、豪放不羁、目空一切等特点的《赠李白》：

> 秋来相顾尚飘蓬，未就丹砂愧葛洪。
>
> 痛饮狂歌空度日，飞扬跋扈为谁雄？

作为先出道也先出名的大哥，李白仅回赠了两首诗。一首是《沙丘城下寄杜甫》：

> 我来竟何事，高卧沙丘城。
>
> 城边有古树，日夕连秋声。
>
> 鲁酒不可醉，齐歌空复情。
>
> 思君若汶水，浩荡寄南征。

另一首是《鲁郡东石门送杜二甫》：

> 醉别复几日，登临遍池台。
>
> 何时石门路，重有金樽开。
>
> 秋波落泗水，海色明徂徕。
>
> 飞蓬各自远，且尽手中杯。

《全唐诗》还收录有一首流传很广的李白《戏赠杜甫》：

> 饭颗山头逢杜甫，顶戴笠子日卓午。
>
> 借问别来太瘦生，总为从前作诗苦。

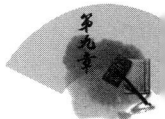

此诗颇有友人间互相打趣之情，但其最初来源只是晚唐五代的笔记小说，而"笠子""日卓午""瘦生"这样口语化的用词从不见于盛唐诗歌，因此许多人认为这是后人编撰的段子而已。

第十章

万里悲秋常作客 安得广厦千万间

相对来说，李白写给杜甫的诗歌流传下来的要少得多，所以有些人认为杜甫当时可能就是个"小号"，在李白等大诗人面前比较自卑，这完全是一个误解。

|家世源流|

首先，让我们来看看杜甫的家世。杜甫可被查考的知名祖先，是晋初的征南大将军杜预。史书上说此人不会骑马，射箭的水平也很差，但是战略眼光冠于当世，人们赞扬他是用计谋打仗，能够以一当万。晋朝镇守军事重镇荆州的名将羊祜临终前向晋武帝司马炎推荐杜预接替自己，说他将来一定可以灭吴平天下。东吴大将陆抗（就是在夷陵之战中火烧连营、大败刘备的陆逊之子，而陆抗之子就是西晋著名文学家陆机和陆云）死后，杜预说服司马炎发起了灭吴的统一战争，并成为重要的统帅。在初期取得阶段性胜利以后，晋朝内部又泛起见好就收的言论氛围，杜预却力排众议："现在我军接连取胜，士气大振，正需要一鼓作气。打仗好比劈竹子，只要劈开前面最难对付的几节，之后就迎刃而解了。"这就是成语"势如破竹"的来历。形势的发展果然如杜预所预料的，晋军顺利灭亡了东吴。天下大势，分久必合，最终三国归晋。

杜甫的爷爷杜审言，与李峤、崔融、苏味道合称"文章四友"，号称"崔李苏杜"，很早就被武则天所赏识。李峤是小学语文课本中那首《风》的作者："解落三秋叶，能开二月花。过江千尺浪，入竹万竿斜。"崔融曾去应考科举，八个科目都及第，是毋庸置疑的超级学霸。苏味道写过一首《正月十五夜》，其中有"火树银花合，星桥铁锁开"之句，这就是成语"火树银花"的出处。唐中宗复位后，苏味道因为曾经迎合武则天的男宠张易之兄弟而被贬官至四川眉州，在那里留下后裔，其中有位声名显赫的大才子便是苏东坡。苏轼和李白，大概算是中国历史上最富天才的两位诗词家了。在我看来，如果李白说自己写诗第二，就没人敢称第一；同理，如果苏轼说自己写词第二，也没人敢称第一，而且苏子瞻的诗也是一流的。中国最伟大的诗人和词人都诞生在天府之国，四川在出才子这一项上说自己第二，就没有省份敢称第一。

杜审言的同事郭若讷蛊惑杜审言的长官周季童，将杜审言冤枉下狱，定了死罪。杜审言十六岁的儿子杜并为父报仇，潜入周府，将周季童刺成重伤，自己也被侍卫当场杀死。周季童临死前感叹道："没想到杜审言有这样的孝子，郭若讷误我！"此事震惊全国，杜审言因此获重审而得救。和张说并称"燕许大手笔"的许国公苏颋亲自为杜并撰写墓志铭，杜并成为全国性孝子楷模。

对于自己祖先杜预的功名满天下、自己爷爷杜审言的诗名满天下、自己叔叔杜并的孝名满天下，杜甫都是非常自豪的，在诗中屡次提及。这样高知名度的家世，李白、高适等人哪个有？！我猜测杜甫在与他们交游时，根本没什么可自卑的，倒是李白一见到他，很可能是备感荣幸地说："原来尊驾就是杜征南的后人、杜审言的孙子、杜孝子的侄儿杜子美啊，幸会幸会！"

|性格交游|

其次，让我们来看看杜甫的交游圈子。杜甫家学渊源，从小就读书、写诗、练字，并且进入高大上的朋友圈，十三四岁就交游很广阔了。在他的《奉赠韦左丞丈二十二韵》一诗里，就说自己是"李邕求识面，王翰愿卜邻"。李邕是有名的书法家，而王翰最著名的作品就是大家耳熟能详的《凉州词》：

> 葡萄美酒夜光杯，欲饮琵琶马上催。
> 醉卧沙场君莫笑，古来征战几人回？

当时的名士祖咏、杜华，都很喜欢和王翰交游。杜华的母亲崔氏更是将王翰设定为儿子的偶像："吾闻孟母三迁。吾今欲卜居，使汝与王为邻，足矣。"这就和现在的母亲们一定要自家孩子和学校里的好学生坐同桌、成为好朋友是一样的心态。杜华之母求之不得做王翰的邻居，而杜甫说王翰求之不得做自己的邻居。

再通过杜甫那首入选小学语文课本的《江南逢李龟年》，看看这哥们儿混的是什么朋友圈："岐王宅里寻常见，崔九堂前几度闻。"岐王李隆范，是皇帝李隆基的弟弟，很喜欢音乐，曾经把拥有超凡音乐才能的王维推荐给了玉真公主，这个故事后文会讲。崔九则是一天到晚陪着皇上、深受宠信的殿中监崔涤，他哥哥就是那位被张说羡慕的宰相崔湜。一个经常在亲王府邸和名门望族家里做常客的人，会是草根吗？他会觉得自己是草根吗？

最后，让我们来看看杜甫的性格。杜甫的诗很喜欢赞赏别人，这是一种美德，但并不能就此认为他自卑——欣赏别人和自信是完全兼容的两种美德。此外，杜甫应该没什么自卑的基因，因为他爷爷是个大狂人。杜审言为和自己一同跻身"文章四友"之列的苏味

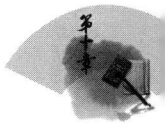

道写评注，写完后对旁人说"苏味道必死"，人家惊问为何，他回答："苏味道看了我的评注，肯定会羞死的。"他认为屈原和宋玉只配给自己打下手，还说"吾笔当得王羲之北面"，意思是自己的书法超过王羲之，令人很无语。最夸张的是他病重将死之时，宋之问等朋友来探望，他居然叹道："我活着时，一直压你们一头，你们真是命苦啊！现在我快要死了，你们终于有出头之日了。"不知道宋之问等人听了做何感想。

所以，杜甫从爷爷那里遗传下来的不应是自卑的基因，而应是自傲的基因。他曾在诗中说"吾祖诗冠古""诗是吾家事"，你瞧瞧这是有多少霸气在侧漏！还是在那首《奉赠韦左丞丈二十二韵》里，他自称"读书破万卷，下笔如有神。赋料扬雄敌，诗看子建亲"，这里面没有自卑，只有自信和自豪，对自己的评价恰如其分。人不可有傲气，但不可无傲骨。杜甫的傲骨，就藏在这首《望岳》的尾联里：

岱宗夫如何？齐鲁青未了。

造化钟神秀，阴阳割昏晓。

荡胸生层云，决眦入归鸟。

会当凌绝顶，一览众山小。

杜甫和李白的区别，一直是大家津津乐道的话题。其实他俩的区别很简单，就是来自两个不同星球的人。当看到杜甫写出"读书破万卷，下笔如有神"时，妈妈会说："孩子，你看邻居家杜哥哥是怎么认真学习的，好好学着点儿！"而当看到李白写出"明月出天山，苍茫云海间，长风几万里，吹度玉门关"的时候，妈妈只能叫一句："孩子，快出来看神仙！"

杜甫是诗圣，所谓"圣"，即是人中之圣贤；李白是诗仙，所谓"仙"，那就超越了人的范畴。李白是一个可遇而不可求的奇迹，是上天送给盛唐的礼物，他的成功无法复制也无法被学习，而杜甫是可以被学习的，所以在后代诗人中的影响力更大。有一次，张籍的朋友去拜访张籍，看见他正从一个罐子里挖了勺黑黄乎乎、黏黏稠稠的东西，送到嘴里吃得津津有味，就好奇地问是什么东西。张籍左顾右盼，见没有外人，就让他附耳过去："我去年烧了一部杜诗，把纸灰拌上蜂蜜以后，储存在罐子里。每日两次，每次一勺，坚持服用，写诗功力大为长进！"依靠这种"吃啥补啥"的传统伪科学，张籍写出了"洛阳城里见秋风，欲作家书意万重""还君明珠双泪垂，恨不相逢未嫁时"的千古名句。大家如果有兴趣，回家也可以试一试这个"偏方"。

|绝妙好辞|

前文既然提到了羊祜，还是老习惯，就让我们就此展开多聊几句。羊祜，字叔子，就是在襄阳城外有市民为他立了堕泪碑的那一位，熟悉《神雕侠侣》的读者应该不陌生。羊祜的姐姐羊徽瑜是司马师的妻子，也就是司马懿的儿媳妇，"司马昭之心，路人皆知"那家伙的嫂子，是晋朝开国皇帝司马炎的婶婶。

羊祜的外公是汉末才子蔡邕，当年他在曹娥碑的背面题了"黄绢幼妇外孙齑臼"八个字，无人能知其意。多年后，曹操与杨修骑马同行，路过曹娥碑时看见这八个字。曹操知道杨修绝顶聪明，但自负与他在伯仲之间，便问道："你想通这八个字的意思了吗？"杨修刚要回答，曹操赶紧又说："你先别讲出来，容我想想。"两人并马走了三十里后，曹操面有得色："我已明白了。你现在可以

说了，看看我们是否英雄所见略同。"杨修回答："黄绢，色丝也，并而为'绝'字；幼妇，少女也，并而为'妙'字；外孙，女儿之子也，并而为'好'字；齑臼（古时候用来盛装和研磨调味料的器具，而这些调味料主要是辛辣味的），受辛之器皿也，并而为'辞'字。这乃是赞美曹娥碑文'绝妙好辞'。"曹操听后不禁点头惊叹："正是如此！你的才思比我要敏捷三十里啊！"蔡邕创造了这个中国最早的字谜，而杨修片刻之间就解开了，确是高才。

蔡邕的女儿蔡文姬在丈夫死后，被匈奴掳去，嫁给左贤王，其作品有《悲愤诗》和《胡笳十八拍》。后来曹操想起蔡邕这个流落匈奴的女儿，爱惜他们父女的才华，便派人用重金将蔡文姬赎回，并安排嫁给董祀，这就是"文姬归汉"。从强汉到盛唐，中原只有以女子远嫁匈奴和亲的记录，能从塞外荒漠救回弱女子的，唯有曹操一位。凭此一点，就可见他的英雄气概。

多年后，那位匈奴左贤王的幼子刘渊灭掉了司马炎开创的西晋，建立了五胡十六国乱世中的第一个政权——前汉。历史是不是既纷乱又精彩？

| 颠沛流离 |

天宝十四年，安禄山起兵叛唐。唐朝承平日久，地方军队不习战事，战斗力低下，叛军很快攻陷了长安门户潼关，唐玄宗不得不匆忙逃往四川。逃亡途中，太子李亨在宁夏灵武即位，是为唐肃宗。杜甫闻讯，立刻投奔肃宗朝廷，结果被叛军俘获后解送至长安。但他的官职实在卑微，安禄山的监狱囚禁唐朝重臣都不够用了，懒得关这个芝麻小官，干脆把他放了。这简直是一种侮辱，杜甫只好滞留在沦陷中的长安。目睹着帝都一片萧条零落的景象，诗圣写下了千古名作《春望》，其中颔联是咏物拟人的教科书级范例诗句，而颈联更是绝唱：

> 国破山河在，城春草木深。
>
> 感时花溅泪，恨别鸟惊心。
>
> 烽火连三月，家书抵万金。
>
> 白头搔更短，浑欲不胜簪。

杜甫的很多诗歌都打上了安史之乱的深深烙印。《石壕吏》《潼关吏》《新安吏》，《新婚别》《垂老别》《无家别》，被称为"三吏三别"，其中最负盛名的《石壕吏》全诗如下：

> 暮投石壕村，有吏夜捉人。
>
> 老翁逾墙走，老妇出门看。
>
> 吏呼一何怒，妇啼一何苦！
>
> 听妇前致词：三男邺城戍。
>
> 一男附书至，二男新战死。
>
> 存者且偷生，死者长已矣！
>
> 室中更无人，惟有乳下孙。
>
> 有孙母未去，出入无完裙。
>
> 老妪力虽衰，请从吏夜归，
>
> 急应河阳役，犹得备晨炊。
>
> 夜久语声绝，如闻泣幽咽。
>
> 天明登前途，独与老翁别。

这组诗记录了大唐王朝从兴盛到衰落的重要转折时期，所以被称为"诗史"。杜甫详细地描写了安史之乱中平民百姓的辛酸和苦难，并对其寄予了深切的同情。他本人也在这场战乱中过着颠沛流

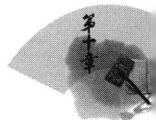

万里悲秋工部颠沛

离的生活，与兄弟之间音书断绝，在他的《月夜忆舍弟》中可见：

> 戍鼓断人行，边秋一雁声。
>
> 露从今夜白，月是故乡明。
>
> 有弟皆分散，无家问死生。
>
> 寄书长不达，况乃未休兵。

杜甫的一个孩子也在战乱中活活饿死。正因为这样的人生际遇，他的诗歌形成了沉郁的风格，确实与李白像是来自两个世界。在很多人公推的"七律之冠"《登高》中，杜诗的风格发挥到了极致：

> 风急天高猿啸哀，渚清沙白鸟飞回。
>
> 无边落木萧萧下，不尽长江滚滚来。
>
> 万里悲秋常作客，百年多病独登台。
>
> 艰难苦恨繁霜鬓，潦倒新停浊酒杯。

大多数诗的最佳一句在收尾，但本诗的第一句就直接拔高到了最顶峰。如果你只能记住一首杜诗，那么就请记住这首吧。

| 居有定所 |

杜甫为全家人的生活所迫，不得不到处投靠在仕途上混得比较好的朋友，其中有几年时间生活在四川成都，因为他的好朋友高适、严武都曾在这一带做官。严武任成都尹的时候，在市郊找了个绿水环绕的僻静地方，帮杜甫盖了个可以遮风挡雨的茅屋，这就是今天的著名景点——杜甫草堂。茅屋落成之际，当地崔县令成为登门造访的第一位客人，杜甫十分高兴，拿出家中仅有的菜肴和陈酒热情招待，还叫来隔壁老头一起作陪，并即席赋出《客至》一诗：

舍南舍北皆春水，但见群鸥日日来。

花径不曾缘客扫，蓬门今始为君开。

盘飧市远无兼味，樽酒家贫只旧醅。

肯与邻翁相对饮，隔篱呼取尽余杯。

从这时候起，杜甫终于过了几年居有定所的日子，并暂时在严武的资助下解决了起码的温饱问题，他在《江村》一诗中对此表达了感激之情：

清江一曲抱村流，长夏江村事事幽。

自去自来梁上燕，相亲相近水中鸥。

老妻画纸为棋局，稚子敲针作钓钩。

但有故人供禄米，微躯此外更何求？

乱世中难得的衣食无忧，让老杜还心情大好地写出了《绝句》，对生活的要求确实不高：

两个黄鹂鸣翠柳，一行白鹭上青天。

窗含西岭千秋雪，门泊东吴万里船。

和今天的我们一样，杜甫也是"饱暖思旅游"，但毕竟经济拮据，只能享受一下市内游，于是他不厌其烦地去逛成都市内的一个著名景点——武侯祠。好在那时候武侯祠还不收门票，否则他怕是逛不起。在经过了几次没有任何花销的旅游之后，杜甫写出了著名的《蜀相》：

丞相祠堂何处寻，锦官城外柏森森。

映阶碧草自春色，隔叶黄鹂空好音。

三顾频烦天下计，两朝开济老臣心。

出师未捷身先死，长使英雄泪满襟。

诸葛亮志于乱世之中匡复汉室，在《出师表》中以"鞠躬尽瘁，死而后已"明志，文天祥在《正气歌》中赞道"或为出师表，鬼神泣壮烈"。然而六出祁山、北伐中原而壮志未酬，后人多为之扼腕叹息。杜甫对孔明非常推崇，他的《咏怀古迹·其五》也是佳作：

> 诸葛大名垂宇宙，宗臣遗像肃清高。
>
> 三分割据纡筹策，万古云霄一羽毛。
>
> 伯仲之间见伊吕，指挥若定失萧曹。
>
> 运移汉祚终难复，志决身歼军务劳。

应变将略确实非卧龙先生所长，但他以攻心之计平定南方蛮族的叛乱，在蜀地依法治国，因此蜀中百姓对他十分推崇。孔明死后，葬在定军山，据说蜀国群臣希望把他归葬成都，后主刘禅不准，可能他从内心并不喜欢这位独揽大权几十年的相父。蜀汉灭亡后，蜀人在成都的刘备庙内为诸葛亮建立了陪祀的祠堂，这在杜甫的《咏怀古迹·其四》尾联有所反映："武侯祠堂常邻近，一体君臣祭祀同。"有意思的是，后世去拜祭诸葛亮的人远远超过了去拜祭刘备的人。现在大多数人只知道那片建筑叫作武侯祠，已经没几人知道那里真正的名称是"汉昭烈皇帝庙"了。

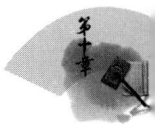

杜甫这组《咏怀古迹》中的其三，便是咏四大美女第二名王昭君的名篇：

> 群山万壑赴荆门，生长明妃尚有村。
>
> 一去紫台连朔漠，独留青冢向黄昏。
>
> 画图省识春风面，环佩空归夜月魂。
>
> 千载琵琶作胡语，分明怨恨曲中论。

"青冢"即王昭君墓，在今天的内蒙古呼和浩特。"边地多白草，昭君冢独青"，所以称为"青冢"，王昭君生前用手中琵琶抒发心中哀怨，身后用冢上青草寄托无限乡愁。

比杜甫小三十多岁的中唐著名诗人戎昱，是他的忘年交。他的诗忧虑国事、同情人民，与诗圣的诗同为深刻的现实主义作品。戎昱也同情王昭君，反对用弱女子作为求得和平的工具。在后世论及王昭君以及汉朝和亲政策得失时，戎昱《咏史》一诗被人引用的频率之高甚至超过杜甫。

唐宪宗时，北部游牧民族屡屡侵扰边境，主和的大臣们奏议道："自古以来，中原王朝对付北方夷狄的常用手段就是和亲，这样不必因为开战而日费千金，好处显而易见。"

唐宪宗是"元和中兴"之主，性格并不是那么软弱可欺。他也不直接评论大臣们的建议，而是把话题一转："朕前一阵子一直听人说，有位才子写诗极好，但姓氏很偏僻，那是何人？"

宰相问："莫非是包子虚？"

宪宗摇头。宰相又猜："难道是冷朝阳？"

宪宗还是摇头："也不是。朕记得他有一首诗，你们听听。"遂念出这首诗：

> 山上青松陌上尘，云泥岂合得相亲？
> 世路尽嫌良马瘦，唯君不弃卧龙贫。
> 千金未必能移姓，一诺从来许杀身。
> 莫道书生无感激，寸心还是报恩人。

旁边侍臣回答说："这首《致京兆尹李銮》是德宗朝的戎昱所写。此人年轻时文采过人、器宇不凡，为京兆尹李銮所赏识，

想将女儿下嫁给他。不过'戎'与西戎的'戎'同字，李銮心中不甚喜欢，希望戎昱改一下姓氏，婚事便可定下来。戎昱写下此诗，既对李銮深致谢意，又表明了不愿易姓的心志。其中'千金未必能移姓，一诺从来许杀身'之句，在当年可是流传一时的名句啊！"

唐宪宗哈哈大笑："不卑不亢，有志气！朕还记得此人有《咏史》一篇，可有人记得？"便有知情识趣的大臣赶忙接口念出这首诗：

> 汉家青史上，计拙是和亲。
>
> 社稷依明主，安危托妇人。
>
> 岂能将玉貌，便拟静胡尘。
>
> 地下千年骨，谁为辅佐臣？

唐宪宗叹道："春秋时，魏绛和戎之功，何其懦弱啊！戎昱若还在世，朕便给他朗州（今湖南省常德市）刺史做，武陵桃源才配得上他这样的兴咏才华！"

唐宪宗的这番评论，时人都认为是天子赐予士林文人的荣耀。大臣们听懂了皇帝绕这么大弯子所要表达的意思，便人人主战，再也没人敢有和亲之论了。

| 诗中之圣 |

好景不长，杜甫在成都的日子过得并不顺遂，甚至再次陷入了窘迫的境地，因为他的靠山严武年纪轻轻就病死了。"八月秋高风怒号，卷我屋上三重茅"，后果就是：

> 布衾多年冷似铁，娇儿恶卧踏里裂。

床头屋漏无干处，雨脚如麻未断绝。

自经丧乱少睡眠，长夜沾湿何由彻？

诗穷而后工，读之令人鼻酸。如果诗到此处就戛然而止于自伤自怜的话，杜甫仅仅是一位伟大的诗人而已，但就在这样的苦境中，他能想得到：

安得广厦千万间，大庇天下寒士俱欢颜，风雨不动安如山？

呜呼！何时眼前突兀见此屋，吾庐独破受冻死亦足！

正是这种推己及人、胸怀天下的境界，使得杜工部拔地而起、超越众人，最终被封为"诗圣"。

杜甫居蜀期间，梓州刺史段子璋发动叛乱，自称梁王。成都大将花敬定攻克绵州，斩杀段子璋，但他自以为功劳盖世，居然僭用天子礼乐。杜甫因此写了一首《赠花卿》，进行委婉的讽刺：

锦城丝管日纷纷，半入江风半入云。

此曲只应天上有，人间能得几回闻？

"只应天上有"就是"按照礼制，仅皇家才能使用的礼乐"。诗评家们皆赞扬此诗婉转含蓄，是诗中上品，但花敬定这种粗人哪里听得懂？不听诗圣的规劝，自然不会有好结果。段子璋的残部溃逃，花敬定率兵一路追剿，因为骄狂大意，反被叛军斩杀。"此曲只应天上有，人间能得几回闻"两句流传到今天，早已从原来的贬义形容，变成了对天籁之音的褒义形容了。

唐代宗年间，史思明的儿子史朝义连战连败，众叛亲离，走投无路之下，自缢身亡，其部将李怀仙斩其首归献朝廷，持续了近八年之久的安史之乱终于结束。杜甫在蜀地听到这个消息，大喜过望，

不由手之舞之，足之蹈之，一气呵成了《闻官军收河南河北》：

> 剑外忽传收蓟北，初闻涕泪满衣裳。
>
> 却看妻子愁何在，漫卷诗书喜欲狂。
>
> 白日放歌须纵酒，青春作伴好还乡。
>
> 即从巴峡穿巫峡，便下襄阳向洛阳。

　　杜诗的诗十之七八都是写愁，而此诗欢乐奔放、酣畅淋漓，被称为杜甫"生平第一快诗"。虽然杜甫急于返回北方故乡，但是他生活窘迫、路费无着，又过了好几年才勉强动身。路过岳阳时，年老体衰的杜甫登上张说修建的岳阳楼，凭栏远眺烟波浩渺的洞庭湖，想到安史之乱虽已平定，但国家元气大伤，吐蕃又来侵扰长安，北方烽火连绵，苍生依然多灾多难，不免感慨万千，写下了人称"盛唐五律第一"的《登岳阳楼》：

> 昔闻洞庭水，今上岳阳楼。
>
> 吴楚东南坼，乾坤日夜浮。
>
> 亲朋无一字，老病有孤舟。
>
> 戎马关山北，凭轩涕泗流。

　　杜甫回乡，走的是水路，因为囊中羞涩，连上岸住宿的钱都没有，只好吃住都在船上。但一路漂泊的杜甫最终也没能再次踏上家乡的土地，他在长期饥饿之后，正好遇上朋友送了一顿难得的牛肉和酒，可能是因为暴饮暴食而胀死了，也可能是因为牛肉腐败变质却不舍得丢弃，继续食用而中毒身亡，总之，一代文豪就这样陨落了。这种遭遇常让人感叹"宁为太平犬，勿为乱世人"。

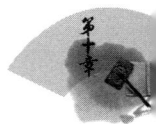

第十一章

看破霓裳羽衣曲　相思红豆生南国

让我们再把目光拉回安史之乱前的开元盛世。

长安，初春，宾客盈门的岐王府。今天府里比平日更加热闹，因为岐王新得了一幅精美的宫廷奏乐图，喜不自胜，立刻请了许多名流来品鉴。就在这次盛会中，又有一位天才横空出世了。

看画辨曲

画圣吴道子一边欣赏岐王展示的这幅宫廷奏乐图，一边不住地赞叹称奇："画得真是太传神了！你们看这人物的衣带，飘得就像有生命一样，啧！啧！"

宫廷第一乐师李龟年的注意力自然也集中在他的专业上："他们正在演奏的是哪首曲子呢？可惜题名之处残破了，唉！"

他这么一问，在座精于音律者纷纷揣摩起来。

"好像是《秦王破阵乐》吧？"

"我看倒像是《南诏奉圣乐》，不过也没把握。"

座上的李白不住地摇头："如果要猜他们在念什么诗，在下还可以试试。但要猜他们在奏什么曲子的话，在下就无计可施了。"

正在众说纷纭之际，只听人群中有人缓声道："《霓裳羽衣曲》，第三叠，第一拍。"

声音虽然不大，却盖住了所有的嘈杂。大家惊奇地回头一看，原来是今天新来拜会岐王的年轻人王维王摩诘，他是和李白同一年出生的青年才俊。

李龟年略思索后一拍大腿："果不其然！"

岐王将信将疑，当即命家中乐队演奏《霓裳羽衣曲》。当奏到第三叠第一拍时，岐王大喊一声"停"，各乐师立刻保持姿势不动。众宾客细细对照，只见每个人的神情动作果然与画中分毫不差。这下满座哗然，再看王维，皆惊为天人。

王维听辨出的《霓裳羽衣曲》是当年最流行的神曲，作者是唐玄宗。关于此曲的创作来历，众说纷纭，其中一种说法是明皇望仙山后有感而作，刘禹锡的诗采用的便是这一说法：

> 开元天子万事足，唯惜当时光景促。
> 三乡陌上望仙山，归作霓裳羽衣曲。

最喜欢这首神曲的是白居易，他在很多诗中都提到了此曲，其中最有名的一句当属《长恨歌》中的"渔阳鼙鼓动地来，惊破霓裳羽衣曲"。可惜此曲于安史之乱后失传。南唐时期，后主李煜和大周后补齐了大部分，但金陵城破之时，李煜还是下令将其烧毁了。到了南宋年间，姜夔发现商调《霓裳羽衣曲》的乐谱十八段，并将其保存在他的《白石道人歌曲》里。梁羽生先生应该也是钟情于此曲的，在他的《白发魔女传》中，男主角卓一航称自己的心上人、

霓裳羽衣右丞辨曲

绰号"玉罗刹"的女魔头为"练霓裳"。当今名花旦李玉刚先生也还在唱这首曲子，不过曲调应该与唐代的大不一样了。

| 曲有误 周郎顾 |

我们可以把王维的音乐本领和"曲有误，周郎顾"的典故拿来比一下高低。王维连音乐都不用听，仅凭看画中人物的表情、眼神、手势就知道是哪首曲子的哪一拍，可谓神乎其技，评得上五颗星。大帅哥周瑜即使已经酒过三巡、醉意朦胧，只要一听到琴声中的细小错误，就会条件反射般地向琴师抬头一望，弹琴的小姑娘肯定被看得小心脏怦怦直跳，这种音乐造诣也可以打到四颗星，而且很容易出故事。

醉打金枝的驸马郭暧与妻子升平公主和好以后，官运亨通，经常在家中大宴宾客。郭家有个婢女名叫镜儿，容貌美丽，还弹得一手好筝，宾客中"大历十才子"之一的李端对她很是倾慕，不住地暗送秋波。镜儿姑娘对风流儒雅的李端也颇有好感，二人只得以眉目传情。升平公主瞧在眼里，便对李端说："看来先生很喜欢镜儿。这样吧，若先生能以'弹筝'为题，即席赋诗一首以助兴，我就将镜儿送给您。"李端闻言大喜，当即起身，手握酒杯吟道：

> 鸣筝金粟柱，素手玉房前。
> 欲得周郎顾，时时误拂弦。

这首《听筝》将"曲有误，周郎顾"的典故用得生动含情，满座宾客齐声喝彩。升平公主大喜，当即将镜儿送与李端，还把宴席上的金银器皿一股脑儿打包做了陪嫁，既展现了自己的有钱任性，

又成就了一段佳话，还消除了潜在的情敌，真可谓一石三鸟。而李端这首抱得美人归的诗，也入选了《唐诗三百首》。

很多人对周瑜的印象都是风流倜傥的儒将，可惜气量稍小，这是受到了罗贯中《三国演义》的毒害。正史中的周瑜"性度恢廓"、待人友善，只有老将程普仗着自己在孙坚时代就参加了革命，倚老卖老，不服气周瑜后来居上的统帅地位，一直与其不睦，甚至多次欺凌周瑜。在赤壁之战中，周瑜和程普分任吴军左右都督，但大局的谋划和战争的首功肯定都应归于周瑜，事后程普却逢人便夸耀自己、贬低周瑜。周瑜不仅不与程普争功，反而谦逊地说自己年轻不够沉稳，如果没有老将程公的"扶上马送一程"，是不可能取得胜利的。他多次主动上门拜访程普以表达自己的敬意，终于令程普从感动到敬重，最后叹服地对别人说："与周公瑾交，若饮醇醪，不觉自醉。"意即和周瑜交往，就像饮美酒一般，不知不觉中就被他的风度所陶醉。周瑜就是这样一位在举贤荐能上不输于鲍叔牙、在折节为国上不输于蔺相如的谦谦君子。

但后世开始了"三国之中到底哪家才算正统"的意识形态之争，东吴政权一直都是打酱油的，没有得到应有的评价。朱熹尊蜀汉为正统的观念取得了统治地位以后，刘备、诸葛亮集团就成了唯一的正面角色，与之作对的曹操、司马懿集团被丑化不说，连友军孙权、周瑜也被贬低，以陪衬主角诸葛亮的神机妙算。这种情况在宋朝以前是不可想象的，证据就是苏轼的《念奴娇·赤壁怀古》：

> 大江东去，浪淘尽，千古风流人物。
>
> 故垒西边，人道是、三国周郎赤壁。
>
> 乱石穿空，惊涛拍岸，卷起千堆雪。

江山如画，一时多少豪杰。

遥想公瑾当年，小乔初嫁了，雄姿英发。

羽扇纶巾，谈笑间、樯橹灰飞烟灭。

故国神游，多情应笑我，早生华发，

人生如梦，一尊还酹江月。

这首词明显是说"周郎赤壁"而不是"孔明赤壁"。娶了国色天香的小乔，雄姿英发，谈笑间就让敌人樯橹灰飞烟灭的是公瑾，不是孔明。罗贯中不能把周瑜的老婆小乔转给诸葛亮，只好把周瑜的穿戴"羽扇纶巾"转给诸葛亮了。

| 七步成诗 |

《霓裳羽衣曲》是杨贵妃最得意的舞蹈，专门在盛大的节日里领舞表演，众宫女一起随之起舞，飘飘若仙。不过据说有一次贵妃跳得正得意时，被唐玄宗的另一位宠妃梅妃有意无意地踩了一下裙角，当众摔了一跤，引为平生最丢脸之事。梅妃最拿手的则是惊鸿舞，是的，就是《甄嬛传》里孙俪跳的那个。甄嬛在跳惊鸿舞时，安陵容配唱的"翩若惊鸿，婉若游龙"，语出大才子曹植的《洛神赋》。

曹植在与曹丕的世子之争中失败，成了曹丕欲除之而后快的眼中钉。如果当年称象的曹冲还活着的话，可能魏王之位就没这两位哥哥什么事了。曹丕登上帝位后，有一次揪住曹植的小毛病，打算对他处以极刑来斩草除根，但又不想让天下人认为自己绝情，就出了个题目："本来你论罪当死，但看在你我一母同胞兄弟情分上，如果你能在七步之内做出一首诗来咏颂兄弟之情，而字间又不出现'兄弟'二字，就饶了你的性命，不然就休怪我大义灭亲了！"曹植刚迈出第一步，便脱口吟出了这首流传千古的《七步诗》：

煮豆燃豆萁，豆在釜中泣。

本是同根生，相煎何太急？

　　曹丕和曹植的母亲在殿后见此情景，大哭而出，抱住曹植并指责曹丕，曹丕这才羞惭地放过了亲弟弟。《七步诗》的比兴手法是典型的《诗经》风格，后来成为大家用以劝诫不可兄弟阋墙、自相残杀的好教材，曹植从此也以才思敏捷而著称于世。东晋末年、刘宋初年的谢灵运称颂曹植道："天下才共一石，曹子建独占八斗，我得一斗，天下共分一斗。"这句话的潜台词就是说，全天下人的才气加起来，不过和他打个平手，真是拽得不行。不过他承认曹植比他还厉害八倍，成语"才高八斗"即由此而来。所以谢灵运这个人究竟算是谦虚还是骄傲，真的让人很迷惑。

　　曹植曾被封为陈王，李白《将进酒》里那句"陈王昔时宴平乐"，就是说曹植经常喝酒宴乐，自然也经常误事。有一次，曹操派他率军出征，这家伙竟然喝醉了不能成行，要是碰上春秋时严于军纪的田穰苴（又称司马穰苴），只怕后果堪虞。由此可见，曹植的政治能力挺令人着急的，在竞争中输给曹丕，并不冤枉。

　　关于《七步诗》故事的真实性，历史上一直存有争议。曹丕在这个故事里的表演太像一个托儿，而且曹家人并没有那么绝情寡义。《三国演义》把曹操写成个大白脸，但我倾向于占了天下十之七八的曹魏比割据蜀中一隅的刘备更"正统"一些的说法。如果没有曹操，东汉早就灭亡在黄巾军和董卓之乱里了，是他为汉朝又延续了几十年的国祚。而且曹家待汉帝其实不薄，不但曹操自己没当皇帝，而且曹丕篡位后，汉献帝退位，被封为山阳公，一直活到曹操的孙子曹睿当政时才善终。

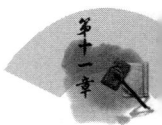

曹操唯一的瑕疵就是干掉了汉献帝的伏皇后，但前提是伏皇后一家想先干掉他，这几乎可以算是自卫或者报仇，不能算是滥杀。曹操把自己的女儿嫁给汉献帝作为补偿，曹皇后也是重情重义之人，夫妻两人感情稳固。曹丕篡位时，曹皇后痛哭大骂哥哥。汉献帝退位后，夫妻两人在封地一直相濡以沫地生活。比起司马家在曹魏国力鼎盛之时从孤儿寡母手里抢夺江山，曹家人对汉室真算不得卑鄙。

虽然司马氏得国比曹魏还不正，但晋武帝司马炎其实也算是一个厚道人，曹魏末帝曹奂退位后，被封为陈留王，居然还被允许使用天子旌旗，在封国内可以行魏国正朔，给晋武帝上书可以不称臣，受诏可以不拜，最后得尽天年，其待遇和结局是历代亡国之君中最好的。"乐不思蜀"的刘禅在司马炎手下也是善终。但是自南朝刘宋的开国之君刘裕起，篡位后就把前朝宗室屠戮殆尽开始成为习惯性手段。这种一代不如一代的现象，中国人称之为"世风日下，人心不古"。

曹操、曹丕和曹植，这父子三人合称为"建安三子"。在电影《赤壁》中，曹操的梦中情人是小乔，这种剧情设置，倒也不算无中生有，杜牧《赤壁》一诗中的"东风不与周郎便，铜雀春深锁二乔"可以为其证，意思是：小乔那风流倜傥的老公周瑜如果不是运气好，在赤壁之战中能借得东风，用火攻大败人数占了绝对优势的曹军，大乔、小乔就要被曹操收藏到他专门为这两位美女修筑的铜雀台上去了。

从"霓裳羽衣"到"铜雀春深"，我们发散联想了一圈，赶紧回到主线上来。

| 最幸福音乐人 |

自从王维在画中看出乐师们演奏的是《霓裳羽衣曲》后，就受到大音乐家李龟年的热烈崇拜，两人很快结成了好友。你可能不理解怎么会有人的名字里用"龟"这么难听的字眼，其实在古代，龟是长寿、吉祥的象征，而不是骂人的话。比如曹操就写过一首《步出夏门行·龟虽寿》，来表达自己不但要像乌龟一样长寿，更要像老马一样志在千里的心志：

　　　　　　神龟虽寿，尤有竟时。
　　　　　　腾蛇乘雾，终为土灰。
　　　　　　老骥伏枥，志在千里；
　　　　　　烈士暮年，壮心不已。
　　　　　　盈缩之期，不但在天；
　　　　　　养怡之福，可得永年。
　　　　　　幸甚至哉，歌以咏志。

这句"老骥伏枥，志在千里"今天已是成语，翻译出来大概就是：老人吃饭是为了活着，但老人活着不是为了吃饭，还得有点更高的精神追求。"养怡之福，可得永年"，现在则成了保健品的广告词。曹操的这组诗中，还有一首比《龟虽寿》更有名的，就是入选中学语文课本的《步出夏门行·观沧海》，这下大家可以把两首诗放在一起记忆了：

　　　　　　东临碣石，以观沧海。
　　　　　　水何澹澹，山岛竦峙。
　　　　　　树木丛生，百草丰茂。
　　　　　　秋风萧瑟，洪波涌起。

日月之行，若出其中；

星汉灿烂，若出其里。

幸甚至哉，歌以咏志。

李龟年的名字寄托了父母期望他活到神龟之年的美好愿望，佐证是他还有两个兄弟，一位叫李鹤年，一位叫李彭年，仙鹤与彭祖都象征长寿。兄弟三人均是文艺青年：李彭年善舞，李龟年、李鹤年善歌，李龟年还长于作曲，所以在三兄弟中名声最高。王维写的那首名篇《相思》，可能是为李龟年的新歌所做的词，因为在此诗边上题着"江上赠李龟年"。李龟年为它谱好曲之后，顿时成为年度打榜热歌，被梨园子弟们纷纷传唱：

红豆生南国，春来发几枝。

愿君多采撷，此物最相思。

红豆自此被称为"相思豆"或者"相思子"，一直被文人雅士们用来寄托相思之情。吟诵红豆的诗中，最有名的是王维的这首，而词曲中最有名的则是《红楼梦》里宝哥哥那首《红豆词》，对比一下唐诗的格律严谨和词曲的节奏变化，我们会发现真是各擅胜场：

滴不尽相思血泪抛红豆，开不完春柳春花满画楼。

睡不稳纱窗风雨黄昏后，忘不了新愁与旧愁。

咽不下玉粒金莼噎满喉，照不见菱花镜里形容瘦。

展不开的眉头，挨不明的更漏。

呀！恰便似遮不住的青山隐隐，流不断的绿水悠悠。

安史之乱后，李龟年流落到江南，在一个宴会上，他再次演唱了这首自己当年最爱的《相思》金曲，满座莫不触动心底对如烟往事的记忆，尽皆泫然泪下。这时在哪里都会出现的杜甫再次显示了

他的存在感，即席吟出了前文提到的名作《江南逢李龟年》：

> 岐王宅里寻常见，崔九堂前几度闻。
>
> 正是江南好风景，落花时节又逢君。

李龟年为诗仙李白的三首《清平调》谱过曲，诗圣杜甫和诗佛王维都为他作过诗。在生命中和盛唐的三位天王巨星都有交集并且佳话传千古，他堪称是历史上最幸福的音乐人，没有"之一"。

| 郁轮袍 |

王维以其音乐和诗歌的双重超一流才华，成了备受岐王府欢迎的常客。但王维的结识目标不只岐王而已，他希望通过岐王的引荐，最终得到九公主的赏识，因为有一个大项目要公关。

过了一段日子，岐王带着好酒、乐队去九公主府上助兴，当然是醉翁之意不在酒。公主看见岐王身后站着一位白衣白袍、风姿俊美的少年，非常引人注目，便问道："这位是何人呀？"岐王回答："此人名叫王维，字摩诘。雅擅音律，可为公主演奏一首新曲。"王维等的就是这个机会，抱起琵琶弹出一曲，音调凄婉哀切，满座为之动容。公主也听得意动神迷："此曲何名？"王维答道："名为《郁轮袍》，是在下新作。"

岐王趁机又对公主说："此人不只长于音律，诗恐怕更是当世第一。"王维便从怀中拿出几卷诗献上，公主看后赞叹不已："这些诗都是我平时吟诵过的，原以为是古人的佳作，没想到居然是你这年轻人写的！"立刻引王维上座。岐王见时机成熟，便说："可惜他今年不愿意去考进士，真是国家的损失。"公主诧异道："那是为何？"岐王低声道："听说公主已经向主考官推荐了张九皋为

状元。摩诘志在折桂，只好下次再考了。"公主笑道："原来如此。公子只管尽力去考。只要你有当状元的真才实学，我担保没人敢埋没了你。"有了九公主这句话，王维果然一举夺得新科状元，时年只有二十一岁。

这个"郁轮袍"的故事，最早出自唐代薛用弱的《集异记》，其中未提公主的封号。元代辛文房的《唐才子传》中有类似的故事，也只言是"九公主"。后人常以为是曾经权势熏天的太平公主，她是唐高宗和武则天的小女儿、中宗和睿宗的妹妹、玄宗和岐王的姑姑。说实话，这个可能性非常小，太平公主因为谋反而被唐玄宗赐死是在公元713年，那时王维不过在十二岁至十四岁之间。同时期，另一位声名显赫的公主——安乐公主是唐中宗的女儿，但死得比太平公主还早三年，可能性为零。其实最有可能的是名气稍小的玉真公主，她是唐玄宗一母同胞的妹妹，兄妹感情深厚，在天子面前说话非常管用。而且玉真公主是著名的女文青，她家是长安城里最牛的文艺沙龙，李白、张说等人均为座上常客。这样一位横跨政文两界的名媛，正是提携王维"文而优则仕"的最佳贵人。

如果没有王维横插这一杠子，原本内定的状元是岭南人张九皋。张九皋的哥哥，是开元盛世的最后一位名相张九龄。一直提携张九龄的，就是开元中期名相张说。张九龄是蛮荒之地岭南所出的第一位知名大才子，他最有名的一首诗是《望月怀远》：

> 海上生明月，天涯共此时。
> 情人怨遥夜，竟夕起相思。
> 灭烛怜光满，披衣觉露滋。
> 不堪盈手赠，还寝梦佳期。

张九龄很有知人之明，他很早就看出安禄山性格奸诈阴险，对人预言"乱幽州者，必此胡也"。有一次，安禄山违反军令，打了败仗，张九龄趁机奏请杀他，唐玄宗却说："卿想学王衍识得石勒的故事，来臆断安禄山将来难制吗？"之后故意将安禄山释放，以示其宽宏大量。最终安禄山果然反叛，重演了西晋末年石勒乱华的一幕。唐玄宗晚年在看人上简直是一塌糊涂，大概治国的天分在壮年之前都用完了。

王维早年抢了张九皋的状元，后来不得志时写信给张九龄，表示想做个官，张九龄还推荐他当了右拾遗，可见其心胸宽广。张九龄的言谈举止也很优雅，风度远超常人。自他去世后，唐玄宗非常怀念，每当宰相向他推荐士人时，他总是问上一句："这人的风度怎么样？能有一点像文献公（张九龄谥号文献）吗？"

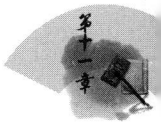

第十一章

遥知兄弟登高处 西出阳关无故人

世有"李白是天才，杜甫是地才，王维是人才"之说。若单论诗歌成就，王维当然略逊于李杜，在盛唐最多排到第三；但若论才华之全面，整个唐朝无人能出其右。王维既被后世尊为"诗佛"，又被尊为南宗山水画之祖，钱钟书先生称其为"盛唐画坛第一把交椅"，另一位千年一出的全才苏轼则评价道："味摩诘之诗，诗中有画；观摩诘之画，画中有诗。"除了诗画双绝、精通音律之外，王维还擅长书法和刻印。而在这些文艺才能之外，王维还很喜欢助人为乐。

| 息夫人 |

唐玄宗的大哥宁王李宪，看上一个卖胡饼之人的美貌妻子（不是潘金莲。话说为啥卖胡饼、炊饼的人娶到漂亮老婆的几率这么高），就把人家强占为妾。这位女子进了宁王府以后，终日闷闷不乐、不发一语。宁王有一次宴请宾客时，看见她又苦着脸，不禁心中郁闷，气哼哼地说："你那个卖胡饼的丈夫，恐怕早就另娶新欢，把你丢到脑后了。我现在就派人叫他给宴会送饼来，你看看他还想着你吗！"过不多时，那男子端着一筐胡饼走进宴会厅，看见妻子后一愣，两人相对无言，泪如雨下。

宁王本人擅长音律，而王维当时也被邀请在座，见此情景，便端起酒杯饮了一口，即兴吟出一首诗：

莫以今时宠，能忘旧日恩。

看花满眼泪，不共楚王言。

众宾客一听，均知此诗吟的是息夫人，思索之下，纷纷点头叹息。此诗后来的命名便是《息夫人》。息夫人是春秋时息国国君的妻子，以美貌著称于世。楚王灭了息国后，将她据为己有，但息夫人始终不曾跟楚王说过一句话，以此作为无声的抗议。王维此诗正是借这段故事来婉转地批评宁王。宁王也知此事自己做得理亏，只好当众对那女子说："将你献于本王，是手下人所为，本王并不知道你是有夫之妇。现在成全你们夫妻，你们可以走了。"夫妻两人大喜，赶紧脱身而去。

其实，宁王是位气量大且有大智慧的人。太平公主一心想扶持他做皇太子，但他看到弟弟李隆基在消灭韦后集团中立下大功，这一点很像当年的秦王李世民，如果自己当了太子，只怕玄武门之变中的骨肉相残悲剧会重演，所以他婉拒了父亲睿宗李旦和姑姑太平公主的支持，真心实意地把皇太子之位让给了弟弟。唐玄宗能有机会缔造开元盛世，宁王功不可没。李隆基即位后，善待兄弟，不给他们权力，只让他们安享富贵，做法可谓睿智又仁厚。对这位让出皇位的大哥，李隆基尤其敬重亲厚，两人常常躺在一张床上聊天。宁王死后，唐玄宗给他的谥号居然是"让皇帝"，表示他非常领大哥的情。在顾全骨肉亲情这一点上，李隆基是皇帝们的楷模。看见儿子们的关系如此融洽，太上皇李旦比起他的曾祖父李渊，不知要

欣慰多少倍。

我记得三首关于息夫人的诗，代表了古代文人对于这种难堪处境下的女性的不同态度。王维对其深表同情，而杜牧的《题桃花夫人庙》就是谴责了：

> 细腰宫里露桃新，脉脉无言几度春。
> 至竟息亡缘底事，可怜金谷坠楼人。

息夫人被称为"桃花夫人"，可见其貌艳若桃花、美若天仙。但按小杜诗里的意思，息国灭亡就是因为红颜祸水。当时正在国势扩张中的楚国灭掉息国，完全是政治上的必然之举，息夫人只不过是战利品。而杜牧不但认为息夫人是亡国祸水，还对她没有殉国很生气，更拿绿珠跳金谷楼殉情之举作为道德高标进行对比。

绿珠是西晋巨富石崇的宠姬，美名闻于天下。在八王之乱中，权倾一时的小人孙秀垂涎于她的美色，派人向石崇索要，石崇不从。孙秀便游说赵王司马伦，诛杀石崇，夷其三族。石崇那日正与绿珠在金谷园中的高楼上宴饮，听闻兵围门外，便对绿珠叹道："我今日为你而死。"绿珠泣答："愿效死于君前。"言罢跳楼而亡，随后石崇全家被杀。绿珠性情刚烈，可惜红颜薄命。杜牧曾作《金谷园》哀叹道：

> 繁华事散逐香尘，流水无情草自春。
> 日暮东风怨啼鸟，落花犹似坠楼人。

杜牧觉得息夫人当日应像绿珠一样，死在息国国君面前才是正确的选择，他的一堆好诗中就数这首《题桃花夫人庙》不靠谱。相比而言，反倒是名气小得多的清人邓汉仪的《题息夫人庙》写得更为深沉感人：

楚宫慵扫眉黛新，只自无言对暮春。

千古艰难唯一死，伤心岂独息夫人？

作为一个在清朝统治下拒不出仕的汉族士人，他深知规复故国遥不可及，从这一声叹息之中，我们能够听出对许多不得已之人和不得已之事的无奈、谅解和宽容，实属难能可贵。

另一位著名的战利品是花蕊夫人，她与卓文君、薛涛、黄娥并称为"蜀中四大才女"。宋太祖灭亡后蜀，有传说认为他将色艺俱佳的花蕊夫人作为战利品收藏起来。对于时人说她是红颜祸水、导致亡国，花蕊夫人赋诗一首以反击：

君王城上树降旗，妾在深宫哪得知？

十四万人齐解甲，更无一个是男儿。

对于将亡国的责任推到女人头上的懦夫做法，此诗给予了辛辣的讽刺，用现在的流行语来说，就叫作"祸水的逆袭"。

｜兄弟情深｜

王维最脍炙人口的作品，无疑是送别诗中的极品《送元二使安西》：

渭城朝雨浥轻尘，客舍青青柳色新。

劝君更尽一杯酒，西出阳关无故人。

我小时候不知为何，总认为王维送别的这哥们儿名叫"元二使"，直到某天脑海突然一震，才明白其实人家名叫"元二"，要去出使安西。此诗和高适豪迈的"莫愁前路无知己，天下谁人不识君"意境正相反，倒与李叔同的"天之涯，海之角，知交半零落，

渭城曲三叠阳关调

一瓢浊酒尽余欢，今宵别梦寒"的苍凉味道很接近，吟诵的时候如果不配上一壶暖酒，简直让人冷得缓不过劲儿来。

此诗受欢迎究竟到了何种程度呢？可以从它流传的名字之多看出来。除了《送元二使安西》外，还有《渭城曲》《阳关曲》等，其中最富诗意的是《阳关三叠》。金庸先生估计也很喜欢这名字，所以《天龙八部》里天山童姥传给虚竹的天山六阳掌最后一式就叫"阳关三叠"。阳关今天已荡然无存，只剩下些许遗迹。

王维的另一首名篇——亲情诗《九月九日忆山东兄弟》，据说是他十七岁时所写。王维和弟弟王缙的关系非常亲密，从此诗中可见一斑：

> 独在异乡为异客，每逢佳节倍思亲。
> 遥知兄弟登高处，遍插茱萸少一人。

重阳节插茱萸之风在唐代很盛行，据说是为了辟邪，但其后，茱萸慢慢让位给了象征长寿的菊花。菊花对晚唐时期的人来说，不是什么美好的事物，因为它会引出一个特别喜欢此花的"魔王"，颠覆大唐近三百年的社稷，这是后话。

从张九龄刀下逃生的安禄山后来发动叛乱，唐玄宗跑路去了蜀地，把百官丢在即将陷落的长安。安禄山抓住王维后，爱惜他的文才，一定要他做伪官，王维只能装病，出工不出力。但即使这样，在安史之乱被平定后，被叛军俘虏而未殉节的官员都被定了罪，其中也包括王维。这时王缙已经是刑部侍郎（司法部副部长），就上奏唐肃宗李亨说："臣兄王维一直身在曹营心在汉。有一次叛贼安禄山在凝碧宫大摆筵席，臣兄闻乐神伤，偷偷作了一首《凝碧诗》，当时就流传开来。请圣上明鉴！"同时呈上此诗：

万户伤心生野烟，百官何日再朝天？

秋槐花落空官里，凝碧池头奏管弦。

诗的意思是：虽然叛贼在官内大摆庆功宴，忠于皇室的百官却都很伤心，我们什么时候才能再朝拜真正的天子呢？

唐肃宗当然能读出王维对李唐皇室的忠诚，颇为嘉许。王缙更诚恳地表示，情愿自己免官来为哥哥赎罪。唐肃宗感动于王氏兄弟的手足情深，而且王缙平叛有功，所以特诏宽免了王维，还给了他一个官做。王维最终官至尚书右丞，因此世称"王右丞"。

类似的故事还发生在宋朝的苏轼和苏辙兄弟身上。"一门父子三学士，千古文章八大家"，兄弟俩的共同语言很多，关系不是一般的好。苏轼的《水调歌头·中秋》中的传世名句"但愿人长久，千里共婵娟"，并不是写给心爱的女人，而是写给他这位亲爱的兄弟的。他在序里写道："丙辰中秋，欢饮达旦。大醉，作此篇，兼怀子由。"子由是苏辙的字。苏轼因为"乌台诗案"入狱，被小人奏请为死罪，曾写下诀别诗给苏辙："与君世世为兄弟，更结来生未了因。"手足之情感人至深。同时，苏辙也上书朝廷，请求以自己被免官来为兄赎罪，朝廷不同意，最后连苏轼的前政敌、已经赋闲在家的王安石也上书为苏轼求情，苏轼才逃过一死，贬官了事。

曹植《七步诗》的故事固然让人心寒，但王氏兄弟和苏氏兄弟间的故事都证明：只要不是生在帝王家，能有个相互扶持的兄弟姐妹，是多么幸福的事情！

苏轼和苏辙两兄弟的字也很有意思，苏轼字子瞻，苏辙字子由。我猜想他们的父亲苏洵当时可能正在看《曹刿论战》。曹刿辅佐鲁庄公击败"一鼓作气，再而衰，三而竭"的齐军，鲁君正要追击时，

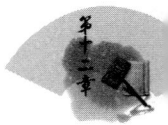

曹刿担心强大的齐国会有伏兵而适时拦阻，曰"未可"，先下视其辙（车迹之"由"），再登轼而望之（高"瞻"远瞩），最后才曰"可矣"，纵鲁军追击，遂大败齐军。苏洵曾写过《名二子说》解释这两个儿子名字的由来，尚不及我这个猜想生动活泼。

| 山水田园 |

王维早年入仕时，也曾有过广阔抱负，宦海沉浮后，觉得世事无常，逐渐消沉下来，开始吃斋念佛。他四十多岁时，在蓝田辋川购得一处原为宋之问所有的别墅。宅邸依山傍水，修缮后更是馆舍清幽，摩诘居士在此过着修身养性、以诗会友、半官半隐的闲适生活，并留下了大量的诗歌，从而成为盛唐山水田园派的代表人物。让我们以两首诗来证明王维在门派里的地位，第一首是《山居秋暝》：

> 空山新雨后，天气晚来秋。
>
> 明月松间照，清泉石上流。
>
> 竹喧归浣女，莲动下渔舟。
>
> 随意春芳歇，王孙自可留。

另一首是《辋川闲居赠裴秀才迪》：

> 寒山转苍翠，秋水日潺湲。
>
> 倚杖柴门外，临风听暮蝉。
>
> 渡头余落日，墟里上孤烟。
>
> 复值接舆醉，狂歌五柳前。

此诗极富画面感，王维特色浓烈。黛玉在教香菱学诗时曾指出，颈联的"渡头余落日，墟里上孤烟"是从陶渊明的"暧暧远人村，

依依墟里烟"化出来的。王维的版权意识非常强，在尾联向五柳先生（陶渊明自号）致敬。后来王维将他非常喜爱的这句进一步化入《使至塞上》，成为千古名句：

> 单车欲问边，属国过居延。
>
> 征蓬出汉塞，归雁入胡天。
>
> 大漠孤烟直，长河落日圆。
>
> 萧关逢候骑，都护在燕然。

说到陶渊明，那是后世很多大诗人的偶像，李白肯定也是他的粉丝。陶渊明流传下来的最知名典故是"不为五斗米折腰"，李白就在他的《梦游天姥吟留别》结尾处向偶像致敬："安能摧眉折腰事权贵，使我不得开心颜？"

不肯折腰的陶渊明辞官回乡后，自耕自食、自给自足，还经常呼朋唤友、饮酒高歌。他喜欢喝酒，但估计酒量一般，往往是自己先喝醉了，便直率地对客人说"我醉欲眠，卿可去"。李白在《山中与幽人对酌》中，再次向偶像致敬：

> 两人对酌山花开，一杯一杯复一杯。
>
> 我醉欲眠卿且去，明朝有意抱琴来。

陶渊明最杰出的诗作是这首《饮酒》，从此后，菊花便成了隐士的象征，也升格为中国的第一等名花：

> 结庐在人境，而无车马喧。
>
> 问君何能尔？心远地自偏。
>
> 采菊东篱下，悠然见南山。
>
> 山气日夕佳，飞鸟相与还。
>
> 此中有真意，欲辨已忘言。

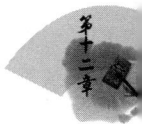

小山

王摩诘禅隐居辋川

细柳将军

王维擅长小桥流水的诗情画意，但也有一首雄健阳刚的五言律诗《观猎》，描绘了将军纵马狩猎的动感场景：

> 风劲角弓鸣，将军猎渭城。
> 草枯鹰眼疾，雪尽马蹄轻。
> 忽过新丰市，还归细柳营。
> 回看射雕处，千里暮云平。

细柳营是汉代名将周亚夫的屯军之地。当年汉文帝为了抵御进犯边境的匈奴，调了三路军队分别驻防在灞上、棘门和细柳。有一天，汉文帝心情大好，亲自去慰劳军队而未事先通报。到了灞上和棘门的军营，汉文帝的车骑都是很威风地长驱直入，但当他最后来到周亚夫驻守的细柳营时，只见众官兵披盔戴甲、戒备森严，手中兵器寒光闪闪，连汉文帝的传令兵都被拦在营外不得进入。

传令兵告知天子御驾亲临，营门守卫却面无表情地答复："将军有令，军中只听将军命令，不听天子诏令！"等汉文帝圣驾到了，使者拿着皇帝符节进去通报，周亚夫这才命令打开营门迎接。守营士兵还严肃地告诫汉文帝的车夫："将军有令，军营之中不许车马急驰！"车夫只好控制着缰绳，让马徐徐而行。

汉文帝到了军中大帐前，周亚夫一身戎装出来接驾，向汉文帝行拱手礼而不跪拜："披戴甲胄的战士不应行跪拜之礼，请陛下允许臣以军中之礼拜见。"汉文帝也扶着车前的横木欠身，向将士们行军礼。

劳军完毕，汉文帝出了营门之后，对被细柳营之行惊得目瞪口呆的随行群臣感叹道："这才是真将军啊！灞上和棘门的军营与此

营相比，简直如儿戏一般。如果敌军来偷袭，恐怕连他们的将军都要被俘虏了。而周亚夫的军营，怎么可能给敌人以偷袭之机呢？！"匈奴一退兵，汉文帝就升了周亚夫的职，让他负责京城长安的警卫。

汉文帝病重弥留之际，嘱咐太子道："以后国家若有危难，可以放心重用周亚夫。"汉景帝即位后，遵先皇遗诏，将周亚夫升为车骑将军。在随后的七国之乱中，周亚夫统帅王军，在三个月内平定叛乱，拯救了风雨飘摇的大汉皇朝，因功封条侯，但后因桀骜不驯，被汉景帝猜忌。老皇帝担心在自己身后，少主（汉武帝）难以驾驭老资格的功臣，最终使周亚夫获罪下狱，这位性情刚烈的老将绝食五日，呕血而死。所以李广之孙李陵说汉家一贯薄待功臣，真不算冤枉。

周亚夫的父亲就是汉初大名鼎鼎的绛侯周勃，官拜太尉，掌管全国的兵权。刘邦在死前曾预言"安刘氏天下者，必周勃也"。刘邦驾崩后，吕后专权，大封吕氏子弟及亲信。等到吕后一死，周勃和丞相陈平决计要除吕氏，便下令军中说："支持吕氏的，就右袒（把右胳膊露出来）；支持刘氏的，就左袒（把左胳膊露出来）！"众人都厌恶吕氏，全军上下尽皆"左袒"。周勃便率领他们覆灭吕氏，保住了刘氏江山。这就是"袒护"一词的来历。

从古至今，类似周勃"灭吕安刘"的事例屡见不鲜，历史常常惊人地相似，故"以史为鉴，可以知兴替"。

第十三章

夫子风流天下闻　洞庭波撼岳阳城

王维诗中的将军射下了大雕，算得上一位神箭手。中国古代的神箭手很多，比如百步穿杨的养由基和射箭入石的李广，但比之更牛的，是北周名将长孙晟。

| 射雕英雄 |

长孙晟出使突厥时，有一次陪同可汗出游，正好遇到两只大雕在天空中追逐争肉，可汗递给长孙晟两枝狼牙雕翎箭："素闻将军善射，请用这两枝箭把它们射下来吧。"长孙晟并不推辞，接过箭来，一边纵马而奔，一边抬头观察。等到双雕在空中厮打的身形重合时，他眼疾手快，猛射一箭，正好贯穿双雕，将剩下的一支箭还给瞠目结舌的可汗。这便是成语"一箭双雕"的来历。

长孙晟有位女儿，就是唐太宗的原配、大名鼎鼎的贤后长孙皇后。有一天，唐太宗下朝回宫，怒气冲冲、咬牙切齿地对长孙皇后说："朕一定要找机会杀了那个乡巴佬！"皇后忙问："是哪位大臣惹怒了陛下？"唐太宗回答："还不是那个魏征！他以前是李建成的部属，朕对他既往不咎、委以重任，没想到他却经常在朝堂上以进谏之名羞辱朕，真是不知好歹！"皇后听后，不发一言，立刻退到内室，换上了正式的朝服，然后走到唐太宗面前行祝贺之礼。唐太宗被她搞得莫名其妙："皇后这是做什么？"皇后答道："臣妾听说，主明而臣直。如果君主贤明，臣下就会正直敢言；如果君主昏庸暴虐，臣下就会噤若寒蝉、明哲保身。如今魏征敢于直言进谏，不正说明陛下您是明君吗？臣妾怎能不恭贺呢？"唐太宗哈哈大笑，赶快扶起这位聪慧贤明、善识大体的皇后。可以说，如果没有长孙皇后，说不定唐太宗早就杀掉他日后感叹"以人为镜可以明得失"的魏征了。

长孙皇后的亲哥哥，也就是长孙晟的儿子长孙无忌，位列"凌烟阁二十四功臣"之首。唐太宗因长孙无忌在拥立自己登基的过程中功劳第一，又是皇后的亲哥哥，所以对他极为信任，想拜他为相。皇后认为长孙无忌贪恋权力、不够谦退，劝谏唐太宗不可。唐太宗不以为然，皇后就命令哥哥不准出任宰相，所以长孙皇后在世时，长孙无忌一直没有拜相。皇后过世不久，唐太宗还是让长孙无忌当了宰相，结果长孙无忌在唐高宗李治时代位高权重、独揽朝纲，最终挂在了更厉害的武则天手上，因为她要清除自己上升道路上这块最大的绊脚石。读史至此，令人不得不佩服长孙皇后的先见之明。

看过《天龙八部》的人都知道，慕容氏是鲜卑族。长孙一家在户口本上"民族"一栏中，填的应该是"拓跋鲜卑"，也是鲜卑族，还是北魏皇族的支系。此外，"三鞭换两锏"的名将尉迟恭也是鲜卑族。实际上，大家如此热爱的大唐，从皇室成员到著名诗人（比如元稹），很多人都有游牧民族的血统。

从西晋末年五胡乱华到隋唐，是中国历史上民族大融合的时代。打个比方：你的N代外公（汉族）被你的N代爷爷（胡人）抢了地盘、房子，一顿欺凌，他们的子孙却结婚生子，使得血脉一

直流传到今天的你身上；最后是你 N 代外公的强大文化，把你 N 代爷爷的文化同化得不知所踪。在民族发展中起决定作用的，不是血统，而是经济和文化。这对于那些一向自认为是"纯种汉族"的人来说，可能是从未了解过却不可不知的历史。

提到射雕的英雄，大多数读者脑海中浮现的是《射雕英雄传》里的郭靖郭大侠，虽然他完全是虚构的。与他同时代的人物中还真有会射雕的，就是这位金刀驸马的准岳父大人铁木真。毛泽东在《沁园春·雪》里写到"一代天骄，成吉思汗，只识弯弓射大雕"，这"天骄"一词现在似乎是褒义，原意却是贬义。汉朝人用"天之骄子"来形容勇猛的匈奴人好像是被父母溺爱、放肆不受管束的儿子，后来这个词就被用来形容在大家心目中同样形象的蒙古人。

成吉思汗是蒙古人的英雄，却是汉族及同时代诸多民族的凶残敌人。他的名言是："人生最大的乐趣，是把敌人斩尽杀绝，抢夺他们所有的财产，看着他们的亲属痛哭流泪，骑他们的马，强奸他们的妻子和女儿。"这种文明程度是要开历史倒车两千多年。如果有人说铁木真是中国人的英雄，我只能说，他的历史常识很让人着急。

蒙元在很大程度上破坏了中国传统文化，所以"崖山之后，再无中华"这个说法，有一定道理。崖山海战是南宋与蒙元之间的最后决战，宋军覆没，南宋灭亡。蒙元固守着自己，没有被中华文明同化，可胡虏无百年之运，大约九十年后，就被打回到草原上了。相比之下，满清算稍微谦逊点儿，除了入关初期在扬州、嘉定的大屠杀，还有"留头不留发，留发不留头"的血腥政策，后来基本被强大的汉文化同化，很多满人最后连满语都不会说了，所以曾国藩、李鸿章等汉族精英还愿意为它卖命。清朝寿终时，很多汉族愚民还以为象征满清的辫子是自己与生俱来的，万万不可剪掉，否则就是欺师灭祖，鲁迅先生的小说里对此有生动的描写。

千金买壁

王维有位好朋友，名叫孟浩然，"王孟"并称为盛唐山水田园派的代表人物。这位孟浩然，正是李白借着送别他的机会写出了黄鹤楼七绝之一的《送孟浩然之广陵》的那一位，他比李白和王维年长十二岁。李白有一次路过孟浩然的家乡襄阳，专程去拜访这位前辈，还写了一首《赠孟浩然》：

> 吾爱孟夫子，风流天下闻。
> 红颜弃轩冕，白首卧松云。
> 醉月频中圣，迷花不事君。
> 高山安可仰，徒此揖清芬。

虽然文人之间经常假模假式地互相吹捧一番，但李白的天才和傲气地球人都知道，能让他用到"高山仰止"这种顶级恭维语，说明钦佩还是相当真诚的，孟浩然的江湖地位由此可见一斑。孟浩然看李白对自己这么仰慕，感到总要回报他点什么才符合前辈的身份，就为他介绍了一桩亲事，女方是前宰相许圉师的孙女（一说远亲）许夫人。

许氏夫人和李白不但是才子佳人、门当户对（据《新唐书》记载，李白为兴圣皇帝（西凉武昭王李暠）的九世孙，按照这个说法，李白与李唐皇室同宗；据《旧唐书》记载，李白之父李客为任城尉），而且很有共同语言，因为她体内也流淌着许家的诗歌血液。许圉师的六世孙许浑是晚唐著名诗人，特别喜欢写水啊雨啊的，所以被后

人总结为"许浑千首湿，杜甫一生愁"，他的代表作是《咸阳城西楼晚眺》，大家可以从中找到"山雨欲来风满楼"一句的出处了：

> 一上高城万里愁，蒹葭杨柳似汀洲。
>
> 溪云初起日沉阁，山雨欲来风满楼。
>
> 鸟下绿芜秦苑夕，蝉鸣黄叶汉宫秋。
>
> 行人莫问当年事，故国东来渭水流。

婚后，许夫人为李白生下了儿子伯禽和女儿平阳。儿女双全的李白对妻子非常满意，但大唐河山实在太美了，他依旧想到处看看，所以后世人才有幸读到《望庐山瀑布》这样的名作：

> 日照香炉生紫烟，遥看瀑布挂前川。
>
> 飞流直下三千尺，疑是银河落九天。

李白有时也会思念远方的妻子，狂放不羁如他，居然也能写出一首悲秋相思之曲《秋风词》：

> 秋风清，秋月明，
>
> 落叶聚还散，寒鸦栖复惊。
>
> 相思相见知何日？此时此夜难为情！
>
> 入我相思门，知我相思苦，
>
> 长相思兮长相忆，短相思兮无穷极，
>
> 早知如此绊人心，何如当初莫相识。

可惜几年后许夫人驾鹤仙去，李白又娶了南陵名家的一位刘姓女子（也有说法称刘氏只是情人，未与李白正式婚配，李白的第二任妻子是东鲁女子，姓氏不详）。这位刘夫人可不像许夫人那般文艺，她可是一天到晚念叨着现实中的柴米油盐。过了一段时间，刘夫人见李白终日饮酒作诗，家中眼看就要坐吃山空，便开

始敲打他要"诗而优则仕"。李白无奈之下，只好离家去长安钻营前途，走之前还和刘夫人闹了点不愉快，干脆把离别诗的题目起成《南陵别儿童入京》，居然没有作别家中的女主人，显然是在赌气：

> 白酒新熟山中归，黄鸡啄黍秋正肥。
> 呼童烹鸡酌白酒，儿女嬉笑牵人衣。
> 高歌取醉欲自慰，起舞落日争光辉。
> 游说万乘苦不早，著鞭跨马涉远道。
> 会稽愚妇轻买臣，余亦辞家西入秦。
> 仰天大笑出门去，我辈岂是蓬蒿人。

今天我们看"仰天大笑出门去"，以为诗仙当时很开心，谁知他是刚和自己的女人吵完架——之所以这样说，其线索便是那句"会稽愚妇轻买臣"。汉朝会稽人朱买臣，早年家贫，以卖柴为生。他不治产业，四十岁了仍然是个落魄儒生，但是治学非常刻苦，一边担柴走路还一边念书，《三字经》里那句"如负薪"说的就是他。人们都笑朱买臣是个书痴，妻子崔氏不堪受穷又受辱，就改嫁给了一个木匠。后来朱买臣经同县人、中大夫严助举荐，在汉武帝驾前讲解《春秋》和《楚辞》而受赏识，被封为中大夫，之后又因在灭东越国的过程中献策有功，而官拜会稽太守。见到衣锦还乡的朱买臣，崔氏想复婚，朱太守便让人端来一盆清水泼在马前，告诉前妻，若能将泼在地上的水收回盆中，就可以回家。崔氏明白，这叫"覆水难收"，回去后羞愧地自尽了。

这样的情节设定，戏剧感是很强，但很可能是杜撰的。关于朱买臣的故事，还有另一个版本：朱买臣未发迹前，背着柴在墓地行走，正好碰上上坟的前妻和她的木匠丈夫，他们看到朱买臣又冷又饿，还召唤他，给他饭吃；朱买臣衣锦还乡后，善待他二人，前妻羞愧自尽。

通过对比，李白很怀念和许夫人那段琴瑟和谐的婚姻，所以他的最后一任妻子是另一位前宰相宗楚客的孙女宗煜。他们是如何结缘的，说起来相当浪漫。

李白、杜甫和高适三位好友到商丘梁园游玩，诗仙酒后兴致大发，在寺庙的墙壁上一气呵成长诗《梁园吟》。寺僧很恼火，要铲掉他的涂鸦，正好被路过的宗煜小姐看到，她十分珍视这首诗，令人送了一千金给寺庙，将整面墙买下，以保留李白的墨宝。此事立刻在小城中传得沸沸扬扬，李白听说后很感动，知道宗煜是许夫人那种懂得欣赏自己的女文青，便当即拜托高适做媒人，去向这位神仙姐姐提亲。宗小姐本就钦慕李白的文采，自然应允，二人喜结连理。以上就是"千金买壁"的故事。

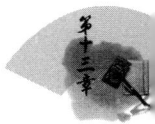

| 错失良机 |

孟浩然年轻时，可没有"迷花不事君"那么淡泊，还是很想入仕途的。他曾给当时的宰相张九龄写过一首《望洞庭湖赠张丞相》以求引荐：

> 八月湖水平，涵虚混太清。
> 气蒸云梦泽，波撼岳阳城。
> 欲济无舟楫，端居耻圣明。
> 坐观垂钓者，徒有羡鱼情。

诗歌的重点在于后面四句委婉地求官：我想要渡湖，却苦于找不到船只，圣明时代还在家里端坐闲居，觉得很羞愧，只能坐着观

看钓鱼的人（暗指执政的张九龄）施展身手、报效国家而白白羡慕。前面四句描写八月湖景，本来只是借以起兴的由头而已，但通过这泼墨山水般的大笔渲染，八百里洞庭的壮观景象跃然纸上，倒使得本篇成为山水诗中的杰作，可谓"有意栽花花不发，无心插柳柳成荫"。一向爱惜人才的张九龄接到这首赠诗后，一面邀请孟浩然到长安，一面向唐玄宗力荐他。

王维待诏于宫中时，经常私邀孟浩然进宫交流写诗心得，两人因为诗风相近，所以惺惺相惜。但是在一次切磋时，恰好唐玄宗有事来找王维。孟浩然大概想着觐见天子之前，一定要沐浴熏香、梳洗打扮之类的，完全没有做好这种偶遇的心理准备，本能反应就是爬到床底下躲起来。但王维不敢隐瞒自己房间里藏了个大活人，只好据实禀报。玄宗一听很高兴："朕早就听张九龄多次提起此人的诗名，说是当今高士，今日正好一见！"孟浩然只好从床下爬出来拜见天子。玄宗笑道："先生不必拘束，可将你的近作吟诵一首与朕听听。"

面对这千载难逢、一步登天的机会，老孟哆哆嗦嗦地吟出了自己的得意之作《岁暮归南山》：

> 北阙休上书，南山归敝庐。
>
> 不才明主弃，多病故人疏。
>
> 白发催年老，青阳逼岁除。
>
> 永怀愁不寐，松月夜窗虚。

玄宗听后，重复了一下"不才明主弃"之句。孟浩然心下一惊，恨自己慌乱中搭错了筋，吟诵哪首不好，偏偏吟诵这首！原来这句诗直译就是"我没啥本事，所以圣明天子不让我做官"，但如果你真以为他这么谦虚，那就太没文化了。明皇早被一众文臣雅士熏陶得很有文化，当然听得出这是抱怨的反话，其真实意思是"本人很有才，但天子不识千里马，没让我做官"。玄宗当即不悦地说："卿自不求仕，朕未尝弃卿，奈何诬朕？！"怒哼一声，拂袖而去。

孟浩然一不小心得罪了天子，自知这辈子仕途已然无望，从此只能寄情于山水之间，所以他的"红颜弃轩冕，白首卧松云"其实是被迫的。但与李白类似，大唐因此少了一个庸庸碌碌的官僚，而多了一位山水田园诗的旗手。最能体现孟浩然恬淡闲适诗风的作品是《过故人庄》：

> 故人具鸡黍，邀我至田家。
> 绿树村边合，青山郭外斜。
> 开轩面场圃，把酒话桑麻。
> 待到重阳日，还来就菊花。

此诗读来暖意融融，孟浩然一边享受眼下的饭局，一边预约了下一顿，吃货面目尽显无遗。闻一多先生对此诗的评价是"淡到看不见诗"，与"床前明月光，疑是地上霜"的境界相仿。

而孟浩然流传最广的作品，应该是大家在学前启蒙时最常背诵的诗歌之一《春晓》，此诗尽显惜春之意，却又哀而不伤：

> 春眠不觉晓，处处闻啼鸟。
> 夜来风雨声，花落知多少。

江湖传言，诗风轻灵飘逸的山水田园派长老孟浩然，死于走威猛阳刚路线的边塞派护法、"七绝圣手"王昌龄之手。当然，故事并非大家想的那样，请继续往下读。

孟夫子白首卧松云

第十四章

秦时明月汉时关　不破楼兰终不还

王昌龄，字少伯，比孟浩然小九岁，比李白和王维大三岁。有一次，王昌龄去襄阳旅游，孟浩然尽地主之谊，盛情款待他。老孟本来有病在身，医生嘱咐他要忌口，不料席间有道美味江鲜，引得他食指大动，忍不住吃了再说，大有洪七公的风范。结果还没等王昌龄离开襄阳，老孟就病发仙逝了。

王昌龄是凭什么功夫摘下"七绝圣手"这么拽的名号呢？如果要在唐诗的璀璨星河中选一首代表作，那是各花入各眼，任何一首诗想得到哪怕百分之十的票数，几乎都是不可能的。但如果要在七绝里来选一首代表作的话，我想大概会有三成以上的人投票给王昌龄的《出塞》：

> 秦时明月汉时关，万里长征人未还。
> 但使龙城飞将在，不教胡马度阴山。

全诗字字珠玑，尤其首句更是可遇而不可求的神来之笔：今天抬头望见的这轮明月，正是引发秦朝戍卒们思乡之情的明月；而今天守卫的这道城关，还是汉朝名将们浴血镇守的城关。意境深沉悠远，情怀横贯古今。此诗不但是边塞诗的代表，更被誉为唐人七绝的压轴之作。王昌龄凭借此诗，摘得"七绝圣手"的桂冠。

诗家天子

关于"龙城飞将"具体指的是何人，起初大多人认为是指"飞将军"李广。后来有人质疑李广与龙城无甚关系，倒是卫青曾如天降神兵般奇袭龙城，所以有人认为应该指的是卫青。如果将这句解释成"只要有奇袭龙城的卫青、飞将军李广那样的良将在"，就可以避免不必要的争论了。

王昌龄还有两首《从军行》，也是一流的杰作：

从军行·其一

青海长云暗雪山，孤城遥望玉门关。

黄沙百战穿金甲，不破楼兰终不还。

从军行·其二

大漠风尘日色昏，红旗半卷出辕门。

前军夜战洮河北，已报生擒吐谷浑。

凭这三首七绝，在边塞诗人的评选中，王昌龄就可以力拔头筹。但你若以为他只会写气势磅礴的边塞诗，那就大错特错了。如果把唐诗中的闺怨诗排个座次，蟾宫折桂的搞不好还是王昌龄，靠的便是这首《闺怨》：

闺中少妇不知愁，春日凝妆上翠楼。

忽见陌头杨柳色，悔教夫婿觅封侯。

后来这种风格的诗歌就被称为"闺怨体"。同一个人居然能在雄浑开阔的边塞诗和阴柔缠绵的闺怨诗的光谱两端都走到极

致，而且能在天才辈出的大唐力压群雄，夺得这两面看似难以兼容的锦标，实在令人匪夷所思，让人对他是否属于人类产生深深的怀疑。所以，王昌龄得到了另一个独步天下的名号——诗家天子。但这个名号过于霸气，在君主制时代是犯大忌的，因此也有人说这一名号应是"诗家夫子"的误抄，意即他在诗坛的地位类似孔圣人，那也是很了不得的！

在送别诗的范畴里，王昌龄则有《芙蓉楼送辛渐》这样的佳作：

> 寒雨连江夜入吴，平明送客楚山孤。
> 洛阳亲友如相问，一片冰心在玉壶。

真不知这家伙究竟有什么短板，可见"七绝圣手"的名号绝非幸致。王昌龄曾因很小的过失，被贬为龙标（今湖南省怀化市）县尉。远在扬州的好友李白听到这个消息，写下了名篇《闻王昌龄左迁龙标遥有此寄》：

> 杨花落尽子规啼，闻道龙标过五溪。
> 我寄愁心与明月，随风直到夜郎西。

在王昌龄担任龙标县尉期间，正好遇上安史之乱。他在兵荒马乱之中请假回乡照顾家人，被刺史闾丘晓所杀。当时人们都认为闾丘晓是出于嫉妒，可谓"匹夫无罪，怀璧其罪"。后来安史乱军包围宋州，节度使张镐倍道驰援的同时，飞檄传令距离宋州更近的闾丘晓出兵增援。闾刺史见叛军势大，担心吃败仗，竟然按兵不动。等张镐赶到时，宋州已经陷落。张镐怒不可遏，下令杖杀闾丘晓。行刑之前，闾丘晓用"李鬼"风格的说辞讨饶："我家里还有八十岁高堂老母需要赡养，请张公饶命！"张镐反问道："那王少伯的

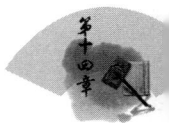

161

双亲又让谁来赡养呢？"闻刺史无言以对，只能伏罪。这让人想起《圣经·马太福音》中的话："你们用什么量器量给人，也必用什么量器量给你们。"

李广难封

边塞诗歌充满了故事。另一位著名的边塞诗人卢纶，与"时时误拂弦"的李端同在"大历十才子"之列，著有两首脍炙人口的《塞下曲》，其中一首用词浅近，蒙童可背：

> 林暗草惊风，将军夜引弓。
> 平明寻白羽，没在石棱中。

这段传奇出自《史记》。汉代名将李广善射，有一次傍晚打猎归来，远远望见草中一块顽石，因天色昏暗，以为是虎，遂张弓射之，紧张之中用了全力拉弓，结果箭头深入石中。次日，他带兵来寻找老虎的尸体，走近看才发现，原来自己昨晚射中的是石头，士兵们都咂舌称奇。李广后来又尝试多次，但再无法将箭射入石中。中国历史上声名显赫的神射手有很多，李广的名气之大，可以排入前三，招牌就是这手射箭入石。

李广年轻时曾任汉文帝的武骑常侍，多次跟随皇帝射猎，在御前格杀猛兽。汉文帝目睹他的勇猛后不禁慨叹："惜乎，子不遇时！如令子当高帝（刘邦）时，万户侯岂足道哉！"汉文帝本以为国家无战事，李广没有参战的机会，他是对形势估计得过于乐观了。李广一生射杀猛虎多只，更在战场上射杀敌人无数，匈奴人畏惧地称他为"飞将军"，但他一直未能像许多同僚甚至下属一样因功封侯，原因我们在第三章里提过。

王勃在《滕王阁序》里写到"李广难封"，为他打抱不平，而王维的"卫青不败由天幸，李广无功缘数奇"更具潜台词。有人说这句"由天幸"语带双关，既有可能是说卫青运气好，也有可能是暗讽他被一直喜欢重用外戚的汉武帝罩着。李广总是打不了漂亮的胜仗、立不了大功，被公认在很大程度上是源于他喜欢逞一己之勇的性格。他酷爱深入敌阵缠斗，又爱炫耀箭术，不管情况多紧急，非得等敌军进入近距离范围时才射，虽然箭无虚发，却因此多次遭到围困，也曾在射猛兽时因为同样的原因受伤，这是猛将之风，而非大将之风。

李广最后一次随大将军卫青出征时，已经六十多岁。汉武帝本不打算派他，但他几次主动请战，最终才获准许。汉武帝还在私下对卫青说："李将军年纪大了，运气也不好，从前几次立功的好机会都没能把握住，可不要让他做前锋，直接迎战单于。"卫青便让李广作为偏师，绕道侧击。李广未能如愿作为前锋，愤而离去，行军途中又不幸迷路，犯了我们很熟悉的"失期"之罪。他因老将的傲气，"终不能复对刀笔之吏"，不愿受审讯之辱，横刀自刎。和李广同行的另一位将军免死，废为平民。由此可以推测，李广应该知道自己罪不至死，但年事已高，再复出戴罪立功并因功封侯的希望更加渺茫，万念俱灰之下，自杀就成了他的归宿。可见强极则辱，刚过易折，性格决定命运。

李广的儿子李敢，后来倒是以军功封侯。他因父亲之死迁怒于卫青，将其击伤。卫青在李广一事上其实并未做错什么，甚为冤枉，但他有大将之风，并未声张追究。可是卫青的外甥、大名鼎鼎的骠骑将军霍去病年少气盛，咽不下这口气，在一次狩猎中从背后射杀了李敢。汉武帝盛宠霍去病，只好对外宣称李敢是被鹿角触死的。

霍去病对待自己人都像秋风扫落叶，对待敌人更是像严冬一样残酷无情。他的名言是事业不成功就不结婚，即"匈奴未灭，何以家为"。有志者事竟成，霍去病果然率领汉军铁骑大破匈奴，在狼居胥山举行了祭天封礼，剑锋直逼瀚海，这就是辛弃疾在《永遇乐·京口北固亭怀古》里用到的典故"封狼居胥"。经此一战，匈奴丧胆远遁，从此"漠南无王庭"。我们大多数人在二十三岁时，才刚大学毕业、初入职场，霍去病在这个年纪不但建立了前无古人的功业，而且已经病死了，但英年早逝并不影响他成为后世无数热血青年的偶像。

刚才提到的"瀚海"，其含义有两种，一是泛指北方的大湖（很可能指的是今天的呼伦湖、贝尔湖或贝加尔湖），如高适《燕歌行》中的"校尉羽书飞瀚海，单于猎火照狼山"；二是指沙漠，如岑参《白雪歌送武判官归京》中的"瀚海阑干百丈冰，愁云惨淡万里凝"。

| 春闺梦里人 |

李广的孙子李陵，名气之大，和他的祖父差不多。他曾率五千步兵深入匈奴之境，纵横大漠，与八万匈奴主力骑兵作战，杀敌万余，战斗力指数高得令人咋舌。后来李陵被敌人重兵围困，在箭尽粮绝、后援无望之时投降，想着有一天逃回汉朝。这种做法在古代并不少见，比较著名的有东晋将领朱序，他一直坚守襄阳城抵抗前秦，一年后城破被俘，他先是投降，并在前秦担任了高官，但身在秦营心在晋，淝水之战时为东晋做内应，把前秦的军力配置悄悄透露给东晋，两军交战时，还在前秦阵后大喊"秦军败了"，导致前秦军队真的大溃败，为东晋取胜立下汗马功劳。朱序回到东晋后，继续在前线抵抗北方外族的侵袭，在史书中绝对是一位正面人物。

但李陵的这一降，在一些人眼中却属于气节全无。汉武帝虽不知李陵的本意，但并未采取过激手段。后来朝中有人诬陷李陵在帮匈奴练兵，汉武帝听信谗言，夷其三族，李陵自此绝了归汉之念。李广祖孙三代，都是悲剧人生。《杨家将演义》中，杨业杨老令公被辽国大军围困在两狼山，誓死不降，自杀而亡，而在真实的历史中，杨业是被俘后绝食殉国的。《杨家将演义》的作者故意将情节安排成他头撞李陵碑自杀，就是想用李陵的"失节"来衬托杨老令公的节烈。

李陵有位朋友上书为他叫屈，被盛怒的汉武帝施以宫刑。刑余之人，心灰意冷，但他发愤写下了一部伟大的史书，被鲁迅誉为"史家之绝唱，无韵之离骚"，大家肯定都知道这里所说的就是司马迁和他的《史记》。因为这复杂的渊源，司马迁下笔时，对李广、李陵一家在感情上多少有些偏向。

汉武帝对卫青、霍去病、李广利（汉武帝宠妃李夫人和宠臣李延年的长兄）等外戚一直偏爱倚重是无疑的；太史公对这点不满而对李广一家有同情，以至于存有一点偏向，也是无疑的。李广性格中的缺陷导致他难为大将，比如他在赋闲时有一天日落后晚归，城门守吏按规定没有开门放他进来，他重新出山后就假公济私，把人家杀了，实在过分。汉武帝虽然性格暴烈，但也是阅人无数的一代雄主，对于卫青的沉稳和李广的褊狭，他心里还是有数的。

李陵还有位朋友，出使匈奴时被软禁。李陵被汉武帝灭族之后，彻底断了归汉的念头，受匈奴单于之托，亲自去对其劝降，但人家坚决不降，遂被流放到北海苦寒之地牧羊，这位朋友名叫苏武。

汉朝与匈奴和亲后，听说十九年前出使后便一直杳无音讯的苏武还活在世上，就派使节到匈奴要人。匈奴单于耍无赖，两手一摊道："我这里没这个人啊！不信，你大声叫他名字，看有人答应吗？"当年和苏武一起出使的副使常惠，也被匈奴人扣留了十九年，他得知汉使来到的消息后，通过看守他的匈奴人的帮助，趁夜密见了汉使，告知了苏武的下落，并教给汉使索要苏武的密计。面对匈奴单于，汉使依计而行，说道："我大汉皇帝打猎时，射得一雁，足上绑有书信，说苏武正在北海牧羊。"单于无可对答，觉得这是天意要帮苏武，只好让其归汉，这便是成语"鸿雁传书"的来历。

苏武回到汉朝时，手中还紧握着那支牧羊十九年也不离手的旄节（古代使臣所持的符节），尽管上面的毛都掉光了。十九年来，只有这支节杖一直陪伴他，让他牢记自己的身份和使命，是他的精神支柱，这便是文天祥《正气歌》里的"在汉苏武节"。

按照人以群分的理论推测，李陵有司马迁和苏武这样的朋友，他的人品应该不会太差。顺便说一句，《杨家将演义》里那块李陵碑，所立的位置就是在苏武庙内。

李陵被匈奴重兵包围，眼见再无胜望，便安排将士们利用夜色掩护，四散突围，自己和副将韩延年带了十余名将士另走一路，吸引了数千敌骑来追，为其他将士争取了逃生的机会。即便如此，五千子弟兵中的绝大部分还是战死在了无定河边的沙场。关于这埋骨大漠的五千士兵，晚唐诗人陈陶写过一首著名的《陇西行》：

誓扫匈奴不顾身，五千貂锦丧胡尘。

可怜无定河边骨，犹是春闺梦里人。

末尾两句就像电影蒙太奇的处理：英勇战斗到最后一刻的战士带着射入身体的数支利箭，缓缓坠入河中，镜头随着他绝望的双眸

切换到远在长安的妻子的春闺，安睡的少妇嘴角露出一丝甜蜜的微笑，因为她梦见英俊的夫君正扬鞭策马向她奔来。等到她收到丈夫阵亡的驿报时，估计已是数月之后。诗人对战争的痛恨、对逝者的惋惜、对未亡人的同情，都表达得无比精练而充满震撼力，这是诗歌才拥有的独特魅力。

诗人数学家

卢纶《塞下曲》中的另一首，我更加喜欢：

> 月黑雁飞高，单于夜遁逃。
>
> 欲将轻骑逐，大雪满弓刀。

这首诗既不描写追击敌人的过程，也不告诉你最终到底有没有追上，只描绘了一队铁骑即将出发追击的准备场面。大家是否能从诗中听到暗夜里战马急促的嘶鸣，看到月光下年轻战士渴望立功的迫切眼神，感到电影画面一般的动感？

虽然大多数人都评价此诗上佳，但数学家华罗庚教授却认为很不科学，并写了首打油诗来挑刺：

> 北方大雪时，群雁已南归。
>
> 月黑天高处，怎得见雁飞？

华老质疑月黑之夜应该看不见雁飞，但在静夜中听见雁群振翅之声，就不难想象是被出逃的敌人惊动的，要是连这点推理能力也没有的话，还怎么带兵打仗？数学家虽然严谨，但缺乏文学想象力。另外，他认为到了冬雪飘飞之时，秋雁早已南归，卢纶诗中的季节描写混乱。其实人家卢纶在这点上也没犯错，因为有另外两位熟悉

北方景物的著名边塞诗人为他做证。

第一位是岑参，有名句"北风卷地白草折，胡天八月即飞雪"，可见北方的大雪比华罗庚所以为的要来得早很多。这还不是孤证，另一位诗人高适在其名篇《别董大》里也写过"千里黄云白日曛，北风吹雁雪纷纷"的诗句，明确地描写了北方雪雁并存的景象。

华老也许一时忘记了这两首名诗。如果想当然而不去小心求证的话，大数学家也会犯错误。本人对华老十分尊敬，纯属玩笑，以此作为自警而已。

第十五章

莫愁前路无知己　春风不度玉门关

高适与岑参在诗作中对北方景物的描绘生动准确，因为他们曾经长年在边疆生活。这两位并称"高岑"，正是盛唐边塞诗派的代表人物，后世甚至有"高岑诗派"的说法。

｜边塞高岑｜

岑参那首《白雪歌送武判官归京》，全诗笔力雄浑：

> 北风卷地白草折，胡天八月即飞雪。
>
> 忽如一夜春风来，千树万树梨花开。
>
> 散入珠帘湿罗幕，狐裘不暖锦衾薄。
>
> 将军角弓不得控，都护铁衣冷难着。
>
> 瀚海阑干百丈冰，愁云惨淡万里凝。
>
> 中军置酒饮归客，胡琴琵琶与羌笛。
>
> 纷纷暮雪下辕门，风掣红旗冻不翻。
>
> 轮台东门送君去，去时雪满天山路。
>
> 山回路转不见君，雪上空留马行处。

二联估计大家已经耳熟能详了。恐怕只有曾在寒冷冰雪中伫立目送离人远去、直到不见身影而内心怅然的人，才能写出这样情真意切、余韵不绝的尾联。

岑参的诗歌中有很多是在西域重镇轮台所写，比如《走马川行奉送封大夫出师西征》：

> 君不见走马川行雪海边，平沙莽莽黄入天。
>
> 轮台九月风夜吼，一川碎石大如斗，随风满地石乱走。
>
> 匈奴草黄马正肥，金山西见烟尘飞，汉家大将西出师。
>
> 将军金甲夜不脱，半夜军行戈相拨，风头如刀面如割。
>
> 马毛带雪汗气蒸，五花连钱旋作冰，幕中草檄砚水凝。
>
> 虏骑闻之应胆慑，料知短兵不敢接，车师西门伫献捷。

陆游评价岑参的诗"笔力追李杜"，虽可能稍嫌过誉，但岑参诗歌的确有其感人之处。而在陆游的诗歌中，我最喜欢的恰好也是和轮台有关的《十一月四日风雨大作》。陆游写此诗时，已经年近七旬，但矢志报国、老当益壮的英雄气概依旧震撼人心：

> 僵卧孤村不自哀，尚思为国戍轮台。
>
> 夜阑卧听风吹雨，铁马冰河入梦来。

岑参的诗歌除了慷慨豪迈，也有侠骨柔肠。大家可以体会一下这首边关将士怀土思亲的《逢入京使》是如何催人泪下：

> 故园东望路漫漫，双袖龙钟泪不干。
>
> 马上相逢无纸笔，凭君传语报平安。

与岑参齐名的高适，据说四十岁才开始写诗，却成为唐朝第一流的边塞诗人，而且算得上名诗人中仕途得意的。他因在平定安史之乱中立下功勋，后来官至常侍，爵至封侯。《别董大》正是他的杰作：

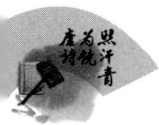

千里黄云白日曛，北风吹雁雪纷纷。

莫愁前路无知己，天下谁人不识君。

此诗胸襟开阔，写别离而无缠绵幽怨，反倒尽显慷慨豪迈，堪与王勃"海内存知己，天涯若比邻"的境界媲美，同为送别诗中的极品。

| 失之子羽 |

插一段题外话。岑参《走马川行奉送封大夫出师西征》中的这位"封大夫"，是指唐朝少数民族名将封常清。他身材细瘦、斜眼跛足，年过三十还默默无闻。后来的"山地之王"高仙芝在安西四镇初掌兵马时，封常清看出他将来必成一代名将，便修书一封投递过去，想当他的仪仗随从。

高仙芝来自高句丽，《旧唐书》说他"美姿容，善骑射"。他出身将门，二十岁即拜为将军，绝对是年轻有为的高富帅一枚。他一看封常清的颜值这么低，居然还想进仪仗队，就很干脆地拒绝了。封常清质问道："我钦慕将军高义，愿效犬马之劳，所以才毛遂自荐。您为何拒绝我呢？难道不怕'以貌取人，失之子羽'吗？！"

无奈每个时代都是看脸的，高仙芝还是不理他。封常清就每天从早到晚守在高仙芝府的门口，只要他一进出，就跑去骚扰求职。高仙芝不胜其烦，只好给了他这份工作。之后封常清果然成为高仙芝的得力助手，辅佐他为大唐扫平西域，自己也因功一直升到节度使而独当一面。

高封两人在安史之乱时一起驻守长安门户重镇潼关，因宦官边

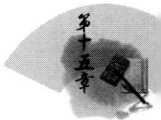

令诚向唐玄宗进谗言，两位名将同日被杀，朝廷自毁长城。接替他们的另一位名将哥舒翰被迫出战，兵败被俘后，潼关失陷。唐玄宗接到消息，立刻远逃蜀地。

封常清所提到的"以貌取人，失之子羽"出自《史记》。孔子门下有很多弟子，其中有一位名叫宰予，能说会道、言辞犀利，夫子对他的第一印象很好。但宰予慢慢露出了懒惰的毛病，大白天翘课，偷偷躺在床上睡懒觉，把夫子气得大骂"朽木不可雕也"。孔门的另一位弟子名叫澹台灭明，字子羽，相貌很丑陋，夫子对他的第一印象很差，认为他资质低下。但他毕业离开后，对夫子的教导身体力行，处事光明正大，而且很会教学生，在各诸侯国中的声誉都很高，所以孔子多年后感慨道："吾以言取人，失之宰予；以貌取人，失之子羽。"

在梁羽生先生的名作《萍踪侠影录》中，有位复姓澹台的勇士很尊崇他这位著名的祖先，就取了个同样的名字，以至于很多人误以为他的志向是要灭掉大明朝。

| 旗亭画壁 |

除了和李白、杜甫组建的旅游圈，高适还有一个和其他边塞诗人组建的吃喝圈，其中包括王昌龄和王之涣。

王之涣，字季凌，年纪和孟浩然接近，比王昌龄和高适大十岁多。大家最开始熟悉王之涣，可能并不是因他最负盛名的边塞诗，而是因小学语文课本里的《登鹳雀楼》：

> 白日依山尽，黄河入海流。
> 欲穷千里目，更上一层楼。

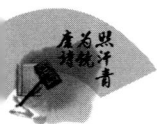

这是王之涣妇孺皆知的作品，却不是艺术成就最高的。那么，王之涣艺术成就最高的作品是哪一首呢？答案可以通过一个故事引出来。

开元年间的一个傍晚，洛阳城内的旗亭酒家。只见几个文艺青年勾肩搭背地走进来，店主抬眼一看，原来是王之涣、王昌龄、高适这三位酒肉朋友。三人都以边塞诗驰名，慢慢就结成了"饭团"，经常在一起吃吃喝喝，口号是"唯有好诗与美食不可辜负"。

酒足饭饱之后，该结账了。二货青年们经常是吃到残羹冷炙了，才开始琢磨这顿饭让谁埋单。以前我和小伙伴们决定这种事情时，经常拿汤勺当转盘，停下来时，勺柄对着哪位，这顿饭就荣幸地由他请客。文艺骚人们如果囊中羞涩，困扰也是一样的，但解决方法就不能这么二了。

旁边桌上，一群梨园女子正在聚会，大家拨转琴弦，准备吟唱近期的经典唐诗，也就是当时新鲜出炉的流行热歌。王之涣灵机一动，提议道："咱哥仨在诗坛向来齐名，一直难分高下。今日无须自吹自擂，就让娱乐界来投票如何？"王昌龄与高适狐疑道："如何投票？"王之涣嘿嘿一笑："这几位梨园女子就要吟歌，咱们三人之中，谁的诗被唱得最多，就算拔得头筹，输家自然该付账，如何？"王昌龄和高适都是信心爆棚，齐声道："如此甚好！"

三人计议定，就见几位沉鱼落雁、闭月羞花的女子怀抱着琵琶，越席而出。第一位紫衫姑娘清了清嗓子，咿咿呀呀地唱了起来："寒雨连江呀……夜入吴，平明送客呀……楚山孤。洛阳亲友如相问，一片冰心在玉壶。"王昌龄得意洋洋地提起筷子，在墙壁上画了一道横线："承让，在下占先啦。"

第二位白衣女子随即开声："千里黄云白日曛，北风吹雁雪纷纷。莫愁前路无知己，天下谁人不识君？"高适嘿嘿一笑，也拿筷子在墙壁上画了一道横线："嗯，这是俺的。"

大家都能想象，就像在评委投票中暂时落后的选秀歌手，现在最紧张的就是王之涣。第三位黄裳小妹开口了："青海长云暗雪山，孤城遥望玉门关。黄沙百战穿金甲，不破楼兰终不还。"王昌龄哈哈大笑："不好意思啊！"提筷在墙上又画了一笔，四票中已得二票，稳操胜券，进入安全区，顺便斜眼瞥看王之涣脸色如何。

三人之中，王之涣年纪最长，成名也最早，此时脸上实在挂不住，便恨恨道："这几个女子都是下里巴人，岂懂阳春白雪？"手指一抬，指向最后那位一袭青衫的绝色女子："这位压轴的美女，衣饰品味最高。她所唱之曲如果不是我的诗作，我便从此封笔不作诗了！"

王之涣这大话一出口，自己的掌心也偷偷冷汗直冒。青衫女子玉口微张："黄河远上啊……白云间……"王之涣不禁吐出一口长气："美女你就是我的亲娘啊！"因为这正是他的名作《凉州词》。只听得青衫美女曼声唱道：

> 黄河远上白云间，一片孤城万仞山。
> 羌笛何须怨杨柳，春风不度玉门关。

好容易等到她这一曲唱罢，王之涣按捺不住激动的心情，一拍桌子："好诗！"三人齐声拊掌大笑，王之涣成功复活！

美女们被吓了一大跳，心想这是哪儿来的二货青年，问明情由后，方知近在眼前的居然是自己慕名已久的诗坛大咖。这就好比你在 KTV 唱歌，突然在旁边叫好的是你崇拜多年的偶像，你

肯定又惊又喜地大喊"这顿我请"，所以美女们不仅倍感荣幸地为偶像们付了酒钱，还双眼冒心地希望与之同乐。双方遂并作一桌，吟诗纵酒，直至夜深，方尽兴而散。

| 转诗为词 |

"旗亭画壁"的故事重点是要夸王之涣，但我们看到王昌龄在四首中赢了两首，实在无愧"七绝圣手"之誉。能蒙青衫绝色美女选唱自己的得意之作，王之涣并非侥幸。在本人看来，此诗可以列入唐人七绝的前五名。如果画像一首诗，必是好画；如果诗像一幅画，必是好诗。《凉州词》气象壮阔苍凉，画面感极强，本身就是一幅绝佳的塞外山水图。历代很多画家皆大爱此诗，常常为之作画。

相传清朝末年，慈禧太后得了一把画有塞外风光的好扇，遂交给一位书法家题写自己最爱的这首《凉州词》。老先生诚惶诚恐，书写时竟然一不小心把"黄河远上白云间"的"间"字漏掉了。这个教训告诉我们，越紧张越容易坏事。

西太后喜怒无常，她的名言是"谁让我一时不痛快，我就让他一辈子不痛快"。明白自己惹下杀身之祸的老先生深知此关凶险至极，嘱咐家人先备好了棺木，再进宫献扇。慈禧一看扇子，果然大发淫威："老东西竟敢少写一字，难道是欺我没有学识吗？推出去砍了！"

老先生忙道："老佛爷息怒！当日王季凌写成《凉州词》后，一友人戏曰：'此本属诗，为何偏要说成词？'王季凌答道：'因笔误，多写了一个间字，大家便把它当作诗了。'不信老佛爷请听。"遂念道：

鹳雀楼欲穷千里目

王昌齡

高適

王之渙

小山

旗亭馆诗赛天下名

> 黄河远上，白云一片，孤城万仞山。
>
> 羌笛何须怨？杨柳春风，不度玉门关。

慈禧虽然狠辣凶残，但能掌权半个世纪，那是何等聪明的人物，心想："事已至此，扇既已不能复原，杀人便也是无益，亏他能想出这一招儿，倒是可以成为一段佳话，我又何苦枉做恶人？"思虑至此，遂命人赐老先生黄金百两压惊。

老先生磕头谢恩而退，后背衣衫已被冷汗浸透。这个故事告诉我们：有文化不仅可以赚钱，关键时刻还可以救命。

左宗棠收复新疆后，因为从小生活在绿树成荫的湘江之滨，对西北大漠的干燥气候和植被荒芜很不习惯，于是率领潇湘子弟兵在沿途遍栽柳树，并且所到之处都大力动员军民植树造林，后来人们便将左宗棠倡导所植的这些柳树称为"左公柳"。杨昌浚为此写下一首《恭颂左公西行甘棠》：

> 大将筹边尚未还，湖湘子弟满天山。
>
> 新栽杨柳三千里，引得春风度玉关。

此诗反王之涣《凉州词》诗意而写，算是有清一代诗词中的佳作。可杨昌浚出名并非因为这首诗，而是因为他是错判"杨乃武与小白菜"冤案的昏官。

|五言长城|

前文提到，李白因为在"永王事件"中站错了队而被流放夜郎，经过黄鹤楼时，和朋友史钦小聚，写下了《与史郎中钦听黄鹤楼上吹笛》，自感与被贬长沙的贾谊同病相怜。当李白在流放途中遇赦返回时，途中又遇到了另一位好友刘长卿。

刘长卿比李白年轻二十多岁，因为"刚而犯上"，被贬官南巴（今广东省茂名市电白区），途经江西余干时，正巧遇到李白。李白能够从蛮荒之地回到繁华的中原，其心情可以用在这次归途中写下的《早发白帝城》来描述：

朝辞白帝彩云间，千里江陵一日还。

两岸猿声啼不住，轻舟已过万重山。

李白是遇赦之人，心情如轻舟般欢快，情不自禁喜形于色；而刘长卿却要从中原奔赴祖国的偏远地区继续革命。两人一去一回的巨大反差，使得刘长卿颇为感慨，写下了《将赴南巴至余干别李十二》：

江上花催问礼人，鄱阳莺报越乡春。

谁怜此别悲欢异，万里青山送逐臣。

从此诗中我们也可以看出来，李白可能充分表达了自己回家的欢乐，基本没有顾忌刘长卿被远谪的心情，所以刘长卿很郁闷地写出"谁怜此别悲欢异"之句，可见李白在此事上情商不是很高。

无独有偶，刘长卿的代表作恰恰也是和贾谊有关的《长沙过贾谊宅》，因为他和贾谊一样是被诬陷贬官的：

三年谪宦此栖迟，万古惟留楚客悲。

秋草独寻人去后，寒林空见日斜时。

汉文有道恩犹薄，湘水无情吊岂知？

寂寂江山摇落处，怜君何事到天涯！

被认为是有道明君的汉文帝对贾谊尚且这样薄恩，言外之意：那还不如汉文帝的当今天子这样收拾我，也就不足为奇了。屈原当年被放逐的时候，不会知道一百多年后有一位贾谊来到湘水之滨凭

吊自己而写下名篇《吊屈原赋》；当时的贾谊同样不会知道，近千年后有一位刘长卿也来到同样的地方凭吊自己而写下名篇《长沙过贾谊宅》。怜君，不仅是怜贾谊，更是怜自己：您和我明明都是无罪的，为什么要被放逐天涯呢？

司马相如因为仰慕"完璧归赵"的蔺相如，所以也为自己取名相如；而蔺相如是赵国的上卿，所以司马相如取字长（zhǎng）卿。刘长卿因为仰慕司马相如，就用他的字作为自己的名。刘长卿字文房，元朝有位姓辛的西域诗人因为仰慕他而给自己起汉名为文房，这位辛文房就是《唐才子传》的作者。希望这一连串渊源没有让你眼花缭乱。

刘长卿敢拿前代大才子的字作为自己的名，自是恃才傲物的。他每次写好诗后，题名只写"长卿"二字，有人诧异地问道："先生为何从不在'长卿'前加'刘'字呢？"他诧异地反问道："那又何必？难道天下还有谁不知'长卿'就是我刘长卿吗？"

时人称刘长卿为"五言长城"，意思是他的五言诗冠绝当代。我们来欣赏一下他这首入选语文课本的《逢雪宿芙蓉山主人》：

> 日暮苍山远，天寒白屋贫。
> 柴门闻犬吠，风雪夜归人。

诗句浅显生动，小学生都能明白其含义。但"暮""寒""贫"这些词语中所表现出的冷暗情调，折射出了大唐王朝由盛转衰的时代迹象。明朝学者、诗人和文艺评论家胡应麟认为，正是从刘长卿开始，唐诗进入中唐时代，"与盛唐分道矣"。

| 枫桥夜泊 |

刘长卿做御史时，与同事张继结为至交好友。张继是一位清官，因为家境不富裕，逝世时托孤给刘长卿。刘长卿在《哭张员外继》中写到"世难愁归路，家贫缓葬期"，看样子因为安史之乱，道路隔绝，家财困窘，张继死后都未能及时归葬故园。

张继流传下来的诗很少，我们今天对他的大名还能如雷贯耳，都是靠那首堪称千古绝唱的《枫桥夜泊》：

> 月落乌啼霜满天，江枫渔火对愁眠。
>
> 姑苏城外寒山寺，夜半钟声到客船。

诗中的景物描写与作者的旅愁心情搭配得天衣无缝，艺术境界成为后世典范。据传唐武宗酷爱此诗，命巧匠精心刻制了一块诗碑，准备驾崩后将其带入地宫陪葬，还特别叮嘱要放置于灵柩之首，可能打算闲着没事就睁眼看看。他临终前还颁布了一道遗诏，宣布《枫桥夜泊》一诗只有他才能勒石赏析，后人不准效仿，否则必遭天谴。

人类对死亡的无知，会导致做出这种冷幽默的事情。唐太宗将王羲之的《兰亭集序》真迹带入昭陵陪葬之前，总算还留下了诸多摹本，唐武宗算是将祖先的占有欲发扬光大了。

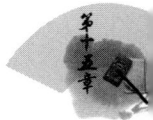

第十六章

昔日依依章台柳　春城无处不飞花

刘长卿和比他小十岁的韦应物是好朋友，两人经常在一起焚香抚琴、作诗饮酒。韦应物担任过苏州刺史，所以人称"韦苏州"，他写得最好的是山水诗，在语文课本中能找到他的名作《滁州西涧》：

> 独怜幽草涧边生，上有黄鹂深树鸣。
>
> 春潮带雨晚来急，野渡无人舟自横。

后人评论道："宽闲之野，寂寞之滨，必有济世之才，如孤舟之横野渡者，特君相之不能用耳。"公认的一流好诗，常常是表面写景，实则言志。

| 和尚道姑 |

韦应物很喜欢邀请诗友们到府上吟诗作对。当时有位法号皎然的诗僧，俗姓谢，据说是"才高一斗"谢灵运的十世孙，与茶圣陆羽、大书法家颜真卿是好友，还很想进韦苏州的诗文圈。

韦应物是山水田园派的长老之一，其诗风淡泊清新；而皎然和尚的诗风则比较隽丽。年轻人去拜访已经居于高位的前辈文人，要先呈上自己的诗稿作为敲门砖，皎然和尚为了得到韦刺史的欣赏，

决定投其所好。他找来几首韦应物的诗，一番揣摩，几天构思，照此风格模仿出十几首诗来，便胸有成竹地上门去了。韦应物听说是交游甚广的诗僧皎然，寒暄之后便满怀期待地仔细翻阅诗稿，不料一边读嘴角一边向下拉，脸色越变越难看，很快就端茶送客了。

遭到冷遇的皎然和尚回去后，越想越不服气，翌日便带上得意旧作，再次拜会刺史大人。韦应物极为勉强地接待了他，出于礼貌，翻开诗稿，草草读了一两首，这次却是一边读嘴角一边向上翘，脸色越变越好看，击节赞叹："真是好诗！大师昨日为何不把这些诗拿出来呢？"皎然苦笑道："贫僧听说使君（对刺史的敬称）钟情淡泊清新之风，所以不敢拿出这些风格迥异之作。"韦应物哈哈大笑："大师昨日拿出的诗，风格和在下类似，水平却远不如在下，让在下险些以为您是浪得虚名之辈。今日您将自己的擅长之作展示出来，虽不是在下努力的方向，但确是好诗啊！"皎然听了，对韦应物的鉴赏眼光大为折服，两人从此结为好友。

皎然和尚是佛门茶事的集大成者，也是茶文学的开创者，不过流传下来的作品没有特别的名篇，倒是传说与他有绯闻的美女李冶有几句诗被后人记住。

李冶，字季兰，才貌双全，与薛涛、刘采春、鱼玄机并称为唐代四大女诗人。高仲武（生平不详，有观点认为可能就是高适，因为高适字仲武）对其评价为"上比班姬（西汉著名才女班婕妤）则不足，下比韩英（南朝齐国女作家韩兰英）则有余"。她是当时名闻天下的交际花，四十多岁时还被唐玄宗召入宫，晚年尚被唐德宗称为"俊妪"，可见的确是"美姿容"。李冶最广为人知的作品是《八至》：

> 至近至远东西，至深至浅清溪。
>
> 至高至明日月，至亲至疏夫妻。

此诗运用了比兴的手法，以前面三句引出最后一句诗眼。从感情、身体和利益等各个方面来看，夫妻关系都应是世界上距离最近的"至亲"，但不相爱的夫妻同床异梦，又是最难弥合的"至疏"。电视剧《甄嬛传》中，甄嬛曾对皇帝念过此诗，心中所想不言自明。

诗句洞悉世态人心，让你很容易以为作者是一位婚姻生活经验丰富的女性，不然怎会看得如此透彻。但事实上，李季兰是一位终身未嫁的道姑。这世界上原来真有人能把自己并未亲身体验的事情总结得令有经验的人都佩服，实在匪夷所思。

李唐皇室为了提高自己的身价，宣称是道家始祖老子的后人，尊崇道教，因此有唐一代道教盛行，道士地位较高。从皇室的公主、达官贵人的妻女到民间女子，如果遁入空门的话，大多选择做道姑。她们躲在清幽之地，生活方式相对自由。李季兰十一岁时被父亲送入道观，成人后擅长吟诗作赋，与当时一众名士交往唱酬，全无小女子羞涩之态，刘长卿赞她是"女中诗豪"，可见唐代的社会风气相对开放。

李季兰有一次卧病在床，茶圣陆羽专程远道来看望她，使得她十分感动地写了一首《湖上卧病喜陆羽至》。陆羽虽然品位非常高，但颜值还打动不了这位闻名遐迩的佳人。他将帅哥皎然和尚介绍给李季兰，三人常在一起烹茶谈诗，一来二去，李季兰竟不知不觉对皎然动了心。

道姑喜欢上和尚，大家还能想象出比这更有喜感的爱情吗？还好皎然和尚心如止水，任你美貌道姑风情万种，他总像御弟哥哥一

样低眉顺目，口中不住地念"我佛慈悲"，不为对方的美色才情所动，还写下《答李季兰》：

> 天女来相试，将花欲染衣。
>
> 禅心竟不起，还捧旧花归。

这正是"禅心已作沾泥絮，不逐东风上下狂"（出自北宋诗僧道潜），李季兰最终与女儿国国王、玉兔精等美女同病相怜，没能将僧哥哥拉入红尘。

泾原兵变时，唐德宗李适仓皇出逃，乱军攻陷长安后，意欲拥立朱泚为帝。朱泚想拉拢名臣段秀实支持自己。段秀实一生为国征战，在平定西域和安史之乱中都立有大功，爵至张掖郡王，后来因唐德宗听信谗言而被贬斥，朱泚以为他必对朝廷心怀怨愤而倒向自己。段秀实在朝堂之上手无寸铁，却趁朱泚对他戒备松弛之际，夺来一块象牙朝笏，对着朱泚一顿猛击。被击中额头、血花四溅的朱泚恼羞成怒，命人围杀了段秀实。文天祥在《正气歌》中赞颂段秀实"或为击贼笏，逆竖头破裂"。

朱泚败亡后，唐德宗回朝，将李季兰召来责备道："你纵然不能学段秀实，总可以学严巨川吧？为何为逆贼朱泚献诗呢？推出去杀了！"李季兰就这样香消玉殒了。

严巨川的生平不详，他虽在叛军凶焰之下臣服，但内心又不甘，便作诗道：

> 烟尘忽起犯中原，自古临危贵道存。
>
> 手持礼器空垂泪，心忆明君不敢言。

此诗类似王维的《凝碧诗》，作者因而得到了皇帝的谅解。

而李季兰献给朱泚的诗，近年来刚从俄罗斯所藏的敦煌诗集残卷中被发现，其中有两联是"九有徒口归夏禹，八方神气助神尧……闻道乾坤再含育，生灵何处不逍遥"，居然将朱泚比作大禹和尧帝，这马屁拍得实在太高调，难怪唐德宗愤怒。在无力反抗胁迫的情况下，沉默可以被谅解，但高调颂扬总令人难以接受。

| 寒食东风 |

从唐德宗对严巨川和李季兰诗作的熟悉，我们可以看出他很留意当时诗人的作品，这不奇怪，因为他的生母便是吴兴才女沈珍珠。如果你听说过这位女性，可能就暴露了年龄，因为很多 70 后是通过香港电视连续剧《珍珠传奇》知道她的。

唐德宗缺少一位为自己起草文告的官员，中书省请示该用谁，唐德宗御笔批示"用韩翃"。组织部的人才名单里有两位同名同姓的韩翃，中书省不知皇帝要用的是其中哪一位，只好又将这两人的履历同时报了上来。唐德宗也不看卷宗，摇头晃脑、抑扬顿挫地吟诵了一首诗：

> 春城无处不飞花，寒食东风御柳斜。
>
> 日暮汉宫传蜡烛，轻烟散入五侯家。

"这首《寒食》你们听过吗？就用写'春城无处不飞花'的韩翃。"韩翃就这样被皇帝定下来了。我相信有人看到这里，还不知"翃"字怎么念。不用去翻字典啦，这个字读音同"红"。唐诗在当年就是可以被传唱的歌词，所以韩翃是著名的词作家。你可以想象一下歌手韩红高唱韩翃作词的《春城无处不飞花》，就一辈子也不会忘记韩翃了。不用谢，我的名字叫雷锋。

小山

韩君平寒食步轻烟

相传寒食节是春秋五霸之一的晋文公重耳规定用以哀悼介子推母子葬身绵山大火的纪念日。重耳流亡期间，介子推曾割股为他充饥。重耳归国成为国君后，分封群臣时，偏偏忘记了介子推。介子推不愿夸功争宠，携老母隐居于绵山。晋文公想起这位被自己忽略的功臣，亲自到绵山恭请，但介子推不愿为官，躲藏不出，晋文公便命手下放火焚山，想逼他出山，不料介子推和母亲抱着一棵大树，被活活烧死。晋文公痛悔不及，下令每年的这一天，全国一律禁火。

此后寒食节禁火的规矩一直流传下来，唯独皇宫中可以燃烛，而且皇帝会赐蜡烛给亲近的重臣，受到赏赐的这家也就可以燃烛了，这真是"只许官家传烛，不许百姓点灯"。韩翃的这首诗描绘了帝都的春色，刻画了皇室的气派，歌咏了承平盛世，一派和谐温情，所以深得从皇帝到高官的喜爱。

汉朝的"五侯"，一般是指汉成帝生母、皇太后王政君的五位兄弟，他们尽皆封侯，恩宠非常，令人艳羡。但历史不会就此停步，正因为王太后让自己娘家权势熏天，她的侄儿王莽借着这个大好形势，刻意谦恭俭让、礼贤下士，在朝野建立了盛名，后来篡汉自立了新朝。白居易有一首《放言》，便是感叹看人之难，"画虎画皮难画骨，知人知面不知心"：

> 赠君一法决狐疑，不用钻龟与祝蓍。
> 试玉要烧三日满，辨材须待七年期。
> 周公恐惧流言日，王莽谦恭未篡时。
> 向使当初身便死，一生真伪复谁知？

这样看来，只有时间才能让人的品性慢慢地显露清晰，最终只有盖棺才能定论，有些甚至盖棺后还要被千秋争议。

王莽的篡位，不但让西汉历代皇帝痛哭九泉，也让自己的亲姑姑王政君悔不当初。当王莽派人去向王政君索要传国玉玺时，痛心疾首而又无可奈何的王太后将玉玺狠狠地摔在地上，使得玉玺崩碎了一角，这便叫"宁为玉碎"。当年秦昭王心疼和氏璧，不敢让蔺相如摔一下，没想到最后还是被王太后给摔了，看来和氏璧终是躲不过命中这一劫。

什么？你不知道这个传国玉玺就是和氏璧？那我们就插一段题外话，帮大家梳理一下和氏璧的故事吧。

| 和氏璧 |

提到和氏璧，你的脑海里跳出的很可能是小学语文课本里的《完璧归赵》或《芈月传》里那一大卷"卫生纸"。相传春秋时，楚国人卞和在荆山上砍柴，偶然发现了一块难得的玉璞，于是赶到都城献给楚厉王。楚厉王让宫中的玉匠鉴别，玉匠扫了一眼便说："只是一块普通的石头嘛！"楚厉王大怒，认为卞和是骗子，下令拖出去砍了他的左脚。

楚武王登基后，卞和拄着拐杖，艰难地走到都城，再次捧着玉璞进献。楚武王让玉匠鉴别，玉匠依旧只是扫了一眼说："确实只是一块普通的石头而已！"于是楚武王下令将"死不悔改的骗子"卞和拖出去，把他的右脚也砍了。

楚文王登基后，失去双脚而且已是风烛残年的卞和抱着他心爱的玉璞，在荆山脚下哭泣了三天三夜，眼泪流尽后，甚至流出血来。

此事传入楚文王耳中，楚文王差人去问卞和："楚国因为犯

罪而被砍足的人多得是，为什么就你哭得如此悲伤呢？"卞和答道："我之所以如此悲痛，并不是因为被砍掉双脚，而是因为稀世宝玉被当作石头，忠贞之士被当作欺君之人。我是为君王悲哀，为国家悲哀啊！"楚文王便命人将卞和带到宫中，让玉工当面剖开玉璞，果然得到了一块稀世美玉。楚文王感叹不已，重赏了卞和，并且为了嘉奖他的忠义，将此玉命名为"和氏璧"，奉为国宝珍藏起来。

从上述三位楚王的谥号，我们就能看出他们之间的区别：杀戮无辜、暴虐无亲曰"厉"；刑民克服、夸志多穷曰"武"；慈惠爱民、修德来远曰"文"。

后来越国吞并了吴国，楚国又吞并了越国，从而将长江以南的土地纳入版图中，国土面积为各诸侯国之冠。楚威王因为国相昭阳有灭越之功，将和氏璧赐给了他。得意洋洋的昭阳宴请宾客，大秀这件国宝，没想到和氏璧竟在宴席中不翼而飞，可见做事情太高调，都没啥好结果。昭阳怀疑是当时正在楚国游说的张仪因为贫穷而偷了和氏璧，反正这人没什么背景，也就不讲什么无罪推定了，在毫无证据的情况下对他一顿严刑拷打。张仪莫名其妙地蒙此不白之冤，还好了解楚国是抗拒从宽、坦白从严，坚决不承认偷了和氏璧，昭阳无奈，最终只好放了他。

关于张仪的生平，不同史料有不同说法。在演义故事里，他可是来自一个超级强悍的门派：他的三师兄是《三字经》里"锥刺股"的那位苏秦，提出"合纵"而身佩六国相印，使强秦十五年不敢出函谷关；二师兄名叫庞涓，当过魏国的兵马大元帅；大师兄是大名鼎鼎的孙膑（本名不可考，因受过膑刑，故称孙膑），先是在"田忌赛马"的故事里用策略赢得三局两胜，又用"围魏救赵"

之计干掉了阴险毒辣、谋害于他的庞涓。而这些大牛人共同的师傅，正是传说中那位貌似神仙、神龙见首不见尾的鬼谷子。你如果说自己不知道鬼谷子，将来失业了，都不好意思去街上给人算命。

重伤的张仪回到家中，老婆很是心疼，埋怨他不好好在家里呆着，一天到晚在外面游说这个游说那个，受辱都是自找的。张仪也不反驳，只急得张开嘴巴问老婆："快帮忙看看，我的舌头还在吗？"老婆差点气笑了："舌头若不在，你如何说得了话？"张仪抚胸叹道："那就足矣！只要舌头还在，早晚有出人头地之日！"这个典故就叫作"留舌示妻"。

打不死的张仪辗转来到秦国，受到秦王的重用，两度拜相。靠着他的三寸不烂之舌，在六国之中翻云覆雨，谋魏、诓楚、惑齐、欺韩、骗赵、诱燕，打散合纵，建立连横，削弱山东六国，为秦国的益发强大立下了汗马功劳，还帮助秦国把楚怀王骗得团团转，使楚国国力大损。楚国为找回一件国宝，得罪了一位活的国宝级人才，最后两样都没留住，没有比这更赔的买卖了。

屈原曾劝楚怀王不要相信张仪，但昏庸的怀王不听，吃了大亏。秦将白起攻破郢都后，屈原悲愤交加，深感昏君当政、佞臣当道、社稷无望，伤心绝望之下，怀石投汨罗江自尽，我们至今还在每年的端午节这天，通过划龙舟、吃粽子等方式纪念他。从这一点上讲，和氏璧算是间接地为我们贡献了端午小假期。

和氏璧销声匿迹几十年后，突然有一天在赵国出现，消息很快传到了秦昭王的耳中。秦王觊觎这件稀世之宝，便派人送信给赵王，表示愿意用十五座城池来换取和氏璧，这就是"价值连城"一词的来历。赵王明知秦国想强取豪夺，但又不敢拒绝，只好派

蔺相如捧璧出使秦国。智勇双全的蔺相如身入虎狼之秦，与秦王廷争面折，甚至当场威胁要将和氏璧砸碎，秦王拿他毫无办法。随后蔺相如偷偷派人将和氏璧完好无缺地送回赵国，他本人最终也得全身而退。这便是大家所熟知的"完璧归赵"的故事，我们在此一带而过。

相传秦始皇嬴政灭六国、完成统一大业后，终于得到了曾祖父秦昭王当年垂涎的和氏璧；而据《史记》记载，嬴政登基后九年便造了玉玺——不管是根据哪种说法，后世普遍认为这个传国玉玺就是由和氏璧制成的，据说它方圆四寸，其上纽交五龙，正面刻有丞相李斯所书的"受命于天，既寿永昌"八个篆字。刘邦入咸阳灭秦，被赵高扶立上秦王（此时已退回到"王"，不再是"皇帝"）之位的子婴献上了玉玺。楚汉之争后，它最终成了汉朝的国宝，一直传到王太后手中。王莽抢到缺了一角的传国玉玺后，有一个巧匠用黄金将其补好，没想到修补后愈发光彩耀目，遂美其名曰"金镶玉玺"，这就是"金镶玉"的由来。

汉末董卓之乱时，孙坚率军攻入洛阳，在一口井中寻到了传国玉玺。可能以为天命在己，想太多了之后就做错事，结果被荆州刘表干掉了。孙坚的儿子小霸王孙策白手起家，用玉玺向袁术换了两千兵马，从此纵横江东，奠定了后来三国中东吴的基业，再次验证了"兴盛不是靠死的宝贝，而是靠活的人"这一颠扑不破的真理。

随后魏、晋、隋、唐历代皇朝更迭，传国玉玺都是镇国重器。五代十国时期，后晋石敬瑭攻陷洛阳时，后唐末帝李从珂和后妃们在宫内自焚，把所有御用之物都投入火中，和氏璧自此不知所踪。

说起石敬瑭，这人留在历史上的两大"成就"，一是创造了"儿皇帝"这个遗臭万年的词儿，二是将幽云十六州割给了契丹，得了个千古骂名。做人能负能量到这个地步，也算难得。

| 章台柳 |

简述完和氏璧的跌宕传奇，接下来我们聊聊韩翃的爱情故事。

韩翃，字君平，靠着那首《寒食》轻松跻身"大历十才子"之列，与前文提到的卢纶、李端齐名。他年轻时到长安考进士，与一位富豪李生结成了好友。李生有个爱姬柳氏，号称容貌"艳绝一时"，更难得的是言谈风趣幽默，还善于吟诗作赋。柳氏见过韩翃之后，很钦慕他的才情，便对李生说："韩公子虽然现在只是一介白丁，但与他交往的都是名士，将来必定有出头之日，所以您应该对他好一点。"一般人听到爱姬说这样的话，只怕会打翻醋坛子，没想到豪迈的李生索性成人之美，将柳氏赠给了她心仪的韩翃公子，还慷慨解囊，资助三十万钱，帮两人操办了一场风风光光的婚礼。这一段有点像"风尘三侠"里的故事，唐朝人的开朗性格真是令人喜欢。

第二年，被柳氏慧眼识珠的韩翃果真考中了进士，自然要回趟老家省亲报喜。因为时局动荡，韩翃不敢带着美貌的柳氏赶路，只能将她暂时安顿在长安。随后安史之乱爆发，两京沦陷，夫妻间就此失去联系。韩翃每年都派人回长安寻找柳氏，但接连三年都没有成功。等到唐肃宗收复长安时，韩翃正担任缁青节度使侯希逸府中的书记。他再次派人回长安去寻找柳氏，但既不知道她是否还健在安好，也不知道她在乱世中是否已经变心跟随他人，便让信使带去一袋碎金，袋上题了这首《章台柳》：

章台柳，章台柳，昔日依依今在否？

纵使长条似旧垂，也应攀折他人手？

"章台"是战国时秦国都城咸阳所建的宫殿，借指长安，"章台柳"即暗喻长安柳氏。重叠两次呼唤，表现出作者寻人的急切之心。全诗用了两个问句来试探对方，第一句问对方是否还在人世，第二句问对方是否已经改嫁，写信人惴惴不安的心情跃然纸上。"昔日依依今在否"之句，依稀可见《诗经·小雅·采薇》中的名句"昔我往矣，杨柳依依；今我来思，雨雪霏霏"的美丽剪影。

这次的信终于送到了柳氏手中。原来柳氏心知自己貌美独居，在乱世中十分危险，便到法灵寺中落发寄居，即使这样还是被番将沙咤利发现并劫走了。沙咤利对柳氏十分宠爱，捧在手里怕摔了，含在嘴里怕化了，但柳氏依然心系夫君。接到韩翃的信，柳氏立刻洒泪写下了这首《杨柳枝》，交给信使带回：

杨柳枝，芳菲节。可恨年年赠离别。

一叶随风忽报秋，纵使君来岂堪折？

收到柳氏的回信后，韩翃更加不能割舍思念之情。等他跟随侯希逸回到长安时，有一天在城东南角若有所思地走着，一辆华丽的犊车从身边缓缓经过，突然车中有女子失声问道："这不是青州的韩员外吗？！"韩翃连忙答道："正是。"只见车帘掀开，露出一张魂牵梦萦的面庞，居然是妻子柳氏。她哽咽低声急促言道："我被沙咤利所掳，脱身无望。明天我会从此路回去，愿君再来道别！"韩翃听后痛彻心扉，但也只能翌日在此等待。那辆犊车果然又从原路返回，经过韩翃身边时，柳氏掀开车帘，将一个红布小包投在韩翃脚前，凄然道："与君永诀！"犊车加快速度，转眼而逝。

195

韩翃拾起红布小包，打开一看，是一个精致的小盒子，里面装着柳氏常用的胭脂香膏。闻着熟悉的幽香，想到与爱妻从此生离死别，韩翃不禁大恸。当天正好有唐军高级将领在长安酒楼设宴邀请他，韩翃失魂落魄地来到酒席上，只顾低头喝闷酒，神情悲怆。宾客们都很诧异："韩员外平时饮酒都是谈笑风生，今日为何如此落寞？"韩翃数杯浊酒下肚，愈发悲从中来，忍不住将一腔苦水宣泄出来。

座中有位年轻的小将许俊，借着酒兴站起身来，朗声道："现在请韩员外手书几个字给尊夫人作为信物，在下当立刻为您解决此事！"满座宾客都激赏称赞许俊的豪气，韩翃虽然不信这年轻人能奈何得了沙咤利，在众人的一片催促中，只好匆匆写了几笔。许俊收好字条，立刻离席整装，拉过两匹骏马，骑上一匹，牵着另一匹，飞驰而去，直奔沙咤利的府第。

所谓自助者天助之，正好沙咤利离家外出，许俊直入大门，高声叫道："将军刚刚坠马伤重，恐怕凶多吉少，急召柳夫人见最后一面！"柳氏吃了一惊，出房来看。许俊偷偷示以手书，将柳氏扶上马，加鞭而去，留给愕然的满府家人两个潇洒的背影。等他们一路飞奔回到酒楼，宴席还没有结束，许俊当众把柳氏交给韩翃，哈哈笑道："幸不辱命！"满座宾客无不惊叹。

唐代宗所倚重的这批番将，在平定安史之乱中曾立功出力，众人担心许俊此举，恐为了一个女子而损大局，便阖座一同去向侯希逸汇报，请他想个办法摆平此事。侯希逸听得气血翻涌，抚髯扼腕叫道："这种豪举是老夫年轻时做过的，而许将军今天又能如此，好不痛快！"立刻给皇帝上表，陈说了韩翃夫妇的感人故事，指斥沙咤利强抢他人之妻。皇帝读了奏折，也感叹不已，亲笔御批："将柳氏判回给韩翃，另外赏赐沙咤利两千匹绢（也有说是两百万钱）。"这是用经济补偿的方式来安抚沙咤利，照顾番将的颜面。韩翃夫妻终于破镜重圆，抱头痛哭。

| 红叶传诗 |

请读者顺着皎然和尚—李季兰—唐德宗—韩翃这条支线，和我飞散的联想一起回到韦应物这条主线上。据说韦苏州很爱干净，到哪里都要焚香扫地而坐。有洁癖者，看得上的朋友不会多，韦应物的至交好友，唯有顾况、刘长卿、皎然和尚等区区几人而已。

顾况，字逋翁，和刘长卿年纪相仿，他的浪漫爱情故事，简直就是一个传说。顾况年轻时家住洛阳，有一日同朋友闲逛，走到宫女所居的上阳行宫的下水口处，偶然瞥见一片顺流而下的红叶上似乎有字迹，拾起来一看，上面用娟秀的字体写着：

> 一入深宫里，年年不见春。
> 聊题一片叶，寄与有情人。

顾况暗自思忖，这应该是久居深宫、寂寞孤独的宫女在投漂流瓶、找笔友。才子遇到这种情况，自然要文艺一番，便将那片红叶翻过来，在背面题道：

> 愁见莺啼柳絮飞，上阳宫女断肠时。
> 君恩不禁东流水，叶上题诗寄与谁？

题完后，顾况走到上阳宫的上水口处，将红叶放下去，目送它慢慢漂入宫中，之后也就忘到脑后了。过了几日，顾况正宅在家中

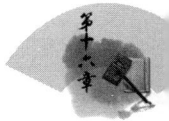

小山

顾逮翁秋叶成姻缘

读书，那位朋友突然手执一片红叶，兴冲冲地闯了进来，一路大叫道："顾兄，你快来看这是什么！我刚才路过上阳宫外，可巧又捡到一片题了诗的叶子！"顾况听了，立刻跳起来，又急切又小心地从朋友手中抢过红叶，只见上面题着四句诗，秀美的字迹与前几天那片红叶上的字迹一模一样：

> 一叶题诗出禁城，谁人酬和独含情。
> 自嗟不及波中叶，荡漾乘风取次行。

可能这位宫女专司打水，那天居然真的收到了顾况投回来的"漂流瓶"。这种小概率事件的发生，就只能称之为"天作之合"了。此后顾况和这位宫女便通过这种方式，建立了稳定的水恋笔友关系，但双方都知道，这是一段没有明天的感情。

祸兮福兮，不久之后，安史之乱爆发，洛阳沦陷，这对很多诗人来说是悲剧事件，但对顾况来说，却是机遇。他趁着一片大乱之时，孤身闯入上阳宫，寻到了这位宫女，成功完成了好莱坞式的大逃亡。最终，两人喜结连理，白头到老，他们的爱情成为了传说，"红叶传诗"（或称"下池轶事"）也成为千古流传的佳话，红叶更是被视为坚贞不渝的象征。

顾况后来成为大名士，据说活了九十多岁。在他七十多岁时，有一位年轻的诗人正是靠着他的提携，站到了中唐诗歌舞台的最中央。

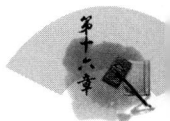

第十七章

长安米贵居不易　心忧炭贱愿天寒

受到顾况提携的这位年轻诗人，正是本章的主角白居易。

白居易，字乐天，比顾况小四十多岁。他初到长安时尚未成名，打算按照惯例，带着自己的诗文去拜见当时的名士，若能得到对方的赏识和推举，便可在京城迅速提升知名度。当年陈子昂这样做过，李白也这样做过，甚至还写了句非常肉麻的"生不用封万户侯，但愿一识韩荆州"来吸引这位韩大人的眼球，但实际效果甚微。所以白居易在深思熟虑之后，决定去拜"不老传说"顾况先生的"码头"。

┃长安米贵┃

到了顾府门前，白居易托门房递入自己的名帖和诗集，请顾况品鉴。顾大人看了一眼名帖，捻须笑道："白居易？长安米价方贵，居亦大不易啊！"随后翻开诗集，但见第一页上用遒劲的字体写着那首流传至今的《赋得古原草送别》：

> 离离原上草，一岁一枯荣。
>
> 野火烧不尽，春风吹又生。
>
> 远芳侵古道，晴翠接荒城。
>
> 又送王孙去，萋萋满别情。

顾老先生读后不禁捻须赞叹道："有才如此，居即易矣！"立刻广为推介，白居易的诗名很快便誉满长安，二十七八岁就进士及第。

按唐代科举的规矩，如果考试指定诗题，交卷时标题前应加上"赋得"二字。对答卷的要求类似咏物诗，起承转合要分明，对仗要工整，比兴要浑然一体，总之束缚颇多，所以向来佳作甚少。相传白居易作《赋得古原草送别》时，年方十六，该诗算是一篇模拟考题作文，却能在戴着镣铐跳舞的体例中成为千古名篇，难怪顾况赞不绝口。

元好问对白居易的评价是"并州未是风流域，五百年中一乐天"。白居易祖籍并州，也就是今天的山西太原。在元好问眼中，这地儿五百年才出一位大天才。人们大多只看到了天才的成功，却不知天才是怎样炼成的。实际上，即使天资再出众的人，也需苦练方能成才。乐天自幼聪颖过人，仍然勤学苦读，二十岁以后是白天练写赋、晚上练写字、中场休息练写诗，根本没有时间玩乐，以至于练得口舌生疮、手肘生茧、齿衰发白（《与元九书》中的自述），如此方成其大名。如果你因自己的拼搏而处于自我感动的状态，那就看看人家乐天小朋友都拼到什么地步了。

| 童妪能解 |

白居易的诗在唐朝时就广为流传，它具有两个非常鲜明的特点。在白居易去世时，唐宣宗李忱亲自写悼诗，将这两个特点精准地概括出来："童子解吟长恨曲，胡儿能唱琵琶篇。"

说白了，白居易诗的第一个特点是：用词浅显易懂，童子老妪

皆能听明白，不像贾岛那样，故意走生僻高深路线。白居易每次写好诗后，会先拿去念给一位老婆婆听，如果她听不懂，就拿回来修改，一直修改到她能听懂才发表，所以被赞为"诗到香山老，方无斧凿痕"。可见天才的诗文并非不需要修饰，反而是要用心修饰到通畅圆熟，不留任何刻意造作之处。不像今天有些人写文章，非得高深晦涩到让人侧目。另外我突然发现，自己之所以不能成为李白和白居易这个级别的诗人，应该是生命中缺少了一位贵人老婆婆。

白居易诗的第二个特点是：当时的声誉便从中原远播到域外。正因为用词浅显易懂，男女老少都喜欢吟诵，所以广受欢迎。长安城有位歌伎收的出场费是市价的双倍，因为她自夸说："我能唱诵白学士的整首《长恨歌》，其他歌伎怎能和我相比？！"有位叫葛清的人，从脖颈到后背，但凡有空的地方，都刺上了白居易的诗歌，密密麻麻一共三十多处，还请人配上了图画，搞得图文并茂、体无完肤，被称为"白舍人行诗图"，意即"能走的诗歌图画"。追星追到这个份上，可能令今天那些疯狂的追星族都自叹不如。

白居易诗不但远播西域，还东渡扶桑。日本人对白居易的熟悉程度甚至超过了李白，醍醐天皇曾言："毕生所爱，《白氏文集》七十五卷是也。"白居易被后世尊为"诗魔""诗王"；而在当年，"诗仙"的名号不是属于李太白的，而是属于白乐天的。

| 长恨歌 |

名气大了就有话语权，而强大的话语权往往容易制造假象、混淆视听，《长恨歌》就是个典型案例。杨玉环本来是唐玄宗儿子寿王李瑁的正妃，被唐玄宗见色起意抢夺而来。唐朝算是中国历史上最开放的朝代，在这样一个游牧民族的血统和文化冲淡了中原传统

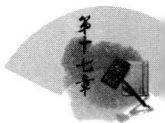

的时代，对于皇室内的"爬灰"这种事情，大家还算能接受，何况还有唐高宗李治娶自己的小妈武媚娘一事在前开路。

但这毕竟是公公和儿媳之间的狗血剧情，换了其他人，也不好意思高调讴歌，白居易却能将这不可能的任务完成得出类拔萃，仅凭一己之力就扭转了唐玄宗和杨贵妃在多数国人心目中的形象。不需要其他理由，只因为《长恨歌》实在太优美了。戈培尔（纳粹德国时期的国民教育部部长、宣传部部长）说，枯燥的谎言重复一千遍就能成为真理，何况这动人的《长恨歌》传唱了一千多年呢？唐明皇与杨贵妃最终演变为刻骨生死恋的象征，虽然安禄山那肥硕的阴影总挥之不去。他们的爱情神话是这样开始的：

> 汉皇重色思倾国，御宇多年求不得。
> 杨家有女初长成，养在深闺人未识。
> 天生丽质难自弃，一朝选在君王侧。
> 回眸一笑百媚生，六宫粉黛无颜色。

用汉武帝指代唐玄宗，这种修辞手法读者应该很熟悉了。明明抢了自己的儿媳妇，却说人家原是养在深闺中，这种"为尊者讳"的做法，相信你不会感到陌生。唐玄宗大概想起武媚娘改嫁给唐高宗之前，先去寺庙出家"镀金"，所以也特意安排杨玉环先出家为道姑，再接回宫来，算是向祖父母致敬。第三、四联是千古名句，成为"天生丽质""回眸一笑""六宫粉黛"三个成语的出处。

可恨不明真相的群众总是不能以稳定大局为重，贵妃原是皇上儿媳的谣言还是传开了。这对苦恼的情侣只好跑到离长安六十里外的骊山华清池去度假，图个耳根清净。几经周折，这对情侣终于过上了快乐幸福的生活：

春寒赐浴华清池，温泉水滑洗凝脂。

侍儿扶起娇无力，始是新承恩泽时。

云鬓花颜金步摇，芙蓉帐暖度春宵。

春宵苦短日高起，从此君王不早朝。

李隆基比杨玉环大了三十三岁，但年龄并不是问题，小伙伴们是不是又开始相信爱情了？美女往往很作，身为中国古代四大美女之一的杨玉环更不是一般的作。她爱吃荔枝，年纪大的老公既会照顾人，手上又有资源，就下旨用传递紧急军情的快马接力的方式，将产于四川的新鲜荔枝直送到华清池。杜牧的《过华清宫·其一》生动地描绘了这穷奢极欲的爱情：

长安回望绣成堆，山顶千门次第开。

一骑红尘妃子笑，无人知是荔枝来。

马都累死好几匹了，而荔枝尚未变色。这不要紧，因为千里马常有，而贵妃娘娘喜欢的荔枝不常有。荔枝确实是很美味的水果，后来苏轼被贬官岭南时，就为它写下一首充满乐观主义精神的《惠州一绝》：

罗浮山下四时春，卢橘黄梅次第新。

日啖荔枝三百颗，不辞长作岭南人。

同样是吃荔枝，苏轼得远谪到不毛之地才能将其作为一种补偿来享受，而玉环妹妹却可以一边泡着温泉，一边坐享按时送达的快递服务，这就是"悲催罪臣"和"尊贵宠妃"的区别。吃得好还只是"马斯洛需求层次理论"的第一层而已，女神把第五层的"自我价值实现"也发扬到了淋漓尽致的地步：

> 姊妹弟兄皆列土，可怜光彩生门户。
>
> 遂令天下父母心，不重生男重生女。

一人得道，鸡犬升天，这是自古不变的规律。杨玉环的得宠，使她的兄弟们都裂土封侯，姐姐们都当上了国夫人。在男尊女卑、重男轻女了几千年的中国历史上，出现了少见的重女轻男的现象，因为生个女儿还有可能让她去当皇帝的宠妃，生个男孩难道还敢让他去造反、自己当皇帝吗？

此外，虽然诗文野史中暗指唐玄宗与三姨子虢国夫人有染，但从《长恨歌》所描写的爱情故事来看，晚年的唐玄宗对杨玉环颇为专情：

> 承欢侍宴无闲暇，春从春游夜专夜。
>
> 后宫佳丽三千人，三千宠爱在一身。

杨玉环虽未封皇后，但唐玄宗在贞顺皇后（生前为武惠妃，死后被唐玄宗追赠皇后之位）过世后，再未正式册立过皇后，贵妃便是后宫第一人，而她更是实际享受到了皇后待遇。

可惜好日子不能永远这样过下去，杨贵妃传说中的情郎安禄山因为自己不能变成女人去当宠妃，所以最后只能造反、指望当皇帝了。因承平日久而毫无战备的各地唐军，在早有预谋的安史叛军面前不堪一击，长安的门户潼关很快便失陷。唐玄宗丢下一众大臣，带着宠妃、近侍仓皇出逃。到了马嵬坡，终于"六军不发无奈何，宛转蛾眉马前死"，杨贵妃在此香消玉殒。

安史之乱平定后，唐玄宗回到长安，每当"春风桃李花开日，秋雨梧桐叶落时"，走过自己曾经和爱妃一起游玩过的那些地方，看见"西宫南内多秋草，落叶满阶红不扫"，不禁对爱人难以忘怀。

为了寻找她死后的去向，唐玄宗找来了据说有法术、能够上天宫、入地府的道士，"上穷碧落下黄泉，两处茫茫皆不见"，费了很大劲儿，终于在某处海外仙山找到了已经成仙的杨玉环。可惜天上人间，仙人永隔，能做的只有回忆当年的誓言了：

> 在天愿作比翼鸟，在地愿为连理枝。
> 天长地久有时尽，此恨绵绵无绝期！

《长恨歌》一炮打响，全民传唱，但白居易自己后来却认为此诗不能登大雅之堂。

白堤断桥

白居易在风景秀美的杭州担任刺史期间，写下了那首被选入语文课本的《钱塘湖春行》：

> 孤山寺北贾亭西，水面初平云脚低。
> 几处早莺争暖树，谁家新燕啄春泥。
> 乱花渐欲迷人眼，浅草才能没马蹄。
> 最爱湖东行不足，绿杨荫里白沙堤。

诗里的"白沙堤"，就是今天西湖上的白堤。很多人（包括杭州本地人）都以为这条白堤是白居易所筑，非也非也！白居易筑的是"白公堤"，西湖上的是"白沙堤"。但白居易曾经疏浚西湖水系、造福当地百姓的政绩是确凿无疑的，据说他离开杭州时还留了一首《别州民》：

> 税重多贫户，农饥足旱田。
> 惟留一湖水，与汝救凶年。

为官一任，造福一方，所以杭州百姓很怀念他，有意无意地把西湖上秀美的白堤说是白居易所修，也算是一个美丽的误会。我初到上海读大学时，第一个国庆假期就急不可耐地跑到杭州去看慕名已久的西湖，一见之下，果然秀美绝伦，"人间天堂"名不虚传。白堤上最有名的景点当然是断桥，但我在白娘子泡到许仙的断桥上低头寻摸，走了三个来回，也没看出断在何处，只好大胆请教几位本地人："请问一下，这座桥为什么叫断桥啊？"被问者都是一边摇头说不知道，一边用鄙视的眼光打量我，意思大概是：我们一直就这么叫的，还有"为什么"吗？

我想了想，有什么样的问题就得去问什么样的人，正好看见一位正在湖边锻炼的貌似知识分子的老先生，于是向人家请教这个问题，果然得到了靠谱的答案。原来每当瑞雪初晴，站在附近的山上眺望，桥的阳面已冰消雪融，而阴面依然白雪覆盖，雪链在桥中而断，看起来仿佛是桥断了，故名断桥。

从断桥上走过一段白堤，便到了传说中的孤山。与孤山有关的名气最响的人物是《笑傲江湖》中被关押在此多年的一统江湖日月神教任我行任大教主，但有真实身份证的名人要数"梅妻鹤子"的林逋。林逋是中国历史上一只手数得着的著名隐士。因他逝世后宋仁宗赐谥"和靖先生"，所以世人称他为"林和靖"。林和靖颇有诗名，但说实话，我连一首也记不全，只能背得两句。张若虚仅凭一首《春江花月夜》就号称"孤篇压全唐"，已经令很多人不忿；林和靖更过分，只靠下面这两句诗，就在诗歌史上稳稳地抢得一席之地。凭什么呢？若为历代咏梅诗评个名次，这一联基本上稳居榜首：

疏影横斜水清浅，暗香浮动月黄昏。

沙宝亮唱的那首《暗香》，出处就在这里了。梅花那种隐隐约约、似有还无的清幽香气，特别契合中国的传统文化，在品位上胜于浓烈有余、含蓄不足的桂花、水仙之类，成为文人墨客心目中的顶级花卉。所以欧阳修评论道"前世咏梅者多矣，未有此句也"，王十朋的评价则是"暗香和月入佳句，压尽千古无诗才"。

其实林和靖此句并非原创，五代南唐诗人江为有一联是"竹影横斜水清浅，桂香浮动月黄昏"，咏的是竹子和桂花。林和靖只改了两个字，变成"疏影"和"暗香"，用以咏梅，遂成千古绝唱。这事放在今天，不知道会不会被江为告抄袭，但林诗这两字的境界明显高于原诗，可谓点石成金。

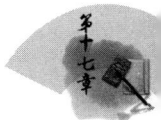

| 卖炭翁 |

在杭州刺史任内，白居易不仅修堤治水、灌溉出良田千顷，还主持疏浚李泌留下的六井，解决了人民的饮水问题。离任时，他两袖清风，只带走了两片天竺石，甚至将大部分节余的官俸留在州库之中。后任刺史们在公务周转不足时，便去借用这笔基金，事后再补回原数。优良传统延续了五十年之久，一直到黄巢之乱时，文件多被焚烧，这笔钱才不知去向。

白居易离开杭州后，对江南美景依旧魂牵梦萦，写出了《忆江南》词三首。第一首如下：

江南好，风景旧曾谙。

日出江花红胜火，春来江水绿如蓝。

能不忆江南？

这首词因为入选语文课本而脍炙人口。"蓝"是指蓝草，这是一种叶子可以用来制造青绿色染料的植物，与"青出于蓝而胜于蓝"里的"蓝"是同一意思：

江南忆，最忆是杭州。

山寺月中寻桂子，郡亭枕上看潮头。

何日更重游？

语文课本中还有白居易的一首《卖炭翁》，我每次读到"可怜身上衣正单，心忧炭贱愿天寒"，都忍不住发一声长叹："长太息以掩涕兮，哀民生之多艰！"全诗以浅白的用词、强烈的对比，将底层百姓被肆意抢掠、盘剥的凄惨处境描绘得淋漓尽致、催人泪下。

第十八章

定远何须生入关　仍留一箭定天山

"大历十才子"中的李益有首名篇《江南曲》，描绘了一位妇女对丈夫常年在外经商的闺怨之情：

> 嫁得瞿塘贾，朝朝误妾期。
>
> 早知潮有信，嫁与弄潮儿。

若以此诗为谜面打唐诗一句，谜底正是白居易的另一首代表长诗《琵琶行》中的"商人重利轻别离"。《长恨歌》不在中小学语文课本之中，不知道是否是因为前半段的内容少儿不宜，所幸《琵琶行》得以全文入选。

当时白居易因为上书直言政事而被宰相所恶，被贬为江州（今江西省九江市）司马。司马是刺史的助手。在中唐时期，经常用偏远地方的刺史、司马这类官职来安置被贬的中央高级官员，基本上属于变相发配。白居易在江州郁郁闲居两年后，有一天在浔阳江上送别客人，偶遇一位年少时红极一时、年老却被人抛弃的歌女，听到她所弹的琵琶曲，不由地伤怀对方和自己的人生际遇，便写下了这首《琵琶行》，发出"同是天涯沦落人，相逢何必曾相识"的感慨。其中的"千呼万唤始出来，犹抱琵琶半遮面""别有幽愁暗恨生，此时无声胜有声"，都是传世名句。

投笔从戎

李益最有名的作品，大概是那首约会被恋人放了鸽子之后写的失恋诗《写情》：

> 水纹珍簟思悠悠，千里佳期一夕休。
>
> 从此无心爱良夜，任他明月下西楼。

前文提到的华罗庚用"月黑天高处，怎得见雁飞"去质疑的著名边塞诗人卢纶，正是李益的姐夫。而李益自己其实也是一位优秀的边塞诗人，我非常喜爱他那首四句中用到四个典故的《塞下曲》：

> 伏波惟愿裹尸还，定远何须生入关？
>
> 莫遣只轮归海窟，仍留一箭定天山。

第一个典故是"伏波惟愿裹尸还"。伏波将军马援"马革裹尸"的典故第三章中已介绍过，此处不再赘述。

第二个典故是"定远何须生入关"。班超年轻时的工作是抄写文书。一日，他正在伏案挥毫，突然掷笔叹息道："大丈夫应该学习张骞，在域外建功立业来封侯晋爵，怎么能够一直干这种笔墨营生呢？"他第一次为国出使鄯善，认为"不入虎穴，焉得虎子"，就带领随从三十六人击杀匈奴使团，挽回外交颓势，初露锋芒；后来又用"以夷制夷"的策略，几乎不费大汉的钱粮兵马，仅靠整合西域各民族杂牌军，就为汉朝征服平定大小国家五十余个，威震西域。当时与大汉、罗马、安息（帕提亚帝国）并称四大强国的贵霜帝国因为求娶汉朝公主被班超所拒，动用七万雄兵，越过帕米尔高原来犯，结果被班超打得大败，从此纳贡求和。班超因功被封为定远侯，所以后人尊称他为"班定远"。孙中山先生为蔡锷将军题写

挽联"平生慷慨班都护，万里间关马伏波"，就是以班超、马援这两位东汉名将作比，高度赞颂了蔡将军的爱国热忱。

班超身上至少出了"投笔从戎""不入虎穴，焉得虎子""以夷制夷""万里封侯"四个典故，能与之相比的人寥寥可数。班超年近古稀时思念故土，上书汉和帝道："臣不敢望到酒泉郡，但愿生入玉门关。"

第三个典故是"莫遣只轮归海窟"。春秋秦晋争霸之时，晋襄公亲帅晋军在崤山险隘对孟明视率领的秦军发动进攻，打了一场漂亮的歼灭战，秦军"匹马只轮无返者"。"海窟"在这里指代当时敌人所居住的瀚海，这句诗表现了全歼来犯之敌的必胜信念。顺便提一句，孟明视的父亲，就是秦穆公用五张羊皮换回来的著名贤臣百里奚。

第四个典故是"仍留一箭定天山"。初唐名将薛仁贵领兵在天山迎击九姓突厥十余万人的大军，敌人派了他们之中最骁勇善战的数十人来挑战。薛仁贵连发三箭，射杀三人，其余突厥人都心惊胆战地下马请降。薛仁贵率师凯旋时，军中齐声歌唱："将军三箭定天山，战士长歌入汉关。"这段历史就叫作"薛仁贵三箭定天山"。薛仁贵的儿子名叫薛丁山，儿媳妇就是巾帼名将樊梨花。

| 汉书下酒 |

有意思的是，班超的三位亲人都没有"投笔"，而是一生从事文字工作，并且一位比一位有名。我们知道司马迁写《史记》，从传说中的黄帝一直写到汉武帝太初年间。太史公身后，许多文人开始为《史记》写续篇，其中包括"白首太玄经"的文学家扬雄，但大多文字鄙俗、内容失真，不配与《史记》并列。当时有位儒学大家，尽心采集前朝遗事、旁观异闻，作了《史记后传》六十五篇，他就是班超的父亲班彪。班彪一共生有两子一女，分别是班固、班超和班昭。

班固博学强记，子承父志，以著述为业，在《史记后传》的基础上撰写成了《汉书》。《汉书》以西汉一朝为主，记录了上起于汉高祖元年、下终于王莽年间共两百多年的历史，开创了"包举一代"的断代史体裁。尔后中国每个朝代的史书基本都是按照这个体裁完成的。班固刚开始写《汉书》时，有人告发他"私作国史"，因此被捕入狱，书稿也被全部查抄。班超上书汉明帝，说明班固修《汉书》的目的是颂扬大汉的德政而非毁谤圣朝，汉明帝便释放了班固，还赏赐钱物，资助他继续完成著作，这下"私史"升级成"公史"了。

班固去世时，《汉书》还差一部分没有完成，汉和帝便命班固的妹妹班昭续写并编校全书。定稿后的《汉书》共一百二十卷，班家人为之奋斗了四十年，在班昭手中得以大功告成，她也就此成为《二十四史》中唯一的一位女作者，可谓空前绝后。《汉书》完成后，大儒马融都跪伏在藏书阁外，听班昭亲口讲解。

这位马融是伏波将军马援的侄孙，东汉末年的著名经学家郑玄就是他的弟子。据说郑玄的弟子达数千人，而他本人于唐贞观年间被尊入"二十二先师"之列，配享孔庙。马融的另一位弟子名叫卢植，唐代时也被配祀孔庙。卢植既是东汉末年的经学大师，也是《三国演义》开篇镇压黄巾之乱的名将，刘备就拜在其门下，所以班昭算是刘备的太师祖。

《汉书》的史学性和文学性都很强，深受历代读书人的喜爱，因此也留下了许多故事，例如前文提到的颜师古，就是注解了《汉书》而被天才儿童王勃挑了一大堆毛病。北宋词人苏舜钦有段时间和妻子一起住在岳父杜衍的家中，每天晚上一个人读书，总要喝掉一斗酒。岳父大人很奇怪，有天偷偷跑去看他是怎么个喝法，只听他正在朗读《汉书》中的张良传。当苏舜钦读到前文提到的"误中副车"时，拍案叫道："惜乎不中！"叹息完了，就满饮一大杯；读到张良对汉高祖说"这是上天将臣赐予陛下"时，他又拍案叫道："君臣相遇，其唯如此！"叹息完了，又满饮一大杯。岳父见此情景，不禁笑道："有这样的下酒物，一斗也实在不算多也。"这个成语，便叫作"汉书下酒"。

| 破镜重圆 |

隋朝诗人杨素有一次郊游时，看见一个少年骑于牛背，在牛角上挂了一卷书，边走边看得津津有味，几次差点撞到路边的树上。杨素好奇地问道："哪来的书生，这般勤奋？"那少年倒是认识当朝第一权臣杨素，马上从牛背上下来参拜："在下长安李密，拜见越国公。"杨素问其读的是何书，李密答曰《汉书·项羽传》。一番交谈后，杨素很欣赏李密的学识，回家后便对儿子杨玄感说："我看李密的见识风度，不是你们能比的。"杨玄感因此倾心结交李密。在隋末天下大乱中，李密成为瓦岗军的领袖，秦叔宝、程咬金、徐茂公这些牛人都曾是他的部下。这便是典故"牛角挂书"的来历，可见《汉书》的受欢迎程度。《三字经》里讲朱买臣的"如负薪"之后，便是讲李密的"如挂角"，对二人的评价是"身虽劳，犹苦卓"，堪为后人勤工俭学的榜样。

杨素率军灭亡南陈，帮助隋文帝统一全国，结束了中国自西晋五胡乱华以来数百年的乱世，因功封越国公，位高权重。陈后主陈叔宝的妹妹乐昌公主也被隋文帝赏赐给了杨素。乐昌公主本是南陈太子舍人徐德言之妻，两人情义深厚。隋军重兵压境之际，徐德言眼看陈国将亡，便把一面铜镜破为两半，交于妻子半片，流泪说道："国破家亡在即，你我定会分离。以你的容貌才华，国亡后必会被掠入隋朝功臣之家。你可在明年正月十五那天，差人将此半片铜镜拿到长安街市中高价叫卖。只要我还幸存人世，那天就一定会赶到都市，通过铜镜打探你的消息。倘若苍天有眼，你我今生也许还有相见之日。"

　　隋军攻下南陈，两人果然离散。徐德言颠沛流离，好不容易才在第二年正月十五时赶到长安，果然看见一个老仆人在叫卖半片铜镜，但价钱昂贵得无人问津。徐德言心知妻子在此，立刻写诗一首，托老人带给乐昌公主：

> 镜与人俱去，镜归人不归。
> 无复嫦娥影，空留明月辉。

　　乐昌公主进了杨素府后，就终日面无喜色，这次终于看到日思夜盼的丈夫的题诗，更是悲从中来，忍不住放声痛哭。杨素再三询问，知道了其中情由，立即派人将徐德言召入府中，与乐昌公主相见。两人劫后余生，再次得见，皆是泣不能言，又不知杨素做何打算，心中忐忑不已。杨素让乐昌公主赋诗一首回赠徐德言，公主含泪吟道：

> 今日何迁次，新官对旧官。
> 笑啼俱不敢，方验做人难。

杨素听了感慨不已，遂决定成人之美，将乐昌公主还给徐德言，并赠资让他们回归故里养老。这段佳话后来被四处传扬，成就了"破镜重圆"的典故。

乐昌公主与柳氏这两位女子终得破镜重圆的美好结局，在漫漫历史中实在是极幸运的个例。容貌出众的女子，在乱世中往往更容易红颜薄命。杨素在为北周灭亡北齐、为杨坚篡周建隋、为隋朝灭亡南陈、为杨广夺得皇位这样的军国大事上都是翻手为云覆手为雨，可称是一代枭雄，在这件事情上则显出了他温情的一面。

风尘三侠

这次是杨素主动地成人之美，还有一次则是被动的。有一天，越国公的府上来了一位英气勃勃的年轻人，此人乃是灭陈名将韩擒虎的外甥李靖。韩擒虎每次与李靖谈论军事都大喜过望，称赞他说："能够与我探讨孙吴兵法的人，只有你啊！"李靖见杨素执掌朝政，便来投效报国。杨素开始很怠慢这个年纪轻轻的后生小子，但与他一番交谈后，觉得此人前程无量，只怕更甚于李密。可见杨素确实有知人之明。但李靖见杨素已经年老体衰、安于现状，不再有从前的雄心壮志，内心非常失望。晚上李靖回到客栈，独坐孤灯旁，只觉得前途茫茫。

正在李靖苦苦思索人生和前途之时，忽然听到轻轻的敲门声。他开门一看，门外站着一个头戴风帽、蒙着面纱的女子，不禁满腹狐疑地将她让进房内说话。那女子进房后摘下帽子和面纱，露出明艳动人的姿容，差点闪瞎了李靖的眼睛。

女神轻启樱唇，自我介绍道："小女子乃杨司空家的侍女，

姓张名出尘，因喜欢手执红色拂尘，人们都叫我红拂女。小女子侍奉杨司空多年，见过的宾客不计其数，但从未见过像李公子这般英雄侠义、气宇非凡的人物。丝萝不能独生，愿托于乔木，故不辞冒昧，前来投奔，情愿托付终身，请公子不要推辞！"

李靖大喜过望，却不无顾虑："杨司空权重京师，你若逃走，只怕后患无穷。"红拂女答道："公子尽管放心。杨司空现在行将就木，不过是苟延残喘，家中逃走的姬妾甚多，他也无心追究，不足畏也。"正所谓男追女隔重山，女追男隔层纱，放下心理负担的李靖当即接受。

两人计议已定，连夜乔装打扮，离开了长安，杨素果然也未派人来追。在逃亡途中，两人遇到了一位名叫张仲坚的大胡子怪杰。因他赤髯如虬，故号"虬髯客"。此人原是扬州首富之子，是个高富壮，出生时因为相貌怪异，差点被看脸的父亲杀掉，获救后师从于昆仑奴，艺成后欲起兵图天下。红拂女见他言行粗犷，但气宇不凡，又一次慧眼识人，与之结为异姓兄妹，这下"风尘三侠"就凑齐了。

虬髯客与李靖夫妻一起去拜访李世民，回来后就叹息道："既有真命天子在此，我当另谋他途。"他本钟情于红拂女，但豪侠肯定会以另一种方式爱一个女人，在给李靖留下全部家产和几本兵书后，便飘然远去。多年后，李靖夫妻听说有位大胡子在扶余国创业成功，自立为王。

李靖认真研习虬髯客留下的兵书，本领突飞猛进，后来为唐朝北灭东突厥，西破吐谷浑，成为一代名将，因功封卫国公，一生被李世民尊重信任，年近八十而善终。金庸先生应该很欣赏李

张红拂夜奔结风尘

靖，所以把他的字"药师"给了东邪桃花岛黄岛主作为名字。红拂女自然也成了凤冠霞帔的一品国公夫人。《红楼梦》中，曹雪芹借黛玉的《五美吟·红拂》，对这位巾帼英雄的眼力和勇气给予了高度赞美：

> 长揖雄谈态自殊，美人巨眼识穷途。
> 尸居余气杨公幕，岂得羁縻女丈夫？

慧眼美女配潜力股英雄，深情男二号神助攻，男一号开挂变黑马后功成名就，美女得以走上人生巅峰——这种模式绝对是大众喜闻乐见的。这个故事教育我们，女性的幸福在很大程度上是要靠自己争取的，看人的眼力很重要。对男女而言同样公平的是：眼力不好、追错人的，没有后悔药可买；眼力好、看对人了却没敢放手去追的，同样没有后悔药可买。

风尘三侠的故事属于唐代传奇，红拂女和虬髯客都是虚构的人物。通过这么多闪光的强悍人物来衬托真命天子李世民，才是这段传奇的主旨。唐代小说家早在一千多年前就玩透了好莱坞大片的模式：先将敌人或竞争者描绘得超牛，能胜过他们的主角岂不更牛？反观当今某些神剧，空手就能秒撕鬼子，是我们应该鄙视编剧的智商呢，还是编剧在鄙视我等观众的智商呢？

| 家学渊源 |

让我们的思绪再回到班家。

班超递表请求"生入玉门关"时，因为他的位置实在太重要，朝廷拖了三年也没有同意。班昭为了帮助二哥，上书汉和帝："班超出塞时，立志为国捐躯……以一己之力辗转异域，幸蒙陛下福德

庇佑，得以延命于沙漠，至今已有三十年。当年随他一起出塞的人都已不在人世。他如今年过七十，体弱多病，即使有志继续报国，也已力不从心。如有突发事件，势必损害国家累世的功业。妾身听说古人从军六十还乡，中间还有休息的时候。班超在壮年时为国尽忠于沙漠之中，如果衰老时被遗弃在荒凉空旷的原野，该是多么悲凄可怜啊！因此妾身冒死请求陛下让班超归国。"这封奏疏写得情理兼备、深沉感人，汉和帝看后默然良久，随即派人西出玉门关，将年逾古稀的班超替回。班超回到中原与班昭兄妹团圆，一个月后就病逝了。他叶落归根，得以长眠于故土，不至于客死异乡，应该多谢妹妹的感人文笔。汉和帝多次召学识渊博的班昭入宫，让皇后和后妃们拜她为师，称她为"曹大家"（班昭早逝的丈夫姓曹，"家"在此的读音同"姑"）。等到班昭去世时，连皇太后都为她穿孝服，可谓哀荣备至。

班彪膝下只有这三个孩子，论文治有《汉书》下酒，论武功有万里封侯，不但儿女双全，且无一庸才。这种神一般的家教在中国三千多年文化史上再无另一个家庭可以与之比肩，真是令所有的父母高山仰止，顿生可望而不可即之叹。

据说班氏是春秋时楚国令尹子文的后人，子文是他的字，其名叫斗谷於菟（"於菟"读音同"乌图"）。《左传》记载，斗谷於菟之父是楚国令尹斗伯比（斗氏鼻祖），与郧国国君之女私通后生下他。尚在襁褓中的斗谷於菟被母亲遗弃于云梦泽。某日，郧国国君狩猎，见一只母虎正在给这婴儿喂乳，于是将他带回抚养，了解身世后给他起名为斗谷於菟，因为楚国一带的人称"乳"为"谷"，称"虎"为"於菟"。斗谷於菟后来成为楚国令尹，执掌军政大权二十七载，很有一番作为。看样子在史书中，如果一个人出生前父母没有做过什么异梦，出生时没有红光满室等异象，出生后又没有被某种猛兽乳养过，要想有出息怕是很难。子文为了纪念自己的这段奇遇，给儿子起名为斗班（通"斑"，意即老虎的斑纹），斗班的后人即以班为氏，这就是班氏的起源。

书圣王羲之字逸少，小字阿菟，很可能属虎。今天如果有人名中带"菟"字，应该也是属虎的。鲁迅当年对刚出世的儿子周海婴十分宠爱，大概有客人为此取笑，他便写了一首《答客诮》，告诉大家即使山林之王猛虎，对后代也是充满爱怜的：

> 无情未必真豪杰，怜子如何不丈夫？
>
> 知否兴风狂啸者，回眸时看小於菟。

秋凉团扇

班彪的姑姑，也就是班固、班超和班昭的姑奶奶，是大名鼎鼎的才女班婕妤。班婕妤集才德美貌于一身，深受汉成帝的宠爱。汉成帝命人造了一辆大辇车，想和班婕妤同车出游，她却拒绝说："臣妾观看古代留下的图画，与圣贤之君同车并坐的都是名臣；而与夏桀、商纣、周幽王这样的亡国之君同车并坐的才是宠妃，他们最后都落得身死国灭的下场。臣妾如果和陛下同车进出，能不令人担忧吗？"汉成帝认为她言之有理，为了显示自己是圣贤之君而非昏庸之君，只好作罢。太后王政君听说此事后，非常欣赏班婕妤，对身边的人评论说"古有樊姬，今有班婕妤"。樊姬是春秋时楚庄王的夫人，非常贤惠，辅佐"三年不飞，一飞冲天；三年不鸣，一鸣惊人"的楚庄王成为春秋五霸之一，连楚国史书都评价"庄王之霸，樊姬之力也"。王太后的话对班婕妤来说是极大的褒奖，而后世也用"却

辇之德"来形容贤妃的淑德。

汉成帝虽然暂时听了班婕妤的劝谏，但他本质上是一个不靠谱的君王，所以后来还是离开了贤惠的班婕妤，去宠幸善于迎合自己的赵飞燕、赵合德姐妹。赵飞燕诬告许皇后和班婕妤诅咒后宫、连及主上，导致皇后被废、婕妤受审。班婕妤从容不迫地申辩道："妾闻生死有命，富贵在天。修正道尚未蒙福，走邪道还有什么指望？若是鬼神有知，不会接受害君害人的恳求；若是鬼神无知，恳求又有何用？所以我根本不可能做这种事，更不屑于做这种事。"成帝认为班婕妤之言句句在理，又念在以往的恩爱，遂予以厚赏。

经此事后，班婕妤明哲保身，请求前往长信宫侍奉王太后，将自己置于太后的羽翼之下，这样就不怕赵氏姐妹的暗箭了。电视剧《甄嬛传》中，甄嬛的好闺蜜眉庄应该就是从班婕妤身上学到这一招。从曾经的专宠，到如今的冷落，班婕妤认清了君王的薄幸，为此作了一首《团扇诗》，又名《怨歌行》：

> 新裂齐纨素，皎洁如霜雪。
> 裁为合欢扇，团团以明月。
> 出入君怀袖，动摇微风发。
> 常恐秋节至，凉飙夺炎热。
> 弃捐箧笥中，恩情中道绝。

用洁白的细绢制成的团扇，在天热时与主人形影相随，但一到秋凉便被弃置箱中，后世便以"秋凉团扇"来比喻女子失宠。很多诗人都喜欢引用这个典故，并且写出了诸多名篇，比如王昌龄的《长信秋词》：

> 奉帚平明金殿开，且将团扇共徘徊。

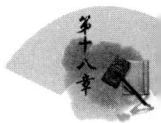

玉颜不及寒鸦色，犹带昭阳日影来。

天色刚刚破晓，班婕妤就打开长信宫金殿的大门，一个人拿着扫帚洒扫。并非没有宫女可以做这些粗活，只是孤单的她又有什么事情可忙呢？唯有那象征失宠的团扇与她相伴罢了。班婕妤的容颜慢慢憔悴，甚至不如寒鸦，因为它们是从赵飞燕姐妹所住的昭阳宫方向飞来的，羽毛上还带着日影的润泽。古代常以"日"比喻皇帝，"昭阳"有恩宠衰落之意。

团扇诗中最晚却最著名的，是清代纳兰性德（字容若）的《木兰词·拟古决绝词柬友》：

人生若只如初见，何事秋风悲画扇。
等闲变却故人心，却道故人心易变。
骊山语罢清宵半，泪雨零铃终不怨。
何如薄幸锦衣郎，比翼连枝当日愿。

"人生若只如初见"一句深得人心，成为许多网友的网名。纳兰容若的父亲是康熙朝的权臣明珠；母亲爱新觉罗氏是英亲王阿济格第五女，一品诰命夫人。纳兰容若家世显赫、风流儒雅而又淡泊名利，和贾宝玉非常相似。怪不得当年和珅将《红楼梦》进呈乾隆御览，乾隆看后说了一句"此明珠家事也"。某种意义上讲，乾隆称得上是史上第一位红学家。

中隐闲官

最后让我们说回到白居易。经历了因直言而被贬官的政治教训后，他的思想变化很大，早期的锐气被逐渐消磨，不再坚持做一个仗义执言的官员，"世事从今口不言"。他一生为官二十任，领

俸四十年，当的大多数都是可以甩开膀子玩儿的闲官。在他担任正三品的高级闲官太子宾客分司东都时，还为此专门作了《中隐》一诗：

> 大隐住朝市，小隐入丘樊。
>
> 丘樊太冷落，朝市太嚣喧。
>
> 不如作中隐，隐在留司官。
>
> 似出复似处，非忙亦非闲。
>
> 不劳心与力，又免饥与寒。
>
> 终岁无公事，随月有俸钱。

"太子宾客"是唐代始置的官职，是太子东官的属官，一般不负责具体的工作。由于唐高宗、武后多居东都洛阳，唐玄宗以后，诸帝虽然都居于长安，但洛阳那一套略同于长安的职官建置并没有省去，凡在那里任职的，统称"分司东都"。分司各官署往往空存其名，朝廷常将贬降或闲废的官员安置在此，除了按期拜表行香（上奏章、参与重大的祭祀活动）的例行公务外，一般不任事，只领俸。可见白居易终于混到了"钱多事少离家近，数钱数到手抽筋"的人生赢家状态。白居易对此很满意，还蓄起了家姬，其中最出众的要属樊素与小蛮。樊素善歌，小蛮善舞，白居易曾作"樱桃樊素口，杨柳小蛮腰"来赞美爱姬的楚楚动人，流传下来就成为"樱桃小口"和"小蛮腰"的典故。听听人家醉吟先生（白居易号香山居士，又号醉吟先生）的人生，你酸了吗？

晚年的白居易大多处于独善其身的中隐状态，但有机会的话，依然热情地兼济天下。他七十三岁时，还出钱开凿了洛阳龙门潭一带阻碍舟行的险滩，事成后作《开龙门八节石滩诗二首并序》，其中一诗云：

七十三翁旦暮身，誓开险路作通津。

夜舟过此无倾覆，朝胫从今免苦辛。

十里叱滩变河汉，八寒阴狱化阳春。

我身虽殁心长在，暗施慈悲与后人。

《新唐书》对白乐天的一生进行了高度的赞扬："观居易始以直道奋，在天子前争安危，冀以立功……当宗闵时，权势震赫，终不附离为进取计，完节自高……呜呼，居易其贤哉！"白居易生前诗名传于寰宇，身后影响更是深远。他的人生观、价值观几乎成为中唐以后文人士大夫的典范。那种开朗豁达、随遇而安的乐天精神，两百余年后在苏轼那里被升华至巅峰。

鞠菟 / 著

唐诗为镜照汗青

修订版 （下册）

清华大学出版社

北京

内 容 简 介

本书以唐诗为切入点，以史书史料、野史神话、轶事典故、诗词歌赋等为手段，将众多历史人物及其背后的故事有机地串联起来。

本书绝非枯燥的历史书，也非一般介绍唐诗的文学书，作者在书中旁征博引，将中国古代诗词、中国社会发展史与艺术史等巧妙地融合在一起。全书气势恢宏而不失幽默，读来令人拍案叫绝、不忍释卷，是老少咸宜的休闲读物。从学龄儿童到成年人，从原本畏惧诗词与历史的人到文学历史爱好者，都能从中找到兴趣点。

本书原稿曾连载于天涯社区，多次被首页推荐。

图书在版编目 (CIP) 数据

唐诗为镜照汗青：上下册 / 鞠菟 著 . —修订版 . —北京：
清华大学出版社，2017（2022.11 重印）
　　ISBN 978-7-302-46813-4

　　Ⅰ . ①唐… Ⅱ . ①鞠… Ⅲ . ①唐诗—诗歌研究 Ⅳ . ① I207.22

中国版本图书馆 CIP 数据核字 (2017) 第 053148 号

责任编辑： 陈立静
装帧设计： 杨玉兰
责任校对： 张文青
责任印制： 丛怀宇

出版发行： 清华大学出版社
　　　　　　网　　址：http://www.tup.com.cn，http://www.wqbook.com
　　　　　　地　　址：北京清华大学学研大厦 A 座　　　邮　编：100084
　　　　　　社总机：010-83470000　　　　　　　　邮　购：010-62786544
　　　　　　投稿与读者服务：010-62776969，c-service@tup.tsinghua.edu.cn
　　　　　　质量反馈：010-62772015，zhiliang@tup.tsinghua.edu.cn
印 装 者： 北京鑫海金澳胶印有限公司
经　　销： 全国新华书店
开　　本： 148mm×210mm　　**印　张：** 15　　　**字　数：** 220 千字
版　　次： 2015 年 10 月第 1 版　　2017 年 5 月第 2 版
印　　次： 2022 年 11 月第 18 次印刷
定　　价： 59.00 元（上下册）

产品编号：071911-04

目 录

第十九章

旧时王谢堂前燕　前度刘郎今又来

　　闲官自有闲官的好处，可以花大把的时间呼朋唤友来从事闲情逸致的诗文创作。有一次，白居易邀请元稹、韦楚客等几位好友饮酒寻欢，席间又玩起文人雅士们的老调调，以"金陵怀古"为主题，让每人即席赋一首七绝，若有人被推为第一，则可罚其他人一大杯酒。当下众人有的抬首望天，有的低头咬笔。正当各人还在做沉思状时，席中有一人已大笔一挥，完稿交卷。白居易一看便道："我等都不必再写了，可尽饮满杯，第一名已然在此！"众人诧异不已，只听得白居易朗声念道：

　　　　山围故国周遭在，潮打空城寂寞回。

　　　　淮水东边旧时月，夜深还过女墙来。

　　待得念毕，众人无不点头服气。不料白居易脸一沉，对那人狠狠道："你不要以为自己姓刘，我们就把你当汉室后裔了，搞不好你是匈奴刘渊的后裔，写诗竟比我们这些汉人还好！更可气者，你这个写金陵怀古夺魁之人，竟然是在座之中唯一没有去过金陵的。刘梦得，你让我们今后在江湖上如何有脸见人？！"

金陵怀古

刘禹锡，字梦得，恰巧和白居易同一年出生，是白居易后半生的至交好友。白居易开玩笑说刘禹锡是匈奴刘渊的后裔，但梦得却一直坚称自己是中山靖王刘胜之后，正宗的大汉皇室后裔。这个口气大家是不是很熟悉？和刘备刘皇叔一模一样。刘胜喜好酒色，有子孙一百二十余人，后裔人数如此庞大，肯定难以全部考证，想要混入这支队伍，难度不算大。

在写出上面这首流传后世的《石头城》之前，刘禹锡居然未曾去过金陵（今江苏省南京市）。有些人只读万卷书，就能胜过旁人行万里路，这种人的名字叫天才。等天才也行了万里路之后，凡人就只能望着他的背影兴叹了。

大家可能以为刘禹锡在这首靠想象写出的诗中，已经透支了他在金陵怀古诗方面的所有才华，但后来当有机会亲身游历金陵时，他写下了更加驰名的千古绝唱《乌衣巷》：

> 朱雀桥边野草花，乌衣巷口夕阳斜。
>
> 旧时王谢堂前燕，飞入寻常百姓家。

这个"王"是指"王与马共天下"中的琅琊王氏，王导、王敦、王羲之、王徽之、王献之等皆出此门；这个"谢"是指与琅琊王氏齐名的陈郡谢氏，谢安、谢玄、谢道韫、谢灵运、谢朓等皆系此门中人。此诗用以小见大的手法，描写了高门世族的盛衰，意境有点像《红楼梦》里那句"落了片白茫茫大地真干净"，但"寻常百姓家"比"白茫茫大地"多了一丝暖意在其中。作者对于富贵如浮云的认识之深刻、刻画之简练，蕴藏在极富美感的景物描画中，令人

叹为观止。儿童诗歌读本里一般都会收录这首诗,可见深邃的思想完全可以用浅显优美的文字来表达。此诗艺术水准可评五颗星,也当得起"脍炙人口"四个字。

刘禹锡还有一首著名的怀古诗,因为其中有"石头"二字,很多人误以为也是在石头城南京所写。其实是他路过湖北黄石的军事要地西塞山时,看见长江中当年吴王孙皓为防备西晋大将王濬从蜀地顺江进攻而放置的横江铁索遗迹,抚今追昔感叹不已,于是写下了这篇《西塞山怀古》:

> 王濬楼船下益州,金陵王气黯然收。
> 千寻铁锁沉江底,一片降幡出石头。
> 人世几回伤往事,山形依旧枕寒流。
> 今逢四海为家日,故垒萧萧芦荻秋。

孙皓为了阻挡王濬的战船由蜀地进攻东吴都城建康,在湖北段江底暗置百枚铁锥,在江面横锁千寻铁链,自以为是万全之策。不料王濬造了巨大的木筏带走铁锥,以火炬烧断铁链,率军顺流而下,直取金陵。正如刘禹锡在另一首《金陵怀古》里写到的"兴废由人事,山川空地形",孙皓最终只得按照惯例,肉袒自缚出降,做了亡国之君。孟子早就说过:"固国不以山溪之险,威天下不以兵革之利。得道者多助,失道者寡助。"刘禹锡在此哀前朝之亡,也希望唐朝执政者能够以此为鉴。

既然说到西塞山,就顺便提一下,有关此地最有名的唐人作品可能还不是刘禹锡的《西塞山怀古》,而是张志和的词《渔歌子》:

> 西塞山前白鹭飞,桃花流水鳜鱼肥。

青箬笠，绿蓑衣，斜风细雨不须归。

张志和是颜真卿的好朋友。词中的"鳜鱼"，今天在很多饭店的菜谱上被错写成了"松鼠桂鱼"之类，令人望而生气，食欲大减。凡遇上如此没文化的饭店，我一概不点这道菜，以示不屑。此词色调优美雅致，格调清新自然，悠然自得的境界令人神往，成为许多人的挚爱，问世几年后就传入日本，到了现代还和《枫桥夜泊》一起，被收入他们的教科书。苏轼非常喜欢此词，但是当时《渔歌子》的曲调已经失传，没法唱出来，他只好添了几句，成了一首《浣溪沙》，就能放声高歌了：

西塞山前白鹭飞，散花洲外片帆微，桃花流水鳜鱼肥。
自蔽一身青箬笠，相随到处绿蓑衣，斜风细雨不须归。

刘白之交

刘禹锡的才名满天下，白居易在扬州初次见他之前，就已经对他慕名已久。白居易对刘禹锡的仕途坎坷很是惋惜不平，遂用筷子敲盘，打着节拍，为他唱了一首即席创作的《醉赠刘二十八使君》：

为我引杯添酒饮，与君把箸击盘歌。
诗称国手徒为尔，命压人头不奈何。
举眼风光长寂寞，满朝官职独蹉跎。
亦知合被才名折，二十三年折太多！

听了白居易的歌唱，刘禹锡当即起身应和，接着这个"二十三年"，吟出了他的另一首名篇《酬乐天扬州初逢席上见赠》：

巴山楚水凄凉地，二十三年弃置身。

怀旧空吟闻笛赋，到乡翻似烂柯人。

沉舟侧畔千帆过，病树前头万木春。

今日听君歌一曲，暂凭杯酒长精神。

到今天，怀才不遇的人最喜欢引用的就是"沉舟侧畔"这一联。根据白居易这首诗的名字，我们可以看出刘禹锡在家里的同辈男生中排行第二十八。虽然唐朝为了增殖人口，鼓励生育，但如果要刘禹锡的母亲生二十八个男孩，也是不可能完成的任务，所以他是在整个大家族中排行第二十八。白居易不但和刘二十八很熟，和他的堂哥刘十九也是酒友。这位堂哥大名叫作刘禹铜，他家族的名字也许是照着元素周期表来排的。白居易写过一首《问刘十九》：

绿蚁新醅酒，红泥小火炉。

晚来天欲雪，能饮一杯无？

这是在问刘禹铜，要不要来和他喝上一杯小酒。天气虽然寒冷，友情却像炉上壶中的热酒一样温暖人心，所以这首诗是我呼朋唤友去畅饮时的大爱。

白居易曾在重庆做官，后来调任苏州刺史，经过三峡沿江而下去赴任。当时秭归县有位诗人繁知一，一向仰慕白居易的诗名，听说他要经过文人雅士们最爱作诗的巫山神女祠，便事先在粉墙上用大字写道：

苏州刺史今才子，行到巫山必有诗。

为报高唐神女道，速排云雨候清词。

诗下面还留了自己的姓名和地址。常言道，千穿万穿，马屁

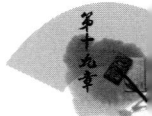

不穿。白居易看到繁知一的题诗后，心情大好，便派人邀请他前来一聚，很谦虚地说："好友刘梦得告诉在下，他曾担任夔州刺史，治理白帝城三年，一直想在神女祠题一首诗，最终却没有敢写。他离任之时，来到这里认真读了墙上一千多首写巫山的诗，认为只有四首最好。"繁知一配合地问："敢问刘公以为哪四首最好？"白居易便一一道来。

第一首名为《巫山高》，来自与宋之问并称"沈宋"的初唐诗人沈佺期：

> 巫山高不极，合杳状奇新。
>
> 暗谷疑风雨，幽崖若鬼神。
>
> 月明三峡曙，潮满九江春。
>
> 为问阳台客，应知入梦人。

第二首《巫山》，是宋之问、陈子昂的好友——初唐诗人王无竞之作：

> 神女向高唐，巫山下夕阳。
>
> 裴回作行雨，婉娈逐荆王。
>
> 电影江前落，雷声峡外长。
>
> 霁云无处所，台馆晓苍苍。

第三首题目也是《巫山高》，作者是"大历十才子"之一的李端：

> 巫山十二重，皆在碧空中。
>
> 回合云藏日，霏微雨带风。
>
> 猿声寒渡水，树色暮连空。
>
> 愁向高唐去，千秋见楚宫。

第四首是《巫山峡》，乃张九龄的忘年交皇甫冉所作。明代胡应麟以之为四首中最佳、唐人三峡诗的魁首：

> 巫峡见巴东，迢迢出半空。
>
> 云藏神女馆，雨到楚王宫。
>
> 朝暮泉声落，寒暄树色同。
>
> 清猿不可听，偏在九秋中。

白居易吟完这四首诗，接着道："梦得认为另外那一千多首根本不配与此四首同列，就命人给铲掉了，才空出这么大一片墙壁给后人。但那四首诗实乃古今绝唱，一般人是不敢轻易再写了。今日在下也不写，免得日后被他人铲掉。"言毕哈哈大笑，邀繁知一同船而游，最终没有在此留下诗篇。

诗中之豪

刘禹锡为人所熟知的诗作很多，但广大文艺青年关于他的最初记忆，很可能不是诗歌，而是课本中的那篇短文《陋室铭》。李白在他的《侠客行》中对"白首太玄经"的扬雄很不屑，刘禹锡在此短文中却很推崇他。全文如下：

> 山不在高，有仙则名。水不在深，有龙则灵。
>
> 斯是陋室，惟吾德馨。苔痕上阶绿，草色入帘青。
>
> 谈笑有鸿儒，往来无白丁。可以调素琴，阅金经。
>
> 无丝竹之乱耳，无案牍之劳形。
>
> 南阳诸葛庐，西蜀子云亭。
>
> 孔子云："何陋之有？"

喜欢《还珠格格》的读者，肯定熟悉"你是风儿我是沙，缠缠绵绵到天涯"这句歌词，其实它的原创版权属于刘禹锡的《浪淘沙·其一》：

> 九曲黄河万里沙，浪淘风簸自天涯。
>
> 如今直上银河去，同到牵牛织女家。

李白的《赠汪伦》中，有"忽闻岸上踏歌声"之句。踏歌，是唐代所盛行的一种载歌载舞的民间娱乐形式，在刘禹锡的《竹枝词》中，也描写了这种劳动人民喜闻乐见的场景：

> 杨柳青青江水平，闻郎江上踏歌声。
>
> 东边日出西边雨，道是无晴却有晴。

最后一句的真意乃是"道是无情却有情"，该句以其浑然天成的谐音谐趣，成为唐诗中一枝清丽的花朵。这种充满了文字趣味和美感的诗句，极能表现诗人天才的想象力和超凡的文字使用能力，也是我的最爱。

就像李白被称为"诗仙"、杜甫被称为"诗圣"、王维被称为"诗佛"一样，刘禹锡也因为自己鲜明的诗歌风格而在江湖上荣膺"诗豪"的名号。自古诗人都喜欢在春天纵马高歌，比如孟郊的"春风得意马蹄疾"，而在秋天玩深沉。同样是秋日的旷野，同样是不得志的人生，杜工部吟出了"万里悲秋常作客"，但正被贬为朗州司马的刘禹锡却没有犯诗人悲秋的毛病，而是写下了这首昂扬向上的《秋词》：

> 自古逢秋悲寂寥，我言秋日胜春朝。
>
> 晴空一鹤排云上，便引诗情到碧霄。

在这首诗里，你根本看不出他是被贬官，还以为他刚升官呢，这就叫乐观的浪漫主义精神，"诗豪"这个称号如果不给他，也实在不好意思给别人。

| 司空见惯 |

"大历十才子"之一的李端，靠一首"时时误拂弦"的《听筝》，从升平公主那里要来了美女镜儿，据说刘禹锡也有过相似经历。他在苏州做刺史时，已致仕的司空李绅因为欣赏他的才名，在家设宴款待他，席间让一名美貌歌姬演唱了一曲《杜韦娘》。刘禹锡当即吟成一首《赠李司空妓》：

> 高髻云鬟宫样妆，春风一曲杜韦娘。
> 司空见惯浑闲事，断尽苏州刺史肠。

"司空见惯"的典故便出自这里。刘禹锡说这种宴席的排场对于生活豪奢的李司空来说已经见惯了，却让他自己断肠。至于为何断肠，诗句中没有解释。有人说刘禹锡是在讽刺李绅不理会普通百姓的艰难生活，也有人说李绅听了此诗，就把这名歌姬送给了刘禹锡。

这位李绅李司空，字公垂，也是一位著名诗人，和刘禹锡、白居易同一年出生，只是官运比较亨通。唐朝的司空位列三公，是正一品官衔，可谓位极人臣。他最有名的作品是《悯农》：

> 锄禾日当午，汗滴禾下土。
> 谁知盘中餐，粒粒皆辛苦。

这首诗是很多人人生中学到的第一首古诗，如果没有被排在骆宾王的"鹅鹅鹅"或李白的"床前明月光"之后的话。艺术性和思想性如此成功地结合在一首浅白的诗中，太适合当幼儿入门诗歌了。对于稚龄儿童的父母而言，教育孩子不要浪费粮食几乎是每天都要做的事情，而教会孩子这首诗可以让他自我教育、潜移默化，善莫大焉。李绅的《悯农》共有两首，另一首也是极好的：

> 春种一粒粟，秋收万颗子。
>
> 四海无闲田，农夫犹饿死。

大家从中能感受到一种什么情绪？对了，就是悲天悯人、忧国忧民的愤青情绪。"愤青"在我心中是褒义词；反之，不关心现实的青年人，一般思想肤浅、言语乏味，不足与谈。不是说人应该清高到不谈物质，但如果人只会谈物质，那他的人生将是多么的寡淡。李绅写此诗时还年轻，没想到他有个朋友拿去上交给了帝国的最高首脑——唐武宗李炎，说李绅这是写反诗发泄私愤。这个故事教育我们：交朋友一定要谨慎，否则可能没命。

此诗描绘了"四海无闲田，农夫犹饿死"这么一幅恶毒攻击国家大好形势的图景，对于个个都自命"鸟生鱼汤"（《鹿鼎记》里韦小宝对康熙的恭维，是对"尧舜禹汤"的误读）的皇帝来说，定李绅一个大不敬之罪是顺理成章的。自古以来，因心忧天下而开罪领导的事情何其多也！唐武宗召李绅上殿，拿出诗来问他所写何意。这一点我认为很好，不论有多大异见，甚至是犯了多大错误的人，都要给人家发表意见的机会。李绅坦然答道："这是微臣回到家乡后亲眼看到民生疾苦而写，望陛下体察！"唐武宗点头道："久居高堂忘却民情，此乃朕之过也，幸亏卿提醒！"随即升了他的官，

那位告密的朋友反而被贬官，这正是偷鸡不成蚀把米。这个故事的结局教育我们：不要背后说别人的坏话，为君子所不齿，枉做小人。

唐武宗作为专制制度的最高代表，能有此风度，容得下李绅和他的诗，传为千载佳话。其实在元朝以前，帝王对知识分子，尤其是士大夫，还是比较尊重的。不像明清两代的皇帝，基本把臣子当奴才，容不得批逆鳞。明朝还频繁地使用"廷杖"这种在朝堂上用棍子打大臣屁股的惩罚方式，伤害性极大，侮辱性也极强！不尊重别人的统治者，也得不到真正有独立思想和人格的民众的真心尊重。近现代社会有些领袖对持不同意见者的胸怀，仍然类于明清帝王，连平庸的唐武宗都不如，却对唐宗宋祖不以为然，只能说人实难有自知之明。

大家一定以为李绅被皇帝赞赏升官以后，会更加爱民如子、为民请命。但令人万万没想到的是，他后来热衷于奢靡享乐、官场党争，还滥施淫威、草菅人命。有个真实性可疑但流传甚广的故事说，李绅身居高位后，每餐花费达数百贯甚至上千贯。他极爱鸡舌，每餐一盘，院后无舌之鸡堆积如山——这和蔡京好鹌鹑羹，每吃一次，都要杀数百只鹌鹑有一拼。发展到晚年，刘禹锡见到李司空家吃饭时的排场，都忍不住作断肠诗了。

｜桃花诗案｜

刘禹锡因参与"永贞革新"被贬为朗州司马，十年后才回到长安。当年春天，他就急吼吼地跑去京郊的玄都观赏繁盛的桃花，然后写下《玄都观桃花》指桑骂槐：

紫陌红尘拂面来，无人不道看花回。

　　玄都观里桃千树，尽是刘郎去后栽。

　　此诗明显是在嘲笑当时朝中的得势者不过都是些因逢迎而开脸的新贵，轻蔑之情跃然纸上，将积蓄的情绪一吐为快。任何时代的暴发户，都不愿意别人说自己的发达也就是近几年的事情。结果，刘禹锡因"语涉讥刺"，再度被远谪到比朗州远得多的播州，这就是著名的"桃花诗案"，这一次叫作"玄都观一赋桃花诗"。

　　十二年后，刘禹锡再次被召回长安。世事沧桑，当年打击他的权臣及其党羽都早已衰落。刘才子故地重游，心情愉悦地写下了《再游玄都观》：

　　百亩庭中半是苔，桃花净尽菜花开。

　　种桃道士归何处？前度刘郎今又来。

　　刘禹锡就用这首诗，痛快淋漓地抒发了"你们熬得过老子吗"的胜利喜悦之情，展现了在权贵面前誓不低头的革命乐观主义精神。而这一次，便叫作"玄都观二赋桃花诗"。两首诗连在一起，勾勒出了这个颇具喜感的完整故事。咱们把他两次被贬的年头一相加，差不多就是"二十三年弃置身"。

　　因为玄都观桃花诗案，刘禹锡被贬官为播州刺史。播州位于今天的贵州省遵义市播州区，在唐朝时绝对是鸟不生蛋的蛮荒之地。从京城长安坐马车到播州，需要几个月的时间，而刘禹锡不得不带着年迈的老母赴任。在唐朝的交通条件下，老人家在长途旅行中因车马劳顿而辞世的可能性相当大。所以，在古代如果被贬官到这种边远地区，和罪犯被流放没有太大区别，很多年迈体弱的官员就死

在贬官赴任的途中。

刘禹锡的好友柳宗元与他同时被贬官为柳州（今广西壮族自治区柳州市）刺史，虽然也是够远的，但那时候到广西的交通比到贵州的还是要好很多。当柳宗元得知刘禹锡被远谪播州时，不禁大哭："播州可不是人能住的地方啊！刘梦得有老母在堂，我实在不忍心看他不仅自己如此窘迫，还要携老人家一起去那蛮荒之地！"于是立即上书朝廷，甘愿"以柳易播"，即用自己的柳州刺史和刘禹锡的播州刺史对换，即使再被朝廷怪罪也虽死无恨。考虑到交通的艰难和到任后边远地区生活的艰苦，柳宗元此举可谓义薄云天。

第十九章

第二十章
孤舟独钓寒江雪　还君明珠双泪垂

朝廷没有同意柳宗元的请求，名相裴度也上书为刘禹锡说情："播州乃不毛之地，是给猿猴住的地方，而不是给人住的地方。刘梦得的老母已经八十高龄了，如果因为儿子贬官播州而死在途中，恐怕对于陛下以孝治天下的名声有损。臣乞陛下，还是请将他稍微内迁一点吧。"

唐宪宗哼了一声："既然有高堂老母要奉养，行事就该更谨慎些，免得连累老母！"

裴度恳切进言："陛下正在服侍皇太后，天子亦为人之子。推己及人，少不了要对刘禹锡多怜悯一些。"

唐宪宗沉默半晌后，缓缓道："刚才朕所说的话，是责备做儿子的，然而朕也不愿意伤到他母亲的心。"

裴度告退之后，唐宪宗对身边的人说道："裴度刚才的劝谏，是不愿意朕失德，爱君之心很真切啊！"

第二天，朝廷便将刘禹锡改任连州（今广东省清远市）刺史。到广东的路途，好歹比到贵州的要方便得多。

| 裴度还带 |

裴度，字中立，也是一位有故事的人。他儿时父母双亡，家境贫寒，寄居在山神庙中。有位韩太守因廉洁为官，被诬陷入狱，韩夫人与女儿琼英在外辛苦筹资以图解救，幸得有贵人以玉带相赠为助。琼英因为太过激动，路经山神庙时，居然不慎将玉带遗落。绝望的韩家母女正要自尽时，碰巧拾到了玉带的裴度及时赶到，将之归还，由此保住了韩太守一家三口的性命。就在裴度出门送还玉带之时，年久失修的山神庙轰然倒塌。得以躲过此劫的裴度当然必有后福，随后按照大家喜闻乐见的小说套路，赴京赶考，高中进士，并与韩琼英结为夫妇，直到官至宰相之位。由此看来，裴度助人为乐的品德是一贯的。

裴度当了宰相后，有一次宴请宾客时，随从忽然慌慌张张跑来报告说，裴大人的官印丢了，在平常保管的地方遍寻不见。古人丢了官印可是失职大罪，很可能因此丢了金饭碗。

一般人遇到这种情况，都会如遭五雷轰顶、手足无措，裴度却神色怡然，吩咐随从不必声张。酒宴继续进行了一阵之后，随从又偷偷跑来报告说，官印又自己回来了，裴度也只是微微点头。

等到宴饮结束、宾主尽欢而散之后，随从们都好奇地围了上来，问相爷当时为什么如此镇定。裴度笑道："这不过是某个办事的人偷了印去私盖书券而已，如果不急着寻找追查的话，他自然会再放回原处；如果追得太急，他就会因为畏惧而将官印销毁，那就再也找不到了。"

这可不是《世说新语》里某些故事中的名士的那种矫情，而是

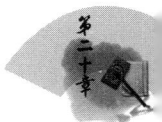

聪明透顶，智商和情商都达到第一流的境界，所以裴度才能为刘禹锡说情成功。

|一别永诀|

愿意"以柳易播"、帮助刘禹锡渡过难关的柳宗元，字子厚，比刘禹锡只小一岁。他是二十一岁就高中进士的才子，更是一位重情重义的君子，还是一位为官一任、造福一方的好地方官。当年永贞革新失败后，刘禹锡被贬为朗州司马、写下那首《秋词》时，柳宗元也被贬为永州司马。那次被贬，他为我们留下了《永州八记》，其中包括入选语文课本的《小石潭记》："潭中鱼可百许头，皆若空游无所依。日光下澈，影布石上，怡然不动，俶尔远逝，往来翕忽。似与游者相乐。"以及另一篇入选语文课本的《捕蛇者说》，其中"苛政猛于虎"的警诫，千年之后依旧振聋发聩。这次柳宗元又是和刘禹锡同时被贬，两人真是一辈子的难兄难弟。

柳宗元最有名的作品，是小学语文课本中的那首《江雪》：

> 千山鸟飞绝，万径人踪灭。
> 孤舟蓑笠翁，独钓寒江雪。

以前读这首诗，只觉得画面空冷苍凉、寒气彻骨，了解柳宗元援手刘禹锡的这段历史后，我便把那位寒江独钓的蓑笠翁想象成柳宗元本人，仗义执言、急人所难、品行高洁如雪，而身上又有一股热气透衣而出，令人肃然起敬。

有趣的是，有人按照《江雪》作了一幅"渔翁孤舟独钓"的画来让大家猜诗，多数人自然都猜是《江雪》，我却故意猜成另一首

柳河东孤舟寒江雪

自己也很喜欢的数字诗：

> 一蓑一笠一扁舟，一丈丝纶一寸钩。
>
> 一曲高歌一樽酒，一人独钓一江秋。

这首诗是清初诗人王士禛的《题秋江独钓图》。严格来说，判断是否为正确答案，就看画里有没有雪景了。

从长安出发到连州或柳州，有一大段路途是可以同行的。刘禹锡与柳宗元自然是结伴南下，一路上诗酒唱和，其乐融融。如果能和知交好友这样一直旅行下去，也是人生一大乐事。可是"千里搭长棚，没有个不散的筵席"，到了衡阳，两人终于不得不分道而行，各奔东西。柳宗元为刘禹锡写下了送别诗《重别梦得》：

> 二十年来万事同，今朝岐路忽西东。
>
> 皇恩若许归田去，晚岁当为邻舍翁。

诗中深藏了对两人之间二十年深厚友情的珍惜和感慨，也对退休后能够比邻而居、共度晚年充满了憧憬。但是没想到，这一别竟成了永诀。柳宗元做柳州刺史时，在当地施行了许多德政，比如规定了释放奴婢的办法。因为边远地区生活条件艰苦，他变得体弱多病。当唐宪宗李纯在裴度的规劝下，打算召柳宗元回京任用时，柳宗元已病逝于柳州任上，百姓们还为他立庙祭祀。

此时，刘禹锡因为年近九十的老母逝世而护送灵柩路过衡阳，接到柳宗元去世的噩耗，顿时泪如雨下，立即停下来为他料理后事。柳宗元身后，他的四个孩子都尚未成年，刘禹锡收养了其中一个，并且着手整理柳宗元的遗作，全力筹资刊印，这才使得我们今天能够读到《江雪》《渔翁》《捕蛇者说》等经典诗文。当我们知道故

事的结局后，再回过头来读柳宗元那首《重别梦得》，只要不是铁石心肠的人，都难免为之鼻酸。

百代文宗

刘禹锡一边为柳宗元料理身后事，一边挥泪给韩愈写信，请他为柳宗元写一篇墓志铭。刘禹锡为什么不自己写呢？因为虽然他写诗远胜韩愈，但如果论写文章，韩愈和柳宗元可是唐宋八大家中唐朝仅有的两位。柳宗元逝世，能为他写墓志铭的，当仁不让也只有"百代文宗"韩愈了。

韩愈比柳宗元大五岁，也是他的知交好友，义不容辞，洒泪挥毫，写就了那篇名垂千古的《柳子厚墓志铭》，内有一段如下：

其召至京师而复为刺史也，中山刘梦得禹锡亦在遣中，当诣播州。子厚泣曰："播州非人所居，而梦得亲在堂，吾不忍梦得之穷，无辞以白其大人；且万无母子俱往理。"请于朝，将拜疏，愿以柳易播，虽重得罪，死不恨。遇有以梦得事白上者，梦得于是改刺连州。呜呼！士穷乃见节义。今夫平居里巷相慕悦，酒食游戏相徵逐，诩诩强笑语以相取下，握手出肺肝相示，指天日涕泣，誓生死不相背负，真若可信；一旦临小利害，仅如毛发比，反眼若不相识。落陷穽，不一引手救，反挤之，又下石焉者，皆是也。此宜禽兽夷狄所不忍为，而其人自视以为得计。闻子厚之风，亦可以少愧矣。

成语"落井下石"即由此而来。另外我们可以看到，自古以来，怀才不遇的真士比比皆是，辨别他们的标志并非庙堂之高的峨冠博带，而是在困境中皎如日月的节义之举。韩愈是文章高手，写墓志

铭的收入也很丰厚，在他去世后，刘禹锡为其写的悼文中说："公鼎侯碑，志隧表阡，一字之价，辇金如山。"韩愈写过一篇歌颂裴度平定淮西的《平淮西碑》，唐宪宗将这文章的一块石刻赏赐给碑文中提到的有功之臣之一韩弘，韩弘大喜过望，馈赠了韩愈五百匹绢。韩愈自己还提到曾经写过《王用碑》，王用的儿子送上的润笔费是一匹带鞍的宝马和一条白玉带。但为柳宗元写墓志铭，韩愈一文未取。

"文起八代之衰"的韩愈，字退之，世称"昌黎先生"。这里插一段关于古人名、字之间的趣话，保证你这辈子忘不了。很多古人的名和字之间是有联系的，比如韩愈，愈通"逾"，名是"超过"的意思，那么字就"退一步"，恰合儒家的中庸之道。

神雕大侠杨过，字改之，是郭靖夫妇起的，勉励他将来不要学其父杨康认贼作父。"见善则迁，有过则改"出自《易经》。郭伯伯自小从马钰道长那里学了全真教内功，打下底子，长大后练的九阴真经、天罡北斗阵都是正宗道家功夫；郭伯母的爹爹黄老邪看上去仙风道骨，八成也是道家修炼者。他俩为杨过从《易经》中来找一组名和字，真是合乎逻辑。当然，金庸先生也可能是从南宋诗人刘过、字改之那里直接抄来的。关于刘过的故事，请参阅拙著《宋词一阕话古今》。

孔子的弟子端木赐，字子贡。在上者赏给在下者称为"赐"，在下者献给在上者称为"贡"，意义恰好相对。"曲有误、周郎顾"的周大都督周瑜，字公瑾；诸葛亮的哥哥诸葛瑾，字子瑜。瑾和瑜，皆是美玉。我估计周瑜和诸葛瑾的父亲在给孩子起名时，都正好在读屈原的《九章》："怀瑾握瑜兮，穷不得所示。"

还君明珠

韩愈曾经担任国子监祭酒，按现在的话讲，就是国立中央大学的校长，所以对于怎么当一位好老师深有心得。语文课本中有他的一篇著名议论文《师说》：

师者，所以传道受业解惑也。人非生而知之者，孰能无惑？惑而不从师，其为惑也，终不解矣。生乎吾前，其闻道也固先乎吾，吾从而师之；生乎吾后，其闻道也亦先乎吾，吾从而师之。吾师道也，夫庸知其年之先后生于吾乎？是故无贵无贱，无长无少，道之所存，师之所存也。

这段话对于我国尊师重教观念的形成有着深远的影响。而且如果要教孩子学会文言文中"之乎者也"的用法，只需要以此一段作为示范，足矣。

韩愈不但知道怎样才算是一位好老师，自己也身体力行地认真教学，而且非常喜欢指导、提携、推荐那些有潜力的读书人。杜甫的粉丝张籍，字文昌，年龄比韩愈还大两岁，但是一直没能考取功名，当他还在辛苦考进士的时候，韩愈已是高高在上的考官了。后来韩愈一直帮助张籍；对张籍而言，韩愈亦师亦友。小学课本中有一首韩愈写给张籍的《早春呈水部张十八员外》：

天街小雨润如酥，草色遥看近却无。

最是一年春好处，绝胜烟柳满皇都。

张籍最有名的诗作，则是《节妇吟·寄东平李司空师道》：

君知妾有夫，赠妾双明珠。

感君缠绵意，系在红罗襦。

妾家高楼连苑起，良人执戟明光里。

知君用心如日月，事夫誓拟同生死。

还君明珠双泪垂，恨不相逢未嫁时。

中唐之后，强大的藩镇各自割据一方，用各种手段拉拢知名文人和中央官吏，而一些不得志的文人和官吏也往往选择依附他们，以求得进身之阶。当时炙手可热的平卢淄青节度使李师道想笼络张籍，张籍遂作《节妇吟》答之，用"恨不相逢未嫁时"的比兴手法，委婉地表明自己的态度。此诗从表面上看，纯是抒发男女之情，实际却是一首政治抒怀诗，表明了作者忠于朝廷、不受强镇勾结的态度。不久后，嚣张的李师道派刺客暗杀宰相武元衡、重伤裴度。裴度伤愈后，平定淮西节度使吴少阳之子吴元济的叛乱，与之有牵连的李师道内心忧惧，最终军败身死。张籍对朝廷的忠诚，使得他避过了一场无妄之灾。

张籍另一首流传甚广的名篇是《秋思》：

洛阳城里见秋风，欲作家书意万重。

复恐匆匆说不尽，行人临发又开封。

此诗对游子的心理活动刻画得如此传神，相信曾经离家远游的读者都心有戚戚焉。如今我们生活在移动互联时代，再不会有"烽火连三月，家书抵万金"的望眼欲穿，但同样再也不会有收到千里之外家书的欣喜若狂了。

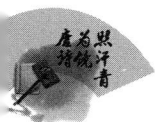

画眉深浅

张籍后来官至水部郎中，诗名益盛，也成了别人投行卷的对象，算是多年的媳妇熬成婆。新进诗人朱庆馀一直学习张籍的诗风，在参加进士考试前心里没底，便写了一首《闺意献张水部》送给偶像品鉴：

> 洞房昨夜停红烛，待晓堂前拜舅姑。
>
> 妆罢低声问夫婿，画眉深浅入时无？

新娘子梳妆打扮已毕，低声问新郎：我这眉毛画得是否入时，能让"舅姑"（即公婆）喜欢吗？表面看，这是一首动人的闺意诗，然而朱庆馀的本意是以新妇自比，以公婆比进士主考官，以新郎比张籍来征求他的意见：我的作品符合今年的流行趋势吗？所以，这首诗的另一个名字叫作《近试上张水部》。朱庆馀虽然名声不甚响亮，但此诗一箭双雕的技巧令人惊叹，在唐诗名家之中也无出其右者。他担心自己是否赶得上时尚，忐忑地写首诗请教他人意见，没想到一不小心成了千古经典。

对此张籍用《酬朱庆馀》给出了明确回答：

> 越女新妆出镜心，自知明艳更沉吟。
>
> 齐纨未足时人贵，一曲菱歌敌万金。

"一自西施采莲后，越中生女尽如花"，"越女"指代倾国倾城的美女。她其实知道自己明艳动人、不可方物，只是患得患失，才沉吟犹疑一下罢了。虽然富贵人家的姑娘身上穿的是齐地出产的昂贵丝绸，可并不值得人们看重；这位采菱姑娘的珠玉一曲，才抵

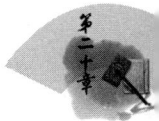

得上万金啊。问者问得绝佳，答者答得巧妙，两人互相推重，一组唱答可谓珠联璧合，遂传为诗坛佳话。

诗人王建是张籍的好友，同样是很晚才入仕，两人齐名，世称"张王乐府"。王建到张籍家做客，看见案头朱庆馀的《闺意献张水部》，忍不住拍案叫绝。张籍笑道："仲初兄的乐府和宫词天下知名。但若论闺阁之音、双关之意，可就无庆馀这般佳作了。"王建眉头一皱，脱口吟道：

> 三日入厨下，洗手作羹汤。
>
> 未谙姑食性，先遣小姑尝。

古代女子出嫁后第三天，依照习俗，要下厨房为全家做饭菜，"三日"可见其为新嫁娘。新娘子郑重其事地洗手做好羹汤之后，不了解婆婆的口味偏好，要想得到一些指点，非求助于熟悉婆婆食性的小姑子不可，赶快把她拉过来先尝一尝。这首《新嫁娘词》把新娘的机灵聪敏展现得惟妙惟肖。

《孔雀东南飞》中焦仲卿的妻子刘兰芝和《钗头凤》中陆游的妻子唐婉，都是因为婆婆不喜欢而最终导致婚姻破裂。新娘子要想地位稳固，势必要讨好公婆，不知道妆画得如何就偷偷问丈夫，不知道汤味道如何就偷偷问小姑子，朱庆馀与王建的这两首诗颇有异曲同工之妙。更难得的是，《新嫁娘词》同样语带双关。后来有人投行卷，在卷首便抄了王建这句"未谙姑食性，先遣小姑尝"。

朱庆馀和张籍那番唱答震动朝野。张籍感念韩愈当初热心提携自己，便继承发扬他这种精神，将朱庆馀的诗歌通通拿来吟改一遍后，留下二十六篇最好的藏在袖子里，但凡遇到熟人朋友就取出来热情推荐一番。在这样强大的推广营销之下，朱庆馀果然进士及第。张籍老怀欣慰，写了一首《喜起放榜》以表祝贺：

> 东风节气近清明，车马争来满禁城。
>
> 二十八人初上榜，百千万里尽传名。
>
> 谁家不借花园看，在处多将酒器行。
>
> 共贺春司能鉴识，今年定合有公卿。

朱庆馀的"庆馀"两字的出处，我猜想应该是"向阳门第春常在，积善人家庆有余"一联。庆馀是他的字，名为可久，名与字含义相通，以字名于世。

传说苏东坡的好友佛印是个酒肉和尚，有一天刚偷偷煎好一条鱼端上桌，准备下酒，正巧苏东坡登门来访，佛印急忙用磬将鱼碗盖住。佛印的厨艺很好，东坡在门外就闻到了鱼香，进门左顾右盼却未寻到，只见桌上很突兀地扣着磬，心中就有数了，于是故作苦恼地说："今日有人出了一个上联：向阳门第春常在。天才如我，绞尽脑汁也对不出来！"佛印深感诧异，顺口便道："这是常见对子，学士怎么不知？下句是'积善人家庆有馀'嘛！"话音刚落，苏东坡哈哈大笑，抬手将磬一翻："既然磬里有鱼，大师何不拿出来同享？多谢多谢，善哉善哉！"佛印猝不及防着了道，只好添一双碗筷与之共享。至于他如何报复苏东坡，那是后话，暂且不提。

| 谏迎佛骨 |

能提携出张籍这样杰出的门生，可见韩昌黎定是一位如他自己所希望的优秀老师。但和刘禹锡、柳宗元一样，韩愈也是仕途多舛、屡遭贬谪。他原本因跟随裴度平定淮西之乱有功，被任命为刑部侍郎，但因"谏迎佛骨"，又遭贬斥。

唐宪宗耗费巨资，迎拜据说是释迦牟尼的一节指骨，以求佛祖保佑，身为大儒的韩愈以一篇《论佛骨表》上疏直谏，恳请将佛骨"投之于水火，永绝根本，以断天下后世的迷信疑惑"，并表示"一切灾殃，由臣承担，上天鉴福，绝不怨悔"。唐宪宗览奏后大怒，要用极刑处死韩愈。这次又是多亏以裴度为首的一众官员为韩愈求情，他才免于一死，但还是被贬为潮州（今广东省潮州市）刺史。

依靠宦官拥立上位的唐宪宗李纯，虽然被史家怀疑得位不正，但他在位初期，勤勉政事，重用裴度、李愬等贤臣良将，讨平淮西等藩镇，重振了中央政府的威望，缔造了"元和中兴"，可惜"靡不有初，鲜克有终"，最终还是和他祖先唐玄宗一样，虎头蛇尾。在对藩镇取得阶段性胜利后，自认为雄才大略、立下不朽之功的唐宪宗日渐骄侈，开始亲小人、远贤臣，既迷信佛教，又长期服食道教仙药长生丹，而且服药后变得性情暴烈，动辄便责打、诛杀身边的太监，结果在迎回佛骨后的一年左右，就被宦官陈弘志谋杀，往生极乐了。从此，唐朝皇帝的废立，皆由宦官操纵。

潮州远在岭南，当时还是瘴疠之气弥漫的蛮荒之地，很多被贬官员都因水土不服死于任上。韩愈在去潮州的路上，途经蓝关时，写下了《左迁至蓝关示侄孙湘》，赠给赶来送行的侄孙韩湘，诗中所抒发的忠心进谏、赤诚为国的情怀，令人动容：

> 一封朝奏九重天，夕贬潮州路八千。
>
> 欲为圣明除弊事，肯将衰朽惜残年？

云横秦岭家何在？雪拥蓝关马不前。

知汝远来应有意，好收吾骨瘴江边。

| 江山都姓韩 |

作为士大夫，初到潮州时，令今天的我们垂涎欲滴的海鲜，着实吓了韩大人一跳。读一读韩愈写给好友元集虚的《初南食贻元十八协律》，我们可以想象一下他当时拼死吃海鲜的表情：

> 鲎实如惠文，骨眼相负行。
>
> 蚝相黏为山，百十各自生。
>
> 蒲鱼尾如蛇，口眼不相营。
>
> 蛤即是虾蟆，同实浪异名。
>
> 章举马甲柱，斗以怪自呈。
>
> 其馀数十种，莫不可叹惊。
>
> 我来御魑魅，自宜味南烹。
>
> 调以咸与酸，芼以椒与橙。
>
> 腥臊始发越，咀吞面汗骍。
>
> 惟蛇旧所识，实惮口眼狞。
>
> ……

较之这些海鲜，韩愈还有一个更大的敌人——鳄鱼。当时潮州境内的江中有鳄鱼为害，不但把附近百姓的牲口都吃光了，甚至伤害渡江村民的性命。韩刺史闻后大怒，写下一篇《祭鳄鱼文》，并在江边搞了一场声势浩大的祭祀，对着江水宣读此文，告诫这些家伙赶紧搬迁，否则将把它们都做成皮具：

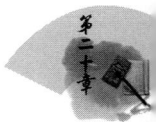

......

今天子嗣唐位，神圣慈武。四海之外，六合之内，皆抚而有之。况禹迹所揜，扬州之近地，刺史、县令之所治，出贡赋以供天地宗庙百神之祀之壤者哉！鳄鱼其不可与刺史杂处此土也！

刺史受天子命，守此土，治此民；而鳄鱼睅然不安溪潭，据处食民、畜、熊、豕、鹿、麞，以肥其身，以种其子孙；与刺史亢拒，争为长雄。刺史虽驽弱，亦安肯为鳄鱼低首下心，伈伈睍睍，为民吏羞，以偷活于此邪？且承天子命以来为吏，固其势不得不与鳄鱼辨。

今与鳄鱼约，尽三日，其率丑类南徙于海，以避天子之命吏。三日不能，至五日；五日不能，至七日；七日不能，是终不肯徙也，是不有刺史、听从其言也。不然，则是鳄鱼冥顽不灵，刺史虽有言，不闻不知也。夫傲天子之命吏，不听其言，不徙以避之，与冥顽不灵而为民物害者，皆可杀。刺史则选材技吏民，操强弓毒矢，以与鳄鱼从事，必尽杀乃止。其无悔！

不久，凶残的鳄鱼果然都消失了，潮州境内从此永绝鳄鱼之患。鳄鱼的觉悟当然不可能那么高，我也不相信敢于谏迎佛骨的韩愈会迂腐到以文驱鳄的地步，这实际上是韩刺史带领百姓疏浚河道的结果。写此文，很大程度上来讲，是一场政治作秀：对上，赞颂皇帝"神圣慈武"、恩泽四海，自己所做的一切，都是代表天子来爱护子民，处蛮荒之远的自己仍心系居庙堂之高的君主；对下，通过这种仪式感来达到安抚人心的作用。

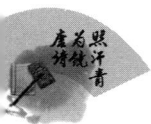

唐宪宗也知韩愈的赤子之心，只是心里还有余怒，宠臣皇甫镈嫉恨韩愈，怕他被重新起用，便建言将其量移为袁州（今江西省宜春市）刺史，所以韩愈治理潮州，不过八个月，但在此期间，他发展水利、奖劝农桑、兴办教育、培养人才、传播中原先进文化，使潮州发生了巨变。潮州百姓感念韩刺史，将境内的很多山水、路堤、亭台，都命名为与这个造福一方的父母官有关的名字，后世因此赞道："不虚南谪八千里，赢得江山都姓韩。"

　　可见，用不着通过劳民伤财的封禅泰山、迎请佛骨来祈求社稷稳固，也用不着刻意在史书中塑造英明神武、爱民如子的完美人设，为人民办实事的，人民自会记住他。

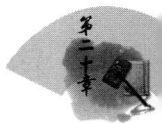

第二十一章

十年一剑未曾试　再生贾岛在人间

韩愈最有名的故事，还是他与贾岛之间的"推敲"。虽然这个故事几乎人尽皆知，但它的完整版比大家所知的要更加丰富精彩。

|终南捷径|

长安，深秋的一天。

一位衣着寒酸的和尚，骑着毛驴，缓缓地走在朱雀大街上。只见阵阵秋风吹下片片落叶，已经到了诗人们悲秋职业病发作的季节。和尚心头一动，随口吟出一句"落叶满长安"。他十分得意，但这明显只是个下半句，还得配个上半句才行。和尚就开始摸着光头冥思苦想，却怎么也想不出对仗的佳句。他一边骑驴往前走，一边嘴里念念有词。街对面正好走来一队高官的仪仗，鸣锣开道，肃静回避，和尚想诗想得入神，居然没有听见，一直冲到仪仗队里，引发一片混乱。此时和尚的灵感突然来了，大叫一声"秋风生渭水"。

轿内坐的高官是京兆尹（相当于首都市长）刘栖楚，听见外面嘈杂喧闹，伸出头来一看，自己的仪仗已然大乱，不禁怒道："哪里来的秃驴，如此大胆！"和尚赶紧道歉："回阁下的话，贫僧贾岛，正在苦吟作诗，无意间冲撞了阁下，万望恕罪！"贾岛以为自报家门之后，对方一定会以礼相待，不想刘大人一声暴喝："贾岛？就是那个骗吃骗喝的假和尚？竟敢如此无礼，给我抓起来！"如狼似虎的兵丁们立刻一拥而上，将贾岛一顿暴打，然后头朝下扔进牢中。

想当年陈子昂和宋之问有位共同的好友，名叫卢藏用，考中进士后一直没当上满意的高官，就跑到长安附近的终南山"隐居"起来。当皇帝巡视洛阳时，他又跟到洛阳附近的嵩山去"隐居"，于是在江湖上赢得了"随驾隐士"的大名，这家伙居然也不以为耻。苦心人天不负，车马劳顿的卢藏用最后终于引起了天子的注意，被请出来做了高官。从此，这种求官的方法就被称为"终南捷径"。

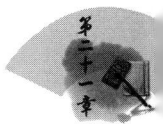

贾岛，字阆仙（一作浪仙），出身贫寒，关于他的生平说法很多，具体经历并不确切，但唯一确切的是，这的确是一个命运不济之人。当时他已在京城待了三十年，累考不中，身财耗尽，一贫如洗。他本该学卢藏用，走这条终南捷径，但因为囊中羞涩，连到终南山的路费都凑不出，只好跑到长安城边的青龙寺做和尚。不过大家都知道他出家不是出于信仰，而是由于生活所迫，这一点父母官刘栖楚也很清楚。

贾岛在牢里被关了一夜，吃了不少苦头，却在那一联的基础上吟成了一首五律《忆江上吴处士》：

> 闽国扬帆去，蟾蜍亏复圆。
> 秋风生渭水，落叶满长安。

此处聚会夕，当时雷雨寒。

兰桡殊未返，消息海云端。

| 推敲 |

我认为整首诗里，也就是害他进拘留所的第二联还算出彩。贾岛被放出来后，当天又去长安郊外拜访朋友李凝。李家很偏僻，等他走到时，已是夜深人静，结果主人偏巧离家外出。扑了个空的贾岛不能白来一趟啊，于是又作了一首《题李凝幽居》：

闲居少邻并，草径入荒园。

鸟宿池边树，僧推月下门。

过桥分野色，移石动云根。

暂去还来此，幽期不负言。

访友不遇的贾岛只好在朋友家暂住了一夜，第二天早上返回长安。当他再次骑驴漫步在朱雀大街上时，想起昨夜即兴写成的那首诗，感到"僧推月下门"中的"推"字似乎用得不大妥帖，是不是改用"敲"字更恰当一些呢？于是贾岛骑着毛驴，一边嘴里念念有词，一边伸手做出敲门或者推门的动作来对比揣摩，总之就是专门走路不看路，又撞进另一位高官的仪仗里。

骑着高头大马的刑部侍郎韩愈大人问道："什么人在此胡乱冲撞？"随之听到贾岛的标准答案："回阁下的话，贫僧贾岛，正在苦吟作诗，无意间冲撞了阁下，万望恕罪！"幸运的是，这位韩大人比刘大人和蔼多了，并没有命人将他抓起来，而是颇感兴趣地问道："你作的什么诗？"贾岛便眉飞色舞地将正在困扰自己的学术

问题描述了一番。韩愈驻马思索良久："夜半寂静无声，如果用'敲'字，会平添一丝音色，而且敲门的举动彬彬有礼，似乎更佳。"贾岛拍手笑道："阁下所言甚是！贫僧还想着，若是夜半听见敲门之声，更衬出周遭之寂静，这正是'蝉噪林逾静，鸟鸣山更幽'之意啊！"韩愈捻须微笑："对极，对极！"两人越谈越投机，遂一个骑马，一个骑驴，并辔而行。

看到这里，喜欢阴谋论的朋友难道不隐隐觉得这其中有点什么问题吗？贾岛两次作诗的时候，都能冲入高官的仪仗队，而这本应是一件很难发生的小概率事件。从他这个惯犯的行为方式来看，很令人怀疑这是一种自我炒作，在刘栖楚身上试验失败了，而在韩愈身上试验成功了。无论如何，有志者事竟成，最终，贾岛和比他年长十一岁的韩愈从此常在一起谈诗论道，结为了好友。

| 诗中之奴 |

韩愈虽然竭力反对唐宪宗迎佛骨这一劳民伤财之举，对佛教也无甚好感，但这并不妨碍他对贾岛的推崇，因为他也清楚这不过是个为生活所迫的假和尚。韩愈以前为孟郊、张籍都做过成功的推介，使得这两位都考中进士，现在又开始全力推荐贾岛，还专门写了一首《赠贾岛》来为他做个人营销：

> 孟郊死葬北邙山，从此风云得暂闲。
>
> 天恐文章中道绝，再生贾岛在人间。

有说法称，得到韩愈的大力支持后，贾岛还俗应考，终于如愿以偿地出人头地，步入仕途，虽然得到的只是比芝麻还小的官——

如果这种说法是真的，那么放在今天，韩愈定是第一流的网络推手。也有说法称，即使得到韩愈的推荐，贾岛还是屡试不中，直到韩愈去世，仍是一介白丁。不管哪种说法是真，可以确定的是，对于韩愈，贾岛是非常感激尊敬的，当韩愈因谏迎佛骨一事被远谪潮州时，他写下了《寄韩潮州愈》，遥寄挂念之情：

> 此心曾与木兰舟，直至天南潮水头。
>
> 隔岭篇章来华岳，出关书信过泷流。
>
> 峰悬驿路残云断，海浸城根老树秋。
>
> 一夕瘴烟风卷尽，月明初上浪西楼。

其实贾岛反复推敲自己诗中的用字，并不是偶然做法，而是一贯风格。他绰号"诗奴"，一生不屑与常人往来，就喜欢作诗苦吟，在炼字方面下功夫。有一次，他为了送别一位法号为无可的和尚，写了一首《送无可上人》：

> 圭峰霁色新，送此草堂人。
>
> 麈尾同离寺，蛩鸣暂别亲。
>
> 独行潭底影，数息树边身。
>
> 终有烟霞约，天台作近邻。

最后一联的意思是说，自己今天虽然送别了好友无可上人，但是也不用太伤心，因为两人早有约定，将来到天台山归隐做近邻。但是考虑到贾岛做和尚的无奈原因和他求仕的迫切心情，这两句可能有点言不由衷。此诗写了足足三年才完成，这样说的证据是他在"独行潭底影，数息树边身"两句下面另写了一首小诗作为注解：

> 两句三年得，一吟双泪流。

知音如不赏，归卧故山秋。

本人对这两句诗真没特别欣赏，却对这首注解诗很有同感。自己花费心血写文章的时候，也是想着"知音如不赏，归卧故山秋"。幸而遇到知音无数、鼓励甚多，才有动力继续写下去。可贾岛写一首送别诗要花三年，黄花菜都凉了，实在匪夷所思，只能理解成他太喜欢推敲炼字，对自己的作品太自珍自爱了。

| 敝帚自珍 |

对于自己这些苦熬出来的作品，贾岛确实十分得意，甚至到了有点自恋的地步。每年到了除夕夜，当别人都在焚香祭拜祖宗的时候，他会把自己在过去一年所写的诗作拿出来，端端正正地摆放在案几之上，嘴里还念念有词："这可是我一年来的心血之作啊！"然后按着点烛、焚香、酹酒的标准程序，恭恭敬敬地供奉一番。

贾岛做官后，有一次回到以前当假和尚的青龙寺去玩忆苦思甜一日游，跑到寺庙高高的钟楼上，拿出随身携带的近作诗卷，放在桌上大声吟诵，越读越自鸣得意。所谓"居高声自远"，此时正巧楼下有人经过，被他朗朗的读诗声所吸引，便登上楼来，从桌上拿起诗卷想看看。贾岛一瞄，立刻瞪眼怒道："看您这个富家子弟肥头大耳的模样，难道还懂诗吗？"劈手就把自己的宝贝诗卷夺了回来。那人愣了一下，也不多言，转身噔噔噔下楼去了。人家走了以后，贾岛总觉得好像有什么地方不太对劲，想了半天，终于反应过来，刚才那人似乎有点眼熟，好像是……好像是……好像是当今圣上哎！

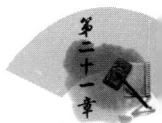

这位圣上，自然就是大老板唐宣宗李忱了。皇帝平时都是龙袍冕旒、高高在上，贾岛这种小官，偶尔面圣一次，也是远远地跪在地上，根本看不清龙颜。现在他没事儿搞个什么微服私访，贾岛一时间哪里认得出来？这不是害人嘛！过了几日，果然有圣旨下来，将一直提心吊胆的贾岛贬为长江主簿，所以后来贾岛被称为"贾长江"。这段故事出自《唐才子传》，但事实上唐宣宗即位的那年，贾岛已经过世，所以很可能是后人根据贾岛敝帚自珍的性格附会出来的。

那么唐宣宗究竟懂不懂诗呢？让我们看看他在白居易逝世后为之所写的挽诗《吊白居易》就知道了。前文写白居易时引用过其中一联，全诗如下：

> 缀玉联珠六十年，谁教冥路作诗仙？
> 浮云不系名居易，造化无为字乐天。
> 童子解吟长恨曲，胡儿能唱琵琶篇。
> 文章已满行人耳，一度思卿一怆然！

文字功底和格调确实都属上乘。唐朝诗风如此之盛，有的皇帝，如唐武宗欣赏诗歌；有的皇帝，如唐德宗欣赏诗人；而有的皇帝，如唐宣宗干脆自己就是诗人。唐宣宗在文采方面自命不凡，自认为如果去考进士的话，登第那是必须的，所以经常在自己的诗文上署名"乡贡进士李道龙云"，似乎落个进士的款比落个皇帝的款更有范儿。这也从一个侧面反映出唐朝进士的社会地位是多么尊贵。

贾岛临死时，家无一钱，唯有那头跟着他一起"推敲"、一起冲撞高官仪仗的老病驴和一具古琴而已。时人都爱惜他的才华，

小山

寻隐者松下问童子

而叹息他的薄命。我读贾岛的诗发现一个规律，大凡他苦吟炼字出来的都枯燥乏味，反而是那首清新自然、没有任何苦熬痕迹的《剑客》令人大爱：

> 十年磨一剑，霜刃未曾试。
> 今日把示君，谁有不平事？

在这首诗中，也明显可以看出贾岛在自我推销，将自己比作磨砺了十年的宝剑，看看哪位大人能够拿去派上用场。他的诗里真正算得上超脱闲逸风格的，好像只有这首入选了小学语文课本的《寻隐者不遇》：

> 松下问童子，言师采药去。
> 只在此山中，云深不知处。

当时的人都不认为贾岛多么有才，但他的苦吟精神和最后熬出来的优秀作品，在晚唐和五代非常有影响。比如晚唐诗人李洞就特别钦慕贾岛，经常手持佛珠念念不已，但是口中喃喃念的不是"南无阿弥陀佛"，而是"南无贾岛佛"，每天要念一千遍。佛教徒念"阿弥陀佛"，据说是想被加持往生到阿弥陀佛所在的西天极乐世界，也不知李洞念"贾岛佛"是打算要往生到哪片净土去。如果遇到同样喜欢贾岛的人，李洞就大喜这位是知音，和自己一样有品位，一定会亲手抄几首贾岛的诗作送给他，临别时还要再三叮嘱："这个和佛经没有什么区别，你带回去以后一定要常常焚香敬拜哦！"

| 诗中之囚 |

韩愈评价贾岛的才华堪做孟郊的继承者，从此孟郊和贾岛齐

名韩愈评价贾岛的才华堪做孟郊的继承者，从此孟郊和贾岛齐名并称。孟郊绰号"诗囚"，贾岛绰号"诗奴"，可见两人在大家心目中都是同样一副囚徒奴隶的苦哈哈形象。这也不足为奇，俗话说"相由心生"，孟郊、贾岛、罗隐，都是长年在科举考试上不得志，心情和面相很难好起来。写到这里，我觉得似乎可以把大唐的才子们分成两队，一支是由王维、王昌龄、白居易、杜牧、李商隐等人组成的"进士队"，另一支是由李白、杜甫领衔的"非进士队"。两队都是阵容强大，如果较量一下，肯定是神仙打架的场面。

孟郊，字东野，名与字加起来就是"郊野"一词，也很好记。他比贾岛早出生二十八年，比韩愈大十七岁。孟郊性情耿介，不擅与人交游往来，又一直考不中进士，自然郁郁寡欢，所以写诗用字清冷苦涩，读起来让人感觉负能量满满，这一点和乐观青年刘禹锡正好在光谱的两个极端。比如孟郊的这首《夜感自遣》，请大家感受一下：

> 夜学晓未休，苦吟神鬼愁。
>
> 如何不自闲，心与身为仇。
>
> 死辱片时痛，生辱长年羞。
>
> 清桂无直枝，碧江思旧游。

在一首诗里连用"苦""愁""仇""辱""羞"这么多负面的字眼，就是典型的孟郊风格。长年的科举不第，使他入不敷出、家徒四壁。有一次，他要搬家，却没有运输工具，只好向邻居借车。一般人都知道"老婆与车恕不外借"的道理，孟郊自然遭了白眼，但厚着脸皮，好歹借到了，总算把他一共也没几件的家具搬到了新家。为此他作了《借车》一诗自嘲：

借车载家具，家具少于车。

借者莫弹指，贫穷何足嗟。

百年徒役走，万事尽随花。

首联两句，真是很冷的幽默。虽然在科举考试中屡战屡败，好在孟郊神经足够坚韧，屡败屡战，到了四十六岁时，终于如愿以偿，得中进士。

第二十二章

春风得意马蹄疾　西厢花影玉人来

年近半百的孟郊高中进士后，虽不能像白居易那样自夸"慈恩塔下题名处，十七人中最少年"，但也有足够的资本扬眉吐气、傲视长安了，所以得意洋洋地写下了那首著名的《登科后》：

> 昔日龌龊不足夸，今朝放荡思无涯。
> 春风得意马蹄疾，一日看尽长安花。

此时孟郊欣喜若狂的心情，应该和《儒林外史》里范进中举时一模一样，只是靠着神经比较大条，没有喜极而疯罢了。至此，他算是从"非进士队"正式转会到了"进士队"，不过只是被朝廷分配到溧阳县当了一个小官。

┃打油诗┃

孟郊上任后到处寻访名胜，饮酒赋诗。那年冬天，一个大雪纷飞的日子，他游玩到了一座古寺，刚进大殿，抬头便看见雪白的墙壁上题了一首诗：

六出九天雪飘飘，恰似玉女下琼瑶，

有朝一日天晴了，

使帚的使帚，使锹的使锹。

孟郊大怒："这是什么狗屁诗，也敢涂在墙上？真是有辱斯文！给本官查清是谁写的，重重治罪！"随从赶紧回禀道："县尉不用查了，作这种诗的不会是别人，定是本县的张打油。"孟郊立即下令将这个家伙抓来，不一会儿，张打油就被带到。明白抓自己来的原委后，张打油上前深深一揖，不慌不忙地说："启禀县尉，鄙人平时的确喜欢胡诌几句诗，但比起墙上这首还是高明多了。县尉如若不信，尽可出题，鄙人愿当面一试。"孟郊听他口气不小，望了望门外皑皑白雪，微微笑道："既然如此，便以这漫天飞雪之景为题吧。"张打油略一思索，摇头晃脑地吟道：

天下一笼统，井上黑窟窿。

黄狗身上白，白狗身上肿。

左右人等听了哄堂大笑，孟郊也忍俊不禁一挥手："果然好诗！可称为'打油体'了。饶你去罢！"从此张打油声名远播，"打油诗"之名也不胫而走，一代代发扬光大至今。本人勤学苦练、小有所成的诗风，便属于这个流派。

|郊寒岛瘦|

孟郊可能实在不具备做官的能力，平时总爱将时间花在饮酒、弹琴、交友、赋诗上面，本职工作干得一塌糊涂。后来他的上司只好让他半薪留职，找别人干了他的活儿。孟郊领了微薄的半薪回家

度日，在困窘的经济条件下，他写出《卧病》这样的诗就不足为奇了：

> 贫病诚可羞，故床无新裘。
> 春色烧肌肤，时餐苦咽喉。
> 倦寝意蒙昧，强言声幽柔。
> 承颜自俯仰，有泪不敢流。
> 默默寸心中，朝愁续暮愁。

除了孟郊，好像没见过哪位诗人认为大好春色会烧痛肌肤，时鲜蔬菜会让咽喉发苦；再加上一连串孟郊风格标签的"贫""病""羞""故""倦""泪""默""愁"，这样的诗读起来真是寒气逼人。很喜欢评价诗人的苏轼给孟郊和贾岛的评语是"郊寒岛瘦"，将两人诗作中所体现出来的格局之小、情绪之愁和炼字之苦概括得生动形象。自此，孟郊和贾岛就被钉在这四个字上，再也翻不了身。也有可能是经过了盛唐李白、杜甫、王维、王昌龄和中唐白居易、刘禹锡等那两轮天才星云的创作，搞得后来之人感觉剩下可写好诗的空间太小，只好更加辛苦地锤炼字句。虽然也有个别的星光闪耀，但要使整体氛围从这种艰难苦涩的境地中另辟蹊径、脱困而出，则要等到下一轮天才——晚唐"小李杜"的活跃了。

和贾岛偶尔也有《寻隐者不遇》这样闲逸风格的作品类似，孟郊也有难得的温暖作品，就是同样入选语文课本的《游子吟》：

> 慈母手中线，游子身上衣。
> 临行密密缝，意恐迟迟归。
> 谁言寸草心，报得三春晖？

当家才知柴米贵,养儿方晓父母恩。本人现在也已为人父,每次看到有孝子孝女被人称赞,总是想起母亲的伟大无可比拟,也无可报答,不禁要叹息一声"谁言寸草心,报得三春晖"。

| 元轻白俗 |

白居易晚年的好友是刘禹锡,两人合称"刘白",经常在一起诗酒唱和;而白居易前半生的好朋友是元稹,两人合称"元白",也经常在一起诗酒唱和。刘禹锡有可能是匈奴后裔,而元稹则实打实地是鲜卑后裔。前文论及元好问时,曾经介绍过"元"姓是北魏孝文帝从拓跋姓改为的汉姓。白居易很喜欢和游牧民族兄弟交朋友,怪不得"胡儿能唱琵琶篇"。

评价"郊寒岛瘦"的苏轼,还说过一句"元轻白俗"。"白俗"意指"通俗",是说白居易的诗歌浅白易懂,能达到"童子解吟长恨曲"的地步,而不是指贬义的"庸俗",因为白诗确实通而不俗。事实上,苏轼非常敬慕白居易,应该算是白居易的忠粉。

苏轼谪居黄州时,俸禄微薄而家人众多。为了尽可能地维持生活稳定,妻子王闰之在每个月月初,将老公的月俸四千五百钱平均分为三十份,分别用一根麻绳穿起来,挂在房梁上。每天早上起床后的第一件事,就是取且仅取一串下来,用以安排三餐果腹。如果女主人勤俭持家,当天能有些节余,苏轼就兴高采烈地将这些意外之喜藏在一个小罐子里,以备万一有客人来访时,好买点酒来招待。

就在苏家过着这样清贫生活的时候,天无绝人之路,老朋友马正卿专程来探望。见苏轼的日子如此窘迫,他便找到昔日同窗、时

任黄州太守的徐君猷，请求他将城东一块闲置的坡地拨给苏轼垦殖，一下子就解决了苏家的吃饭问题。苏轼大喜过望，想起当年白居易担任忠州刺史时在东坡植树种花，还乐天知命地写下了《步东坡》，便效法偶像，将自己的这块坡地也称为"东坡"，并自号"东坡居士"。

虽说"白俗"是在向偶像致敬的表达，但"元轻"就真的不是赞美之言了，意指"轻薄"的可能性比较大，因为很多人认为元稹的生平当得起这个评价。

元稹，字微之，比白居易小七岁。前文中介绍了古人名与字之间的联系，我觉得元稹的名与字应该是"缜密入微"的意思，那么"稹"这个生僻字很可能是"缜"的通假字。一查字典，果不其然。学习就得这样举一反三、触类旁通、大胆假设、小心求证。

第二十二章

元稹的诗作中，大家最早接触的估计是这首《行宫》：

> 寥落古行宫，宫花寂寞红。
> 白头宫女在，闲坐说玄宗。

诗里的行宫，指的是洛阳行宫上阳宫。对的，你没有记错，正是慧眼识得白居易的传说哥顾况通过"红叶传诗"找到老婆的上阳宫。一代女皇武则天被逼退位后，就是住在上阳宫，直到那年冬天驾崩。唐玄宗以前的宠妃——那位善跳惊鸿舞的梅妃，在和善跳霓裳羽衣舞的杨贵妃争宠失败后，也是被安排住在上阳宫。所以你会发现其实上阳宫大多数时候就是当冷宫用的，可见里面的宫女平时该有多么孤寂无聊。在这样的宫墙内，除了玩"漂流瓶"，也没什么更好的娱乐了。

榜样的力量是无穷的，有顾况老婆成功案例在先，"题诗红叶"就变成了宫女们的日常消遣。唐德宗年间，有位宫女名叫凤儿的，也留下过一首《题花叶诗》：

> 一入深宫里，无由得见春。
>
> 题诗花叶上，寄与接流人。

到了唐宣宗年间，诗人卢渥很羡慕前辈顾况的韵事，有空的时候就跑到御沟边来回散步碰运气。没想到有一天还真被他看见一片红叶顺流而出，上面隐隐有字迹。卢渥压抑着狂喜的心情，赶紧从水中捞起红叶，只见上面果然题着一首诗：

> 流水何太急，深宫尽日闲。
>
> 殷勤谢红叶，好去到人间。

卢渥得意洋洋地将红叶拿去向好友们炫耀一番，然后压箱底收藏了。几年后，唐宣宗将宫女遣散，嫁给官吏士人，卢渥娶了其中一位姓韩的宫女为妻。婚后的一天，韩氏为丈夫打理衣物，偶然看见箱底这片红叶，忍不住惊呼："我当年偶然题诗叶上，随水流去，想不到竟被夫君拾到！"卢渥不敢相信，赶紧让妻子手书几字，拿来一比对，红叶上果然是妻子的笔迹！

所以，如果你羡慕顾况和卢渥，打算穿越到古代去接美女发出的"漂流瓶"的话，还是要在冷宫外等着，成功的概率会大一些。但这种缘分天注定的佳偶，毕竟是人间稀有的传奇，元稹的《行宫》就描绘了这些上阳宫女在寥落深宫中的冷清情景：陪伴她们的唯一装饰，就是寂寞的宫花，而她们也只能百无聊赖地闲话开元、天宝年间的往事，追忆那再也回不来的青春年华。

虽然被苏轼评价为"元轻",同朝为官者也大多认为他素无操行,现代人更是视其为渣男,但元稹确实是一位不惧权贵、一心为民、颇有政绩的好官。唐宪宗元和四年春,元稹奉命出使剑南东川。初登官场的他,意气风发,期望自己能大展拳脚,为国家驱奸除弊,遂大胆劾奏不法官吏,平反诸多冤案,广获百姓爱戴,白居易更是作诗赞他"其心如肺石,动必达穷民,东川八十家,冤愤一言申"。

元稹的做法,势必会得罪权贵。元和五年,元稹因弹奏河南尹房式(开国重臣房玄龄之后)的不法之事,被召回罚俸。在一个寒冷的冬夜,他路经敷水驿,唯一的上房正好有空,入住后,因为鞍马劳顿便早早地洗洗睡了。不料睡到后半夜,气焰熏天的大宦官仇士良一行人也到了驿站投宿,还叫醒元稹,要他将上房让出来。元稹冷冷一笑:"凡事都讲个先来后到,而且元某人乃是堂堂监察御史,专门纠正世风日下、人心不古的,怎么可能给你这个阉竖让地方呢!别人怕你,我却不怕!"仇士良大怒,命令手下的爪牙一拥而上,把元稹从温暖的被窝里拎出来,一顿胖揍。元稹奋起还击,但毕竟双拳难敌四手,最后一张俊脸被打得青肿,半夜三更,连人带行李一起被丢到驿站外冰冷的地上。

怒气冲天的元稹第二天便上疏朝廷,弹劾仇士良无礼。他的同事御史中丞王播也上奏说,御史和大太监地位差不多,应该以先来后到决定谁能住上房,请求唐宪宗按惯例处理。一贯宠幸宦官的唐宪宗收到奏报后批示:元稹年少气盛,不够稳重,担当不了监察御史这样的要职,还是贬到地方上去做个小官历练历练吧。

我们看到唐宪宗至少贬过白居易、刘禹锡、韩愈、柳宗元、元稹,不知是否是因为他自己诗做得不够好,所以才嫉妒、排挤这些才子。大家不要以为元稹吃了大亏，这个仇士良后来在懦弱的唐文宗一朝权倾天下，杀过亲王、杀过皇妃、杀过宰相。这样看来，元稹只是贬官了事，还算运气不错。

| 碧纱笼诗 |

为元稹说公道话的王播，字明扬，也是个有故事的人。他是扬州人，自幼父母双亡，只好借住在当地寺庙木兰院中读书，以便在和尚们敲钟、集体用餐时去蹭碗饭吃。和尚们刚开始还以礼相待，但时间一长，有些慈悲心不够的就有点厌烦他了。一天中午，王播一边心不在焉地看书，一边抚着饥肠辘辘的肚子，焦急地等待开饭。可奇怪的是，钟声一直不响。当他饿得快要晕过去时，终于听到了期盼已久的钟声，兴奋得三步并作两步，冲进食堂，却发现和尚们已将饭锅吃得底朝天了，有几个人还对他幸灾乐祸地冷笑。屈辱的泪水差点就夺眶而出，但是自尊心让王播不发一言，扭头返回住处，收拾好简单的行李，离开木兰院。临行之前，王播愤然提笔，在寺院墙壁上题了两句诗："上堂已了各西东，惭愧阇黎饭后钟。"饥饿和羞辱让他再也续写不下去了，他将笔一扔，抬起头，大步远去。

三十年后，已拜相的王播回到扬州，提出要到昔年借住过的木兰院看看，这种衣锦还乡的心态很容易理解。寺僧们听说当年的小瘪三、今日的王相爷要到寺忆苦思甜，个个心惊胆战，赶紧手忙脚乱地把王播曾住过的那间小小陋室中的人都赶出去，将土房修葺一新，再放盆鲜花，点上香雾什么的。方丈大师一拍脑袋，又命人将王大人当年愤然题下诗句的那面墙壁用拂尘轻轻地掸净灰尘，再用上好的碧纱小心地将墨迹覆盖起来。

当王播前呼后拥、威风八面地回到这座给他留下深刻记忆的木兰院时，一抬头，看到自己那两句讽刺诗都受到了碧纱笼罩的优待，昔日吃不上一顿舒心饭的屈辱和今日无限风光之间的强烈对比，不禁令他感慨万千。他当即命人拿来笔墨，在原来那两句后面又续写了两句，用三十年的时间，完成了这首《题木兰院》：

> 上堂已了各西东，惭愧阇黎饭后钟。
> 三十年来尘扑面，如今始得碧纱笼。

"阇黎"，就是和尚的意思。木兰院如今只留下了一座唐代石塔，正巧被圈入一条道路的绿化带中，被用围栏保护起来，那条路因此得名"石塔路"。"饭后钟"从此成为嫌贫爱富的典故。

木兰院可不是扬州唯一有故事的寺庙，当地还有一座禅智寺，在古代也曾是名寺，以芍药之盛著称。康熙年间，鹿鼎公韦小宝在未发迹之前，曾因年少顽皮，在禅智寺攀折芍药，被大和尚们一顿打骂，撵将出来。

十余年后，成为钦差大臣的韦大人驾临扬州，想起幼时所受的打骂之辱，不由地怒从心头起，恶向胆边生，一门心思要找个碴儿，毁掉扬州的芍药盛景，以报当年之仇，遂在席间脱口说了句："扬州就是和尚不好！"

布政司慕天颜是个乖觉而有学识的人，接口道："韦大人所言甚是！扬州的和尚势利，奉承官府，欺辱穷人，那是自古已然。"

接着便讲了"碧纱笼"的故事给韦大人听，意思是扬州的和尚一直都这样狗眼看人低，表明自己与韦大人站在同一条阵线上，同仇敌忾；再接着，为韦大人簪了一朵"金带围"，讲了"四相簪花"

的故事（北宋时期的典故，详见《宋词一阕话古今》），预言韦大人将来必定像那四位一样登阁拜相、加官晋爵。

韦大人市井出身，本就喜欢听说书故事，听下来彩头又好，大悦之下，便放过了扬州的芍药们。

| 西厢莺莺 |

在敷水驿吃了仇士良的大亏之后，元稹总结自己的劣势就是朝中没有有势力的宦官罩着，便投靠了另一位大太监崔潭峻，借此又回到朝廷中枢，还升了官，却被不满宦官弄权的有识之士在背后讥笑。而且他为人所诟病的，除了政治上的无骨气，还有生活上的不检点。

元稹写过一本《会真记》，又名《莺莺传》，内容是讲有位才子张生旅居普救寺时，正好遇上一场兵乱，他出力救护了恰巧同住寺中的远房姨母郑氏一家。在郑氏的答谢宴上，张生对美丽的表妹崔莺莺一见倾心，通过婢女红娘从中传书，几经反复后，两人终于花好月圆。后来张生赴京科举，应试未中，滞留京师后变心，给自己找了个理由，说莺莺是"必妖于人"的天下之"尤物"，而自己"德不足以胜妖孽"，最终抛弃了她，并自诩"善于补过"。张生前后态度的变化如同坐过山车一般，看得我头昏脑涨，思维完全跟不上他变心的速度。

有少数人认为《会真记》并不是元稹的自传，但更多的人认为他正是在描写自己年轻时的一段情史，而且大多数读者并不认同元稹的价值判断，很鄙视主角这种始乱终弃的行为。鲁迅先生对此评

论道"篇末文过饰非，遂堕恶趣"，我深以为然。

元代王实甫在《会真记》的基础上再创作的《西厢记》，将张生的形象塑造得情深义重，并且最终功成名就，和忠贞不渝的崔莺莺有情人终成眷属，绝对是大家喜闻乐见的大团圆结局。所以说人民群众的眼睛是雪亮的，是不会被元稹糊弄的。

《会真记》虽然在思想上前后矛盾，价值观一塌糊涂，但其塑造的崔莺莺这个形象，确实是一位美丽动人的才女，甚至丫鬟红娘的光芒也盖过了原著中那个令人生厌的张生。小说中的崔莺莺还为我们留下了这首名诗：

> 待月西厢下，迎风户半开。
>
> 拂墙花影动，疑是玉人来。

如果《会真记》真的是元稹的自传，那么他曾经喜欢上的这位崔莺莺姑娘，仅凭这一首诗就可以位列一流诗人的行列。张生看不上崔莺莺，肯定不是因她是"尤物"，真正的原因，恐怕是她家世凋零，对张生的仕途没有任何助力。元稹未曾吐露过自己是否这样想，我们只知道他二十四岁未登科时，迎娶了当朝太子少保韦夏卿最小的女儿、年方二十的韦丛。

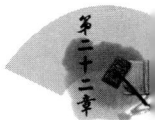

第二十三章

曾经沧海难为水 桃花依旧笑春风

韦夏卿,字云客,位居太子少保。如果你不清楚那是多高的荣衔,可以这么对比一下:唐朝的宰相是正三品,而太子少保是正二品,比宰相还要高两级(正二品—从二品—正三品)。韦夏卿风度儒雅,喜欢提携后辈才俊,很多受其栽培的人后来官至卿相,其中包括《悯农》作者、"司空见惯"的李绅,时人皆佩服韦少保有知人之明。而且他学识渊博,家中藏书甚多,孟郊是他的挚友,还专门为他的静恭宅藏书洞题过诗。韦夏卿之所以选元稹做女婿,应是认为他在自己提携的青年才俊中亦属凤毛麟角,定会有大好前程。据说韦丛是读了《会真记》以后,惊叹于元稹的才华,愿意以身相许。而元稹当初可能是想借着这桩婚事,得到向上爬的机会。

|琴瑟和谐|

以韦丛的家世,下嫁给元稹,差不多就像仙女下凡。年轻的元稹尚未得志,不但生活清贫,而且忙着参加科举考试博取功名,在家两手一抄，什么都不做，家务由韦大小姐一手包办。出身高门的韦丛并不势利贪婪、嫌弃丈夫白丁之身，而是任劳任怨、勤俭持家。夫妻二人的生活虽不宽裕，却也温馨甜蜜。见元稹没有光鲜的衣衫出门见客，韦丛便翻箱倒柜地寻找；见有客人来访，而元稹没钱买酒招待，韦丛就从头上拔下心爱的金钗，递与丈夫去换钱。

元稹本以为自己的婚姻是一条仕途晋升的捷径，没想到婚后第二年，岳父韦夏卿便逝世了，未来得及借上多大的光。但更让元稹没有想到的是，韦丛竟是这样一位温柔贤惠又体贴的妻子，而且家学渊源、通晓诗文，和自己举案齐眉、琴瑟和谐，真是天上掉下来的韦妹妹。

韦丛为元稹生了六个孩子，还是一位非常慈爱的母亲。令人扼腕叹息的是，元稹和韦丛的孩子们都不幸夭折了。古人对疾病和伤害的抵抗能力与今天相比非常脆弱，一个孩子能长到成年需要很多运气。接连失去六个孩子，韦丛很可能因深受打击而致心力交瘁，自己也在二十七岁的花样年华离开了人世。此时刚过而立之年的元稹升任监察御史，稳定宽裕的生活就要开始了，韦丛却没能等到这一天。

| 咏絮之才 |

我们可以想象元稹的思念、愧疚和悲伤之情是多么难以排解。他满怀深情地为韦丛写下了一系列的悼亡诗，其中有非常著名的《遣悲怀三首》。第一首如下：

> 谢公最小偏怜女，自嫁黔娄百事乖。

顾我无衣搜荩箧，泥他沽酒拔金钗。

野蔬充膳甘长藿，落叶添薪仰古槐。

今日俸钱过十万，与君营奠复营斋。

"谢公最小偏怜女"指的是东晋谢安最宠爱的小侄女谢道韫。谢安，字安石，有人推荐他做官，结果他上任一个多月就不想干了，跑到东山去隐居。当时政局混乱，士大夫们都很忧虑："安石不出，如苍生何？"在这样的现实需要下，谢安到了四十多岁才走下东山，重新出仕，被称为"东山再起"。他后来政绩斐然，成为中国古代知识分子"穷则独善其身，达则兼济天下"的完美楷模。李白对谢安崇拜得五体投地，王安石为自己的名和谢安的字相同而沾沾自喜。

《世说新语》中记载，谢安曾在一个大雪纷飞的日子出题考较众子侄："你们说，可以用何物来比喻飞雪啊？"侄子谢朗想了想答道："撒盐空中差可拟。"准确性是有了，但是毫无美感，典型的理工科男生思维。年龄最小的侄女、文科生谢道韫冰雪聪明，笑道："未若柳絮因风起。"谢安和众人都对这个精美的比喻拍案叫绝。

谢安的子侄们皆是芝兰玉树，就算最不成器的，也是人中龙凤。之所以这样说，是因为南齐至南梁名臣、书法理论家袁昂在《古今书评》中说："王右军（王羲之）书，如谢家子弟，纵复不端正者，爽爽有一种风气。"大家可以想象一下谢家子弟的风采。王勃《滕王阁序》里有句"非谢家之宝树"，就是谦虚自己不如谢家儿郎。而谢道韫在"谢家宝树"中能独擅胜场，可见其才华。"咏絮之才"也成为后世人用来赞美文采出众的女性的常用词。《三字经》里说"谢道韫，能咏吟"，指的正是此事。《红楼梦》里林黛玉的判词，便是"堪怜咏絮才"。谢道韫这样的女子，可称得上真正的名媛，不是简单地用一身奢侈品就能堆出来的。

　　谢安一心想为才高貌美的谢道韫找个好归宿，目标就定在和自家门第相当的王羲之的诸子中。王导和谢安是东晋最杰出的两位宰相，王羲之是王导的侄儿，"旧时王谢堂前燕"说的就是曾经如日中天的这两大家族。有一次，王羲之的三个儿子王徽之、王操之和王献之一起到谢安家拜访。徽之、操之和谢安交谈了很多，而献之只是略微寒暄几句。等他们告辞之后，旁人请谢安品评一下王氏兄弟中哪位最优，谢安回答："幼者最佳。""何以知之？""优秀的人沉默寡言，是以知之。"谢安的眼光不错，年纪最小的王献之果然在兄弟中成就最高。他七八岁时学写字，父亲王羲之悄悄从他身后猛地一拔他手中笔，竟然纹丝不动。王羲之甚喜："此儿今后必得大名。"王献之后来练字写完了十八大缸水，终于成为与父亲并驾齐驱的大书法家。可惜他早与表姐郗道茂有婚约，谢安就不能考虑他了。

　　据说谢安最初看上的是王羲之的第五子王徽之，这位老兄最有名的故事是"乘兴而来，兴尽而返"。他家住在山阴，有一天窗外大雪纷飞，漫山遍野的雪景美不胜收。王徽之一个人煮酒吟诗，十分寂寞，忽然想念住在剡溪的好友戴逵，便立即动身，连夜坐小船去访友，来了一场说走就走的旅行。船夫在暴雪严寒中划了一夜，累得半死不活，天都蒙蒙亮了才赶到戴逵门前，心想总算可以好好歇息一下，吃顿热乎饭了，哪知王徽之一声令下，命其掉头回家。船夫的心理濒临崩溃，问他这是为什么。王徽之气定神闲地回答："我本是乘兴而来，如今兴尽而返，何必非要见戴逵呢？"饥寒交迫的船夫看着这家伙欠揍的脸，心里恨不得一拳把他打下江去。

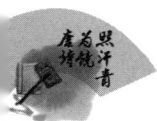

谢安听多了王徽之的这类二货故事，觉得此人不太靠谱，不敢将谢道韫嫁给他，就改选了王羲之的次子王凝之，不料此人更不靠谱。谢道韫出嫁后，有一次回娘家探亲，神态怏怏不乐，谢安看在眼里很是奇怪，就问她："王家乃名门望族，王郎乃逸少（王羲之）之子，非庸才，你何以如此不快乐呢？"谢道韫感叹说："我谢家一门，英才辈出。叔父辈中，除了我父亲（安西将军谢奕），还有阿大（谢安）、中郎（中郎将谢万）；兄弟辈中，有封（谢韶）、胡（谢朗）、羯（谢道韫的亲哥哥谢玄，中国历史上以少胜多的重要战役之一淝水之战的东晋主帅，战胜前秦苻坚那号称"投鞭断流"的百万雄兵，在此役中留下"草木皆兵""风声鹤唳"两个成语，挽救了东晋社稷，更是挽救了已经被挤压到东南一隅的汉族文明）、末（谢川），都是芝兰玉树。哪知天壤中还有王郎这样的人啊！"谢安听了，悔之不及，但也无可奈何了。

　　这个故事出自《世说新语》，后世便用"天壤王郎"来表达对丈夫的不满。"掷果盈车"的大帅哥潘安，小字檀奴，"檀郎"就演化为心爱的丈夫或情郎的代名词。祝愿正在读本书的你能够得遇"檀郎"，或成为心上人的"檀郎"，而不要遭遇"王郎"，或成为别人口中的"王郎"。

　　谢道韫没有冤枉丈夫。王凝之虽也善书法，但迷信五斗米道，平时就好踏星步斗、拜神起乩。他曾经的下属陶渊明的那句"不为五斗米折腰"，可能是指不为区区官俸折腰，也可能是指不为这个神经兮兮的上司折腰。"神情散朗，有林下风气"的谢道韫忍受着这样一个平庸的伴侣，度过了数十年平淡的光景。

　　后来五斗米道的孙恩造反，成为中国最早的海盗，到处烧杀掳掠。时任会稽太守的王凝之居然对部下说："我已经借来神兵守护各个海港要地，而且孙恩应该知道我和他是道友，你们不必担心。"于是他不战、不和、不守、不走、不降，只是闭门祈祷道祖能保佑百姓不遭涂炭。谢道韫劝了丈夫几次，王凝之一概不理，她只好亲自招募了数百家丁，天天训练。结果，孙恩大军长驱直入会稽城，杀死了王凝之和他所有的儿女。这不是"坑爹"，而是"爹坑"。

谢道韫目睹了丈夫和儿女蒙难的惨状，坚强的她手持兵器，带着家中女眷奋起抵抗，砍翻数贼，但终因寡不敌众，被乱兵团团围住，依然将只有三岁的外孙刘涛紧紧护在怀中，毫无惧色。杀人魔头孙恩久闻谢道韫是一位才华出众的女子，今日又见她如此镇定坚韧，心中顿生敬意，竟然将他们放走了。从此，谢道韫在会稽独居，写诗著文，足不出户，过完了平静而凄凉的余生。

俗话说"男怕入错行，女怕嫁错郎"，大儒谢道韫也未能幸免。究其一生悲剧之根源，恐怕就是这场"门当户对"的婚姻，实在令人痛惜。门不当、户不对的婚姻很危险，只有门当户对、没有情投意合的婚姻也很危险。

| 遣悲怀 |

元稹在《遣悲怀·其一》里，以谢道韫借指爱妻，说明韦丛的文才也一定令人惊艳。该诗的大意是：你这位家世显赫、文采斐然的千金大小姐，嫁给了我这个像黔娄一样贫穷的人以后，凡事都不顺遂。吃的是不值钱的野菜，连烧柴都得仰仗古槐的落叶。如今我的俸禄已超过十万钱，能做的却只有尽量为你多办些祭品而已。

《遣悲怀·其二》：

> 昔日戏言身后意，今朝都到眼前来。
>
> 衣裳已施行看尽，针线犹存未忍开。
>
> 尚想旧情怜婢仆，也曾因梦送钱财。
>
> 诚知此恨人人有，贫贱夫妻百事哀。

元稹继续向亡妻倾诉道：昔日你和我在一起的时候，曾经开玩笑说到死后的安排，没想到今天都成了我面前冰冷残酷的事实。你遗下的衣裳我不敢留着，害怕睹物思人，大部分都已送人，只剩下几件；你留下的针线盒我也不忍打开。想起你旧日关爱的那些婢女，我因为你的缘故而更加怜惜，也曾因为梦见你的托付而赠送钱财给她们。很多人都可能会经历这种生离死别的遗恨，但因为你我当年是贫贱夫妻，很多回忆更让我倍感悲哀。

结尾这一句激起了无数人的同感，所以能够流传千载。元稹夫妻虽然恩爱，却因为物质条件的贫乏而无法让心爱的人过得更加幸福。今天我们大多数人并不缺少物质，却不一定有这种对爱人的感恩抱愧之心了。

《遣悲怀·其三》：

> 闲坐悲君亦自悲，百年都是几多时。
>
> 邓攸无子寻知命，潘岳悼亡犹费词。
>
> 同穴窅冥何所望，他生缘会更难期。
>
> 惟将终夜长开眼，报答平生未展眉。

元稹喃喃自语道：闲坐着为你悲伤，也为自己悲伤，人生就是活到百岁，也不过是白驹过隙。邓攸失去儿子以后感叹天命，美男

子潘安为亡妻所写的悼词又臭又长。和你同穴而葬的夙愿不知是否能够实现，来世再结夫妻就更难期望。现在我只有以此终夜不眠的思念，来报答当初你一生为我的愁苦奔忙。尾联如此情真意切，恐怕也只有真的彻夜难眠之人才能写出来。

| 沧海巫山 |

这三首《遣悲怀》写得悲气袭人，令人不禁一掬同情之泪，都已是一等一的悼亡诗。但元稹的悲伤显然尚未尽情倾诉而出，继续以头抢地、泪眼望天，写出了那首最为脍炙人口的《离思》：

> 曾经沧海难为水，除却巫山不是云。
> 取次花丛懒回顾，半缘修道半缘君。

因为我经历过沧海的波澜壮阔，再看其他的江河湖泊，都不能算是水了；因为我欣赏过巫山的美丽朝云，再看别处的水汽在空中凝结成小水珠成团飘浮，也不能算是云了，这个是直译。因为我和你一起陶醉过巫山云雨，和别人再也不能感到两情相悦了，这个是雅译。出于工作应酬的原因，我常在万花丛中过，却片叶不沾身，一半是因为自己在清心寡欲地修道，一半是因为心里只有你，再也装不下别人。对爱情的沧海巫山比喻之美，千古之下，无出其右者。假定诗歌的美学满分是一百分，我个人给此诗的前两句比兴打一百二十分，因为简直不像是人力所为，只能说"文章本天成，妙手偶得之"，任何评论都显得多余。

如果说苏轼的《江城子·十年生死两茫茫》是悼亡词第一的话，《离思》可称是悼亡诗第一。而元稹凭借这一组诗，可排得上悼亡

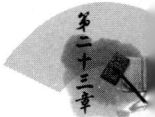

诗人中的第一名。韦丛只和元稹过了七年的婚姻生活，也许有人感叹她的不幸，但我认为她还是幸运的。首先，她和元稹彼此深爱；其次，她因为这组情深意长的诗歌而永远留在了后世读者的心中。

以文字艺术悼念爱妻最出名的是元稹，而以行为艺术悼念爱妻最出名的则是黄药师。黄老邪年轻时，是一个不折不扣的文艺青年，听听他为自己的武功绝学起的名字就知道："碧海潮生曲""兰花拂穴手""落英神剑掌"，满满的文艺范儿。冯蘅是他的绝配，别人看一遍《九阴真经》，估计有大半的字不认识，而她看一遍就能过目不忘。这两人相知相惜，又独占了一座海外仙岛，每天早上一起床推开窗，就是面朝大海，春暖花开，你侬我侬，忒煞情多，过着只羡鸳鸯不羡仙的日子。元稹不做家务，不过一心想着科举登第而已，黄药师的追求可就高多了，他的目标是打败王重阳，抢到"武功天下第一"的称号。冯蘅为了帮助丈夫去夺那个无聊的名号，硬生生默写《九阴真经》，结果心力交瘁、难产而亡。黄药师为此又痛又悔，十几年舍不得让爱妻入土为安，甚至造了一艘船，准备亲自驶到海中去散架，和爱妻一起海葬。他计划中的场景是自己以玉箫吹奏《碧海潮生曲》，随着妻子的棺木一起缓缓沉入大海。这是一幅多么唯美的画面啊，绝对的行为艺术家！

黄药师在岛上种了无数桃花，按照奇门遁甲，摆成"桃花阵"，洪七公、周伯通这种水平的人都走不出去。欧阳锋后来更是连黄药师的弟子陆乘风搞的"微型桃花阵"都闯不进，恼羞成怒之下，只能放把火，将归云庄连小桃花阵烧成一片平地，承认"我是流氓没文化"，一点技术含量都没有。黄药师将私家岛屿命名为"桃花岛"，可见他最喜欢的便是桃花了。而唐朝诗人中，有一位对桃花的深爱

谒良人桃花对红颜

可能更甚于黄药师，他的名字叫崔护。

| 人面桃花 |

崔护，字殷功，官至岭南节度使，生卒年不详。从他进士及第的时间看，应该是和韩愈、白居易同时代。崔护年轻时便文采出众，但性格内向。他跑到长安去科考，第一次考试名落孙山，便暂住于京城，等来年再战。到了清明时节，长安城外桃花烂漫，美不胜收，崔护独自去桃花最盛的都城南门外郊游赏花，看到路边有一座小庄园，便上前叩门。只听一位妙龄女子从门缝里问道："谁呀？"声音如出谷黄莺，崔护心中一动，赶紧答道："在下出城春游，走得口干舌燥，特来贵府上求口水喝。"

女子看崔护不像坏人，便开门请他进去坐下，并递上一碗水。今天的小女孩如果孤身一人在家，绝对不能开门啊，社会上坏人太多了，告诉需要帮助的人去哪里可以找到物业人员帮忙即可。崔护见此女年方及笄，容色清丽，靠着小桃树安静地站着，与盛开的桃花交相辉映，秀美不可方物，不禁看得心旌荡漾，便故意没话找话地逗她开口，女子却只是默默不语。两人相互注视了许久，崔护的一碗水早已喝得涓滴不剩，只好起身告辞。女子送他到门口，似乎很舍不得他离开。崔护也不住地回头顾盼，最终怅然而归。

崔护腼腆害羞，此后一年中，也想不出该用什么理由再去找这位女子。熬到第二年清明，他实在抑制不住思念之情，于是直奔城南。到了老地方一看，门庭庄园一如既往，但是大门上落着锁。崔护等了一天也不见有人归来，只好恋恋不舍地离去，走之前向邻居

家借了笔墨，在姑娘家门上题了一首诗：

> 去年今日此门中，人面桃花相映红。
>
> 人面不知何处去，桃花依旧笑春风。

落款为"博陵崔护"。

这首诗便是《题都城南庄》。话语不多的内向才子，常常借诗歌来传情达意。大家可能都知道这个故事，甚至在自己的青葱岁月里就经历过类似"人面不知何处去，桃花依旧笑春风"的故事，所以此诗能引起许多人的情感共鸣。你们的故事到这里就结束了，但人家崔护的故事高潮还在后面呢。

过了几天，不死心的崔护又跑到城南，想看看今天姑娘是否回家了，刚走到门外，便听见庄内的哭声，大惊之下立刻叩门询问。一位老人家走出来，看了他一眼，疑惑地问道："这位公子可是崔护？"崔护赶紧恭敬地回答："正是在下。"老人家放声大哭："就是你害死了我的女儿啊！"崔护又惊又惧，不知该如何回答，只听老人家哭诉道："我女儿小名桃花，年已及笄，知书达理，尚未嫁人。自从去年清明之后，便经常若有所思、神情恍惚。前几天我陪她外出散心，回家时看见门扇上留着你的题诗。她读完之后就生了病，几日间水米不进，昨日刚刚去世了。可不是你害死她的吗？！"

崔护闻言，心中大恸，请求进去一哭芳魂，老人家同意了。他走进屋内，只见桃花姑娘安详地躺在灵床上，便在她身边坐下，抬起她的头，枕在自己的腿上，流泪喃喃道："桃花姑娘，我回来找你了。你快醒醒，我在这里！我在这里！"泪水涟涟，一直流到桃花的面庞上。没想到过了半晌，桃花居然缓缓地睁开眼睛，复活

过来。老父大为惊喜，当场将女儿许配给了崔护。两人喜结连理，白头到老。

　　想想前文讲过的韩翃，你会发现当时很多人都是在长安科考时顺便将终身大事搞定了，这就叫事业家庭两不误。被元稹的悼亡诗感染得手脚冰凉的读者，现在应该可以借着这个"人面桃花"的喜剧缓过劲儿来了。

第二十四章

薛涛浣花笺传情　采春望夫歌入云

相信元稹在写那些悼亡诗时，真的是"取次花丛懒回顾"，但正当壮年的他在不久之后便有了新的感情。也许善良的韦丛在九泉之下，也希望自己的爱人不要一直沉湎在哀思之中，而是开始新的生活吧。

夫唱妇答

元稹的续弦名叫裴淑，字柔之，号"河东才女"，也和韦丛一样，是可以与元稹以诗唱和的佳人。元稹出镇武昌时，裴夫人面有难色，元稹便写了一首《赠柔之》劝慰她：

> 穷冬到乡国，正岁别京华。
> 自恨风尘眼，常看远地花。
> 碧幢还照曜，红粉莫咨嗟。
> 嫁得浮云婿，相随即是家。

诗歌下有一小注："稹自会稽到京，未逾月，出镇武昌，裴难之，稹赋诗相慰，裴亦以诗答。"出外做官还很在意夫人的感受，这种模范老公在古代很少见。尾联的意思是：夫人既然嫁了个跻身仕途的老公，荣辱迁贬都如浮云般无定，你也只能嫁鸡随鸡、嫁狗随狗，跟着我四海为家啦。

裴淑也回赠了一首《答微之》：

> 侯门初拥节，御苑柳丝新。
> 不是悲殊命，唯愁别近亲。
> 黄莺迁古木，珠履从清尘。
> 想到千山外，沧江正暮春。

裴夫人说：令我悲伤的倒不是你去千山之外的武昌做官，我跟随你浪迹天涯倒也罢了，可是因此又要和京城里的至亲分别，才真令我哀愁啊。

从他们夫妇的唱和来看，元稹应该在发妻亡故后找到了新的慰藉。其实在个人感情生活方面，大家不用替元稹担心，因为他除了这两段婚姻之外，还有不少故事呢。

| 浣花笺 |

元稹三十一岁时，以监察御史的身份出使蜀地。在成都，元大才子认识了唐代第一美女诗人薛涛。薛涛有这个荣誉称号，是因为总共四万八千首的《全唐诗》收录了她的八十一首作品，为女诗人之冠。她本是官宦之女，十六岁时因父亲据说犯了亏空钱粮之罪而受到牵连，被没入乐籍，成为官伎。名将韦皋当时是剑南西川节度使，听说薛涛文采出众，便在一次酒宴中让她即席赋诗。薛涛拿

过纸笔，提笔而就《谒巫山庙》：

> 乱猿啼处访高唐，路入烟霞草木香。
>
> 山色未能忘宋玉，水声犹是哭襄王。
>
> 朝朝夜夜阳台下，为雨为云楚国亡。
>
> 惆怅庙前多少柳，春来空斗画眉长。

薛涛在此也用了宋玉所写的楚襄王和巫山神女的香艳典故，怪不得后来和元稹那么有共同语言。韦皋一看薛涛有如此文才，捻须大喜，让她从此在自己身边做文字工作，称为"女校书"，这个词逐渐演化为对才女的称呼。

还有一个称呼才女的说法"扫眉才子"，也与薛涛有关，出自王建的《寄蜀中薛涛校书》：

> 万里桥边女校书，枇杷花里闭门居。
>
> 扫眉才子知多少，管领春风总不如。

住在万里桥边的女校书，平日里深居简出，像她这样的扫眉才子，人间能有多少，纵使那些文坛领导者也稍逊风骚。明朝诗人王鸿在《柳絮泉》中也用了这个典，只不过赞的是李清照：

> 扫眉才子笔玲珑，蓑笠寻诗白雪中。
>
> 絮不沾泥心已老，任他风蝶笑东风。

此后二十多年，薛涛以"管领春风总不如"的才华，和高官才子们诗歌唱答，声名远播。当元稹来到成都时，薛涛已经四十一岁，比元稹大了整整十岁，但她的美貌和才学立刻深深地吸引了元稹，可见女人只要内外兼修，年龄就不会成为爱情的问题。

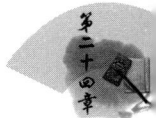

此时韦丛可能尚未过世，但古代有条件的人三妻四妾乃是常见，元稹认为爱妻子和有外室并无矛盾。薛涛也对才华横溢的元稹一见倾心，两人热恋缠绵，同居了三个月。薛涛的《池上双鸟》描述了这段热烈的姐弟恋：

> 双栖绿池上，朝暮共飞还。
>
> 更忆将雏日，同心莲叶间。

他们当时住在成都的合江亭，是府河和南河交汇为府南河之处，有"百年好合"的美好寓意，今日大多数成都青年也会去合江亭拍婚纱照。但元稹到蜀地只是下基层、出差镀个金，不久后就离开了，且再也没回去看望过曾经恋得如胶似漆的情人。分手之后，他将这首《寄赠薛涛》写在松花纸上，托人寄给她：

> 锦江滑腻峨嵋秀，幻出文君与薛涛。
>
> 言语巧偷鹦鹉舌，文章分得凤凰毛。
>
> 纷纷词客多停笔，个个公侯欲梦刀。
>
> 别后相思隔烟水，菖蒲花发五云高。

汉代最成功的"凤凰男"司马相如，用一曲《凤求凰》引得"白富美"卓文君与他私奔，后来还为了他当垆卖酒，逼父亲接受既成事实。元稹此诗将薛涛与卓文君相提并论，倒是非常贴切。两人的共同点甚多，都是蜀中知名的才女，都生有花容月貌，都很容易被爱情冲昏头脑，爱上不靠谱的男人。当然，司马相如比元稹还是要强一些的。

此时能够寄托薛涛相思之情的，也唯有以诗赠还了。薛涛喜欢写四句或者八句的短诗，她嫌平常写诗的纸幅面太大，于是亲自对

成都当地的造纸工艺加以改造。她住在成都郊外浣花溪的百花潭边，便利用浣花溪水和木芙蓉的树皮造纸，再用芙蓉花汁将纸染成桃红色，最后裁成精巧的窄笺，特别适合用来书写短小而精致的情诗。薛涛称之为"浣花笺"，不过别人更喜欢称之为"薛涛笺"。她便在自己制作的小笺上写了《寄旧诗与元微之》作答元稹：

> 诗篇调态人皆有，细腻风光我独知。
>
> 月夜咏花怜暗淡，雨朝题柳为敧垂。
>
> 长教碧玉藏深处，总向红笺写自随。
>
> 老大不能收拾得，与君开似好男儿。

元稹从没有想过要和薛涛成亲，因为一方面两人年龄悬殊过大，而立之年的元稹风华正茂，薛涛即便风姿绰约，毕竟比他大了十岁；另一方面，薛涛是乐籍中的女子，对元稹的仕途没有助力，只有副作用。薛涛的《柳絮》一诗显示出她对此心知肚明，很清楚和元稹之间不过是露水情缘：

> 二月杨花轻复微，春风摇荡惹人衣。
>
> 他家本是无情物，一向南飞又北飞。

所以在元稹消失后，薛涛没有太大的心理波澜，只是脱下红裙，出家做了道姑。元稹病逝于武昌军节度使任上一年之后，她也随之郁郁而终。薛涛墓便在成都望江公园内，有川剧票友们高亢的嗓音和老人孩子们抽打陀螺的清脆响声相伴，倒也不会寂寞。

| 望夫歌 |

离开四川几年后，元稹被朝廷派到越州（今浙江省绍兴市）担

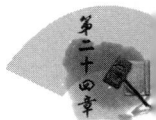

任浙东观察使（唐代后期出现的地方军政长官，仅次于节度使）。听说当时浙江一带有位红极一时的美女歌手名叫刘采春，又闻色心喜，慕名前去她的演唱会捧场。在台下远远一望，只见台上刘采春和丈夫、小叔子连演带唱，热闹非凡，颇像今天的东北二人转，似乎不登大雅之堂。

戏班子见元大人来了，赶紧把他请到前排雅座。元稹近看刘采春，果然生得是容貌非凡，更胜薛涛，十足的偶像派女星。不知不觉演出到了尾声，刘采春望见台下元稹目不转睛地盯着自己，更是抖擞精神，开口连唱了四首自己的保留曲目《望夫歌》：

> 不喜秦淮水，生憎江上船。
> 载儿夫婿去，经岁又经年。
>
> 莫作商人妇，金钗当卜钱。
> 朝朝江口望，错认几人船。
>
> 那年离别日，只道住桐庐。
> 桐庐人不见，今得广州书。
>
> 昨日胜今日，今年老去年。
> 黄河清有日，白发黑无缘。

歌声响彻云霄，余音绕梁三日不绝。元稹细品歌词，竟然是一等一的诗作，没想到刘采春还是这样一位自写、自导、自唱的实力派歌手，立刻成了她的超级粉丝。为了捧角儿，元稹写下了声情并茂的《赠刘采春》：

> 新妆巧样画双蛾，谩裹常州透额罗。
> 正面偷匀光滑笏，缓行轻踏破纹波。

言辞雅措风流足，举止低回秀媚多。

更有恼人肠断处，选词能唱望夫歌。

元稹作为名动天下的大才子兼地方军政长官，为时年二十五岁的刘采春写这样的恭维诗，两人的关系立刻突飞猛进。元稹评价刘采春"诗才虽不如涛，但容貌佚丽，非涛所能比也"。看来孔夫子说"吾未见好德如好色者"，对男人本性的了解真是透彻。

刘采春和李季兰、薛涛、鱼玄机并称唐朝四大女诗人——也就是说，唐朝享国近三百年，在这其中的才女堆里，刘采春排名能进入前四。一共才四大才女，元稹居然就抛弃了其中的两个，肯定让唐朝的男人们又羡又恨，自然留不下什么好口碑。

虽然元稹说刘采春"言辞雅措风流足"，很认可她的文采，《全唐诗》也收录了她的《望夫歌》六首，但仍然有人认为《望夫歌》并非刘采春所作，而是她将当时诗人的作品拿来配曲后演唱的。

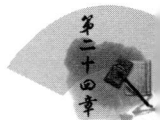

| 金缕衣 |

与刘采春同时代的杜秋娘的名作《金缕衣》也存在类似的争议。只要有女人写出了流传甚广的诗歌，有些男人就要揣测她背后是否另有一位男诗人存在，尽管根本找不出是谁。他们恨不得披上哈姆雷特的衣服，高喊一声："弱者，你的名字是女人！"杜秋娘是镇海节度使李锜的小妾，唯一传世的作品是《金缕衣》：

劝君莫惜金缕衣，劝君惜取少年时。

花开堪折直须折，莫待无花空折枝。

《甄嬛传》里安陵容为引起皇帝的注意，唱的就是这首《金缕

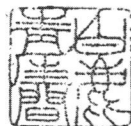

金缕衣曲终佳人老

衣》。请注意，金缕衣不是金缕玉衣，很多人把这两者搞混了。金缕玉衣是用金线将上千玉片串起来，让皇帝和宗室贵胄死后入葬时穿的；而金缕衣是他们还活着时身上穿的金线软衣，造价极高。两者虽都象征高贵的身份和地位，但区别就在于：你会喜欢穿金缕衣，但不会喜欢穿金缕玉衣。

这首《金缕衣》的意思是劝人不要忙着追求那看上去很美的荣华富贵，而要珍惜当下的光阴，享受眼前的生活，否则后悔都来不及。李锜很喜欢听美貌的杜秋娘为他深情款款地吟唱这首自创歌曲，但我猜歌中的意思他根本没听进去，因为后来他发动叛乱，以追求更大的荣华富贵，结果身死家灭，真的后悔都来不及了。

杜秋娘作为罪犯家属，被没入宫中，还好因为才貌双全，又受到唐宪宗的宠爱。宪宗驾崩后，杜秋娘在晚年时被赐归故乡金陵，实在是万幸的结局。杜牧经过金陵时遇见她，还为之作了一首长诗《杜秋娘诗》。那时的杜秋娘虽贫老，但能过上平静的生活，并且得以善终，已经是乱世佳人最好的结局了。

｜洛阳红｜

前文提到崔护最爱的是桃花，那么元稹最爱的是什么花呢？在他的诗歌中也有线索可寻：

> 秋丛绕舍似陶家，遍绕篱边日渐斜。
> 不是花中偏爱菊，此花开尽更无花。

虽然元稹在这首《菊花》诗中说自己不是"偏爱"，只是因为"此花开尽更无花"，但文人的话往往经过艺术夸张，禁不起推敲，菊花后面至少还有林和靖种的梅花在等着登台盛开呢。此诗借物咏怀，明显是在向陶渊明和他的"采菊东篱下，悠然见南山"之句致敬，可见五柳先生确实是唐代诗人们的集体偶像。

元稹的这首菊花诗不错，但并非唐代咏菊诗中最有名的——最有名的，出自黄巢之手。这位乱世枭雄也曾是个读书人，也想循规蹈矩地走学而优则仕的路线，但屡试不中。如果主考官知道由此造成的后果，可能会吓得直接给他一个状元当。

没能如愿进入官场的黄巢，不得不踏入复杂的社会混饭吃，刚开始的职业是私盐贩子，用来练练手。随后他转行到自己一直梦想的职业，有人称之为农民起义领袖，有人称之为杀人魔王，区别在于你站在哪个立场去看。但无论你站在哪个立场，所有人对于黄巢在葬送唐朝的过程中的重要影响都没有太大异议。为什么说农民起义领袖是他一直梦想的职业呢？因为小学语文课本中有他的一首《题菊花》：

> 飒飒西风满院栽，蕊寒香冷蝶难来。
> 他年我若为青帝，报与桃花一处开。

选此诗入课本的人，大概喜欢它的不落俗套、别开生面。因为其他诗人咏菊大多是为了抒发自己品行高洁、与世无争的情怀，黄巢却是替菊花打抱不平，宣称如果自己能当上传说中司春之神"青帝"的话，非得让菊花在春天里去和桃花一起怒放不可。

喜欢挑战自然规律的，野史传奇中还有一位，那就是武则天。传说在一个大雪纷飞的冬日，武则天正在帝都长安炉火熊熊的宫殿里饮酒作诗，喝高之后，不知哪根筋搭错了，数九寒天里想要赏花

以助诗性，便挥笔写下圣旨：

> 明朝游上苑，火急报春知。
>
> 花须连夜发，莫待晓风吹。

武则天写毕诏书，便让宫女拿到上苑烧给花仙。百花仙子慑于此命，令花朵一夜之内齐刷刷绽放。唯有牡丹仙子冷笑道："百花开放，各按节令。纵然皇帝是人间极贵，又岂能逆天乱地？"第二天一早，武则天兴冲冲地跑去上苑游玩，发现唯有牡丹傲娇地抗旨不开，不禁勃然大怒，下令将它贬到洛阳去。手下众人唯唯诺诺地将上苑牡丹尽数掘了，移植到洛阳的荒僻郊外，不料高贵冷艳的牡丹一到洛阳就昂首怒放，武则天恼羞成怒，下令将不肯屈服的牡丹烧毁，哪想到这些牡丹枝干虽被烧焦，但到了第二年春天，反而开得更加茂盛鲜艳，从此得了一个名字，叫作"洛阳红"。

如果你没有听过这个传说，就很难理解蒋大为所唱的《牡丹之歌》里那句"有人说你娇媚，娇媚的生命哪有这样丰满；有人说你富贵，哪知道你曾历尽贫寒"，也很难理解为什么我们这个崇尚气节的民族虽然还没有选定国花，就在流通最广的一元硬币上最先选择了牡丹图案。不只是因为牡丹的雍容华贵、国色天香，更是因为它所代表的骨气。而天下牡丹最佳的两处，一处是它的贬谪地东都洛阳，另一处就是黄巢的老家菏泽。

说来倒也有趣，一元硬币上的图案在牡丹之后，就选择了陶渊明、元稹、黄巢一致偏爱的菊花。

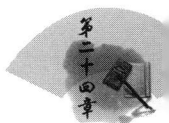

| 黄金甲 |

黄巢的科场失利和在京城目睹过的晚唐吏治腐败，使他不但有了造反的动机，也看到了造反成功的希望。这首《题菊花》就是他借以抒发心中抱负的诗作，他真正想当的不是青帝，而是皇帝。中国古代农民起义的目的，并不需要我们后人为之戴上"进步"之类的高帽，其实人家的想法很朴素，就是被腐朽的朝廷压榨得快要活不下去了，干脆造反当强盗，甚至当皇帝，从被统治阶级摇身一变为统治阶级，再去压迫别人，几十年或几百年后，再腐朽到引起新一轮的造反。自秦到清的两千多年，不过是如此循环而已。

如果说黄巢在《题菊花》中填写的职业志愿还比较含蓄，那么请看他的《不第后赋菊》：

> 待到秋来九月八，我花开后百花杀。
>
> 冲天香阵透长安，满城尽带黄金甲。

小学语文课本不敢收录这首杀气腾腾的诗，但不妨碍张艺谋导演将其诗句用作自己电影的名字。"百花杀""黄金甲"这些字眼透出浓浓的攻战杀伐之气，简直是明目张胆的反诗。唐朝看来是没什么文字狱，这要是在满清，早就被株连九族了，还能等他来造反？黄巢写了这首诗，没遭受什么迫害，使得后世的宋江心存侥幸，醉酒之后在浔阳楼上写了一首诗，向黄巢致敬，结果立刻被捕：

> 心在山东身在吴，飘蓬江海谩嗟吁。
>
> 他时若遂凌云志，敢笑黄巢不丈夫。

很多诗人对自己不能中举是采取口头抱怨，黄巢不能中举，就采取行动报复，这个用现在的话来说，叫"心动不如行动"，或者

叫"执行力强"。他攻入长安后，滥杀无辜、残暴毒辣，农民起义成功进城，多数都会原形毕露。

明太祖朱元璋也有一首《菊花》诗，应该是仿黄巢所作：

> 百花发，我不发；我若发，都骇杀。
> 要与西风战一场，遍身穿就黄金甲。

有黄巢诗作在前仿照着来写，贫民出身的朱元璋还是写成了打油体，水平比起曾赴京赶考的黄巢差了十万八千里，可见读没读过书，还是很不一样的。有人评论这两首诗分明是同一个意思，两位作者的志向也一模一样，只是一个成则为王，另一个败则为寇而已。但朱元璋之所以能成功，与黄巢有个很大的不同，就是在争夺天下的过程中，没有像黄巢那样滥杀无辜，以至于失去民心。

黄巢的最终结局，官方说法是败亡被杀，但也有传说称他改名换姓、出家当了和尚，这一点与李自成的结局之谜一样。《鹿鼎记》里，大和尚李自成还忘不了现身和大汉奸吴三桂争夺一下大美女陈圆圆，不管生存环境多恶劣，都要时不时露出头来刷一下存在感。

"和尚说"的依据之一，是黄巢一首颇有意思的《自题像》，大家可以体会一下其中的意味：

> 记得当年草上飞，铁衣著尽著僧衣。
> 天津桥上无人识，独倚栏干看落晖。

第二十五章

垂死病中惊坐起　我词多是寄君诗

很多男人被骂为"重色轻友"，元稹则是反其道而行。他对身边的女子常常负心薄幸，对白居易这个知交朋友却非常珍惜，可称为"重友轻色"。元稹二十五岁时报考书判拔萃科，时年三十二岁的白居易同期参加考试，两人同科登第，一起被授予"校书郎"之职。元白二人从此结为诗友，交情日渐深厚。

| 元白之交 |

元和四年，元稹去东川出差，路经梁州时，晚上梦见自己和白居易、李杓直（李十一）同游曲江慈恩寺。一觉醒来，听见屋外亭吏在大呼小叫地安排行程，他才惊悟自己已经不在长安，而是人在旅途，便提笔写下这首《梁州梦》，寄给在长安的白居易：

> 梦君同绕曲江头，也向慈恩院院游。
> 亭吏呼人排去马，忽惊身在古梁州。

过了几日，元稹收到了来自白居易的一封信，心中十分诧异。

因为掐指一算日子，自己的去信应该刚刚到达长安，挚友的回信不可能这么快就送到自己手中。元稹赶紧拆封一看，白居易在信中写道："昨天我和李十一、弟弟白行简三人一起到曲江慈恩寺游玩，喝酒时想起你，所以写下这首《同李十一醉忆元九》，并托人将它寄给旅途中的你。"全诗如下：

> 花时同醉破春愁，醉折花枝作酒筹。
>
> 忽忆故人天际去，计程今日到梁州。

元稹一看信末的落款日期，原来白居易他们去慈恩寺的日子，正是自己做梦与之同游的那天，不禁叹息不已，这真是"心有灵犀一点通"。

大慈恩寺是唐高宗李治为了追念其母长孙皇后的慈恩而下令建造的，所以起了这个名。该寺的第一任住持是大名鼎鼎的玄奘法师，由他督造的大雁塔，正是为了供奉从天竺带回的佛像、舍利和梵文经典。

白居易带去同游慈恩寺的亲弟弟白行简，和兄长的名字是一副意味深长的对仗。《中庸》中有一句"君子居易以俟命"，上不怨天，下不尤人；《论语》中有一句"居敬而行简"。"居易""行简"两个词出处不同，却凑成了天然绝对，看来白氏兄弟的父亲为他们起名大有深意，希望儿子们都能有颗平常心。

对元稹和白居易这样同在朝廷任职的年轻官员来说，彼此之间有个交情，并没有什么特别。但就像刘禹锡和柳宗元的友谊一样，元白二人也是在患难之中才渐渐真情尽显。白居易的母亲过世，按当时的制度，丁忧之人要辞官回家，守丧三年。不能出来做官，自

然没有俸禄。在白居易贫病交加之时，平日里的朋友没人能帮上什么大忙。而此时，元稹因为得罪大太监仇士良，被贬江陵，也是状况不佳，却固定地分出自己俸禄中的一大块来接济白居易。一个人在财富绰绰有余之时去帮助别人，那叫搞慈善；而在自己也不宽裕之时还能帮助别人，那叫慷慨。我搞过慈善，但还没有慷慨过，所以我在自己做不到的这一点上很欣赏元稹，不论他有多少缺点。白居易有感于元稹的真挚友谊，在元和九年写下了这首《寄元九》：

> 一病经四年，亲朋书信断。
> 穷通合易交，自笑知何晚。
> 元君在荆楚，去日唯云远。
> 彼独是何人，心如石不转。
> 忧我贫病身，书来唯劝勉。
> 上言少愁苦，下道加餐饭。
> 怜君为谪吏，穷薄家贫褊。
> 三寄衣食资，数盈二十万。
> 岂是贪衣食，感君心缱绻。
> 念我口中食，分君身上暖。
> 不因身病久，不因命多蹇。
> 平生亲友心，岂得知深浅。

每次读这首诗，我都能感觉到那种"人之相交贵在知心"的温暖情谊。现在有人一写唐朝诗人之间的深情厚谊，就喜欢用"好基友"这个词开玩笑地描述前人的古道热肠、真情实意，于古人无损，于自己却会显得浅薄。一个知道写诗之难而又能写得出神入化的人，对于能够结识一位水平相当的知音所产生的幸运感和惺惺

相惜之感，无此胸怀的人，恐怕确实难以理解。

| 三游洞 |

元和十年，丁忧期满、刚恢复做官没多久的白居易，又因为上书言事，被贬为江州司马，他就是在那里写下了《琵琶行》。元稹当时被贬官通州（今四川省达州市），且患上了疟疾。哪怕到了二战时期，疟疾的死亡率都极高，更别提那个时代；即使不死，这种病也会反复发作，令人痛苦异常。康熙皇帝是因为法国传教士进献了金鸡纳霜才治愈了自身的疟疾。多年后，曹雪芹的祖父曹寅也患上此病，不得已向康熙上折求赐金鸡纳霜。康熙得知后，派驿马星夜兼程，赴南京送药，但曹寅还是没等到药来便撒手人寰了。元稹身染重病，卧床不起，但在半夜里听到挚友蒙冤被贬的消息，居然震惊得一下子从床上坐起来，强撑病体，在昏暗如豆的灯火下写出《闻乐天授江州司马》：

> 残灯无焰影幢幢，此夕闻君谪九江。
> 垂死病中惊坐起，暗风吹雨入寒窗。

诗中描写周围的景物暗淡凄凉，对好友的担心挂念之情浓郁深厚。元稹将这首诗寄到江州后，白居易感彻肺腑，两年间反复吟诵。他回了一封《与元微之书》，在信中将元稹原诗全文抄录，随后写道："此句他人尚不可闻，况仆心哉！至今每吟，犹恻恻耳。"元稹接到白居易从江州的来信，感动得泪流满面，妻女见了惊慌失措，还以为出了什么大事。元稹有感于此，又写了一首七绝《得乐天书》：

> 远信入门先有泪，妻惊女哭问何如。

寻常不省曾如此，应是江州司马书。

元和十四年，白居易终于离开了"住近湓江地低湿，黄芦苦竹绕宅生"的江州，升任忠州（今重庆市忠县）刺史，带着弟弟白行简同行赴任。想到这一路上很可能会遇到多年未见的好友元稹，白居易心情激动万分，"每到驿亭先下马，循墙绕柱觅君诗"，看看有没有元稹留下的诗句能够提供线索，帮助两人早日接上头。估计上天都被他们感动了，要成全这对感情深厚的朋友，两人终于在夷陵地界相会，此地便是三国时陆逊大破刘备倾国之兵的古战场。

因为两人赴任的路线方向相反，第二天元稹宁愿走回头路也要送白居易一程。第三天，不忍分别的白居易又投桃报李地回送了元稹一程。两艘船就这样在江水上来回做了一番无用功，又回到两天前出发的地点西陵峡。也许有人觉得他们这样很可笑，但我觉得很可爱。在西陵峡口两人决定，谁也不能再送对方，否则如此下去，明年也到不了目的地，还是吃一顿分别前最后的午餐吧。难得重逢后又将分手的饮宴，自然是不停地"劝君更尽一杯酒"。野外没有洗手间，喝得肚皮鼓胀的白居易只能往山中无人之处去寻方便之地，没想到竟然因此发现了一处景色独特的天然溶洞。

此洞风景绝佳，白居易、白行简、元稹三人徘徊其中，从下午一直逛到夜晚都不忍离去。元稹提议道："吾人难相逢，斯境不易得。请各赋古调诗二十韵，书于石壁。"白居易为三人之诗作了序言："以吾三人始游，故为三游洞。"这就是现在宜昌著名的景点三游洞名字的得来。经过元稹和白居易的诗文推广，此洞名声大噪，很多文人雅士都慕名前来游览。到了宋朝，苏洵、苏轼、苏辙父子三人出川赴京，途经夷陵，也专程上岸游览了此洞，并各自赋诗一

首题于洞中。人们将元白那次称为"前三游"，将苏氏父子这次称为"后三游"，二者成为三游洞最好的名片。

商玲珑

白居易和元稹的关系实在太好了，现在居然有人看不过眼，一定要给他们搞点波澜出来，说他俩和余杭知名歌伎商玲珑搞过三角恋，还为此闹过不愉快。但本人除了网上的八卦文章之外，没有看到过这个说法的出处。对历史人物的戏说演义，如果能帮助大家了解这些人物，会是很好的调味品；但如果与人物本来的性格和关系大相径庭，效果就适得其反。白居易和元稹的友情至死方休，不曾因为商玲珑起过波折。

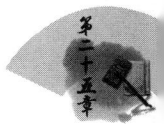

白居易在杭州做官时，很喜欢听商玲珑唱歌。商玲珑所唱的流行歌曲，大多是当时诗人所写，其中包括元白二人的作品。白居易听着自己年轻时的诗作，忆及昔日，感叹韶华易逝，为此作诗云：

> 腰间紫绶系未稳，镜里朱颜看已失。
> 玲珑玲珑奈老何，使君歌了汝还歌。

正在绍兴担任浙东观察使的元稹听说商玲珑的歌喉不输于与自己打得火热的刘采春，便用厚礼邀请她来绍兴住一个多月，将她的拿手曲目统统欣赏了一遍。元稹在商玲珑的歌中，听到了不少自己的诗作，而其中许多都是当年写给白居易的，想起两人之间二十年的深情厚谊，感慨良多。商玲珑回杭州之时，元稹作诗为她送行，兼寄白居易，这便是《重赠乐天》：

> 休遣玲珑唱我词，我词多是寄君诗。

却向江边整回棹，月落潮平是去时。

在浙东的六年，元稹虽不改好声色的本性，但也是政绩斐然，深得百姓拥戴。唐文宗大和三年，元稹入朝为尚书左丞。身居要职，有了兴利除弊的条件，几遭贬谪的他又恢复了为谏官时的锐气，再次决心肃清吏治，因此又遭排挤，回朝仅四个月，便被迫出为检校户部尚书，兼鄂州刺史、御史大夫、武昌军节度使，在武昌任上仅一年多便暴病身亡，时年五十三岁。

| 晚景新交 |

元稹的溘然长逝，令白居易肝肠寸断。他仰天长叹，含泪写下祷文《祭元微之文》，对两人多年的交情进行了总结："金石胶漆，未足为喻。死生契阔者三十载，歌诗唱和者九百章，播于人间"，而如今，"六十衰翁，灰心血泪，引酒再奠，抚棺一呼"。悲彻骨髓之感，令人不忍卒读。

痛失好友元稹的白居易，和痛失好友柳宗元的刘禹锡，两位珍惜友情的老人彼此之间惺惺相惜，有幸在晚年结成了好伙伴。他俩经常诗酒唱和，还一起跑到已致仕的裴度那里终日游玩。远离官场是非的他们，寻得着赏心乐事，安享着夕阳晚景，足以令我们这些为古人担忧者感到欣慰了。白居易写过《咏老赠梦得》，对身体每况愈下的无奈、对知己友情的珍惜，以及坦然面对生老病死、人世聚散的豁达，皆一览无余：

与君俱老也，自问老何如。
眼涩夜先卧，头慵朝未梳。

有时扶杖出，尽日闭门居。

懒照新磨镜，休看小字书。

情于故人重，迹共少年疏。

唯是闲谈兴，相逢尚有馀。

而刘禹锡以一首《酬乐天咏老见示》回应：

人谁不顾老，老去有谁怜？

身瘦带频减，发稀冠自偏。

废书缘惜眼，多炙为随年。

经事还谙事，阅人如阅川。

细思皆幸矣，下此便翛然。

莫道桑榆晚，为霞尚满天。

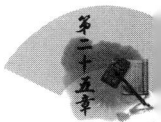

此诗开篇与白乐天有同病相怜之叹，但一路读下去，刘禹锡那种老骥伏枥志在千里、烈士暮年壮心不已之情跃然纸上，很符合他一生中一以贯之的乐观积极性格，格调比之白诗明显高了一层。

白居易作为文坛泰斗，写墓志铭的润笔费非常高。元稹家人请白居易写墓志铭，他自然是义不容辞。元家事后赠给他包括车马、绫帛、银鞍、玉带等在内价值约七十万钱的财物，相当于州司马一年的俸禄，这在历史上也是很惊人的记录。白居易几次三番推辞不掉，最后只能收下，转手又全部捐给了香山寺，替元稹"做功德"。这篇白居易为元稹所写的墓志铭，如今很难找到了，但元稹自己倒是为一位大有名气的人物写过一篇大有名气的墓志铭，结果引起了一场热闹而影响深远的笔墨官司，这就是他为杜甫写的《唐故工部员外郎杜君墓系铭并序》。

扬杜抑李

　　杜甫在湖南去世后，其子杜宗武因为家贫而无力按照父亲的遗愿将骸骨迁回洛阳安葬。四十年后，杜甫的孙子杜嗣业依然穷困潦倒，但为了将祖父的灵柩送回洛阳，千里扶柩，一路乞讨回乡。杜嗣业在路上遇到了元稹，便请他为杜甫写一篇墓志铭，润笔费自然是没有的，元稹慨然应允。此前由于安史之乱造成的道路阻隔，杜甫后期的精华诗作未能广泛传播，而且当时的流行风气，对于杜诗那样沉郁大雅的作品也缺少重视，所以时人虽然认为"李杜"是第一流的诗人，但并没有给予杜甫与他成就相当的"超一流"评价。

　　为了写好这篇免费的墓志铭，敬业的元稹仔细阅读了杜嗣业提供的杜甫诗集，惊讶地发现杜工部后期的作品，将自《诗经》以来的现实主义风格发挥到了最高峰，而现实主义正是自己所推崇的风格，这下他算是找到了一面旗帜。于是元稹在墓志铭中感叹"至于子美，盖所谓上薄风骚，下该沈宋，古傍苏李，气夺曹刘，掩颜谢之孤高，杂徐庾之流丽，尽得古今之体势，而兼人人之所独专矣……苟以为能所不能，无可无不可，则诗人以来，未有如子美者"，给予杜甫前所未有的高度评价，杜工部的"诗圣"地位便是由元稹奠基的。杜甫虽然描述自己"为人性僻耽佳句，语不惊人死不休"（在这一点上他是贾岛的祖师），而伤感"百年歌自苦，未见有知音"，但元稹的理解和推崇，使得他所有的辛苦在身后都慢慢得到了认可和欣赏。

　　墓志铭一般都会为逝者戴高帽，要么是因为拿了人家的润笔费，要么是因为想着"人死为大"，多说点好话。元稹对杜甫的推崇，既不是拿人手短，也不是浮夸溢美，本来是一篇中肯的好文章。可惜他犯了一个错误，就是捧一个人的时候，去踩了另一个人作为对比。写完上面那段赞美杜甫的话后，元稹接着写道："时山东人李白，亦以奇文取称，时人谓之'李杜'。余观其壮浪纵恣，摆去拘束，模写物象，及乐府歌诗，诚亦差肩于子美矣。至若铺陈终始，排比声韵，大或千言，次犹数百，词气豪迈而风调清深，属对律切而脱弃凡近，则李尚不能历其藩翰，况堂奥乎！"这段看得我张口结舌：这个，这个，虽然杜甫确实超凡入圣，但总不能说李白连杜甫的边儿都摸不着吧？

如果元稹踩了李白这个事情还不算大的话，他的死党白居易可能是唯恐天下不乱，两年后给元稹寄了一封信《与元九书》，其中写道："又诗之豪者，世称李、杜。李之作，才矣！奇矣！人不逮矣！索其风雅比兴，十无一焉。杜诗最多，可传者千余首。至于贯穿古今，缕格律，尽工尽善，又过于李焉。然撮其《新安》《石壕》《潼关吏》《芦子关》《花门》之章，'朱门酒肉臭，路有冻死骨'之句，亦不过十三四。杜尚如此，况不逮杜者乎？仆常痛诗道崩坏，忽忽愤发，或废食辍寝，不量才力，欲扶起之。嗟乎！"

大致翻译一下：世人都说李杜作诗确实算拽了。李白够才！够奇！这方面别人望尘莫及。但论到用《诗经》那种高雅的比兴手法，十首里面连一首都没有（所以在"李白不如杜甫"这一点上我赞同你）。杜甫写的诗最多，流传下来的就有上千首，在题材贯穿古今、格律尽善尽美方面，比李白还强些。但是其中类似"三吏三别"这种现实主义的诗篇、"朱门酒肉臭，路有冻死骨"这种切中时弊的佳句，仅占他作品里的三四成而已（他的另外六七成作品不过尔

耳）。杜甫尚且如此，何况那些还不如他的诗人。诗道这样崩坏，连李杜这样的前辈高人都指望不上了，还是等着痛心疾首的本人来不自量力地扶大厦之将倾吧！

如果我们总结白居易的心路历程，会发觉他从青年时起就仰慕李白的才华，比如他凭吊李白墓时曾写到"可怜荒垄穷泉骨，曾有惊天动地文"。但随着年纪的增长，对社会的认识逐渐深刻，白居易越来越推崇诗歌讽世的现实功能，并且认为：虽然李白才华横溢，但他的浪漫主义诗歌犯了路线错误，只有回到《诗经》的现实主义风格才是正道；杜甫算是花了一小部分精力走在正道上，大部分诗歌还是不靠谱。其实白居易并非责人严、待己宽，他对自己年轻时代以《长恨歌》为代表的靡靡之音也不满意，说如果将来有人替自己出诗集的话，要将所有于世道人心无补的诗歌统统删去，因为没有保留的价值。

| 李杜文章 |

白居易的出发点是好的，有时绮丽到让读者不知所谓的齐梁文风确实是价值不高。但矫枉不可过正，白居易想把李白为首的浪漫主义诗歌整个门派一锅端掉，那就会出问题。假如他真的成功，后面也没有李贺、李商隐什么事了。至于这种私人信件最后怎么弄得像公开信一样人尽皆知，我也没明白，总之这两人算是联起手来把事情彻底搞大了，而且引起了很多人跟风共鸣。这下有另一位诗文领袖看不过眼，挺身而出，为李杜奋起反击，这位大佬便是韩愈。

韩愈对元稹和白居易低看李白浪漫主义诗歌的观点非常不满，也不认为杜甫的大部分诗歌是不务正业的，打算写首诗调笑

一番。但因为元白二人的文坛地位和官场地位都与自己不相上下，而且人家踩的是作古之人，韩愈就算再想打抱不平，也得注意礼貌，为了替死人出气而直接攻击活人，总是不太好。那就调侃这方面和元白观点差不多的张籍吧。自己对张籍亦师亦友，又有提携之恩，料得张籍不会生气。于是在白居易写出《与元九书》的一年之内，韩愈就发表了一首长诗《调张籍》：

> 李杜文章在，光焰万丈长。
>
> 不知群儿愚，那用故谤伤。
>
> 蚍蜉撼大树，可笑不自量。
>
> 伊我生其后，举颈遥相望。
>
> ……

题目虽是调侃张籍，目的明显是调侃元白，这一招唤作"隔山打牛"。韩愈热情赞美了李白和杜甫的诗歌成就，对李杜不以为然的人则被辛辣地调侃。韩愈在贾岛"推敲"故事中的表现，完全是一位谦谦君子，不料冷嘲热讽起来，也是力量十足。张籍读了此诗，可能觉得韩愈说得大有道理，于是态度来了个一百八十度大转弯，干脆烧了一部杜诗，将纸灰拌上蜂蜜后储存在罐子里，每日坚持服用，写诗功力突飞猛进。

韩愈只比白居易大四岁，两人都是二十几岁就考中进士，学历差不多；两人都是部级／副部级干部，官位差不多；两人都关心现实、革新诗文，文学理念差不多；韩愈和裴度、张籍、刘禹锡都很熟，白居易和这几位也都很熟，他们应该还有很多其他的共同熟人，混的圈子也差不多。但令人奇怪的是，韩愈和白居易的交往却稀疏冷淡，没人知道是什么原因，只能猜测也许与这一轮争论有关。

这场轰轰烈烈的笔墨官司，韩愈通过历史的长河，赢得了最后的胜利。时至今日，如果论到历代诗人的排名，诗仙、诗圣始终是绝大多数人提起的前两位，可见对于李白和杜甫的认识，韩愈的眼光超越了白居易、元稹和同时代的其他人。元白推崇以《诗经》为首的现实主义风格，但诗人千人千面，诗歌也应百花齐放，不能说李白为代表的浪漫主义风格就不符合所谓的"诗道"，更不应对杜甫没有每首诗都忧国忧民而求全责备。

第二十六章

天若有情天亦老　月如无恨月长圆

元稹对知交白居易掏心掏肺，但对待一般人的气量则不见得很大，比如传说他和"诗鬼"李贺之间关系不佳。

李贺，字长吉，因家居福昌昌谷（今河南省宜阳县），世称"李昌谷"。他是郑王李亮（唐高祖李渊的叔父）的后裔，对自己的宗室身份甚为自豪，不过作为旁系远支，家道早已中落。

| 黑云压城 |

李贺比元稹小十二岁，年纪轻轻就声名鹊起。元稹想与李贺结识，纡尊降贵，主动登门拜访这位后起之秀。年少气盛的李贺居然退回了元稹的名片，理由是："明经出身的人，来看我做什么？"意思就是看不起元稹没有进士及第，而是通过明经出身做的官，不是世人眼中的顶尖高才生。

唐朝开科取士，最重要的就是进士和明经两科。进士考试重在诗赋，明经考试重在帖经和墨义。帖经，就是将经书任取一页，先将左右两边都贴盖住，只露出中间一行，再用纸贴住其中三个字，让应试者将其填充完整，类似于今天考试的填空题。墨义，就是对经文的字句做简单的笔试，类似于今天考试的阅读理解。只要把经传和注释死记硬背得滚瓜烂熟，在帖经和墨义中就比较容易过关。但若想在诗赋考试中过关，就需要很高的文采和创造性，这也是唐朝如此盛产诗人的重要原因之一，因为有制度的激励。进士考试比明经考试要难得多，所以有"三十老明经，五十少进士"的说法，意即三十岁明经及第都算大器晚成，而五十岁中进士还可算少年得志。

元稹吃了闭门羹，对此奇耻大辱当然不会善罢甘休。到李贺参加科举考试那年，身为礼部郎中的元稹就说："李贺的父亲名叫李晋肃，'晋'与'进'同音，李贺当避父讳，不应该参加进士考试。"这下李贺一辈子都与进士无缘了。李贺恃才傲物、对客人无礼当然不对，但元稹公报私仇、毁人一生，报复得也太过分了。

这段故事的真实性一直存在争议。第一个疑点是：出身书香门第的李贺会无礼到如此匪夷所思的地步吗？第二个疑点是：元稹的履历中并没有当过礼部郎中。但李贺因为避父讳而未能考取进士一事，则是确凿无疑的。

和孟郊、贾岛、张籍等人一样，李贺早早出名，也是因为同一位大众伯乐。韩愈当国子监洛阳分校校长时，李贺捧着自己的诗集去拜访他，这是唐朝年轻诗人走的寻常路。韩校长当时刚接待完客人，感到很疲倦，本已上床躺下，但接过门房呈上的李贺诗集随手翻开，看到了其中第一篇《雁门太守行》：

> 黑云压城城欲摧，甲光向日金鳞开。
> 角声满天秋色里，塞上燕脂凝夜紫。

半卷红旗临易水，霜重鼓寒声不起。

报君黄金台上意，提携玉龙为君死。

仅看了第一句，韩愈就困倦全消、睡意全无，对门房一迭声叫道："人在哪里？快请！快请！"立刻把刚刚脱去的外袍重新穿好，派人将李贺迎进客厅，热情相待。联想到顾况翻阅白居易诗集读到"野火烧不尽，春风吹又生"时的类似反应，我们就能知道惊艳的开场白才是好的敲门砖。韩昌黎一旦对李昌谷青眼有加，就立刻发扬他提携后进的优良传统，到处为李贺做营销。

| 高轩过 |

韩校长的学生兼好友皇甫湜也是位文章大手笔，一向眼高于顶，不相信李贺的本事有韩校长吹得那么神乎其神，便要求借着韩愈回访李贺的机会，陪同前去亲自验证一下。

有个小故事很能表现皇甫湜是多么以其文才自傲。裴度讨平淮西叛乱后，因功封晋国公，并受到皇帝的大加赏赐。他将大部分钱财施舍给福先寺用于重修，完工后的佛寺堂皇壮观。裴度本想写信给白居易，请他为重建佛寺这件事写篇碑文作为纪念。皇甫湜此时正担任裴度的幕僚，对此大为光火，当众指责领导："您的幕僚中就有才高八斗的本人，不知您为何还要舍近求远，委托白乐天。他的文章如果跟我的相比，他就是下里巴人，我就是阳春白雪！难道是我冒犯了您？但您为什么容不得像我这样高贵耿直的人呢？我现在就向您请求辞职回家！"这番话使在座宾客都不敢相信自己的耳朵，一般下属如果敢这么狂傲地跟领导说话，估计就是不想混了。

皇甫湜不是一般的下属，裴度也不是一般的领导，大家看前文他丢了官印之后的表现就能了解。裴大人当即微笑着表示歉意："先生当然是大手笔。我只是怕遭到您的拒绝，所以没敢提出。现在既然您愿意撰写这篇碑文，正是本府的初衷啊！"皇甫湜这才怒火稍退，向裴度要了一斗酒，回到家后一饮而尽，大笔连挥，醉意朦胧中将碑文一气呵成，派人送给裴度。

裴大人接过来一读，发现文思奇特、用字生僻、书法怪诞，自己连断句都断不出，只能赞叹道："确是高人！"中国古文无标点符号，断句是读文览章的基本功之一，韩愈《师说》里就提到"句读之不知"。也许皇甫湜心里想的是："既然白诗连老妪都能听懂，那我之文就要让你宰相都读不出！"

裴度赶紧派人送了价值约一百万钱的礼物到皇甫湜家。皇甫湜看了使者呈上的礼单，再次怒发冲冠："裴晋公为什么这样亏待我呢？本人的文章可不是这么便宜的大路货！我除了曾为誉满天下的顾逋翁（顾况）老先生写过集序外，再没为他人写过什么。这篇碑文大约三千字，每个字需付润笔费三匹绢，少一匹都不行！"使者听得又惊又气，但只得回去如实汇报。裴度的下属们都勃然大怒，挽起袖子准备去痛打皇甫湜一顿。裴大人摇头笑着拦住他们："这人真是奇才啊。"换成现在的话大概是说"这人真是奇葩啊"。

按照皇甫湜提出的润笔费，裴度很快派人将九千匹绢如数送上。运绢的车辆从裴度府衙直排到皇甫湜居住的地方，一辆接着一辆，使得洛阳城的交通都堵塞了。市民们纷纷走出家门欣赏这一奇观。皇甫湜心安理得地站在大门口，捻须微笑着接受自己的劳动成果，并无半点不好意思。旁边一位母亲就教育孩子道："你看看裴

晋公，这就叫'宰相肚里能撑船'。现在你明白为什么裴晋公能当宰相，而皇甫湜先生只能当幕僚了吧？"皇甫湜听了，从鼻孔里哼了一声，说了一句"妇人之见"，袍袖一拂，施施然回屋去了。

裴度风度如此宽广，他自己的文笔又如何呢？唐宪宗很赏识裴度，曾赐给他一条名贵的玉带。后来裴度病重临终前，想将玉带献回皇上，就让门人写奏表，可怎么听都不如意，最后他干脆叫弟子执笔，自己口述："内府之珍，先朝所赐，既不敢将归地下，又不合留在人间。"听到的人都叹服他的文辞简洁贴切、章法不乱。

现在这位天下奇葩皇甫湜跟着韩校长，坐马车到李贺的寓所拜访。李贺见两位贵人来访，当场作了《高轩过》一诗答谢：

> 华裾织翠青如葱，金环压辔摇玲珑。
>
> 马蹄隐耳声隆隆，入门下马气如虹。
>
> 云是东京才子，文章巨公。
>
> 二十八宿罗心胸，元精耿耿贯当中。
>
> 殿前作赋声摩空，笔补造化天无功。
>
> 庞眉书客感秋蓬，谁知死草生华风。
>
> 我今垂翅附冥鸿，他日不羞蛇作龙。

歌曲《卷珠帘》曾一度流行，但很多人不清楚歌中那句"不见高轩"的意思，"高轩"就是指韩愈和皇甫湜乘坐的那种高头大马所拉的华贵马车。诗中最后两句将韩愈、皇甫湜比为高飞天空的鸿鹄，希望能得到两位的提携而施展抱负，同时对于自己有朝一日定能化蛇为龙非常自信。整首诗即席创作，一气呵成，不卑不亢。皇甫湜眼见为实，这才相信了韩愈对李贺的推崇。作此诗时，李贺年约十九岁。有人说这是李贺七岁时写的，我认为不太可信。不论七

岁的小李贺多么才华横溢，写诗的水平最多也就和骆宾王七岁时所写的《咏鹅》大体相当。再天才的七岁儿童，也不可能写得出"庞眉书客感秋蓬，谁知死草生华风"之句。

当李贺被很多人以"避父名讳"之由而认为其不应参加进士考试时，惜才的韩愈专门写了一篇议论文《讳辩》，为他仗义执言，驳斥这种不合理看法，但依然没能改变当时的舆论和李贺的命运。联想到今日，在那一起起因偏见造成的悲剧中，键盘侠们用敲字维护着"正义"，乌合之众们喧嚣着加入这嗜血的狂欢，可见千年陋习改变之难。

| 奇绝无对 |

大家最早知道李贺，多半是通过他入选课本的那首《马诗》：

> 大漠沙如雪，燕山月似钩。
> 何当金络脑，快走踏清秋。

诗歌的最后两句发出疑问：什么时候才能为这匹良马披上和它相配的贵重鞍具，在秋高气爽的疆场上驰骋建功呢？李贺正是通过感叹马的命运，来借指自己的远大抱负和怀才不遇，但他这匹千里马最终也没有用武之地。在《南园十三首·其五》里，他再次发出了仰天长叹：

> 男儿何不带吴钩，收取关山五十州。
> 请君暂上凌烟阁，若个书生万户侯？

起句昂扬激越，很多人觉得此诗"热血励志"而对其情有独钟，这是没有结合李贺的境遇经历去分析而引起的误解。有此误解的读者，恐怕也没有注意到尾句的沉郁哀怨。连续两个问句，分明是诗人"百无一用是书生"的自怨自艾，以及无力如班超投笔从戎的无可奈何。不过李贺在这里属于乱发牢骚，"凌烟阁开国二十四功臣"中的房玄龄、杜如晦、魏征、萧瑀等都是书生，可见负面情绪很容易影响人的记忆力和判断力。

李贺一生困顿，所以在诗歌中喜欢写关于衰老啦、死亡啦之类的现象，被人称为"诗鬼"，再没有一位青年诗人的创作风格像他那样悲凉。他最有名的一句诗是带了"衰"和"老"的"衰兰送客咸阳道，天若有情天亦老"，意思是别看苍天日出月没、光景长新，假若它和人一样有情的话，也照样会衰老。"天若有情天亦老"此句一出，成为很多人的大爱，文人雅士们就以此为上联，看谁对得出绝妙下联。但无论人们如何殚精竭虑，对出的下联都达不到上联的意境高度，慢慢地，大家就判定它"奇绝无对"了。

时光荏苒，到了两百年后的宋朝，有一次诗人们聚会欢饮，大家又聊起这个题目，座中才子石延年开声缓缓对出一句"月如无恨月长圆"。一语既出，众人都佩服得五体投地，再也没人继续想别的下联了。善于砸缸又乐于评人的大文学家司马光道："李长吉歌'天若有情天亦老'，曼卿（石延年的字）对'月如无恨月长圆'，人以为劲敌。"后来有人更进一步，将李白、李贺、苏轼、石延年的一人一句，拼成了一副对仗工整、意境悠远的绝妙对联：

把酒问青天，天若有情天亦老；
举杯邀明月，月如无恨月长圆。

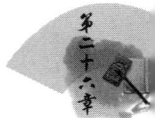

石破天惊

　　唐宪宗时期的宫廷乐师李凭，因善弹箜篌而名动京师，顾况在《李供奉弹箜篌歌》里描绘他受欢迎的程度是"天子一日一回见，王侯将相立马迎"，其梨园地位甚至超越了玄宗朝的李龟年。看来在唐朝的政治、诗歌、音乐三个方面，李氏都是独占鳌头的大姓。李贺非常欣赏李凭的演奏，写下了著名的《李凭箜篌引》：

> 吴丝蜀桐张高秋，空山凝云颓不流。
> 江娥啼竹素女愁，李凭中国弹箜篌。
> 昆山玉碎凤凰叫，芙蓉泣露香兰笑。
> 十二门前融冷光，二十三丝动紫皇。
> 女娲炼石补天处，石破天惊逗秋雨。
> 梦入神山教神妪，老鱼跳波瘦蛟舞。
> 吴质不眠倚桂树，露脚斜飞湿寒兔。

　　李贺没有按常规套路对李凭的技艺做评判，甚至都没有描述自己听曲的感受，而是发挥了丰富的联想：乐声仿佛惊动了江娥、素女、紫皇、神妪、吴刚等一众神仙，调动了凤凰、老鱼、瘦蛟、玉兔等一堆动物，连芙蓉、香兰这样淡定的植物都被引得悲从中来或开怀大笑。想象天马行空，笔法独出心裁。读了这首诗，就能明白李贺为什么被归为浪漫主义诗人。如果盖住作者的名字，说此诗是李白的作品，估计也会有很多人相信。

　　诗中最瑰丽的想象，是乐声将女娲炼五色石补天之处震破，洒下一天秋雨，这是成语"石破天惊"的出处。文化大师余秋雨先生书中有言："大量中国古代知识分子一生最重要的现实遭遇和实践

箜篌引诗成鬼神惊

行为，便是争取科举致仕。"这是将"致仕"当作"做官"来解了。《汉语大词典》的编委金文明先生指出，"致仕"一词历来只有一个意思，就是"官员退休"。但余大师不认错，声称自己是"活用"。金先生一口气曝了余大师一百多处错误，文章题目就叫作《石破天惊逗秋雨》。

李贺逝世那年，他未来的粉丝李商隐大约只有三岁，正在牙牙学语。后来李商隐为偶像写小传，提到李贺从小就喜欢骑着毛驴、带着书童到处游逛，如果偶然想到一个好句子，便立刻写下来投入背后的破锦囊中。晚上回到家，李贺的母亲令侍女将囊中纸条倒出来，每次都看见写了很多，总要忍不住叹气："这孩子写诗如此用心，如此下去，总有一天要把心都呕出来！"常言道，知子莫若母，李贺二十七岁便怅然离世，人如其诗。不少人认为，如果天以假年，以李贺的天分，可取得的成就也许能与李白一较高下。

| 何满子 |

元稹是否应该对李贺无缘科考之事负责还是一段疑案，他又成了张祜被压制一案的嫌疑人。张祜出身名门望族，人称张公子，是杜牧非常推崇的诗人，为我们留下了许多脍炙人口的名句，大家最早接触到的可能是语文课本上那首《宫词》：

> 故国三千里，深宫二十年。
> 一声何满子，双泪落君前。

区区二十个字，深刻揭示了深宫女子们悲惨的内心世界。诗成之后，不胫而走，最终流入禁宫，心有戚戚焉的宫女们纷纷含泪传唱。

唐武宗病重之时，询问病榻前心爱的孟才人："朕将不久于人世，你是怎样打算的呢？"这和前文提到唐太宗问武才人的问题一样，其实就是想让她殉葬，陪自己走黄泉路。君要臣死，臣不得不死。唐武宗不但要独霸没有生命的《枫桥夜泊》诗碑，还要把有生命的孟才人也独霸至死。

孟才人流泪道："臣妾情愿自尽，到九泉之下继续侍奉陛下。现在就让臣妾为陛下献上最后一曲吧。"于是开口唱道："故国啊……三千里，深宫啊……二十年……"

刚唱到第三句"一声何满子"，蓦地悄无声息。唐武宗赶紧令侍女查看，色艺双绝的孟才人竟然香消玉殒了。可能孟才人本就身体羸弱，面对无法抗拒的宿命，自怜身世、悲从中来之情不可抑制，导致肠断气绝。

张祜听说此事后，感伤不已，写了一首《孟才人叹》为之凭吊：

> 偶因歌态咏娇颦，传唱宫中十二春。
> 却为一声何满子，下泉须吊旧才人。

诗中所提的这个"何满子"，乃是当时的一首流行歌曲，曲调极其哀怨。白居易的《听歌六绝句》中如此介绍：

> 世传满子是人名，临就刑时曲始成。
> 一曲四诗歌八叠，从头便是断肠声。

白居易还为此诗做了注解，大意是：开元年间，沧州有歌者名叫何满，因犯罪判了死刑，他知道当今天子喜爱音律，所以献上此曲请求赎死，然而唐玄宗没有同意。而在元稹的一首诗中则说，何满的这个请求成功了。元白二人同处一个时代，还是至交好友，理应见闻相同，但对这件事情的记录却截然相反，可见在漫漫历史长河中沙里淘金、寻求真相有多么困难。如果唐玄宗真的同意何满以曲免死的请求，说明他已经从励精图治的前半生开始转入玩物丧志、以爱废法的后半生。

第二十七章

他时不用逃名姓　从此萧郎是路人

《宫词》一诗，使得张祜声名鹊起，但后来也正是因为此诗，使得他一生郁郁不得志，真是让人始料未及。

宰相令狐楚爱惜张祜之才，便向皇帝极力推荐说这样的才子名士应当委以重任。当张祜意气风发地来到帝都长安后，皇帝召来文坛领袖之一的元稹问道："以元卿看来，写《宫词》的张祜才能如何？"元稹淡淡地回答："这种诗属于雕虫小技，壮夫耻而不为。如果陛下对其奖励提拔，恐怕于风化无益。"皇帝想想也是，不禁微微点头：此诗揭露了宫女的痛苦生活，良家女子读了都吓得半死，以后谁还愿意入宫呢？于是名满天下的张祜只好落寞而归，还写了两句诗自嘲："贺知章口徒劳说，孟浩然身更不疑。"意即就算有贺知章这样的伯乐推介得口干舌燥也是徒劳，自己就是孟浩然一样白丁终身的命运。

两雄相争

张祜，字乘吉，比元稹小六岁，比李贺李长吉大六岁。看样子元稹对字中带"吉"的人而言，都是一块很不吉利的拦路石。张祜的好友杜牧对此愤愤不平，作《酬张祜处士见寄长句四韵》一诗来安慰他：

> 七子论诗谁似公，曹刘须在指挥中。
>
> 荐衡昔日知文举，乞火无人作蒯通。
>
> 北极楼台长挂梦，西江波浪远吞空。
>
> 可怜故国三千里，虚唱歌词满六宫。

杜牧称赞张祜的文学才能超过"建安七子"，政治才能可以指挥曹操、刘备，虽然写出了"故国三千里"这样六宫传唱的佳作，可惜没有遇到孔融、蒯通那样的举荐人，所以为国效力的理想成了空梦。张祜和"建安七子"确实可以相比，但和曹、刘就完全没有可比性了，有时文人之间的互相吹捧着实过甚。

除了令狐楚和杜牧，欣赏张祜的还有大名士白居易。前文提到王维的《观猎》是千古名篇，但白居易说若用张祜的《观魏博何相公猎》与之相较，自己不敢评定伯仲，意思是两诗完全可以并驾齐驱。张祜诗如下：

> 晓出禁城东，分围浅草中。
>
> 红旗开向日，白马骤迎风。
>
> 背手抽金镞，翻身控角弓。
>
> 万人齐指处，一雁落寒空。

全诗动感十足，使人有身临其境之感。尾联在整个场面的最高潮处戛然而止，读者仿佛能听见上万人的齐声喝彩，不禁热血沸腾。我甚至认为张祜诗比王维诗更胜，尤其是这个收尾妙不可言。

按唐代的科举制度，各州县选拔士子进贡京师，参加由礼部主持的进士考试，称为"会试"。白居易时任杭州刺史，张祜便去请他贡举自己为杭州赛区第一，没想到正好遇上另一位才子徐凝也跑来请白刺史举荐自己。仔细比较之后，白居易还是评判徐凝的《庐山瀑布》为最佳：

> 虚空落泉千仞直，雷奔入江不暂息。
>
> 今古长如白练飞，一条界破青山色。

可能大家觉得奇怪，有李白奔放空灵的"飞流直下三千尺，疑是银河落九天"在前，徐凝这首诗纵然好，也不值得白居易如此推崇啊。但如果读了之前元稹、白居易和韩愈关于"李杜"的笔墨官司，就能明白白居易并非像我们今天这样对李白搞个人崇拜。张祜、徐凝两雄相争，确实让白刺史好生为难，长叹一声道："论到你们两位诗歌的比较，就像廉颇和白起在狭小的鼠穴中相斗，胜负只在于一战之间啊！"

秦国的白起、王翦和赵国的廉颇、李牧，号称战国四大名将。白起是四大名将之首，曾在伊阙之战中大破魏韩联军，攻陷楚国国都郢城，而最著名的就是在长平之战后期重创纸上谈兵的赵括所率领的四十万赵军主力。他一生夺城逾百，杀敌百万，可谓百战百胜，为秦国的统一大业立下不世之功，被封为武安君。

廉颇曾为赵国大破齐国，屡败强秦。长平之战前期成功抵御秦军，使得秦国不得不用反间计，诱骗赵国换上赵括为帅；长平之战后，他率领赵国残兵，还能击退燕国趁人之危的入侵，斩杀敌帅栗腹，逼得燕国割地求和。最后因功被封为信平君。

这两位都是常胜将军，有趣的是他们生活在同一时代，却从未有机会正面交锋。在白居易的心目中，徐凝的《庐山瀑布》不输于诗仙李白的《望庐山瀑布》，张祜的《观魏博何相公猎》不输于诗佛王维的《观猎》，两人如今同堂争胜，就像廉颇、白起两位不败名将狭路相逢于鼠穴之中，不得不一决雌雄。这个比喻既肯定了这场难得一见的盛事，又充满了惜才之意。

白居易将徐凝推为杭州第一、张祜名列第二，这让名气比徐凝更大的张祜非常难堪，也使得杜牧再次发飙，又写了一首《登九峰楼寄张祜》来为好友打抱不平：

> 百感衷来不自由，角声孤起夕阳楼。
> 碧山终日思无尽，芳草何年恨即休？
> 睫在眼前长不见，道非身外更何求。
> 谁人得似张公子，千首诗轻万户侯？

"睫在眼前长不见"，调侃白居易没有识张祜之明；"千首诗轻万户侯"，就是说张祜的诗歌成就分量比当官封侯要重得多。那时白居易早已是文坛领袖，杜牧不过是后生晚辈，就算他认为张祜强过徐凝也没啥用。但是两百多年后，杜牧得到了一位超一流盟友的支持，使得这场争论的天平彻底倾斜过来。最喜欢品评唐朝诗人的苏轼写了一首《戏徐凝瀑布诗》：

> 帝遣银河一派垂，古来唯有谪仙词。
> 飞流溅沫知多少，不与徐凝洗恶诗。

以苏轼的成就和眼光，评价"郊寒岛瘦""元轻白俗"，事后都成了定论。现在他说徐凝的《庐山瀑布》和谪仙李白的《望庐山瀑布》根本不在一个档次上，简直就是"恶诗"，搞得徐诗彻底挂掉，宋朝以后再没有什么人来为其翻案。苏轼穷追猛打，又写下"不识庐山真面目，只缘身在此山中"的佳句，以至于我们今天只要谈起关于庐山的诗词，肯定是李白和苏轼这两位千年一遇的大才子的名篇，几乎没有人想得起徐凝还有一首被白居易评为超越"故国三千里"的作品。这场跨越唐宋的论战，张祜和杜牧在强大友军苏轼的支持下，最终完胜了徐凝和白居易。

| 明月无赖 |

徐凝当时在白居易眼中胜过了张祜，并不意味着从此就能一帆风顺。他后来到长安求取功名，因为不愿意拜谒显贵，多年来一无所获，最终决意放弃在仕途上的努力。南归前，徐凝写了一首七绝作别韩愈：

> 一生所遇惟元白，天下无人重布衣。
>
> 欲别朱门泪先尽，白头游子白身归。

此诗感激元白，却未致谢韩愈，可能是因为韩愈并未像推介张籍、孟郊、贾岛、李贺那样推介自己。联想到韩愈和元白之间微妙的关系，莫非已经被元白赏识的人，韩愈就不再赏识了？

徐凝回到江南后，写出了真正的名篇，证明他的实力绝不仅限于《庐山瀑布》。这首《忆扬州》是如此风流蕴藉，让不少人误以为是最爱扬州的杜牧所作：

> 萧娘脸薄难胜泪，桃叶眉尖易觉愁。
>
> 天下三分明月夜，二分无赖是扬州。

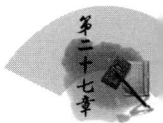

关于"无赖"二字的解释，向来没有定论。有人认为是要表达扬州的明月顽皮可爱，后来宋朝王安石有句"春色恼人眠不得，月移花影上栏干"，就是走的同一路线，"春色恼人"与"明月无赖"正好凑成一副不甚工整却有相似娇嗔意境的趣对。也有人认为是要表达扬州无赖地独占了天下明月三分之二的光辉，类似于谢灵运的"天下才有一石，曹子建独占八斗"。无论采用哪种解释，诗句都显得妙趣横生，而且这种众说纷纭反而更加吸引人。从全诗来看，忆的其实不是扬州，而是扬州的萧娘。但"明月无赖"句一出，震惊天下，让读者都将扬州的明月当做主角，而忘了诗歌的真正主角萧娘。

徐凝的梦中女子并不见得姓萧，因为自南朝以来，诗词中男子所恋的女子常被称为"萧娘"；反之，诗词中女子所恋的男子常被称为"萧郎"。整个诗词史上最有名的"萧郎"也不姓萧，而是唐朝秀才崔郊。

| 侯门如海 |

崔郊与韦应物、顾况生活在同一时代。他年轻时曾借住在襄樊的姑母家，与一名美丽的婢女互生爱慕之情，于是私定终身。但姑母由于家境不好，将婢女卖给了高官于頔。于頔非常喜欢这女子，为之付了四十万钱，买回家后也是倍加宠爱。

崔郊对恋人思念不已，经常跑到于府门外探头探脑，盼望能偶然再见伊人一面，聊诉衷肠。今天去看，没有人出来；明天去看，还是没有人出来，但崔秀才就是不死心，每天都要去于府门外看一

眼。到了寒食节那天，心有灵犀的女子终于找到机会出门，一抬头就看见一直在于府门外不远处一棵柳树下苦等的崔郊。两人执手相对，竟无语凝噎。崔郊默默地向恋人展开衣袖，上面题着一首诗：

> 公子王孙逐后尘，绿珠垂泪滴罗巾。
> 侯门一入深如海，从此萧郎是路人。

女子看了，将衣袖紧紧握在手心，泣不成声，崔郊便撕下衣袖相赠。女子回家后，这截衣袖没有收藏妥当，被于頔偶然看到，经不住一番追问，只好和盘托出。于頔立刻差人将崔郊召来府上。崔秀才提心吊胆，但又不敢逃跑，只好硬着头皮来拜见，心想这次恐怕难逃一顿毒打。不料于頔热情地握着他的手说："四十万是一笔小钱，怎能抵得上先生这首'侯门一入深如海，从此萧郎是路人'的佳作呢？你和此女既有前约，应该早些写信告诉我啊！"随后让两个有情人一同归去，并且赠送了很丰厚的妆奁，成就了这段姻缘，后传为诗坛佳话。

于頔有如此眼光并不意外，茶文学开创者、诗僧皎然出诗集，就是请老友于頔作的序。

|题金陵渡|

话说张祜当年败给徐凝，科场失意后，便如孟浩然一样浪迹江湖。塞翁失马焉知非福，他因此写下了客愁诗歌中的杰作《题金陵渡》：

> 金陵津渡小山楼，一宿行人自可愁。
> 潮落夜江斜月里，两三星火是瓜州。

读者可以掩卷想象这"两三星火是瓜州"的苍凉意境，完全不输于张继的"月落乌啼霜满天"，不输于马致远的"小桥流水人家"，不输于崔颢的"日暮乡关何处是"，而且镜头感犹有过之。即使是没有充分认可他的元白二人，在他们自己的作品中也并无此客愁佳句。明朝小说家吴承恩可能很喜欢这首诗，因为《西游记》中孙悟空的启蒙老师菩提老祖所住的地方叫作"灵台方寸山斜月三星洞"。斜月三星乃是一个"心"字，灵台、方寸也都是心的意思。

张祜能写出这样的千古名句，自然狠下了一番功夫。在苦吟炼字之时，老婆孩子叫他也绝对不会搭理。如果因此受到埋怨，他便不屑地回答："我正在口中生花呢，哪顾得上你们这些鸡毛蒜皮的小事？"就这样熬出得意之作《题金陵渡》之后，他忍不住立刻拿去向朋友李涉炫耀一番。

李涉曾任国子监博士，这个"博士"是"国立中央大学的教授"，可不是"博士生"。李博士一读此诗，果然非常喜欢，干脆抄录下来钉在书房墙上，反复吟诵"两三星火是瓜州"之句，还写了一首《岳阳别张祜》，进行文人之间的互捧，中有"新钉张生一首诗，自馀吟著皆无味。策马前途须努力，莫学龙钟虚叹息"之句，非常励志。

浮生半日闲

后来李博士因为得罪权贵，被流放到镇江，每日里忧国忧民、闷闷不乐。春季的一天，被案牍工作累得筋疲力尽的他爬上南山，在鹤林寺中与方丈大师天南海北地聊了两个时辰，终于清闲了半日。

临走时要来笔墨，在墙上留下一首《题鹤林寺僧舍》，以表对方丈陪聊的感谢：

> 终日昏昏醉梦间，忽闻春尽强登山。
> 因过竹院逢僧话，偷得浮生半日闲。

有的版本将最后一句写作"又得浮生半日闲"，但个人认为"偷"字更妙一些，能表现出作者主动寻找快乐、从容乐观的人生态度。现代人工作紧张，生活忙碌，所以非常享受难得的休闲时光。当你在朋友圈里晒旅游照片时，建议用此"偷得浮生半日闲"之句，第一能显出自己是成功人士，因为平时很忙；第二能显出自己是土豪，因为有钱旅游；第三能显出自己很有文化，因为能背唐诗。这样一定能成功地拉来仇恨。

传说后世有位读书人登山游玩，在清山秀水之中，恰遇一座庄严肃穆的古寺。书生想起李涉当年的故事，不禁兴致大发，迈步入寺，也想附庸风雅地找位高僧谈论一番。不料寺中住持言辞枯燥、俗不可耐，书生后悔不及，勉强应酬一阵后，赶紧起身告辞。住持大师又坚持请他留首诗，好让寺壁生辉。对着庸俗乏味的大师，书生绞尽脑汁也想不出什么溢美之词，只好将李涉之诗照录一遍，不过稍微调了一下顺序：

> 偷得浮生半日闲，忽闻春尽强登山。
> 因过竹院逢僧话，终日昏昏醉梦间。

江上豪客

唐朝经历安史之乱后，国势已经走下坡路，很多地方盗贼横

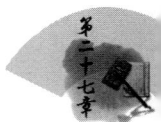

111

行。有一次，李涉孤身到了安庆小村井栏砂，打算从这里乘小舟横渡长江，当时正是月黑杀人夜、风高放火天，不出意外地被强盗的几艘快船包围。李涉手无缚鸡之力，根本不指望反抗或者逃脱，但求能破财保命就很好了。无奈行囊羞涩，恐怕强盗老爷一怒之下，连自己的小命也难保。

只听对面快船上小喽啰厉声喝问："张老大，今天你船上载的是何人？"

船夫张老大吓得直哆嗦："李……李博士也……"

强盗头子是一位状貌魁梧的大胡子，听张老大这样说，居然来了兴趣："是哪位李博士？"

李涉只好扬声答道："在下李涉，曾任国子监博士。"

不成想对方听了他的名字，竟然哈哈大笑起来："若是李博士，俺知道国子监是清水衙门，就不借用您的钱财了，估计还不够塞我们的牙缝。久闻博士大名，只愿为俺写一首诗就足够啦！若是写得好呢，俺自当恭送博士一程；若是写得不好，可见博士徒有虚名，就把你丢下江里喂鱼！"

李涉闻言，心想：要钱本人没有，要诗有何难哉？在船上来回踱了几步，便已胸有成竹。当即取出纸笔，一边笔走龙蛇，一边朗声吟出了这首《井栏砂宿遇夜客》，吟诵声在深夜寂静的长江上悠悠回荡：

> 暮雨潇潇江上村，绿林豪客夜知闻。
> 他时不用逃名姓，世上如今半是君。

李博士酬诗退强梁

诗句用字浅显，让强盗喽啰们都能听得懂，却又不失优雅。在这样充满压力的环境中即兴写出，足证李涉的急智不输才高八斗的曹植。

大胡子一听，喜不自胜，当即命人端着两盘熟牛肉并一坛好酒，跟着自己送到李涉的小舟上。大胡子拿起刚刚写好的诗稿，看得爱不释手，亲热地拍着李涉的肩头连声问："博士一路盘缠带得够吗？我再赠您一些，穷家富路嘛！前面还有其他道上的兄弟在恭候，只怕您不能平安到达。拿着我混江龙这块令牌，遇上麻烦就亮出来，包您一路无事，比安庆知府的介绍信有用多啦！"

李涉却之不恭，只好统统笑纳。混江龙目送李涉的小舟渐渐远去，才率领手下兄弟们拱手躬身，施礼而别。

李涉诗中如实地描绘了唐朝当时盗贼蜂起的严峻现实，诗风却诙谐幽默，甚至潜藏了一丝温暖的同情在其中，确是佳作。而且看得出，作者性格温厚，令人喜爱。这件趣闻生动地反映了唐代诗人在社会上所受到的普遍尊重，而且再次展现了诗歌在日常生活中是何等有用，关键时刻甚至可以救命。此诗的最可贵之处，在于其中蕴藏的现实感慨：强盗之辈尚且怜才，执政者却让李涉这样怀瑾握瑜的人物浪迹江湖、不得其所，国家的衰落不是意料之中的吗？

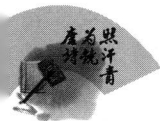

第二十八章

二十四桥明月夜　绿叶成阴子满枝

张祜游历了祖国的大好河山之后，觉得自己人生最理想的归宿就是死在并且葬在扬州，所以写了《纵游淮南》一诗来表达这个愿望：

> 十里长街市井连，月明桥上看神仙。
>
> 人生只合扬州死，禅智山光好墓田。

很多古人讲究避讳，不愿意谈及自己的死亡，张祜这么兴高采烈地谈论将来的埋骨之地，可见是位豁达之士。更难得的是，他将死亡和埋葬写入诗中，还能写得如此具有美感。禅智山因禅智寺而得名，就是韦小宝看芍药花被和尚们赶出来的那座寺庙。据说禅智寺最早是隋炀帝到扬州看琼花时的行宫，风景肯定是第一流的。杨广最终在这座行宫里被宇文化及逼得自缢而死（也有一说是被缢死），倒是有了块好墓田。张祜此诗现在已成为赞美扬州的名篇，为这座城市增光添彩不少。一个城市有多大吸引力，文化底蕴是非常重要的，扬州在这方面家底丰厚、富得流油，令大多数城市艳羡不已。

|阿房宫赋|

　　和张祜一样深爱扬州甚至结缘更深的，是多次为他打抱不平而且名气更大的杜牧。杜牧，字牧之，比张祜小十八岁，两人可算是忘年交。在评价张祜的问题上，杜牧的眼光胜过元白。

　　杜牧比杜甫晚出生约九十年，所以人称其为"小杜"。这个"小"是基于年代的早晚，而非成就的大小，并且很多人喜欢小杜甚至超过老杜。虽然不易看出杜甫和杜牧之间的亲戚源流，但两人家谱上的先祖都是晋初名将杜预，所以算是远亲。杜牧的爷爷杜佑是中唐名相，所以小杜对自己的家世非常自豪。在写给小侄子的一首勉励诗中，杜牧说咱们家族可是"旧第开朱门，长安城中央。第中无一物，万卷书满堂"。杜家祖屋在帝都的黄金地段，但并非堆满了黄金的暴发户，而是堆满了古籍的书香门第。

　　当时在位的是唐敬宗李湛，这位十五六岁即位的少年天子，只知声色犬马，每天都睡到日上三竿才上早朝。有一天，大臣们一直等到中午也不见皇帝的影子，那位被贾岛"落叶满长安"冲撞了的暴脾气帝都市长刘栖楚磕头流血苦谏，照样毫无效果。

　　李湛还大建宫室、游乐无度，即位第二年就想去骊山旅游度假。大臣们怕劳民伤财，都极力劝阻道："自从周幽王以来，凡是游幸骊山的帝王，都没啥好下场。吞并六国的秦始皇葬在骊山，强大的国家二世而亡；本朝盛极一时的玄宗皇帝在骊山修行宫，没过多久安禄山就造反，玄宗不得不远涉蜀地。陛下千万要以史为鉴啊！"不料正处于青春逆反期的唐敬宗一听这话，兴趣更大了："骊山这么凶恶啊？太好玩了！朕应当去一趟来验证你们的话！"他丢

开啰里巴嗦的老臣们，兴冲冲地前往骊山。这个故事提醒年长者：劝导年少者，要注意他们的心理特点。

后来李湛又想去东都洛阳游览，此时是裴度当政，便不加劝阻，而是说道："去洛阳玩？这主意果然是极好的！只是东都有九十年未曾接待过御驾了，宫室凋零、沿途荒废，应该先派人去好好修葺一番，才能配得上天子出行啊。"敬宗一听，原来不能来一场说走就走的旅行啊，还要等着修缮，太麻烦了，一摆手不去了。可见裴度对人心的把握能力之高。

敬宗骊山之行的闹剧闻于朝野，小杜听说后，写下了入选语文课本的《阿房宫赋》，借秦朝因为骄奢淫逸而迅速败亡的教训讽谏唐敬宗："秦人不暇自哀，而后人哀之。后人哀之而不鉴之，亦使后人而复哀后人也！"小杜时年二十三岁，如此深刻的历史眼光，竟出于如此年轻者之手，不得不令人对那个天才辈出的时代心生敬佩。但唐敬宗可能根本就没有看过这篇文章，或者看了也完全没在意，我行我素，继续他的各种娱乐事业，结果登基短短两三年，就死在了亲信宦官的手中。这个故事提醒少年人：不听老人言，吃亏在眼前。

说到少年的逆反心理，真是一个很有意思的话题。五岁的男孩觉得父亲无所不能，十五岁的男孩觉得父亲不过尔耳，二十五岁的男孩觉得父亲一无是处，三十五岁的男人觉得父亲颇为明智，四十五岁的男人觉得自己就是父亲当年。所以男人往往到了中年以后，才变得越来越体贴长辈。

小杜二十六岁时去洛阳参加进士考试，那年的考官是吏部侍郎崔郾。崔侍郎启程前往东都那天，一众官员都到长安城外为他饯行。

酒席进行到一半，只见太学博士吴武陵骑着瘦驴，施施然到来。吴武陵是柳宗元的好友，曾与他在永州同事数年，交往甚密。物以类聚，人以群分，吴博士也是一位德高望重的君子。崔郾见吴老亲自前来，喜出望外，赶紧离席施礼迎接："哎呀，劳动吴公亲自前来，下官怎么敢当？"

吴武陵笑眯眯地说："崔侍郎担当了为圣明天子选拔国家栋梁的重任，老夫怎敢不尽点绵薄之力来推荐人才呢？前几日偶然看到几位太学生正在读一篇文章，读得眉飞色舞。老夫好奇一看，原来是一位名叫杜牧的青年才子所写的《阿房宫赋》。那文章写得可谓高屋建瓴、纵横捭阖，实在是皇上的辅弼之才啊！侍郎您是日理万机的组织部副部长，恐怕还没有闲暇读过这篇文章，不如让老夫为您诵读一遍吧。"说完，也不管崔郾是否感兴趣，就从袖中掏出《阿房宫赋》的文稿，摇头晃脑地念了起来："六王毕，四海一，蜀山兀，阿房出……"声韵铿锵，抑扬顿挫。

一向以识才著称的崔郾越听越喜欢，干脆将吴武陵手中的文稿抽过来自己仔细吟诵，不禁赞不绝口。吴武陵趁热打铁地请求道："崔侍郎，您便将杜牧列为今科状元如何？"崔郾一听，心想这才是您老今天的来意啊，赶紧摇头："恕下官难以从命，状元已有人选了。"吴武陵接着问："状元不行的话，那就第二名？"崔郾还是摇头："第二名也已定下了。"吴武陵继续讨价还价："那至少也是前五名吧？"崔郾还在犹豫，吴武陵气哼哼地伸手欲取回文稿："今科是什么好年景，居然能找出五个比杜牧还有才的考生！既然这样，便请侍郎将这篇赋还给我，自己去让那前五名各写一篇好了！"崔郾哪里舍得，连忙应声说："就按吴公的推荐还不行吗？

这篇文章还是留给下官再欣赏几日吧。"说着，赶紧将文稿藏入自己袖中。吴武陵哈哈大笑，满意地与崔郾施礼而别。

崔郾回到席上，对在座众人笑道："刚才吴博士给下官推荐了今科第五名进士。"众人无不好奇："吴博士平时从不受人托请啊，他推荐的是谁？"崔郾回答："杜牧。"席中立刻有人嘀咕道："杜牧这人才气是比较高，只是听说品行不太好，喜欢出入风月场所……"崔郾摇头道："我适才读他所做的《阿房宫赋》，便知其忧国忧民。以四海之大为己任者，往往不拘小节。况且我已经亲口应许了吴博士，君子一诺千金，也不能再更改了。"就这样，杜牧二十六岁时便进士及第。

绿叶成阴

和好友张祜以《宫词》闻名天下一样，杜牧诗中最早出名的，也是一首宫怨诗《秋夕》：

> 银烛秋光冷画屏，轻罗小扇扑流萤。
> 天阶夜色凉如水，坐看牵牛织女星。

许多人初读此诗时，以为是闺怨，要细品才会发现原来是宫怨。"轻罗小扇"让我们联想起班婕妤的团扇，暗示了诗中宫女不被宠幸的命运。秋天的夜晚寒意袭人，本该到了进屋歇息的时间，可她依然百无聊赖地坐在皇宫中的石阶（所以叫"天阶"）上，眺望着银河两旁的牵牛星和织女星，满怀心事，却无人可以诉说。杜牧曾在《阿房宫赋》里描述生活于其中的宫女："一肌一容，尽态极妍，缦立远视，而望幸焉。有不得见者三十六年。"那么《秋夕》

中的这位官女显然会想到，自己纵愿与有情人如牛郎织女般每年仅有一夕之会，也是无法实现的奢望。现实中，众多深官女性注定是孤独终身的命运，比传说中的织女活得更加凄凉。此诗有另一个版本是"卧看"牵牛织女星，我怕秋凉卧看会生病，还是倾向于"坐看"。

小杜进士及第后，先当了弘文馆的校书郎，不久到了盛产宣纸的宣州，在宣歙观察使沈传师帐下做幕僚。沈传师是著名书法家，韩愈为纪念好友柳宗元被贬为柳州刺史时所做的政绩而写下的《柳州罗池庙碑》，就是请沈传师写的楷书。小杜听说离宣州不远的湖州美女如云，便请假跑去游玩。湖州崔刺史素闻他的大名，于是盛情款待。小杜为人从不假客气，酒足饭饱之后便直说来意："在下久闻湖州出美女，故专程前来，想在贵宝地结成一门亲事。"

崔刺史笑道："本府久闻牧之风流大名，没想到还如此直接爽快，甚好！若想在我偌大湖州寻一中意女子，有何难哉？"他派人去将湖州待字闺中的名媛轮流请来府上做客，让小杜在暗中挑选。哪知小杜阅尽春色后，颇为遗憾地评论道："这些女子美则美矣，但似乎还不够尽善尽美。不知能否麻烦使君在江边举行一次龙舟竞渡，号召全湖州的人都来观看，到时在下沿着江边缓缓泛舟，在人群中细细寻找，或许能找到中意的女子。"

大家都晓得龙舟竞渡是一年一度的端午节才举行的、用以纪念屈原的高尚娱乐活动，这非年非节的时候搞赛龙舟，仅仅是满足小杜的私人想法，算怎么回事？！虽然这个要求很过分，但爱才的崔刺史不忍拂了小杜的兴致，还是吩咐手下人张榜，说三日后刺史大人要在湖州城内搞一场热热闹闹的赛龙舟，以庆祝当今太平盛世，

让百姓们都来同乐。

到了那日，两岸果然密密麻麻地挤满了围观群众。人家站了一天忙着看龙舟，小杜在小船上也站了一天，忙着看沿岸的女子。从早上看到傍晚，眼睛都挑花了，竟没找到一个合意的，可见眼界太高。眼看活动就要散场，人群中有位妇人带着一个十来岁的女孩，突然吸引了小杜的目光。他仔细端详了好一会儿，激动地对随从说："这女孩真是天姿国色，世所罕见，我打算娶她！"心动不如行动，小杜立刻派随从去将这母女俩请到船上来，要和人家商谈嫁娶事宜。

那妇人本是带着小女儿出来看龙舟的，又不是出来相亲的，被这突如其来的求婚吓得一个劲儿推说女儿年纪尚小，还不能婚配。小杜笑眯眯地安抚道："在下当然知道令千金年纪尚幼，并非马上就要娶她，只是想先和您商定下几年后迎娶的日期。"妇人道："世事难料，将来若是您违约失信，而我女儿年齿渐长，总不能一直等下去吧？"小杜胸有成竹地回答："不出十年，在下必然来湖州做刺史。如果十年后没有音信，您尽管将女儿另嫁他人，在下绝无怨言。"女孩的母亲觉得这个条件还算公平合理，于是点头同意。双方立下盟约字据，小杜送给女方家一笔贵重的聘礼，成就感满满地回宣州去了。

自此一别，小杜就将爱情当成工作的原动力，最大的人生理想就是当上湖州刺史，好风风光光地迎娶美娇娘。他先后出任过黄州、池州和睦州刺史，其实均非本意，因为到哪里当官，并不是本人说了算，得服从朝廷的安排。直到好友周墀出任宰相时，小杜忍不住接连写了三封信，假公济私地请求出任湖州刺史。到了唐宣宗大中四年，已经四十七岁的杜牧终于如愿以偿，获得了这个梦寐以求的职位。

杜牧一到任湖州，第一件事便是立刻派人去接那对母女来刺史府中相见。不料手下接来的不是两位，而是四位。原来女子早已嫁为人妇，昔年那对母女，如今身后还带着一对活蹦乱跳的孩童。看着自己记忆中的清纯少女已变成风姿绰约的少妇，杜牧好似被劈头浇了一盆冷水，他愤愤地责问老妇人："当年您已答应将令千金许配给在下，为什么违背诺言呢？"老妇人回答说："咱们原来约定十年为期。可十年过去了，阁下您没有如约前来，老身这才将女儿嫁人的。"杜牧取出盟约来一看，时间居然已经过去了十九年，只得仰天长叹人生如白驹过隙，于是赠给这一家老少三代很多礼物，并且目送她们离开。

待得夜深人静时，杜牧回想十九年的期待成空，不禁辗转反侧，夜不能寐，干脆披衣起床，写下《叹花》一诗：

> 自恨寻芳到已迟，往年曾见未开时。
>
> 如今风摆花狼藉，绿叶成阴子满枝。

|二十四桥|

让我们回到杜牧还在宣州当幕僚的时候。不久后，沈传师返京任职，小杜不知为何，没有随行。可能是因为留恋江南，他又来到扬州担任淮南节度使牛僧孺的掌书记，负责节度使府的公文往来。扬州在当时是天下第一等的好地方，究竟好到什么地步呢？传说有位老神仙询问四个年轻人的人生理想，第一位说想富甲天下，第二

位说想羽化升仙，第三位说想当扬州刺史，这说明在扬州当地方行政长官的吸引力可以和成为首富甚至神仙相提并论。顺便说一下，那第四位的理想是：腰缠十万贯，骑鹤下扬州。

以杜牧之才，做个幕僚，实在大材小用，自然精力过剩、无所事事。扬州是烟花聚集之地，美女比湖州更多，这下他可谓老鼠跌进了米缸，在公事闲暇之余，常常流连于声色歌舞之所，几乎每夜都一个人偷偷跑到青楼欢饮宴乐，也不敢让领导牛大人知道。牛僧孺是白居易和刘禹锡的好友，自然也很赏识杜牧的才华，所以能宽容他这个不良爱好，还生怕他年少气盛，在青楼和别人争风吃醋时吃亏，就安排了二十名特种兵，每到夜幕降临，就换上便衣，尾随杜牧，暗中保护。只顾着对酒当歌、风花雪月的杜牧，完全没注意到这些尾巴，只觉得每次有人与自己话不投机、刚要大打出手时，对方又都莫名其妙地掩下气焰，低声下气地离开了。杜大才子也没细想，只暗自庆幸自己运气真好。

几年后，杜牧擢升为监察御史，要离开扬州，赴洛阳上任。让一个喜欢寻花问柳的人去当纪委官员，我大唐朝的用人方式真是不拘一格。牛僧孺设宴为他饯行，席上语重心长地谆谆告诫道："以贤侄的学识气概，前途必不可限量。但老夫稍有点担心贤侄过于放纵风月之情，不知节制，只恐时间长了会有损贵体。"杜牧听了，脸皮发烫，但以为自己的保密工作做得还不错，便强作镇静地答道："多谢牛公挂怀！还好下官一向洁身自爱，在这方面尚不至于让牛公操心。"牛僧孺哈哈大笑，让书童捧上一个小书箱。不明真相的杜牧打开一看，原来里面都是每天悄悄跟在他身后的便衣保镖写的工作报告，无非是"某晚杜才子在醉仙楼饮酒，与何人争执，我等已摆平""某晚在丽春院宴乐,与何人口角,我等已摆平",足足有数百份。杜牧这才晓得牛僧孺如此照顾自己,遂感动不已,下拜致谢,此后终身不忘牛僧孺的恩情。

这位"大唐好领导"牛僧孺,作为"牛党"之首,与以李德裕为首的"李党"进行了长达四十多年的"牛李党争",李商隐就在中间吃了大亏。在这位老领导逝世后,杜牧亲自撰写墓志铭,自然都是歌颂溢美之词,文采比年老时为自己写的墓志铭还好。不知是否因为对他人不放心的缘故,杜牧临终前未按惯例,委托别人写墓志铭,而是亲自操刀,但写得文采平平,毫无大诗人风范。想想也是,人一般都不好意思自吹自擂,给自己写墓志铭其实挺难下笔,不明白他为何要如此费力不得好。

杜牧离开扬州后,依然对其魂牵梦萦、念念不忘,于是写下《寄扬州韩绰判官》,赠给昔日的同僚:

> 青山隐隐水迢迢,秋尽江南草未凋。
> 二十四桥明月夜,玉人何处教吹箫?

看来这位韩判官不但是杜牧职场上的同僚,还是风月场中的同道。关于"二十四桥",一直有两种说法:有人认为是二十四座桥,比如沈括在《梦溪笔谈》中说"扬州在唐时最为富盛……可记者有二十四桥",并注明今存者只有六桥;也有人认为是有一座桥名叫"二十四桥",传说隋炀帝游扬州时,在月圆之夜,带着二十四位美人在那座桥上饮酒吹箫,因此得名。对此,至今众说纷纭,没有定论。

第二十九章

十年一觉扬州梦　多少楼台烟雨中

　　扬州在地理意义上属于长江以北，但在文化意义上却是典型的江南之地。后来那位在干燥灰黄的北方待腻了的金国皇帝完颜亮对以扬州、杭州为代表的水乡美景非常神往，尤其在受到柳永描写江南美丽富庶的《望海潮》一词的刺激后，挥师南下，决心统一中国。金兵浩浩荡荡地来到长江的扬州段，意气风发的大金皇帝跃马扬鞭，极目南望，吟出了豪情万丈的《南征至维扬望江左》：

　　　　万里车书尽混同，江南岂有别疆封？
　　　　提兵百万西湖上，立马吴山第一峰。

　　一个人的宏伟理想能否实现，除了看队友是谁，更要看对手是谁。完颜亮遇上的对手，是南宋进士虞允文。常有人说"百无一用是书生"，而且虞书生此前从未带过兵、打过仗，没想到第一仗遇上的就是带领倾国之兵而来的敌国皇帝，这样的人生玩的才是心跳。

豆蔻年华

完颜亮指挥十五万雄兵，欲从马鞍山的采石矶渡江，虞允文率领一万八千江东子弟兵浴血死战不退，大破几乎十倍于己的金兵。完颜亮只好退到扬州，想躲开虞允文，不料第一仗就打出感觉的虞允文又率兵沿着南岸追到镇江，隔江阻截。完颜亮恼羞成怒，下令金兵必须在三天内强渡长江，否则全体处死。可那时候，从扬州到镇江还没有现在使得天堑变通途的润扬大桥，孤注一掷的命令，只会使内部矛盾激化。眼见虞允文率领士气高昂的宋军在长江对面严阵以待，本就军心不稳的金国将士干脆兵变，干掉了自家这位不靠谱的皇帝。完颜亮既遇上了神一样的对手，又挑选了白眼狼一样的队友，不死何为？

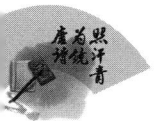

班超、虞允文等人物用事实证明，如果书生投笔从戎，常常会小宇宙爆发，战斗力惊人。而总结完颜亮失败的原因，可以看出他在天时、地利、人和三方面均没有占到优势。当时南宋虽弱，但国力和士气还足以自保，远未到亡国之时。就在虞允文中进士的那年，同科及第的有张孝祥、杨万里、范成大，以及本来有望夺取状元但因得罪秦桧而落榜的陆游。这么多才子在同一期考试里集中爆发，当年大概九星连珠、天象异常。

这一仗，南宋虽然取得大胜，但金兵南侵至扬州，还是给当地造成了巨大的灾难。多年后，词人姜夔路过扬州，目睹昔日烟柳繁盛之地被那场战争洗劫后一直未能恢复的萧条景象，抚今追昔，悲从中来，写下了著名的《扬州慢·淮左名都》：

淮左名都，竹西佳处，解鞍少驻初程。

过春风十里，尽荠麦青青。

自胡马窥江去后，废池乔木，犹厌言兵。

渐黄昏，清角吹寒，都在空城。

杜郎俊赏，算而今重到须惊。

纵豆蔻词工，青楼梦好，难赋深情。

二十四桥仍在，波心荡、冷月无声。

念桥边红药，年年知为谁生？

姜夔在扬州怀古，用的典故全部来自杜牧的诗。可见在后代文人雅士的眼中，提到杜牧就是扬州，提到扬州就是杜牧，二者已是血脉相连，连张祜"人生只合扬州死"和徐凝"二分无赖是扬州"这样的名句都要往后排。词中除了能看出"赢得青楼薄幸名"和"二十四桥明月夜"外，"春风十里"和"豆蔻词工"则是来自杜牧为一位小歌女所做的《赠别》：

娉娉袅袅十三余，豆蔻梢头二月初。

春风十里扬州路，卷上珠帘总不如。

假如你参加知识竞赛，遇到考题问"豆蔻年华"具体指的是什么年纪，你可以立刻给出标准答案——十三岁。看来杜牧大叔是个"萝莉控"，他给这位小歌女写的《赠别·其二》也是名篇：

多情却似总无情，唯觉樽前笑不成。

蜡烛有心还惜别，替人垂泪到天明。

|落魄江湖|

杜牧到洛阳当监察御史以后，其生活与扬州的精彩相比，自是枯燥乏味、百无聊赖。司空李愿退休闲居，经常在家大宴宾客，每次遍邀城中名流，但从不给杜牧发请帖，大概考虑到他是纪委官员，参加这样的娱乐活动，不利于官风廉政建设，于人于己都不方便。不料杜牧听说李府酒宴上总有许多美丽的家姬歌女歌舞助兴，很是神往，就主动托人向李愿致意："杜御史很希望被邀请到司空府赴宴。"李愿没想到杜牧脸皮这么厚，但也只得给他送去一张请帖。杜牧立刻大喜而来，这下纪委官员终于可以与官同乐了。

席间杜牧东张西望地看着美女们轻歌曼舞，偷偷问李愿："听说贵府上有位歌姬名叫紫云的，不知是哪一个？"李愿就随手指给他看。杜牧目不转睛地盯了半天，突然说道："这位紫云姑娘色艺俱佳，果真名不虚传。不知司空……可否将她送给在下？"此言一出，满座哗然，大家从没见过有纪委官员敢这样直截了当地向退休官员索要贿赂的。李愿一时难以拒绝，只好点头应承。原本只是送出一张请柬而已，哪知却送掉了一位美人，李司空心疼不已。

年轻的歌姬们见杜牧如此直白，都回过头来娇笑成一片，紫云姑娘更是脸蛋儿涨得通红。杜牧对李愿起身施礼，以表谢意，端起酒杯，一饮而尽，大大方方吟出四句诗：

> 华堂今日绮筵开，谁唤分司御史来？
> 忽发狂言惊满座，两行红粉一时回。

看样子退休司空就不应该在家里请诗人赴宴，更不该让美女跳舞陪酒。前有李绅司空送歌姬给刘禹锡，后有李愿司空送紫云给杜牧。杜牧在李愿府上表现得如此明目张胆十三点，也是有原因的，因为他在家族叔伯兄弟中排行第十三，根据唐朝人的习惯，就被称为"杜十三"，可谓人如其名。

但如果我们通过杜牧的诗歌去挖掘他的深层世界，就会发现他远不是表面看起来的那么嘻哈。例如他后来追忆扬州时期的生活，曾写下《遣怀》一诗：

> 落魄江湖载酒行，楚腰纤细掌中轻。
> 十年一觉扬州梦，赢得青楼薄幸名。

很多人以为本诗的重点在"青楼薄幸"四字，其实非也，诗眼是在"落魄江湖"四字。杜牧在诗里承认，他的十年扬州生活并不是内心所愿，而是落魄失意的。范仲淹在《岳阳楼记》里有"居庙堂之高则忧其民，处江湖之远则忧其君"之句，在中国古代知识分子的语境里，"江湖"的反义词是"庙堂"。杜牧的真实愿望是在朝堂之上为国效力，"了却君王天下事，赢得生前身后名"，而不是在远离政治中心的江南烟花之地醉生梦死，十年间恍若一梦，梦醒后满目寂然，只在青楼中落了个"薄幸"的名声。

杜牧这样沉湎酒色，皆因时势使然。晚唐外有藩镇割据，内有宦官专权，本该为社稷谋福的大臣们还或主动或被动地陷于牛李党争中不可自拔，国家已是内忧外患、积重难返了。杜牧既然不被朝廷重用，没有机会施展胸中抱负，去挽狂澜于既倒、扶大厦之将倾，也只能将饮酒狎妓当成苦中作乐、打发时光的方法了。

"楚腰"指美人的细腰，典故来源于春秋时的楚灵王。他喜欢看苗条的女子在宫内轻歌曼舞，所以不少宫女节食忍饿以求细

腰。如此一来，宫内女子的素腰皆嬛嬛一袅、盈盈一握，由此有了"细腰宫""楚宫腰"等词。楚灵王不但对女人有要求，对男人同样苛刻，看到肥胖的大臣就不喜欢，结果士大夫们也都节食减肥，以致饿得头昏眼花，非要扶着墙壁才能站起来。《资治通鉴》有云"吴王好剑客，百姓多创瘢；楚王好细腰，宫中多饿死"，这就叫"上有所好，下必甚焉"。楚灵王绝对是个反面例子：《谥法解》中"乱而不损曰灵"，"灵"是用来形容无道昏君的较委婉恶谥，意即把国家搞乱了，只是还未伤及根本。

| 铜雀春深 |

杜牧熟读史书，看透时局，对唐朝与吐蕃的战略态势、中央与藩镇的斗争暗流都有相当透彻的了解，并提出了对策，所以对自己的政治军事才能颇为自许。这种自负之情在《赤壁》一诗中也隐隐体现：

折戟沉沙铁未销，自将磨洗认前朝。

东风不与周郎便，铜雀春深锁二乔。

"折戟沉沙"作为指代战败的成语，即典出于此。"二乔"是三国时代名闻天下的两位美女。小乔是周瑜的夫人，而大乔则是孙策的遗孀、孙权的大嫂。一般人都认为，周瑜赢得赤壁之战是因为兼得了天时（东风）、地利（长江天险）、人和（领导孙权的信任、鲁肃等众将的支持、刘备友军的策应），杜牧却将功劳仅仅归于东风，按常理来说是很难理解的，所以他可能是故意借史事一吐胸中抑郁不平之气，有"时无英雄，使竖子成名"的寓意在内，不过非常隐晦：自己怀济世之才，为何没能生在那个能使英雄建功立业

的时代呢？一般人如果这样贬损周瑜，大家会有冲上去狠狠砸砖的冲动，换成杜牧在这里大放厥词，读者只是宽厚一笑："有才就是任性啊！"

当年曹操修成铜雀台后，曹植所做的《铜雀台赋》里有一句"连二桥于东西兮，若长空之虹蝀"，诸葛亮敏锐地捕捉到了挑拨离间的机会，在为周瑜背诵时，故意改成了"揽二乔于东南兮，乐朝夕之与共"，引得本就主战的周郎勃然大怒，更加坚定了抗曹的决心，"誓与老贼不两立"。以上是罗贯中《三国演义》中的故事，看起来其思想源流和杜牧的"铜雀春深锁二乔"一脉相承。而在历史事实中，铜雀台的建造是在赤壁之战结束的两年之后——小说家言，甚不可信。

杜牧还有一首著名的怀古诗《题乌江亭》，也是与传统看法背道而驰：

> 胜败兵家事不期，包羞忍耻是男儿。
>
> 江东子弟多才俊，卷土重来未可知。

一般人都认为，项羽垓下兵败之后，无颜回去见江东父老而在乌江边自刎是义烈之举。但杜牧借题发挥，说胜败乃是兵家常事，能够忍辱负重、再图翻盘才是真正的男子汉。江东子弟人才济济，说不定能重整旗鼓杀回来呢，"卷土重来"的出处就在这里了。项羽一生百战百胜，只输了垓下那么一场，就输掉了生命，不得不说和他的抗压能力不足有关。反观刘邦，一生中多次被打得落荒而逃，鬼门关前都走了几个来回，最后却开创了被后世称为"雄汉"的朝代。坚持的人，最后不一定能成功；但成功的人，都必须能够坚持。

逝者如斯

说起杜牧的诗歌，给人的整体印象就是七绝出类拔萃，而且有几个重复出现的关键词，第一个是"怀古"，第二个是"扬州"，第三个是"饮酒"。怀古让人忧今，扬州的美女则能让人暂时忘忧，饮酒也能起到同样的效果。能在扬州和美女放歌欢宴，是杜牧的人生第一乐事，即使在清明节冒着丝丝细雨去祭祀先人的辛苦路途中，他也不忘寻找路边的小酒家去买一场醉。《清明》一诗中有此记录：

> 清明时节雨纷纷，路上行人欲断魂。
>
> 借问酒家何处有？牧童遥指杏花村。

杜牧的三大关键词如此深入人心，以至于很多人会忘记在此之外他写景的七绝也美丽如画，比如著名的秋景诗《山行》：

> 远上寒山石径斜，白云生处有人家。
>
> 停车坐爱枫林晚，霜叶红于二月花。

"远上寒山石径斜""乌衣巷口夕阳斜""寒食东风御柳斜"，这几个"斜"字一定要读古音 xiá 才押韵，可称为"三斜名句"。"白云生处"在有的版本中写作"深处"，个人感觉"生处"显得更加勃勃有生机。《山行》看似写景，其实里面也藏有抒怀。很多诗人都悲秋，杜牧却和刘禹锡一样喜爱秋色。他在诗中隐隐自比霜叶，其红更胜于春花，似有一层老骥伏枥志在千里的意味在其中。

秋去冬来，杜牧行经汴河渡口时，正好遇上河面结冰，渡船无法通行，只好暂且小住，等着解冻后再继续前行。望着千里冰封的长河，听着水冰相击的清脆响声，闲着也是闲着的杜牧不会浪费他的时间和天才，随手又写下了一首冬景诗《汴河阻冻》：

千里长河初冻时，玉珂瑶佩响参差。

浮生恰似冰底水，日夜东流人不知。

子曾经在川上曰过，"逝者如斯夫，不舍昼夜"，来感叹时间像江水一般日夜不停地流逝，不以人的意愿而稍作停留。奔腾的江水很容易让人注意到，但冰底的缓缓流水则让人难以察觉。看着一片冰冻景象也能诗意地抒发出人生如白驹过隙之感慨的，只有杜牧这种比孔夫子还要细腻敏感的人。

｜千里莺啼｜

如果说《山行》和《汴河阻冻》都是借写景而言志抒怀，杜牧也有一首比较隐晦的春景名作《江南春》：

千里莺啼绿映红，水村山郭酒旗风。

南朝四百八十寺，多少楼台烟雨中。

对于这首诗是否在讽刺晚唐佛教恶性发展而大大削弱国家实力，研究者们见仁见智，不过大家一致赞赏小杜将这一幅江南春景图描绘得美不胜收。偏偏明代文学家杨慎说应该改成"十里莺啼绿映红"，理由是"千里莺啼，谁人听得？千里绿映红，谁人见得？若作十里，则莺啼绿红之景、村郭、楼台、僧寺、酒旗皆在其中矣"。大部分人都认为杨慎的评论拘泥可笑，就算十里之内的莺啼你也听不见啊，十里之内的酒旗你也看不见啊，还是"千里"的气势更为壮阔。吴道子的山水画手段极高，寥寥数笔就能勾勒出整个江南春景，但只怕连画圣的丹青妙笔都绘不出杜诗这么宏大的场面。

杨慎对《江南春》的评论如此不靠谱，但如果你因此怀疑他是

133

不是没什么水平，只会哗众取宠，那可就大错特错了。此人乃是公认的明朝三大才子之首，代表作《临江仙》你或许读过：

> 滚滚长江东逝水，浪花淘尽英雄。
>
> 是非成败转头空，青山依旧在，几度夕阳红。
>
> 白发渔樵江渚上，惯看秋月春风。
>
> 一壶浊酒喜相逢，古今多少事，都付笑谈中。

如果你以前没有读过此词就太可惜了，说明你要么还没有看过中国古典小说优秀代表之一的《三国演义》，要么是看得不够认真，因为这首《临江仙》是《三国演义》的卷首词。看到这里，一定有"历史控"同学会诧异：罗贯中是元末明初之人，他逝世后再过将近一个世纪杨慎才出生，《三国演义》中怎么会有百年之后的作品呢？

因为罗贯中是《三国演义》的原著者，而我们今天看到的是明末清初毛纶、毛宗岗父子的修订版本。毛宗岗在修订原著的内容、回目和诗文时，觉得杨慎此词眼光高远、气势宏大，便将它用作卷首词，事实上也的确起到了画龙点睛之效。20 世纪 90 年代拍摄的电视剧《三国演义》，一开场就是杨洪基那浑厚男中音唱出的"滚滚长江东逝水"，著名作曲家谷建芬的配曲慷慨激昂。词、曲、唱配合得天衣无缝，为经典名著的经典荧屏作品锦上添花。

个人认为，即使将这首《临江仙》放在好词灿若繁星的大宋，也能挤入前十名。为何排位这么高呢？宋代有很多第一流的好词，你很容易从整首中挑出一两句来作为代表，却不一定背得出全词，因为并非每一句都值得让人去细细品味。但你很难从杨慎此

词中挑出代表句来，因为几乎每一句都配作为代表，用"字字珠玑"来评价毫不为过。全词无一字闲笔，没有丝毫的堆砌之感，很容易就能全部背诵下来。

杜牧在担任监察御史期间，由于职务清闲，便四处旅游，凭吊古迹，写下了不少诗篇来抒发忧国之心。其中的《过华清宫·其一》在介绍白居易《长恨歌》时已经顺带提到，而《过华清宫·其二》也是毫不逊色的佳作：

> 新丰绿树起黄埃，数骑渔阳探使回。
> 霓裳一曲千峰上，舞破中原始下来。

唐玄宗听到无数人进言"安禄山将反"，心下到底存些狐疑，便差人到范阳去对他察言观色。可惜派去的使者见钱眼开，收下重贿回来，竟拍着胸脯说安禄山忠心耿耿，并无反意。唐玄宗便放开心怀，继续观赏贵妃娘娘飘飘欲仙的霓裳羽衣舞，直到不久后安禄山起兵叛乱才悔之不及，匆匆丢下都城、宗庙、文武百官而远遁蜀地。杜牧借唐玄宗的故事，提醒当朝皇帝：不要因骄奢淫逸而重蹈覆辙。

杜牧另一首传唱至今的名篇，是在怀古诗批量催生地金陵写下的《泊秦淮》：

> 烟笼寒水月笼沙，夜泊秦淮近酒家。
> 商女不知亡国恨，隔江犹唱后庭花。

"后庭花"是歌曲《玉树后庭花》的简称。南朝陈后主陈叔宝耽于声色，亲自作此靡靡之曲，与张丽华等宠妃歌舞升平，以致朝政废弛。隋朝皇子杨广率杨素、韩擒虎、贺若弼等大将攻灭南陈，重新统一了中国，所以后世便将此曲作为亡国之音的代表。"商女"指歌女，她们演唱什么曲子其实是由听者的趣味决定的，所以并非"商女不知亡国恨"，而是座中的听者喜欢这首当年南陈的亡国之音，殊不知大唐的亡国之期也近在眼前了。

第三十章

锦瑟无端五十弦 蓝田日暖玉生烟

　　杜牧希望借着怀古讽今的诗来唤醒高居庙堂之人的忧患意识，但并未引起当政者的警觉。历史证明了他眼光犀利，绝非杞人忧天。杜牧逝世二十多年后，私盐贩子兼菊花诗人黄巢造反，再次沉重打击了唐朝早已被安史之乱动摇的统治根基。流氓无赖朱温先是参加黄巢军，后来叛变降唐，并在追剿黄巢中立下大功，一步步成为权臣。又过了约三十年，朱温篡唐建梁，曾经盛极一时的大唐正式宣告灭亡，随后中国进入了五代十国的乱世，臣弑君、子弑父、兄弟相残好似家常便饭。直到赵匡胤建立北宋，大部分百姓的生活才重新恢复稳定。

　　《泊秦淮》讽刺了在晚唐危局中依旧宴乐之人，但很多时候杜牧自己也是此类宴乐中的一分子。头脑清醒而心灵麻木，这种吊诡的自相矛盾让他痛苦却看不到出路，生于盛唐的诗人们是不曾体验的。杜牧去世之前，在家闭门搜罗生前文章，仅留下十分之二三，其余的都付之一炬。也许那些在外人看来反映他风流倜傥的诗，并非作者自己的得意之作，没有人了解他内心真实的悲凉。而杜牧在诗歌中所刻意嵌入的深层寓意，反被世人所忽略。幸好他还有一位才华与他不相伯仲的知音，即与之齐名的李商隐。

| 乐天转世 |

李商隐，字义山，号玉溪生，又号樊南生，比杜牧小十岁。他曾写《杜司勋》一诗赠与杜牧：

> 高楼风雨感斯文，短翼差池不及群。
> 刻意伤春复伤别，人间唯有杜司勋。

因为杜牧担任过司勋员外郎，所以被称为"杜司勋"。伤春和伤别都是唐诗中的常见题材，但"刻意"一词说明李商隐发现杜牧在诗中其实隐藏了更多的寓意，而自己便是品出这些余味的知音。"人间唯有"既体现出他对杜牧的推崇，也体现出他作为知音的自许。李商隐的这种自许并不是自大，盛唐"李杜"在前，晚唐"小李杜"在后，杜牧、李商隐正是唐诗星空中与李白、杜甫交相辉映的另一对灿烂双子星。

白居易在老病致仕后，非常欣赏当时已经初露头角的年轻人李商隐，对他开玩笑说："老夫死后，要是能投胎做你的儿子就好啦！"他比李商隐年长约四十岁，几乎要高两辈，能说出这样的话，足见对其爱重的程度。

白居易的诗歌风格是"老妪能解"，以通俗易懂见长；而李商隐的诗歌正好是以朦胧难懂著称，连专门研究他的学者们都莫衷一是。两者的特点截然相反，白居易却如此推崇李商隐，令人难以想象。可能他自己将平和朴实的风格驾驭得轻车熟路，就特别欣赏李商隐能将诗歌的秾丽凄迷之美发挥到极致吧。

既然白居易如此欣赏李商隐，于是在他逝世后，白家人请李商隐为其写墓志铭。杜甫的墓志铭是元稹写的，元稹的墓志铭是白居易写的，白居易的墓志铭是李商隐写的，这是中国文学史上的一段佳话。但李商隐所写的《太原白公墓碑铭》却对白居易辉煌的文学成就避而不谈，甚至连墓志铭中常见的客套恭维话都没有，真是奇哉怪也。李商隐怎么想的令人琢磨不透，白家人居然接受了这种寡淡如水的墓志铭也是匪夷所思。我只能猜测是李商隐实在不知道该如何来赞美白居易那种对自己而言非常陌生的诗歌风格。不过李商隐为人处世的情商确实不高，由此已经初现端倪，随后我们将不断领教这一点。

白居易逝世几年之后，李商隐添了个儿子，居然厚着脸皮真给这个孩子起名为"白老"，可惜此子长大后粗鄙迟钝，没有半点诗情。李商隐的好友温庭筠一向喜欢拿人开涮，就拍着那孩子的榆木脑袋笑道："让你做白乐天的转世，岂不是辱没了他吗？"

幸好几年后，李商隐得了第二个儿子，起名衮师，生得俊朗斯文、天资聪颖，温庭筠又拍着这孩子聪明伶俐的脑袋赞叹道："你家衮师才是白乐天的转世呢！"李商隐在《骄儿诗》中就曾欣慰地写道："衮师我骄儿，美秀乃无匹。文葆未周晬，固已知六七。四岁知名姓，眼不视梨栗。交朋颇窥观，谓是丹穴物。"

锦瑟无端

李商隐的诗歌朦胧难懂，原因并非用字生僻诘屈。其实他用的字都挺浅白，但是大量使用典故，而且所指隐晦，上下文之间逻辑关系不明显，很容易让读者莫名其妙。尤其是他的情诗，即使那些众口相传的千古名句也往往不知其具体所指。就像现在某些电影大师的作品，你进影院花两个小时看完出来，也没明白他到底讲了一个什么故事，可画面确实美得无与伦比，观众也就认了。

最能展现这一特点的，正是李商隐的代表作《锦瑟》：

> 锦瑟无端五十弦，一弦一柱思华年。
> 庄生晓梦迷蝴蝶，望帝春心托杜鹃。
> 沧海月明珠有泪，蓝田日暖玉生烟。
> 此情可待成追忆，只是当时已惘然。

诗歌以锦瑟起兴：锦瑟啊，你为何莫名其妙地有五十弦呢？每一弦、每一柱都让我思念逝去的韶华岁月。有人因此猜想这是否是作者到了知天命之年的自伤。但李商隐在四十六岁时就去世了，并没有活到五十岁，只能说也许是他"奔五"时的感慨。接下来一连串唯美的用典，令人眼花缭乱、目不暇接。

庄生晓梦迷蝴蝶：春秋时，庄子梦见自己变成了蝴蝶，正在逍遥快乐时，突然醒来，才发现自己原来是在梦中才能那样自由自在地展翅飞舞。一般人梦醒了就起床该干什么干什么，但庄子不是一般人，所以一直赖在床上，并且开始思考一个严肃的问题："到底是庄周刚刚梦到自己变成了蝴蝶呢，还是蝴蝶梦到自己变成了庄周呢？"这就是哲学家最宝贵的特质，在看似无聊的问题上穷追猛打，其实追问的是非常严肃的内容。这个问题用今天的哲学化语言来表达就是："我真的是我吗？人如何认识真实？"庄子并不孤独，近两千年后，有位法国哲学家兼数学家笛卡尔也进行了这方面的思考，

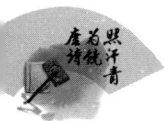

这位怀疑论者得出的结论是"我思故我在"。关于此命题的含义众说纷纭,我个人比较倾向的解释是:"我无法否认自己的存在,因为当我否认、怀疑时,我就已经存在。"艰深的哲学让人望而生畏,所以大家更喜欢去转述笛卡尔用 $r=a（1-\sin\theta)$ 的心形线公式向瑞典公主克里斯蒂娜表达爱意的虚构浪漫桥段。李商隐既不是哲学家,也不是数学家,却是货真价实的浪漫诗人,他用"庄生梦蝶"的典故传达出了人生如梦、往事如烟的诗意感伤。

望帝春心托杜鹃:望帝是传说中古蜀国的君主(可能在商末周初),名叫杜宇,后来禅位退隐。大家都知道中国历史上所谓的"禅让"其实大都是被迫演戏,不能当真,所以杜宇死后魂魄化为杜鹃鸟,又名子规,在每年的暮春时节不住啼鸣,其声悲凄哀怨,以至于口中流血。白居易《琵琶行》里的"杜鹃啼血猿哀鸣"就反映了这个传说。古人看见杜鹃啼叫时口中殷红,误以为它在啼血,其实只是它的口膜上皮和舌头的颜色很鲜红而已。"啼血而鸣"虽然不科学,但是很有文艺情怀。

沧海月明珠有泪:据南海边的居民口口相传,海中有一种人首鱼尾的鲛人,当她们游到大西洋去的时候,被欧洲人看见了,就称其为"美人鱼"。鲛人的眼泪如果流到蚌壳里,就会变成晶莹的珍珠,"鲛人泣泪皆成珠"是很悲伤凄婉的意象。沧海之上,一轮明月高照,蚌壳向月张开,让月光滋养其内鲛人泪水所化成的珍珠。珍珠得到月亮的光华,变得越来越莹润光泽。鲛人所织的绡则称为"鲛绡",可以做成衣服,特点是"入水不濡"。陆游思念前妻唐婉时,写下《钗头凤》一词,说自己"泪痕红浥鲛绡透",眼泪流得将本来不沾水的鲛绡都能浸透,可见对于屈服母亲、休掉唐婉一

事把肠子都悔青了。有些母亲自以为对儿子拥有所有权，粗暴干涉子女婚姻；而这些所谓的孝子只知愚孝，再婚后，两对夫妻四个人无一幸福。可怜之人常有可恨之处，这也是时代和文化的悲剧，连豪放的性情男儿陆游都未能幸免，怎能不令人叹惜？

蓝田日暖玉生烟：晚唐诗评家司空图曾写过一段话："诗家之景，如蓝田日暖、良玉生烟，可望而不可置于眉睫之前也。"他的这个比喻，据说出自中唐戴叔伦，但在戴叔伦本人的作品中并未找到此说法。蓝田是盛产玉石之地，红日和暖时，仿佛可以远远看到美玉在日光照耀下所发出的朦胧光芒；如果凑近观察，这种光芒却找不到了，所以可望而不可置于眼前。司空图就是用良玉远观才能生烟来表达"诗贵朦胧"的美学观点，而李商隐的无题诗正是这种美学的最好体现。结合整首诗的氛围，此句更可能是在暗示那种美丽可望而不可即，令人无法亲近、不能把握。

庄生梦蝶是人生无解的迷惘，望帝春心是执着的悔恨，沧海珠泪是空旷的寂寥，而蓝田暖玉则是伤感的美丽。论美则至美矣，论工则至工矣，绚丽得能令人呼吸停顿，同时抽象得让人不知其所谓。这一点我们在欣赏李商隐的诸多无题诗时会慢慢习惯。也许这位天才只想着将自己过去年华中所体会到的细腻感受皆融于诗中，没考虑为我们这些凡人留下一些必要的起承转合。

在中腹灿烂的华彩乐章之后，很多诗作都不免中气不继、虎头蛇尾，但《锦瑟》的尾联却是完全压得住气场的定海神针。"追忆""当时"与开篇的"华年"遥相呼应，发散之后的收束浑然流畅，可见布局早具匠心，非大手笔不能为也。这份至深至沉的感情，可以值得将来回忆追念；只是当初身历其境之时，却漫不经心、毫

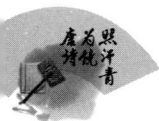

不在意；如今思前想后，不禁茫然若有所失。作者将心中的郁结转为诗句，一唱三叹，徘徊低沉，好似藏有时光不复之悔、生离死别之恨。

此诗首联运用了自《诗经》以来的比兴手法；颔联、颈联各用两个典故，而且对仗极为工整；尾联意境幽远，能够引起每一位有感情经历的读者各自不同的共鸣，余味无穷。整首诗美轮美奂、巧夺天工，达到了诗歌文字之美的巅峰。

其实这本是一首无题诗，并非专咏"锦瑟"，只是按古诗的惯例，以篇首二字为题而已。写作目的也众说纷纭：有人说是李商隐中年心事浓如酒而写的自伤生平感怀诗，庄生、望帝、明珠、美玉都是自比；有人说是作者写给恩师令狐楚家一个名叫"锦瑟"的侍女的情诗；有人说是睹物思人而写给亡妻王氏的悼诗。因为从很多资料上看，古瑟可能是二十五弦，弦断了就变成五十根；妻子亡故称为"断弦"，续娶称为"续弦"，那么首句就是借感叹锦瑟为何要断弦，哀叹自己为何会中年丧妻，而尾联中的"此情可待成追忆"即是在悼亡。

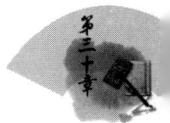

| 湘灵鼓瑟 |

关于瑟的弦数问题，还有一个凄美的故事。传说舜帝在南巡途中逝世，埋葬于苍梧山。他的妃子痛不欲生，投于湘水自尽，死后变为湘水女神，常常在江边鼓瑟来寄托自己的哀思。但舜帝应该有两位妻子，就是尧的两个女儿娥皇和女英，也不知这位湘水女神是其中哪位变的，或是二者的融合体。反正都是传说，前人姑妄言之，今人姑妄听之，不必深究。湘水女神刚开始鼓的是五十弦瑟，音调凄切激越，直透云霄，上达天庭，连天帝听了都耐受不住，只好命她将瑟改为二十五弦，大概是将最高音去掉一部分，琴声的凄厉和穿透力就没那么强了。早在战国时代的《楚辞》中，屈原就用过这个"湘灵鼓瑟"的典故。

与前文的李端、韩翃、李益等一样，身为"大历十才子"之一的钱起，成名诗即是以"湘灵"为主题。钱起，字仲文，据说是大书法家怀素和尚之叔。他自幼聪敏，善于诗赋。年轻时赴长安参加科考，途中寄宿在悦来客栈，吃过晚饭后，在月夜下闲庭信步，只听得墙外有人声反复吟诵："曲终人不见，江上数峰青……曲终人不见，江上数峰青……"钱起心下奇怪，跑出门去寻找吟诗之人，客栈墙外却人迹全无。他心下诧异道："难道我刚才听见的是鬼在吟诗不成？"

钱起到京城进了考场，一看会试发下来的题目，乃是"湘灵鼓瑟"四字。他思索半晌，蓦然灵光一闪、脑洞大开，挥笔写下了自己的应试作文《省试湘灵鼓瑟》：

> 善鼓云和瑟，尝闻帝子灵。
>
> 冯夷空自舞，楚客不堪听。
>
> 苦调凄金石，清音入杳冥。
>
> 苍梧来怨慕，白芷动芳馨。
>
> 流水传湘浦，悲风过洞庭。
>
> 曲终人不见，江上数峰青。

因为会试的地点在尚书省，所以也叫作"省试"。此诗形容湘灵奏出的凄美乐曲使得河神冯夷都不禁闻之起舞，而远游的旅人却不忍卒听。全诗的结尾就用了那十个字的"鬼谣"，如同横空出世

般将读者从前面的诗句所营造的魔幻世界中猛然拉回现实，只见一川江水、几峰青山的素雅画面，余音袅袅，回味无穷，即使"不"字重复出现也在所不惜，绝不肯换字而因词害意。主考官手不释卷，反复揣摩，忍不住击节称赞："此诗结尾两句妙绝天下，必有神助！"钱起自然高中进士，且该诗被传诵一时，从此奠定了他的诗坛地位。那个"鬼谣"的故事，可能是作者本人装神弄鬼的炒作，更可能是后人认为尾句实在鬼斧神工而附会出来的。

唐宣宗李忱时的一次进士考试，有位名叫李亿的人诗作得最好，但唐宣宗对他诗中的重复用字有所疑问，便询问主考官的意见。中书舍人李藩回答说："作赋，忌偏颇枯燥、平庸杂乱；作论，忌褒贬不明、是非不清；作诗，最重要的是切题押韵。如果这些大的方面都很好，偶尔重复用字也能接受。过去就有考卷重复用字而被录取进士的先例。"唐宣宗好奇地问："是哪位进士？"李藩便将钱起的《省试湘灵鼓瑟》全文背诵了一遍，内有"楚客不堪听"和"曲终人不见"两个"不"字。唐宣宗品味良久，赞叹道："此诗虽然用了两个'不'字，但确实超过所有前人的同题之作。谢朓曾有首诗云：'洞庭张乐地，潇湘帝子游。云去苍梧远，水还江汉流。'比起钱起这篇来，还是差得很远呢。"于是将李亿判为状元。春风得意的李亿，将来会在温庭筠的撮合下，娶到唐朝四大女诗人中的最后一位——鱼玄机。

这位谢朓，字玄晖，是东晋著名诗人，和"才高一斗"的谢灵运同族，两人齐名文坛。谢朓人称"小谢"，谢灵运是他的族叔，人称"大谢"。谢朓的大名，我们今天已经不太熟悉，但在他那个时代，可是如雷贯耳，出家四次的神人梁武帝萧衍经常说："最近

三天没有读谢朓的诗，觉得有点口臭了。"谢朓担任宣城太守时，在陵阳山上建了一座叠嶂楼，后人称之为"谢朓楼"。李白曾在宣城与叔叔校书郎李云相遇，两人同登此楼，把酒临风。李白酒后照例诗兴大发，在墙上涂鸦了一首千古名篇《宣州谢朓楼饯别校书叔云》：

> 弃我去者，昨日之日不可留；
>
> 乱我心者，今日之日多烦忧。
>
> 长风万里送秋雁，对此可以酣高楼。
>
> 蓬莱文章建安骨，中间小谢又清发。
>
> 俱怀逸兴壮思飞，欲上青天揽明月。
>
> 抽刀断水水更流，举杯消愁愁更愁。
>
> 人生在世不称意，明朝散发弄扁舟。

谢朓的名字借着李白的诗而更加广为人知。为什么最多介于一二流之间的诗人谢朓会是超一流诗人李白的偶像，令人百思不得其解。总之李白不仅和李云一起登此楼留下名作，还自己一个人去游览过，并诞生了另一篇名作《秋登宣城谢朓北楼》：

> 江城如画里，山晚望晴空。
>
> 两水夹明镜，双桥落彩虹。
>
> 人烟寒橘柚，秋色老梧桐。
>
> 谁念北楼上，临风怀谢公。

二十五弦

钱起以"湘灵鼓瑟"求得功名，后来在自己强项上继续发挥，

用这个典故又创作出了另一名篇《归雁》：

> 潇湘何事等闲回，水碧沙明两岸苔。
>
> 二十五弦弹夜月，不胜清怨却飞来。

全诗模拟了一段人雁对话。钱起深情地询问大雁："雁儿啊，潇湘水清沙白，两岸长满青苔，水草丰美，正好栖息觅食，你为什么还要飞回来呢？"大雁哀哀地答道："潇湘本来是个好地方，但那位湘水女神三天两头就在夜月下鼓瑟，乐声中所含的幽怨之情，让多愁善感的我实在受不了，只好飞回来另找栖息之地啦。"由此诗可见，唐代的瑟是二十五弦，那么《锦瑟》既有五十弦之叹，就有可能是一首断弦悼亡之诗。如果是这样，断弦之瑟应是五十弦，依然二十五柱，但诗中的"一弦一柱"又成了难解之谜。所以事实的真相，恐怕只有李商隐自己知道了。

元好问在他的《论诗三十首》里评论李商隐，就选了《锦瑟》为代表：

> 望帝春心托杜鹃，佳人锦瑟怨华年。
>
> 诗家总爱西昆好，独恨无人作郑笺。

北宋初年的杨亿、钱惟演等西昆派诗人酷爱李商隐的诗，并在写作中纷纷效仿，追求辞藻华丽、用典精巧、对仗工整，可惜缺乏真情实感，形似而神不似，所以后人常用"西昆"来代指李商隐。"郑笺"则是指东汉末年郑玄倾一生才智为《诗经》所做的注，对后世注释学影响极大。元好问赞叹李商隐的诗虽然是极好的，却有很多地方晦涩难懂，可惜没有人像郑玄注《诗经》那样为其做出完美的注解。

第三十一章

身无彩凤双飞翼　碧海青天夜夜心

　　李商隐与前辈诗人李白、李贺并称"三李",巧合的是这三位同姓天才都是奇特瑰丽的浪漫主义诗风。李白的仙气飘飘,自是凡人无法企及的;李贺的鬼气森森,也非常人可效仿;而后世许多诗人,包括西昆派尝试模仿李商隐,却没有一位能被认可。看来"三李"的风格都是无法学习的,所以最好的诗歌写作教材还是杜甫的诗。

｜初恋柳枝｜

　　很多人认为,李商隐这种晦涩的诗风源于其复杂的感情经历。他自己承认的初恋女孩名叫柳枝,是商人家的女儿,当时年方十七,正当韶华妙龄,而且喜爱诗歌、善解音律。李商隐的侄儿李让山和柳枝两家住得很近,有一次姑娘路过李让山家门口时,恰巧听见他正在摇头晃脑地吟诵一首诗:

> 竹坞无尘水槛清,相思迢递隔重城。
>
> 秋阴不散霜飞晚,留得枯荷听雨声。

柳枝听得入神，忍不住赞叹道："好一句'留得枯荷听雨声'啊！"《红楼梦》中林黛玉说不喜欢李商隐的诗，唯独最爱"留得残荷听雨声"之句，柳枝的见识果然不凡。李让山笑问道："姑娘也觉得好？"柳枝不住点头："敢问李大哥，此诗是何人的大作？"李让山答道："是我家小叔叔李商隐所作。"柳枝当即解下衣带，打了一个漂亮的结，递给李让山："请将此结送与令叔，帮我求一首诗可好？"李让山满口应承："自当效劳。明日我可介绍叔叔与你相识。"

第二天，李让山果然带着李商隐一起路过柳枝家门口。柳枝立于门下，远远地招手，请李让山过来，微笑道："那位就是令叔？果然一表人才。请你叔侄三日后来我家做客，小女子自当焚香相待。"李让山兴致勃勃地回去转告。李商隐遥遥看见柳枝妆容素雅、风姿绰约，也颇为心动，盘算了一下，自己当在四天之后动身去长安赶考，时间刚好来得及谈一场突如其来的恋爱，便愉快地答应了邀请。

三天之后的清晨，李商隐一觉醒来，正准备整装去赴柳枝之约，扫视了一眼屋内，突然大叫一声"不好"。原来他和一个铁杆好友约好次日一同出发去长安赶考，两人这几天就睡在一间屋里，联床夜话。不料这哥们儿不早不晚在今天搞了个恶作剧，一大早自己偷偷起来，捎上李商隐的行装，提前一天先跑了，还留下一张"我去也，快来追"的纸条。李商隐立刻抛下与柳枝的约定，起身去追赶这个二货朋友，心想等从京城回来再去向姑娘道歉吧，没想到这一场提前到来的旅行，毁掉了他原本打算奋不顾身的爱情。

转眼到了冬天，李让山也到了长安与叔叔相会，并且告诉他一个消息：前阵子柳枝已被东诸侯娶走了。李商隐无语问苍天，心中大骂自己的损友简直是人生的负财富。他对柳枝念念不忘，多年后写了组诗《柳枝五首》，用很长的序言记录下自己这段长空烟花般短暂的恋情。不过柳枝是居四民之末的商人之女，和书香门第的李商隐门不当户不对，即使真的开始这段感情，恐怕也难以修成正果。

道姑华阳

李商隐的另一段感情，终于有了较长时间的相处，但对象更不靠谱，居然是一位道姑，名叫宋华阳。从武媚娘、杨玉环到李季兰、宋华阳，唐朝的许多尼姑或道姑都是凡心未净，出家人的身份禁锢不了她们追求世俗幸福的心。宋华阳原是皇宫内伺候公主的宫女，因为公主入玉阳山修道，便跟着做了道姑相伴。李商隐有段时间在公务闲暇之余，也假模假式地来到玉阳山学道术，正巧认识了她，一见倾心之下，写了首《无题》：

> 重帏深下莫愁堂，卧后清宵细细长。
> 神女生涯原是梦，小姑居处本无郎。
> 风波不信菱枝弱，月露谁教桂叶香。
> 直道相思了无益，未妨惆怅是清狂。

楚王遇见神女这种想得美的事情，原本是在虚幻的梦里；现实生活中年轻女子居住的地方可不会有相配的少年郎，防范严着呢。李商隐哀叹自己和身为道姑的宋华阳之间看起来没有什么机会，相思了无益，只能空惆怅。"神女生涯原是梦"现在往往被用来叹息风尘女子的"一失足成千古恨，再回头是百年身"，和原意已经大不相同。"小姑居处本无郎"则是脱胎于乐府诗《神弦歌·青

溪小姑曲》："开门白水，侧近桥梁。小姑所居，独处无郎。"

经历过与柳枝的那场失败的初恋，李商隐终于学会了坚持，这次他并没有因为身份的阻碍而轻易死心，开始写情诗寄给宋华阳。对于唐朝的文学女青年来说，一流的诗作堪称无敌大杀器，根本没有抵抗力。宋华阳很快被李商隐的才华所深深打动，双方陷入干柴烈火的热恋中。李商隐的另一首《无题》，很可能是描绘他们约会的时间、地点和心情：

> 昨夜星辰昨夜风，画楼西畔桂堂东。
> 身无彩凤双飞翼，心有灵犀一点通。
> 隔座送钩春酒暖，分曹射覆蜡灯红。
> 嗟余听鼓应官去，走马兰台类转蓬。

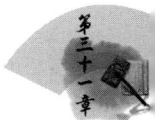

虽然他们没有彩凤的双翼可以轻松地飞越各种阻隔，但心有灵犀终于使他们得以排除万难在一起。春宵总是苦短，听到天亮的鼓声，这对情侣就要分手，一个回秘书省去当官，一个回观里去当道姑。两人难舍难分，执手含泪相约："李郎，你要常来看我噢……""华阳放心，我一定会的！"于是李商隐再次写了一首《无题》：

> 相见时难别亦难，东风无力百花残。
> 春蚕到死丝方尽，蜡炬成灰泪始干。
> 晓镜但愁云鬓改，夜吟应觉月光寒。
> 蓬山此去无多路，青鸟殷勤为探看。

上面这些诗，读的时候都得当作谜语来猜。只有当事人明白，不足为外人道，所以连题目也没法起，只好统统《无题》。然而李商隐和宋华阳的恋情毕竟不容于道观的清规戒律，一旦曝光就只能结束。被迫离开宋华阳以后，李商隐写下《嫦娥》一诗寄托自己的思念：

> 云母屏风烛影深，长河渐落晓星沉。
>
> 嫦娥应悔偷灵药，碧海青天夜夜心。

如果当年嫦娥没有偷吃后羿的长生不老药而奔月成仙，就可以长住人间，不至于和丈夫永远分离。诗中以此暗喻，如果宋华阳不是已经出家，当了以修仙为目标的道姑，就能和自己喜结连理，但现在美丽的她只能和嫦娥仙子一样，在广寒宫中度过无数个孤寂的夜晚。

虽然以上有许多是本人的联想，但关于李商隐的爱情故事，目前所有的研究都是猜测部分远远多于有实际证据的。既然他有难言之隐而有意遮遮掩掩，就不能怪后人妄自揣测。大家按照自己的解读，各自展开想象吧。然而就算联想得再大胆，他的许多《无题》名篇依然让你如坠五里云雾之中，比如这首《无题》：

> 来是空言去绝踪，月斜楼上五更钟。
>
> 梦为远别啼难唤，书被催成墨未浓。
>
> 蜡照半笼金翡翠，麝熏微度绣芙蓉。
>
> 刘郎已恨蓬山远，更隔蓬山一万重。

还有这首《无题》：

> 飒飒东风细雨来，芙蓉塘外有轻雷。
>
> 金蟾啮锁烧香入，玉虎牵丝汲井回。
>
> 贾氏窥帘韩掾少，宓妃留枕魏王才。
>
> 春心莫共花争发，一寸相思一寸灰。

这个特点可能和他诗中主角的身份隐秘、不宜高调表明有关。也许没有任何一位谈过恋爱的文艺青年从未引用过李商隐的诗句来表达自己的情感，因为一方面李商隐的诗确实文字华美、格调雅致；另一方面，其朦胧不清而可以随意引申发挥，那谁还管它的原意是什么呢？

知遇之恩

历史上最有名的骈文之一。唐代的公文格式也是骈文。令狐楚曾在太原为节度使做掌书记，文学修养深厚的唐德宗只要读到来自太原的奏章，就能分辨出是否为令狐楚的大作，对令狐楚的文章甚是赞许。得到大领导赏识的令狐楚后来自然官运亨通，一路做到宰相。

前文曾提到，令狐楚很赏识张祜，从这件事情上能够看出他是一位颇具慧眼的伯乐。现在籍籍无名的青年李商隐求见，令狐楚经过一席交谈，觉得他天赋异禀、前途无量，必将是一颗冉冉升起的新星，立刻将其收为门生。令狐老师又发觉这个弟子虽然在诗歌方面的才华超凡脱俗，但在骈文上的功夫还远远不到家，就悉心指导点拨他。在这位大师的亲身传授之下，李商隐的进步一日千里。为此他写了《谢书》一诗，表达对恩师的满怀感激：

> 微意何曾有一毫，空携笔砚奉龙韬。
> 自蒙半夜传衣后，不羡王祥得佩刀。

李商隐很惭愧自己对令狐楚没有一丝一毫的物质孝敬，空着双手、带了笔砚而来，就被传授像《太公六韬》兵书一样宝贵的骈

文绝学。三国时吕虔有一把宝贵的佩刀，相士说只有能登上三公之位的人才配佩带。王祥是中国传统"二十四孝"模范里那位"卧冰求鲤"的大孝子。吕虔认识王祥以后，认为他有三公、宰相的气度，将来必登高位，就硬是将佩刀赠送给他，后来王祥果然位极人臣，吕虔很有识人之明。王祥所在的琅琊王氏家族在东晋时达到鼎盛，"王与马共天下""旧时王谢堂前燕"，王氏是数百年间的华夏第一望族。王祥得到这样的赏识本令人羡慕，但如同惠能和尚（就是作"菩提本无树，明镜亦非台"偈子的那位禅宗六祖）蒙五祖弘忍半夜传授达摩衣钵一样，自己也得到令狐楚这位骈文大家亲授衣钵，那就用不着羡慕王祥了。此诗主要是表达对令狐楚的感激之情，而李商隐对未来前途的自信和踌躇满志也跃然纸上。不过随后的事实证明，年轻人比较容易盲目乐观，现实比理想要残酷得多。

骈文发端于汉末，南北朝时大行其道。直到中唐，韩愈、柳宗元发起古文运动，提出恢复两汉文章的传统，摒弃骈文的华而不实，推崇古文的文以载道，骈文才遭遇第一次大挫。随着韩、柳二人的去世，骈文的地位又逐渐恢复。师从令狐楚而青出于蓝的李商隐加上温庭筠和段成式，三人都是个中好手，碰巧又都在自己的家族中排行第十六，所以被人们称为"三十六体"。进入宋朝之后，古文运动在欧阳修的帅旗之下掀起第二轮高潮，王安石、"三苏"等大家长江后浪推前浪，骈文从此彻底衰败。

令狐楚这个好老师不但关心李商隐的学习，而且关心他的生活，鼓励他与自己的儿子令狐绹交友，实质上就是帮助他进入上层社会。令狐绹很早就考中进士，并非因为他的学识才华比李商隐更优秀，而是由于他父亲的地位。权贵们互相提携而大量录取上层社会中的考生，这种现象到了中晚唐日益严重。令狐楚官至宰相后，影响力进一步扩大，令狐绹也出面帮李商隐四处延誉，并向主考官打招呼，不久后，二十四岁的李商隐进士及第。第二年，令狐楚病逝，临死前给皇帝的遗表，不是托付令狐绹而是托付李商隐来写，足见对他的器重。

夜雨寄内

　　泾原节度使王茂元非常欣赏李商隐的才华，聘请他做幕僚，随后还将女儿王晏媄下嫁于他，不料正是这桩郎才女貌的婚姻，将李商隐拖进了晚唐著名的牛李党争的政治旋涡之中。

　　早在唐宪宗元和三年的进士考试中，后来在扬州罩着杜牧的老领导牛僧孺当时还是一名血气方刚的小小举子，却在策对中毫无顾忌地指摘时政。主考官很欣赏他的见识和胆略，将他判为第一等，并不认为牛僧孺这年轻人不知天高地厚。抱持类似政治观点的李宗闵与皇甫湜也同列优等。但因为他们的言辞过于尖锐，被宰相李吉甫进言唐宪宗而遭斥退，由此双方开始结怨。随后李吉甫的儿子李德裕继承了这笔恩怨，以他为首的"李党"与以牛僧孺、李宗闵为首的"牛党"在几十年间争斗不休、势同水火，成为晚唐的一大害。连唐文宗都不禁哀叹"去河北贼易，去朝中朋党难"。不要以为皇帝无所不能，如果他没有游刃有余的政治手腕，也无力解决这种冰冻三尺、盘根错节的痼疾。

　　令狐楚和牛僧孺交情深厚，是牛党的重要成员。李商隐是令狐楚的门生，自然也被牛党视为自己人。虽然王茂元并非朝廷中枢要

155

员，而且也没有明显的党派倾向，但因为与李德裕关系较好，就被牛党中人视为李党中人——不是我们的朋友，就是我们的敌人，在党争的大环境中辨别敌友的思路就是这么简单粗暴，所以很多人都知道政治黑暗肮脏，却没有道理可讲。身为王茂元的乘龙快婿，使得李商隐又被牛党中人视为李党中人。李商隐本人胸怀坦荡，信奉"君子群而不党"，原想置身于牛李党争之外，哪方都不得罪，可想在复杂的派系斗争中保持中立，实在需要过硬的情商与手腕，而这一点从李商隐之前的表现来看，显然乏善可陈。

令狐绹觉得，自己的父亲尸骨未寒，李商隐就加入敌方阵营，往好里说是骑墙观望，往坏里说就是忘恩负义，所以从此与他形同陌路。令狐父子对李商隐有大恩，这一点毫无疑问；而李商隐一生的诗文也对令狐家充满感激之情。无论是从他诗文的内证来看，还是从史书记载的外证来看，他平生并未做过任何一件有负于令狐家之事。令狐绹后来官居宰相，潦倒困顿的李商隐曾写了几首诗寄给他，希望重修旧好，并在仕途上得到他的帮助，但令狐绹始终不予理睬，心胸未免狭窄了一些。李商隐的好友温庭筠也得罪过令狐绹，同样没什么好果子吃。

天有不测风云，王茂元嫁出女儿后，没几年就离世了。此时李商隐只是个小官，还未来得及沾上岳父大人什么光。不过如同元稹没有因为韦夏卿的去世而后悔娶了韦丛一样，李商隐也没有因为王茂元的去世而后悔娶了王晏媄，他们婚后的感情很好。李商隐远赴蜀地做官时，曾写过一首诗寄给留在长安的妻子，这就是今天语文课本中收录的《夜雨寄北》：

君问归期未有期，巴山夜雨涨秋池。

何当共剪西窗烛，却话巴山夜雨时。

这首诗有另一个名字，叫作《夜雨寄内》。"内"就是内人，指妻子。可惜这首诗写后不久，王晏媄就不幸病故，远在异乡的李商隐过了好几个月才得知噩耗。如果《锦瑟》是悼亡诗的话，可能就是肝肠寸断的李商隐此后为王氏夫人所写。李商隐的另一首名篇《暮秋独游曲江》，则是确凿无疑的悼亡诗：

荷叶生时春恨生，荷叶枯时秋恨成。

深知身在情长在，怅望江头江水声。

看什么风景不重要，重要的是和你一起看风景的人。诗题中的一个"独"字，明显是孤独的诗人想起了从前与伴侣同游的情景，进而怀念逝去的伊人。当年鸳鸯于飞、双宿双栖，如今茕茕孑立、形影相吊，空叹此水几时休、此恨何时已。物是人非事事休，怎不叫人黯然销魂？

对于自己无悔的婚姻选择，李商隐也许只能感叹一句"岂能尽如人意？但求无愧我心"。纵然无悔，他也确实为这段婚姻付出了仕途惨淡的代价，终其一生，获得的最高官位不过是秘书省校书郎和弘农县尉。通过他的诗作《蝉》，我们可以看出他家拮据的物质生活：

本以高难饱，徒劳恨费声。

五更疏欲断，一树碧无情。

薄宦梗犹泛，故园芜已平。

烦君最相警，我亦举家清。

蝉儿栖息在大树高枝之上，食物只有树汁，难以果腹。李商隐

感叹自己也是这样为人清高却生活清贫。蝉儿因为难饱而发出的哀鸣并不能使它摆脱困境，所以是徒劳的；自己向令狐绹陈情，希望得到帮助，同样也是徒劳的。但我还是要感谢你，蝉儿，你的鸣叫使我得以警醒，我全家的操守也要像你一样高洁。李商隐用"一树碧无情"的描写，将自己快要饿死的窘状与大树绿油油的丰满滋润进行了强烈的对比，对世态炎凉、世道不公发出控诉与悲鸣。

第三十二章

古原夕阳无限好　小山重叠金明灭

　　有趣的是，唐代还有两首咏蝉的杰作，经常被人作为唐诗学习的进阶教材拿来与李商隐的《蝉》放在一起展示，意在教育我们：虽是咏同样之物的诗歌，却完全可以比兴出截然不同的意境。两诗的作者都是初唐诗人，一首来自唐太宗的"凌烟阁功臣"虞世南，另一首则来自"初唐四杰"之一骆宾王。

｜清华人语｜

　　唐朝的第一首著名咏蝉诗，是虞世南的《蝉》，与李商隐的诗作同名：

> 垂緌饮清露，流响出疏桐。
>
> 居高声自远，非是藉秋风。

　　虞世基、虞世南兄弟二人在隋末就很有文名，被时人比作西晋时的陆机、陆云兄弟。虞世基年轻时即受到隋炀帝的宠信，非常显贵，其妻在家中的服饰，规格堪比王妃。他不明白，如此高调，绝非吉兆。虞世南虽然住在哥哥家里，却未改变清俭的习惯。隋炀帝游幸扬州看琼花时，奸臣宇文化及反叛弑君，虞世基作为宠臣，也一同被杀。当时虞世南抱住哥哥流泪痛哭，请求以己命换兄命，但宇文化及不同意，还是杀了虞世基。虞世南为此伤心得形销骨立，知情的人都赞他兄弟情深。

入唐以后，虞世南成为"凌烟阁二十四功臣"之一，与长孙无忌、萧瑀、魏征、李靖等人同列。虞世南经常为国事直言进谏，唐太宗很信任倚重他，还曾屡次称赞他的"五绝"，即德行、忠直、文词、博学、书翰。从兄弟情深可以看出德行，从直言进谏可以看出忠直，从这首咏蝉诗可以看出文采。论到博学，有一次唐太宗出行，随从请示要带哪些书籍路上翻阅，唐太宗回答："这次有虞世南同行，就不用带书了。"可见虞世南堪称"行走的图书馆"。论到书翰，虞世南的书法师父是书圣王羲之的七世孙、隋朝书法家智永禅师，而传说唐太宗的书法师父就是虞世南。

唐太宗酷爱书法，但"戈"字总是写得不太好。有一天，唐太宗写一幅字时写到"戬"，写完左半边的"晋"时，心里有点发虚，正好虞世南来御书房奏事，唐太宗就让他将右半边的"戈"补全了。虞世南离开后，唐太宗刚刚写完全篇，魏征又来御书房奏事，唐太宗便让魏征鉴赏一下自己这幅字。魏征眯着眼端详了半天，竖起大拇指说："陛下今天这个'戬'字，右半边的'戈'写得真是好啊！"唐太宗哈哈大笑，赞叹魏征的书法鉴赏眼力高超，由此也更加看重虞世南的书法。魏征不说唐太宗除了这个半边的"戈"字之外的其他部分都写得不理想，这种语言艺术值得我们好好学习。虞世南得享八十一岁高寿善终后，唐太宗慨叹道："世南一去，再也没有人

能同我探讨书法了。"虞世南的后人也继承了他的书法基因,他的曾外孙便是"挥毫落纸如云烟"的草圣张旭。

除了蔡京等少数反例之外,"字如其人"的规律在更多时候都能成立,书法好的人多数品格也比较好,虞世南就是典型正例。他这首《蝉》的后两句是全篇比兴寄托的点睛之笔。一般人认为蝉声远传是借助秋风的吹送,虞世南却强调"居高声自远",比喻立身高洁的人自然能美名远播,并不需要巴结权贵而求得帮助。他自己也是这样身体力行的,诗亦如其人。

| 患难人语 |

唐朝的第二首著名咏蝉诗,则是骆宾王的《在狱咏蝉》:

> 西陆蝉声唱,南冠客思侵。
> 不堪玄鬓影,来对白头吟。
> 露重飞难进,风多响易沉。
> 无人信高洁,谁为表予心。

武则天作为皇太后临朝听政时,用各种借口大肆清洗李唐宗室和忠于李唐的大臣,为改朝换代铺平道路的意图已经是司马昭之心路人皆知。骆宾王多次上书反对这种血雨腥风,终于获罪入狱,但身陷囹圄也没闲着,写下了这首咏蝉诗。他以"露重""风多"比喻环境恶劣,以"飞难进"比喻自己郁郁不得志,以"响易沉"比喻自己激昂的言论受到压制。蝉儿的生存环境艰难,自己也是如此。咏物诗写到这种物我浑融的境界,就连后世杜甫名篇《春望》中的"感时花溅泪,恨别鸟惊心"之句也未能超越。

后人总结说：虞世南的"居高声自远，非是藉秋风"是清华人语；骆宾王的"露重飞难进，风多响易沉"是患难人语；李商隐的"本以高难饱，徒劳恨费声"是牢骚人语。不一样的人看着同样的知了，因着各自的境遇和心态不同，便可以比兴升华出不同的意境，实在是诗歌的妙处。

对怀才不遇的诗人们来说，胸怀济世韬略却仕途坎坷、结局悲凉的贾谊是他们共同的精神偶像和素材源泉。初唐王勃如此，盛唐李白如此，中唐刘长卿如此，到了晚唐李商隐还是如此，大家乐此不疲。李商隐的《贾生》一诗写道：

> 宣室求贤访逐臣，贾生才调更无伦。
> 可怜夜半虚前席，不问苍生问鬼神。

贾谊被贬官到长沙三年之后，汉文帝又想起他了，便召他入京觐见。贾谊进宫时，汉文帝刚刚举行过一场祭祀，坐在未央宫前殿的宣室接见他。汉文帝素知贾谊见闻广博，就顺口询问关于鬼神之事，贾谊当即口若悬河地谈论起来。汉文帝听得兴致盎然，直到夜半，在座席上还不知不觉地向前移膝，靠近贾谊，认真倾听。讨论结束之后，汉文帝很感慨地对身边人说："朕很久不见贾生，自以为见识已经超过他了，今天才发现，仍是有所不及啊！"

在一般人的心目中，这大概是君臣之间相知相合的佳话，值得大加渲染赞赏。但李商隐却独具慧眼地抓住"问鬼神"这一点，先扬后抑，表面讽刺汉文帝，内里影射当朝皇帝唐武宗坚持服用丹药、幻想成仙而荒于政事。此诗貌似叹惜贾谊未遇明君，实则在借古人的酒杯，浇自己的块垒。

| 回光返照 |

唐武宗的兴趣爱好广泛，但好像都不是一位靠谱的帝王应该喜欢的。除了对丹药上瘾之外，他还嗜好打猎，而且经常让最宠爱的王才人盛装骑马跟从，感觉很拉风。李商隐为此写了《北齐》，用北齐后主高纬宠幸淑妃冯小怜而荒淫亡国的那段历史进行讽谏：

> 一笑相倾国便亡，何劳荆棘始堪伤。
>
> 小怜玉体横陈夜，已报周师入晋阳。

第三句正在醉生梦死的香艳，镜头一切换就是第四句生死存亡的险恶，电影蒙太奇般的手法带来强烈的对比。第三句是"当局者迷"的角度，第四句则是"旁观者清"的角度，这种对比产生的艺术效果惊心动魄，是本诗的高明之处。

李商隐的另一首名作《乐游原》，如今常常被老年人用以自况：

> 向晚意不适，驱车登古原。
>
> 夕阳无限好，只是近黄昏。

一般认为，此诗也是在抒发对唐武宗的忧虑。唐武宗本来性格英武、知人善用，他拜李德裕为相，对内打击藩镇和佛教，对外击败回鹘，在晚唐内忧外患交织的形势下，仍能创造"会昌中兴"的局面，在晚唐已经算是有为之君了，所以李商隐说他"夕阳无限好"。

与缔造了"元和中兴"的唐宪宗崇佛教、迎佛骨的做法不同的是，唐武宗发动了"废佛"运动，史称"会昌法难"，他由此成了灭佛的"三武一宗"（北魏太武帝拓跋焘、北周武帝宇文邕、唐

武宗李炎和后周世宗柴荣）中的第三"武"。李唐皇室虽尊崇道教，但佛教俨然以"国教"的姿态，在世俗生活中发挥了重要影响力，发展到唐朝中后期，佛教显然已越过宗教的底线，严重威胁唐王朝的统治根基与社会的稳定。唐武宗的灭佛行动，沉重打击了寺院经济，增加了唐政府的纳税人口，扩大了国家的经济来源，于社稷是有益的。

作为唐宪宗的孙子，唐武宗和爷爷还是有一些共同之处的，比如其统治都是前明后暗；都听信道士谗言，长期服用长生丹，致使身体大损。当时的有识之士都能看出唐武宗命不久长，所以李商隐说他"只是近黄昏"。这种担心并非杞人忧天，唐武宗在位不到七年，命丧于丹药时，年仅三十二岁。无论是"元和中兴"还是"会昌中兴"，终究不过是行将就木的大唐的回光返照罢了。

本来晚唐诗歌在盛唐、中唐伟大前辈们的光芒照耀下，已经走到"山重水复疑无路"的地步，而杜牧和李商隐却用不可思议的天才，将唐诗领进了"柳暗花明又一村"的高峰。但从历史长河的角度来看，这也只是"近黄昏"的回光返照。

一生不得志的李商隐，四十六岁即郁郁而终。旧交崔珏肝肠寸断，为之写下《哭李商隐》一诗。后人对李商隐的评价，再也没有能超越此诗的首联：

> 虚负凌云万丈才，一生襟抱未曾开。
> 鸟啼花落人何在，竹死桐枯凤不来。
> 良马足因无主踠，旧交心为绝弦哀。
> 九泉莫叹三光隔，又送文星入夜台。

八叉八韵

那位经常拿李商隐儿子开涮的温庭筠，字飞卿，比李商隐大一岁。两人是知交好友，被合称为"温李"。温庭筠是唐初宰相温彦博之后，多才多艺，擅长各种乐器，号称有孔就能吹、有弦就能弹，而且见闻广博、文思敏捷。有一次，李商隐拟好了一个上联："远比召公，三十六年宰辅。"召公是西周初期的大臣，与周公共佐年轻的周成王，辅政三十六年，封地在燕，是燕国的始祖。像召公这样辅政数十年、德高望重、能得善终、令后人仰慕不已的名臣，在刀光剑影、血流成河的中国古代史中，可谓凤毛麟角，所以李商隐自己冥思苦想也对不出下联。当时温庭筠正在李家做客，教衮师玩字谜，看李商隐为对此联绞尽脑汁，便笑道："何不对'近同郭令，二十四考中书'？"李商隐一听，拍案叫绝。郭子仪曾任中书令，先后二十四次主持官吏的考核，在朝廷威望极高，也是富贵寿考。温庭筠这个下联对仗工整，其博古通今、文思敏捷，连李商隐都自叹不如。

温庭筠的才思不但体现于对对联这种雕虫小技，在正式的科举考场中也照样大杀四方。唐代科考，诗赋多为六韵或者八韵，温庭筠应试时，一叉手就能成一韵，八叉手而八韵成，所以人称"温八叉"。其他考生还在打腹稿呢，他已经交卷了。但即使拥有惊世才华，温庭筠却一直没有考中进士，事情就坏在他飞扬跳脱的性格上。

令狐绹担任宰相后，大权在握，觉得自己的家族比起那些豪门望族来人少势微，数遍天下，总共也没多少人，所以只要有姓令狐的人来投奔，他就像对待自家人一样予以照顾，尽力帮衬，以至于有个姓胡的人，听说与宰相大人同姓颇有好处，就在自己的姓前加了个令字，以"令胡"去冒充。一向爱开玩笑的温庭筠听说此事后，写下"自从元老登庸后，天下诸胡悉带令"两句进行调侃。令狐绚和温庭筠的关系原本不错，但从李商隐一事可以看出，这位宰相并非肚里能够撑船之人，被如此调侃，不免心存芥蒂。

当时唐宣宗很喜欢词牌《菩萨蛮》，令狐绚想投其所好，便偷偷请温庭筠新填一首，打算署自己的名进献给皇帝，来赚取印象分。温庭筠冥思苦想数日，写下此词：

> 小山重叠金明灭，鬓云欲度香腮雪。
> 懒起画蛾眉，弄妆梳洗迟。
> 照花前后镜，花面交相映。
> 新帖绣罗襦，双双金鹧鸪。

词中对一位梳妆打扮中的女子进行了精心描绘，秀丽的容貌和华贵的服饰，仿佛一幅完美的唐代仕女图。作者用这种过于细致、不厌其烦的描写，来暗示她内心的空虚寂寞、百无聊赖。尾句用鹧鸪的成双成对来反衬主人公对镜自赏的孤独，精巧含蓄，余味不尽。古代的词牌有固定的旋律，只需填上词就能拿来歌唱，无奈这些曲谱都已失传。刘欢为此词重新谱了曲，作为电视剧《甄嬛传》的主题曲来反映甄嬛"成功"后凄清的内心世界，非常贴切传神。姚贝娜的演唱颇有韵味，可惜英年早逝。

令狐绚将此词献给唐宣宗，龙颜果然大悦："卿之此词，可谓文才盖世！"令狐绚自然是心花怒放，但嘴上还要谦虚一番，退下后赶紧嘱咐温庭筠，千万不要将代笔的秘密泄露出去。不料温庭筠

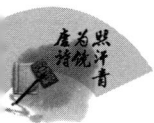

小山

温飞卿翻词作闺音

是个大嘴巴，一顿酒喝高后，就将此事告诉了朋友，请他一起来保守这个秘密。这位朋友又请自己的朋友一起来保守秘密，很快这件事就成了京城很多人共同的秘密。没过多久，令狐绹发现自己请温庭筠代笔之事从皇帝到同僚尽人皆知，不禁对他更加不满，但此事闹将起来必丢颜面，只好隐忍不发。

唐宣宗获悉那首《菩萨蛮》的真正作者后，十分欣赏温庭筠的才华，就让令狐绹带他入宫觐见。一见到温庭筠，宣宗便愣了一下，觉得这个容貌颇为丑陋之人好生眼熟，自己似乎不久前在哪里碰到过，一时也想不起来。唐宣宗是位不错的诗人，当时他自己有首诗正作到一半，上句内有"金步摇"一词，但几天来都对不出工整的下句，便试着问温庭筠："'金步摇'一词，先生可对得上？"

"步摇"是古代女子插在发髻间的饰物，类似于钗，其上垂有流苏或坠子，走路时一步一摇，故此得名。金质的步摇是贵重的饰品，杨贵妃就爱佩戴此物，白居易《长恨歌》里说她是"云鬓花颜金步摇"。

温庭筠不假思索脱口而答："回陛下，可对之以'玉条脱'。"

"条脱"是一种不太常见的女子臂饰，类似于手镯。玉质的条脱当然也很名贵。金对玉，步摇对条脱，非常工整。唐宣宗解决了困扰多日的问题，大喜之下，当场重赏温庭筠。

令狐绹在旁边陪笑听了，但并不晓得玉条脱是什么东西，出自什么典籍。两人从唐宣宗处告退出来，令狐绹赶紧询问："温兄，你刚才所对的'玉条脱'是何物？出处何在？"温庭筠答道："出自《南华经》，并不生僻。相爷在公务繁忙之余，也该多读点书，免得人家说'中书省内坐将军'啊。"

《南华经》就是《庄子》，正是那位梦到蝴蝶的庄子及其门徒所著。庄子本来只是一位哲学家，汉朝道教形成以后，开始了造神运动，将他尊为神仙"南华真人"，将《庄子》一书尊为《南华经》。中书省是宰相办公的地方，温庭筠调侃令狐绹这位文官宰相读书有点少，恐怕会被别人误以为是腹无诗书、胸无点墨的武将。

| 悔读南华 |

令狐绹听懂了温庭筠的言外之意，一张老脸羞得通红，回到家后饭也顾不得吃，秉烛夜读，一口气把《庄子》三十三篇八万余字逐字读了个透，还是没能找到"玉条脱"三个字。辛苦了大半夜却一无所获，令狐绹不禁恼羞成怒，再想起之前温庭筠的种种促狭，自然对他怀恨在心，过了几日便找机会偷偷对唐宣宗吹风道："温庭筠此人文采虽高，却喜欢嘲笑他人，人品轻浮刻薄，并无温良恭俭让的大气，非国家栋梁之材，实不宜让他中进士做官。"

听了令狐绹此言，唐宣宗蓦然想起为何自己总觉得之前在哪里见过温庭筠，原来自己上个月微服出行，在一家酒店偶遇了温庭筠。温庭筠并不认识唐宣宗，看对方虽然身着便服，言行却很有派头，心知不是平民百姓，就低声问道："兄台可是任职司马、长史之类？"这些算是地方中层官员。唐宣宗微笑摇头回答："非也。"暗想自己气质高华，你应该再往上猜。不成想喜欢捉弄人的温庭筠明明看出对方自负身份，却偏偏故意往下猜："那么兄台必是文书、参谋、主簿、县尉之类？"这些都是比司马、长史小得多的基层官员。唐

宣宗大为失望，心想难道自己的气场看上去就这么像芝麻绿豆小官吗？于是忍气答道："也不是！"说完一扭身，很不爽地走了。温庭筠看着对方离去的背影，心中暗笑。他一天到晚习惯了嘲笑别人，根本没把这件事情放在心上。

唐宣宗李忱是一位勤于政事的帝王，枕边最爱读物是前文提到的那位不给张说面子的史官吴兢所著的《贞观政要》。他一心想恢复国家在太宗、玄宗时代的光荣强盛，登基后励精图治，在内廷限制宦官专权，在外朝结束了延续四十余年的牛李党争。他在位的十三年，年号"大中"，是晚唐一段难得的安定繁荣时期。在唐朝灭亡之前，百姓都很怀念这段"大中之治"，敬称宣宗为"小太宗"。李忱原本喜欢微服出行、体察民情，但上次遇到贾岛，这次遇到温庭筠，被两位诗人轻蔑奚落之后，就再也不愿微服出宫了。

现在令狐绚奏说温庭筠有才无德，使唐宣宗恍然大悟：原来那个言辞刻薄的家伙正是此人啊！不禁连连点头："卿看人很准。读书人以德行为先，文章为末技。此人德行既无可取之处，文章再好又何济于事？白白身怀学识，只怕没有什么大用处。"令狐绚唯唯称是，心中暗喜，出门就将皇帝对温庭筠的评论大肆传播。如此一来，温庭筠也就科举无望了，后来几次科考都不出意外地名落孙山。

温庭筠知道事情原委后，仰天长叹，悔不当初："因知此恨人多积，悔读南华第二篇！""悔读南华"成了学识渊博之人慨叹不为他人所容的典故。但《庄子》第二篇是《齐物论》，其中只有著名的"庄生梦蝶"，并无什么"玉条脱"，甚至整个《庄子》中也没有"玉条脱"之语。所以只能得出结论：要么是当时温庭筠记错了，要么是后人以讹传讹。

第三十三章
过尽千帆皆不是　任是无情亦动人

在科场上连战连败的温庭筠对于仕途逐渐心灰意冷，既然进士及第的希望渺茫，他就另辟蹊径，开创副业来赚取高额报酬。温八叉不再浪费自己"一叉手则一韵成"的快枪手天赋，在长安城贴出小广告，替人考场代笔。他有时在一场考试中叉手几十次，竟能在一个题目下替好几个人完成风格迥异的答卷。这还不算，温大才子不是低调闷声发财，反而高调炫耀："我今天在考场上又救了好几个人！"于是大家送了他一个新绰号"救数人"。但这种高调的作风，使得他的副业没能持续发展下去。

朝廷的考官们不怕温庭筠说他们徇私录取、在道德上有问题，因为大家都这么干，不结党营私，反而是官场异类——但你不应用人尽皆知的收费作弊来证明考官们在智商上的硬伤，太不给领导留面子了！等到礼部侍郎沈询主持科考时，干脆不让温庭筠与其他考生同座，而特别安排他坐在自己面前，使得他根本没法帮别人作弊。被断掉财源的温庭筠很生气，当即大闹起来。后果当然是他这次又没能中，而且在经济方面也颗粒无收。

171

| 狂放不羁 |

温庭筠在科举上很不得志，索性好酒使性、放浪形骸，跑到烟花胜地扬州去逍遥快活。路过扬州城外陈琳墓时，温庭筠感伤自己与这位前辈才子截然不同的遭遇，写下了《过陈琳墓》：

曾于青史见遗文，今日飘蓬过此坟。

词客有灵应识我，霸才无主独怜君。

石麟埋没藏春草，铜雀荒凉对暮云。

莫怪临风倍惆怅，欲将书剑学从军。

陈琳是三国时期的著名文人，"建安七子"之一。官渡之战前，他为袁绍写了一篇言辞激烈的《为袁绍檄豫州文》，骂得痛快淋漓，上及人家祖宗三代，曹操读得一头冷汗，连顽固的偏头痛都治好了。袁绍失败后，陈琳被俘，归降曹操。曹操不计前嫌，不仅饶恕而且重用了陈琳，重要书檄多出自其手。温庭筠羡慕陈琳虽然经历坎坷，但终能为心胸宽广的霸主所用，而自己空有一身文才，却无人赏识提拔，难道非得投笔从戎、另谋出路才有前途吗？坟前临风缅怀前贤，不禁倍感惆怅。

写完这首怀古兼自吊的诗篇，破罐破摔的温庭筠就进了扬州城的烟花柳巷去借酒浇愁，不料喝醉之后被值夜的都虞候（唐代后期，藩镇节帅任命亲信武官为"都虞候"，于军中执法）结结实实一顿痛揍，被打成了猪头，牙齿也被打掉了两颗。他酒醒之后火冒三丈，立刻找到正巧外放至扬州做地方行政长官的令狐绹，要求严惩打人者。令狐绹把那都虞候抓来一审，人家反咬温庭筠狎妓酗酒、夜犯宵禁，还暴力抗拒执法，并出示自己被撕破的工作服为证。这下公说公有理、婆说婆有理，令狐绹只得将两人都释放了。不过很多人都怀疑是令狐绹知道温庭筠来到自己的地盘，故意派手下人整治他一番，以报"玉条脱"之愤。

温庭筠哪里受得了在一个小小的都虞候面前斯文扫地，既然令狐绹指望不上，就跑回京城长安，到处上访，向所有认识的高官申诉自己是遵纪守法的良民，犯宵禁的罪名完全是被诬陷的。正好此时是欣赏他而与令狐绹关系不睦的徐商担任宰相，替他说了不少好话，还任命他为国子监的助教，以进入人人羡慕的公务员系统作为精神补偿。

第二年，温庭筠在国子监主持考试时，因为自己从前在科场屡遭不公，所以一反当时的风气，严格公正地按照文采判定等级。考卷批点完成后，他还把优等的三十篇张榜公布出来，欢迎广大人民群众监督，清正之风一时传为美谈。但这种只看真才实学不看背景、且榜之于众的做法，显然触怒了权贵；温庭筠所判的优等诗文中多有指斥时政、揭露腐败的内容，他还大力点评称赞一番，更是激怒了当政者。在一次下班后的聚餐中，飞卿发扬他的音乐天赋，吹拉弹唱了一段小调，还禀性难移地讥刺时政，从高祖太宗一路梳理下来，无人能逃。座中一位同僚偷偷记下他的唱词，宴席一结束就跑去皇帝处打小报告，说温庭筠人在体制内，吃着体制的大锅饭，还私下贬损体制。唐宣宗便将他贬到外地去当县尉，这正是他之前用来调侃圣上的那种芝麻小官，可能天子故意以此来教训他一下。在赴任途中，温庭筠写下了《商山早行》：

> 晨起动征铎，客行悲故乡。
> 鸡声茅店月，人迹板桥霜。

槲叶落山路，枳花明驿墙。

因思杜陵梦，凫雁满回塘。

颔联两句可分解为十个名词：鸡、声、茅、店、月、人、迹、板、桥、霜。但这纯用名词组成的诗句，却将一幅旅人早行图刻画得细致入微、充满动感，是唐诗中描写羁旅的名句，苏东坡也叹为绝唱。

| 鱼玄机 |

到了温庭筠所处的晚唐，格律诗发展到无法突破的顶峰，几乎所有的题材和领域都已经被探索穷尽。以至于有人说，如今无论你处在何种环境、何种心情中，都能找到现有的诗句来表达。既然诗已经无可超越，词这种更加灵活的形式就开始绽放异彩，诗歌的发展即将通过晚唐和五代十国而一跃迈入宋词的辉煌时代。作为"花间词派"的鼻祖，温庭筠最负盛名的作品，大都是此时开始走向诗歌舞台中央的，除了那首《菩萨蛮》，还有这篇《望江南》：

梳洗罢，独倚望江楼。

过尽千帆皆不是，斜晖脉脉水悠悠。

肠断白蘋洲。

此词和《菩萨蛮》同样温柔细腻，可见作者是一个性情敏感之人。清代学者田同之曾有言："若词则男子而作闺音，其写景也，忽发离别之悲。咏物也，全寓弃捐之恨。无其事，有其情，令读者魂绝色飞，所谓情生于文也。"该词表面看起来写的是女子思念情郎，但实际非常可能是温庭筠在思念自己所恋慕的女子。这位温庭筠生命中最知名的女性，就是唐朝四大女诗人中的最后一位，和李季兰、

薛涛、刘采春齐名的鱼玄机。

鱼玄机原名幼薇，字蕙兰。古时的女子能有个大名已经很不错了，因为鱼幼薇的父亲是个落魄秀才，所以还给女儿起了一个字。结果她人如其字，蕙质兰心，如谢道韫一般有咏絮之才。父亲因病过世后，幼薇的母亲独自带着女儿，生活没有着落，只好在青楼里靠帮人洗衣勉强糊口。当时的文人经常去青楼应酬唱和，幼薇年仅十三岁，就以诗才在长安文坛中声名鹊起。温庭筠虽然颜值不高，却颇为风流，常常混迹青楼，听说幼薇的名气，就找到她，想要考校一番："小姑娘，你可能以'江边柳'为题，赋诗一首？"

年少的鱼幼薇思索片刻，挥毫写出一首《赋得江边柳》：

> 翠色连荒岸，烟姿入远楼。
> 影铺秋水面，花落钓人头。
> 根老藏鱼窟，枝低系客舟。
> 潇潇风雨夜，惊梦复添愁。

温庭筠一读之下，大为叹赏："小小年纪就有如此文才，你将来的成就当可不在薛校书之下！"他看小幼薇眉清目秀、聪明伶俐，却拖着瘦削的身体在青楼中辛苦打杂，不禁心生怜爱，收其为弟子，既教她写诗，也照顾她们母女的生活。

时间就这样慢慢过去，幼薇也一天天长大。温庭筠因为国子监判考等事被外贬离开长安之后，幼薇突然觉得心里一下子空荡荡的，原来她已不知不觉爱上了这位比自己大三十九岁的老师。

情窦初开的幼薇开始不断写信给温庭筠，表达自己的思念之情。如果"大叔控"幼薇遇到的是"萝莉控"杜牧，两人肯定会谈

一场天雷勾动地火的恋爱。温庭筠虽然风流，却深受儒家思想的浸染，认为自己和学生之间有着不可逾越的鸿沟，必须坚守师生之间的界限。

一个中年心事浓如酒，一个少女情怀总是诗。该如何拒绝幼薇而又不伤害她呢？善良的温庭筠打算为她寻一个好归宿。以幼薇贫寒的家世，嫁到书香门第做人家的正妻是奢望；而以幼薇过人的才华，嫁给一个贩夫走卒做正妻则会明珠暗投。飞卿思索良久，心想为她找一个家世良好的才子为妾，也许是最好的选择。

| 步步错 |

经过一番如同嫁女儿般精心的挑挑选选，温庭筠将幼薇介绍给了风头正劲的新科状元李亿，就是前文中提到作品中有重字而困扰过唐宣宗的那位。这倒真是一对金童玉女。李亿纳幼薇为妾后，两人兴趣相投，恩爱异常。但李亿的妻子见老公娶了这么一个才色兼优的小妾，不由地醋意大发，先是寻衅将幼薇一顿责打，然后将她赶出了家门。无奈的李亿只好将孤苦无依的幼薇送进长安郊外的咸宜观当道姑，承诺三年之内做通正房的思想工作，再接她回家。幼薇出家之后，道号"玄机"，从此江湖上就有了鱼玄机这么一号人物。

鱼玄机对李亿一往情深，在等待的岁月里写下了许多思念丈夫的诗，期盼能够早日重聚。虽然她望穿秋水，可惜漫长的三年之期过去后，团聚的希望还是终成泡影。绝望的鱼玄机愤然写下《赠邻女》寄给李亿：

羞日遮罗袖，愁春懒起妆。

易求无价宝，难得有心郎。

枕上潜垂泪，花间暗断肠。

自能窥宋玉，何必恨王昌？

此诗用题目明示写邻家女子，其实是以此自况。美丽的女孩白天用衣袖遮住娇颜，大好的春天也懒得梳妆打扮，她深深明白：在人世间求得一件无价珍宝都算容易，而寻到一个有情有义的男子作为伴侣却难如登天。认清这个残酷的事实之后，女孩夜晚在枕上默默垂泪，白天经过花丛间也暗暗断肠。到此处笔锋突然一转，貌似大彻大悟：既然自己有如此才貌，只要愿意去偷窥一眼宋玉那样风流倜傥的才子，就能发展出一段故事，又何必怨恨王昌之类若即若离的人呢？王昌据说是魏晋时的美男子，貌比潘安，引得无数女子为之倾倒，然而天性凉薄。唐朝诗人常用"王昌"来代指不靠谱的高富帅，鱼玄机在此便是以他代指李亿。

既然死了心不再等待李亿，鱼玄机就开始了和"宋玉"们打情骂俏的新生活，变成了艳名远播的道姑。后来因为怀疑侍婢绿翘与自己的相好私通，盛怒之下失手将她打死。一步错，步步错，不敢声张的鱼玄机偷偷藏尸于后花园，被人发现后告至官府，最终被判死刑，在二十六岁如花妙龄就凄然凋落。远隔千里的温庭筠听闻自己心爱的学生落得如此结局，只能长歌当哭，痛不欲生。他这才发觉自己竟然深爱着鱼玄机，不禁流泪叹息道："曾经有一个机会摆在我面前，我却没有珍惜，等到失去的时候才追悔莫及，人世间最痛苦的事莫过于此！"

而鱼玄机的初恋爱人，应该也正是她的启蒙老师。她写过《冬

夜寄温飞卿》抒发思念之情：

> 苦思搜诗灯下吟，不眠长夜怕寒衾。
>
> 满庭木叶愁风起，透幌纱窗惜月沈。
>
> 疏散未闲终遂愿，盛衰空见本来心。
>
> 幽栖莫定梧桐处，暮雀啾啾空绕林。

| 筹笔驿 |

温庭筠虽然相貌丑陋，却蛮有女人缘，鱼美女就并未以貌取人。但前文曾经简单介绍过的罗隐，年纪同鱼玄机相仿，颜值和温庭筠不相上下，桃花运可远不如温庭筠了。

罗隐，字昭谏，在名里明明已经隐退了，在字里还不忘向君王进谏，真是很有"处江湖之远则忧其君"的政治热情。他为了考进士，将自己的诗卷送到宰相郑畋府上以求赏鉴。郑畋随手翻阅，看到其中一首题目名叫《筹笔驿》，立刻大有兴趣，因为二十年前李商隐就写过一首同名诗：

> 鱼鸟犹疑畏简书，风云常为护储胥。
>
> 徒令上将挥神笔，终见降王走传车。
>
> 管乐有才原不忝，关张无命欲何如？
>
> 他年锦里经祠庙，梁父吟成恨有余。

筹笔驿在四川广元之北，当年诸葛亮北伐中原之前，就是在此驿站筹划军国大事。李商隐曾在蜀地做官，路过筹笔驿时，留下了这首咏怀古迹之作。河中鱼、空中鸟经过时犹疑不定是敬畏诸葛亮严明的军令，清风白云护卫着他军营的藩篱。可惜卧龙的挥笔运筹

都是徒劳，扶不起的阿斗最终还是坐着传车经过此地，投降魏国去了。虽然孔明有可比管仲、乐毅的才干，但关羽、张飞这样的良将都已逝世，无人可用的他又怎能建立什么功业呢？我经过锦里拜谒武侯祠时，还吟诵了丞相所写的《梁父吟》，为他抒发无穷的遗恨。

后世颂赞诸葛亮的诗有很多，有人评价唯李商隐此诗能与杜甫的名篇《蜀相》在伯仲之间，虽然稍嫌过誉，也确是一时佳作。已有李商隐《筹笔驿》的珠玉在前，郑畋很好奇罗隐还能如何另辟蹊径，便颇为认真地读道：

> 抛掷南阳为主忧，北征东讨尽良筹。
> 时来天地皆同力，运去英雄不自由。
> 千里山河轻孺子，两朝冠剑恨谯周。
> 唯余岩下多情水，犹解年年傍驿流。

孔明抛开在南阳的悠然自得的隐居生活，出山辅佐当时情势窘迫的刘备，运筹帷幄，北征东讨。时运来的时候，天时地利一同帮忙，连强弱悬殊的赤壁之战都能取胜，奠定天下三分之势；而时运不济的时候，正是"关张无命欲何如"，英雄也是独木难支。他过世三十年后，魏将邓艾率军偷渡阴平关，袭击成都，谯周劝得阿斗开城投降。父辈辛苦打下的千里山河就此被轻松断送，先主刘备、后主刘禅两朝的文武功臣必定切齿痛恨谯周。千秋功业如浮云飘散，唯有山岩下的流水多情，仍旧年年依傍筹笔驿而流。

| 花解语 |

晚唐国运衰微，胸怀大志而又无力回天的宰相郑畋对诸葛亮的"出师未捷身先死"深有感触，罗隐此诗自然使他赞叹不已，继续一篇篇地吟诵卷中其余诗作，不禁连连击节叫好。他女儿从未见过父亲如此模样，大为好奇地过来讨了诗卷翻阅。郑大小姐对罗隐的怀古诗并不是很感兴趣，但卷中的一首《牡丹花》牢牢地吸引了她的目光：

> 似共东风别有因，绛罗高卷不胜春。
>
> 若教解语应倾国，任是无情亦动人。
>
> 芍药与君为近侍，芙蓉何处避芳尘。
>
> 可怜韩令功成后，辜负秾华过此身。

此诗中用到了两个典故。"韩令"指韩弘，就是唐宪宗将韩愈《平淮西碑》中的一块石刻赏赐他，他就馈赠了韩愈五百匹绢的那位，而不是"春城无处不飞花"的韩翃。韩弘曾担任中书令，所以被尊称为"韩令"。当时长安人崇尚赏玩牡丹已有三十多年，每到暮春时节，去上林苑赏牡丹的车马队伍都会将整个京城堵成一个大停车场，和今天的黄金周出行很像。韩弘到长安后，见官邸中种植了不少美丽的牡丹花，眉头一皱："难道本官还要学小正太、小萝莉们去玩花弄草不成？"遂命令手下将花儿尽数砍掉。为了不玩物丧志，索性暴殄天物，这种思维非常人所有。

唐玄宗曾经在宫中太液池畔宴请皇亲贵戚，只见池中有几枝千叶白莲盛开，群臣争相观赏。皇帝突然指着杨贵妃自鸣得意地问众人："千叶白莲虽美，比我这解语花如何？"大家的情商都很高，自然赞不绝口："贵妃娘娘国色天香，胜于白莲远矣！"玄宗开怀大笑。白居易《长恨歌》描绘了杨贵妃被逼自尽、多年后明皇回到故地时的凄凉："归来池苑皆依旧，太液芙蓉未央柳。芙蓉如面柳如眉，对此如何不泪垂？"莲花，又叫水芙蓉。从此"解语花"便用来比喻聪慧可人的美女，后人更将其发展成一副妙对来形容绝色女子："比花花解语，比玉玉生香。"《红楼梦》第十九回回目是《情切切良宵花解语，意绵绵静日玉生香》，"花解语"指花袭人温柔规劝宝二爷，"玉生香"指宝哥哥闻到了林妹妹身上的香味，多情公子贾宝玉艳福不浅。

在《红楼梦》第六十三回《寿怡红群芳开夜宴，死金丹独艳理亲丧》中，众女子掣花签，每人掣到的签都大有深意，乃是作者暗示其命运的谶语。薛宝钗第一个掣，签上画着一枝华贵的牡丹，题着"艳冠群芳"四字，其下便附了备受郑大小姐喜爱的这句"任是无情亦动人"，小字注云"在席共贺一杯，此为群芳之冠"，可见牡丹百花之王的地位无可争议。宝钗出身富贵，容貌也确是艳冠群芳，宝玉看她白皙丰腴的胳膊都能看傻。但联想到此诗"可怜韩令功成后，辜负秾华过此身"中韩弘砍牡丹的典故，宝钗即使如愿地嫁给了宝玉，最终还是辜负秾华一场空。黛玉韶龄早逝，宝钗则守了活寡，一对情敌都是红颜薄命。

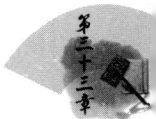

| 凤求凰 |

郑小姐对罗隐此诗大为喜爱，不住喃喃念道："任是无情亦动人，任是无情亦动人……"一边慢慢踱回香闺，连诗卷也忘了还给父亲。到了晚膳时分，她依然魂不守舍，口中还在念念有词："任是无情亦动人……"突然，她抬头问郑畋："爹爹，你请这位罗先生来家中吃顿饭可好？"

据说钱钟书先生曾经这样婉拒想认识他的读者："假如您吃

了个鸡蛋，觉得不错，何必非要认识那只下蛋的母鸡呢？"一向对宝贝女儿宠爱有加、百依百顺的郑畋，知道她很想认识下蛋的母鸡，过了几日便大宴宾客，特地请了罗隐在其中。郑大小姐悄悄躲在帐后窥探，这一招是从汉朝的著名才女卓文君偷窥司马相如的故事中学来的。

说起司马相如，很多人以为他是手无缚鸡之力的白面书生，那就大错特错了。司马相如少时既好读书作赋，又好击剑骑射，虽然家徒四壁，但是名气非常大。梁王请他写了一篇《如玉赋》，司马相如写得美轮美奂，梁王大喜，赠他传世名琴"绿绮"。连"白首太玄经""西蜀子云亭"的扬雄也赞叹说："长卿的赋不像是来自人间，应该是神仙点化的吧！"汉景帝封司马相如为武骑常侍，这个官职是要跟随皇帝车驾游猎，在旁边射猛兽保护皇帝的，那可是飞将军李广才能胜任的工作，足见司马相如文武双全，文才、琴艺、武功三绝。但是司马相如居然对这个职位不感兴趣，辞职回到家乡蜀地去享受生活，有才就是任性。

临邛有位土豪卓王孙久仰相如的大名，在家设宴款待他和临邛县令王吉。卓王孙离婚的女儿卓文君因为久慕司马相如的才情和风度，暗暗从屏风后面偷看。司马相如发现后佯作不知，受邀抚琴时，便用"绿绮"弹奏了一曲《凤求凰》。卓文君擅长音律，自然听懂了琴声中传达的爱慕。宴会结束后，司马相如托人以重金赏赐卓文君的侍女，托其向小姐转达倾慕之意。很有自由恋爱精神的卓文君干脆逃出家门，与司马相如连夜私奔回成都。卓王孙大怒之下，和女儿断绝了关系。

司马相如和卓文君婚后虽然恩爱，无奈家境贫寒，生计艰难，

于是合计出一条妙策——回到临邛开了一家小酒肆。首富千金，当垆卖酒；知名才子，穿着下人的衣服刷杯洗盏，他们经营的酒家很快就远近闻名、门庭若市，来看热闹的人比真正来喝酒的客人多得多。

面对众人的指指点点、口舌议论，夫妻俩安之若素，显示了过硬的心理素质。卓王孙听说自己的宝贝千金在城里抛头露面，觉得一张老脸实在没地方搁，只好派人送去僮仆百人、铜钱百万，叫他们赶快回家，不要留在临邛继续给老卓家丢人。坑爹的小夫妻赢得这场心理战后，回到成都买地置宅，过上了富足的日子。

后来司马相如的《子虚赋》得到汉武帝赏识，高官得做，骏马得骑，着实令岳父卓王孙风光了一把，老泰山遂献金相认。功成名就的司马相如打算纳茂陵女子为妾，卓文君察觉到夫君的刻意冷淡后，写下了中国历史上最早的五言诗之一《白头吟》，内有名句"愿得一心人，白首不相离"，并附《诀别书》道"朱弦断，明镜缺，朝露晞，芳时歇，白头吟，伤离别，努力加餐勿念妾，锦水汤汤，与君长诀"。司马相如读后，忆起昔日的恩爱，放弃了纳妾的想法。有资本又有才情的卓文君，成功挽回了丈夫的心，两人有惊无险地白头到老。卓文君成为中国古代女子追求自由婚姻的少数美满案例之一，是风尘三侠之红拂女的学习榜样。

郑大小姐希望罗隐能如司马相如一般才华横溢、风度翩翩，但当她隔帘偷窥之时，却大失所望。原来罗隐不但相貌丑陋，而且言行迂腐，和她的想象与期望相去甚远。就像满怀期待的网友会面之后的见光死，文艺少女郑大小姐在罗隐离开后，立刻烧掉了自己之前私藏起来的诗卷，从此再也不吟咏他的作品了。

罗隐比鱼玄机大七岁，爱情宣言是"我很丑，可是我很温柔"；鱼玄机爱才而且不以貌取人，如果能和罗隐认识，可能倒是一段好姻缘。可惜两人在茫茫人海之中，一个向左、一个向右地错过了。

一剑霜寒十四州　陌上花开缓缓归

　　罗隐本来有望成为郑畋的女婿，他这位擦肩而过的岳父可称得上文武双全。郑畋很欣赏罗隐的《筹笔驿》，他自己也是以一首怀古诗《马嵬坡》载入唐诗史册：

　　　　玄宗回马杨妃死，云雨难忘日月新。

　　　　终是圣明天子事，景阳宫井又何人。

　　安史之乱爆发后，唐玄宗仓皇出逃蜀地。途经马嵬坡时，禁军哗变，杀死了杨贵妃的哥哥奸相杨国忠，逼得唐玄宗赐杨贵妃自缢，军心方稳定下来。安史之乱被平定后，唐玄宗回长安途中，再次经过马嵬坡这伤心之地，美人已逝多年。虽然日月常新，明皇依然难忘与贵妃的旧情。被拿来作为反面对比的南陈后主沉迷女色、不理政事，最终亡国，隋兵攻入禁宫之前，他还带着宠妃张丽华和孔贵嫔躲到景阳宫井之中，幻想着能够逃脱，结果仍为隋兵所俘虏。相比一条道走到黑的陈叔宝，唐玄宗能够悬崖勒马，还算是知错能改的圣明天子，这才有重返长安的一日。此诗表面是抑彼扬此，但唐玄宗晚年的举动比起陈后主，实在所胜无几，而且把他和著名昏君放在一起比较，本身就有婉讽的意味，明眼人一看即知。这种含蓄委婉地表达作者褒贬态度的方式，就是微言大义的春秋笔法。

| 出将入相 |

郑畋后来亲历了唐末的黄巢之乱，并且在这场战争中证明了自己有出将入相之能。农民军攻陷长安，使得"满城尽带黄金甲"。宠信宦官田令孜而荒废国事的唐僖宗在此前就效仿一百多年前的祖宗玄宗，提前逃入大后方蜀地。在跟随僖宗遁蜀的人中，有一位名叫秦韬玉的幕僚，此人生无纪年，不知所终，因为依附田令孜而口碑不佳，但却为我们留下了一首著名的《贫女》：

> 蓬门未识绮罗香，拟托良媒益自伤。
> 谁爱风流高格调，共怜时世俭梳妆。
> 敢将十指夸针巧，不把双眉斗画长。
> 苦恨年年压金线，为他人作嫁衣裳。

当时官军在黄巢叛军面前一溃再溃，僖宗逃入蜀地后也是音信难通，朝廷陷入群龙无首的混乱状态，人们都认为唐室即将覆亡。但郑畋率兵在龙尾坡击败气焰正盛的黄巢军，并写下《讨巢贼檄》传于四方，遂天下震动。受到激励的各藩镇不再等待观望，纷纷出兵勤王。所以后人评论郑畋道："出将有破贼之功，入相有运筹之益。功成身退，始终俊伟，唐末诸相，惟畋优焉。"

罗隐失去了成为郑畋女婿的机会，在仕途上更加无助。黄巢之乱被平定后，有大臣建议让已经名闻天下的罗隐入朝做官，宰相韦贻范就给大家讲了个小事："本官有次曾与罗隐同乘一条渡船，听

见船夫告诉他："咱们这条船上可坐有朝廷的贵人哦。"哪知罗隐回了一句："什么贵人不贵人的！我用脚夹笔写的文章，都能顶得上好几个这样的贵人！"如果要让他入朝为官，只怕我们这些同僚在他眼里都是秕糠了。"大家一听，都不愿成为别人眼中的废物，自然也就再没人建议提拔这个恃才傲物的家伙。罗隐听说后快快不乐，写了一首《送灶诗》自嘲：

> 一盏清茶一望烟，灶君皇帝上青天。
>
> 玉皇若问凡间事，为道文章不值钱。

| 晚遇明主 |

黄巢之乱使得朝廷对全国的控制力进一步被削弱，乱世英雄钱镠在浙江稳步崛起，从讨平董昌叛乱占据一方，直至最终被封吴越王，成为独立王国的国君。年过半百的罗隐考场情场双失意，铩羽而归至老家浙江，又不知此地的掌权者气量如何，便托人将自己的诗集送与钱镠，故意将怀古诗《过夏口》放在卷首，内有"一个祢衡容不得，思量黄祖漫英雄"一句，想看看对方的反应。

祢衡是汉末三国时人，和让梨的孔融关系很好，孔融便向丞相曹操推荐祢衡做官。祢衡对已明显有代汉之意的曹操十分不满，两人互相羞辱，但没有对等实力的弱者去羞辱强者，基本等同于自杀。曹操看出这个眼高于顶的家伙到哪里都会得罪人，就用借刀杀人之计，派他出使至荆州牧刘表处。祢衡到了荆州果然态度轻慢，引得刘表大怒，而这个聪明人也和曹操一样，不愿意背负杀害名士的恶名，就用了同一招，把祢衡打发去见自己手下的江夏太守黄祖。祢衡到了江夏后正常发挥，和黄祖言语冲突。黄祖是个粗人，没有曹

187

操和刘表那么多的厚黑肠子，直接把这位作死之士干掉了。罗隐就用黄祖容不得祢衡的故事，来试探钱镠是否容得下性情刚直的自己。

钱镠收到罗隐的诗集，明白这位名满天下的才子有回归家乡、依附自己之意，大喜过望，当即回信："仲宣远托刘荆州，盖因乱世；夫子乐为鲁司寇，只为故乡。"钱镠信中提到了仲宣与孔子两位人物。仲宣是汉末名士王粲的字。王粲是"建安七子"之一，与孔融、陈琳齐名。本来家住关中，因乱世动荡而前往荆州依附刘表。当年他曾去拜访蔡邕，也就是蔡文姬之父、创造出中国最早字谜、被杨修秒杀却让曹操猜了三十里地的那位。蔡邕正躺着休息，听到家丁报告王粲来访，高兴得从床上跳起身来，连鞋子都顾不上穿好，倒穿着就跑出去迎接，留下一个成语叫作"倒屣相迎"。而孔夫子曾在鲁国担任司寇之职。罗隐见钱镠将自己与王粲、孔子相提并论，尽显爱惜敬重之意，而且以乡土之情相招，不由捻须点头叹道："这样我就不必离开故乡了啊！"从此投靠钱镠，担任了他的掌书记。

此时钱镠正好被朝廷授予镇海节度使之职，志得意满地让人起草了一份谢表，在其中炫耀自己的政绩，将浙江的繁荣昌盛好一顿吹嘘。罗隐边看草稿边摇头："浙江在您的治下，的确是富甲天下，但若将如此措辞的谢表送到长安，朝廷定会要求浙江多多进贡。我们既然要与民休息，须藏富于己。不如对经济情况避而不谈，多来一点美丽的风景虚词，比如'天寒而麋鹿常游，日暮而牛羊不下'之类的就好了。"钱镠听后恍然大悟，便委托罗隐按此原则修改。等谢表送到长安，识货的朝廷大臣们看了就说："这是罗昭谏的文辞嘛！"

使宅鱼

唐昭宗李杰改名为李晔时，罗隐代钱镠写了贺表，内有一句"左则姬昌之半字，右则虞舜之全文"。姬昌是为周朝开创八百年基业的周文王；虞舜名重华，也就是上古贤君"尧舜禹"中的舜。京师收到各藩镇的贺表后，都称赞来自吴越的这份为诸镇第一，尤其是将"晔"字拆得妙绝天下。钱镠大有面子，因此对罗隐更加喜爱，公事宴饮均不离左右。罗隐依旧性情不改，喜欢高谈阔论，言辞诙谐，令满座生风。钱镠若有不当之处，他也照样直言进谏。

钱镠很喜欢吃鱼，便让西湖上的渔家每天都缴纳几斤活鱼到府里，名目是"使宅鱼"。如果有渔家当天打到的鱼不够规定的数目，还得去市场上买鱼来交足任务，时间一长，就成了额外的负担。有一天，罗隐陪伴钱镠观赏一幅姜太公垂钓图，只见画上的姜太公白须白眉、道骨仙风，钱镠便对罗隐说："文王求才若渴，方得太公辅佐，孤须好生效仿。先生可以此图作诗，为孤之勉励。"罗隐应声就是一首：

> 吕望当年展庙谟，直钩钓国更谁如？
> 若教生在西湖上，也是须供使宅鱼。

商朝末年姜太公在渭水边钓鱼，直钩、无饵、离水面三尺，分明不是钓鱼而是钓周文王的。罗隐开玩笑说，如果姜太公是在钱镠治下的西湖边，就算直钩根本不可能钓上一条鱼，也照样会被要求缴纳"使宅鱼"，借此婉讽钱镠吃鱼的爱好已经到了扰民的程度。钱镠听了哈哈大笑，不但没有生气，还立刻下令从今往后废除"使宅鱼"。杭州百姓听说此事后，对罗隐的诙谐善谏和钱镠的闻过则

改都赞赏有加。

钱镠对罗隐益发看重，特地在杭州城中设了一个钱塘县，让他当县令，过过衣锦还乡、当父母官的瘾，军政大事也经常咨询他的意见。看来钱镠用人的气量不仅远胜黄祖，与知人善任的曹操相比也毫不逊色。罗隐前半生漂泊流离常郁郁，到了晚年终于得志优游，心情舒畅地活到七十多岁。从他临终前写给钱镠的《病中上钱尚父》中，可以看出他对知遇之恩满怀感激：

左脚方行右臂挛，每惭名迹污宾筵。

纵饶吴土容衰病，争奈燕台费料钱。

藜杖已干难更把，竹舆虽在不堪悬。

深恩重德无言处，回首浮生泪泫然。

保境安民

据说钱镠刚出生时，相貌很丑很怪异，其父钱宽见了害怕这婴儿将来长大后和哪吒一样，是个妖精祸害之类，抱起他走到屋后水井边，准备扔下去，还好善良的祖母舍不得这孩子，硬是将钱宽拦住了。那口水井就被称为"婆留井"，如今遗迹仍在临安城东。这个故事听起来是不是感觉套路很熟悉？大人物嘛，出生一定要有点与众不同的迹象，才符合其尊贵的身份，这很可能是钱镠发迹后的自我营销或逢迎之人的附会。

钱宽对这个井口余生的孩子很不待见，连名字都懒得为他起，于是周围人就以他能存活的原因而叫他"婆留"。孩子长大成人后，认为自己这个小名的乡土气息实在太浓郁，便去掉"婆"字，再以

同音的"镠"替代"留",土里土气的"钱婆留"就变成了高大上的"钱镠"。这下你肯定忘不了"镠"字的读音了,不用谢。

钱镠的第一份工作是私盐贩子,和黄巢同行,看样子这是晚唐最有潜力的职业。后来他在唐末动乱中逐步占据了吴越十三州共八十六县,以杭州为首府,范围包括今天的浙江、上海的全部和江苏的南部,正是长江中下游平原的鱼米之乡,吴越由此成为当时最富庶的藩镇。

朱温篡唐自立为帝后,改国号为"大梁"(史称"后梁"),下旨册封钱镠为吴越王。面对这样的巨变,钱镠召集文武僚属,商议是否应该接受。罗隐坚决反对接受册封:"朱温乃篡国奸贼,您理应严词拒绝,并且兴义师北伐,兴复唐室。纵不成功,犹可退保杭、越,自为东帝,何必屈身以事逆贼?"

钱镠一向对罗隐言听计从,但在这件大事上却自有主张:"当年江东的孙权在时机尚未成熟时就曾屈身于中原的曹丕,大家都赞赏他大丈夫能屈能伸的谋略。孙仲谋能做到的事情,难道孤就做不到吗?如今我吴越虽然国富民强,但强邻环伺,周边各藩镇对我们虎视眈眈。孤若征讨朱温,邻藩必乘虚来袭,我们将腹背受敌,百姓也会惨遭兵祸荼毒。孤一向以休兵息民为国策,不忍心兴兵杀戮。"包括罗隐在内的群僚听了钱镠这一席头脑清醒的蔼然仁者之言,都心悦诚服,不再争论。

钱镠本以为罗隐可能会因为年过半百都没得到朝廷的重用而心怀怨恨,如今唐朝覆亡,就算他不为出口恶气而欣喜,至少也不会为唐室说什么好话。现在发现罗隐颇有兴复李唐的忠心,虽然钱镠因为形势判断而没有采用他的建议,但也很欣赏他是一位不计个人

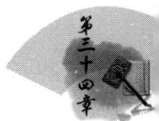

恩怨的忠义之士。

在钱镠治理吴越的数年间，对内重农桑、兴水利，对外一直遵循"保境安民"的基本国策。逝世前，他还一再叮嘱子孙要"善事中国"，不可妄自尊大，将来不论混乱的中原如何"城头变幻大王旗"，都要尊奉中原王朝为正朔，以得到对方至少在名义上的支持，切勿轻起战事。钱镠的子孙严格遵守了这一遗训，所以与同时期中原的兵连祸结、干戈不断相比，吴越百姓在大半个世纪中免受了战争杀戮之苦。直到钱镠的孙子钱俶做吴越王时，看到北方强盛的赵宋政权有结束五代十国乱世、一统天下之心，而吴越一隅无力抗衡，便顺应大势，献土归宋，用祖孙三代所经营的十三州基业，换得苍生太平。

钱氏的执政理念虽然在有些人看来不够血性进取，但对百姓来说却是善莫大焉。与宋朝统一南唐尚需血战搏杀相比，统一吴越则未死一人。在此事上，钱俶不为一己尊荣而做困兽之斗，使吴越得以全璧入宋，其功其德令人感怀。

虽然有人怀疑钱俶是被气量狭窄的宋太宗暗中毒死的，但他入宋后被封王爵，安享了十年的荣华富贵，活到六十一岁，在当时已属高龄，对比其他亡国之君，也算是难得了。更重要的是，整个吴越钱氏因钱俶之功得以保全，子孙世代显贵，成为望族。源远流长的家风，使得家族门楣在后世益发光大，涌现出钱玄同、钱钟书、钱学森、钱伟长、钱三强等一大批近现代名人，这是对钱镠、钱俶祖孙以吴越人民生命福祉为重、以自己家族尊荣虚名为轻的执政理念所给予的最好回报。

| 还乡歌 |

朱温为了笼络钱镠，将他的家乡临安县升格为安国衣锦军，好让他衣锦还乡、炫耀一番。钱镠自然领情，回乡祭祖，大宴乡亲。钱镠很欣赏诗人，自己也会作诗。席间，他诗兴大发，端着酒杯站起身来，吟出一首《巡衣锦军制还乡歌》：

> 三节还乡兮挂锦衣，碧天朗朗兮爱日晖。
> 功成道上兮列旌旗，父老远来兮相追随。
> 家山乡眷兮会时稀，今朝设宴兮觥散飞。
> 斗牛无孛兮民无欺，吴越一王兮驷马归。

大家对这首诗的风格一定觉得似曾相识。我们来对比一下汉高祖刘邦回老家沛县时所做的千古名篇《大风歌》：

> 大风起兮云飞扬，
> 威加海内兮归故乡，
> 安得猛士兮守四方！

钱镠在诗中罗了一堆"兮"字，显然是效仿《大风歌》的节奏，可见其志不小。但大老粗刘邦的《大风歌》用字浅白，而钱镠的《还乡歌》太过阳春白雪，乡亲们都听不懂，面面相觑，无人喝彩。钱镠一看冷场了，心中老大无趣。但他既能纵横吴越，自是才智过人，立刻改用乡音高唱出一个下里巴人版的《还乡歌》：

> 你辈见侬底欢喜？
> 别是一般滋味子。
> 永在我侬心子里！

一曲歌罢，满座叫好，彩声雷动。钱镠仰天大笑，举杯一饮而尽，和父老们宴乐终夜，直至天明方才尽欢而散。

| 陌上花 |

钱镠的原配夫人是临安县里一位贤惠的农家姑娘，前半生一直跟随丈夫南征北战、担惊受怕。钱镠封王后，夫人自然成为尊贵的王妃，但在每年的岁尾，都要回乡下娘家住一段时间，陪伴年迈的双亲过年，开春后再回到杭州城。钱镠身边虽然年轻貌美的姬妾甚多，但依然与结发妻子鹣鲽情深。有一年初春，他走出宫门，望见西湖堤岸和田间小路边已是繁花盛开、姹紫嫣红，想到王妃回娘家有段日子了，顿生思念之情，便回到宫中提笔写了封寥寥数语的书信，其中有这么一句："陌上花开，可缓缓归矣。"夫人接信后，读到这情真意切、细腻入微之句，不觉恻然："王爷年纪大了，既然思念我而来信让我回去，我怎可忍心逗留呢？"当下传令随从，即日启程返回了杭州。

苏轼对百余年前钱镠治理杭州的成果钦佩有加，盛赞道："吴越地方千里，带甲十万，铸山煮海，象、犀、珠、玉之富甲于天下。然终不失臣节，贡献相望于道。是以其民至于老死不识兵革，四时嬉游，歌舞之声相闻，至于今不废。其有德于斯民甚厚。"东坡担任杭州知州时，专门去钱镠家乡临安采集民风，听到并且记录了上面这个"陌上花开"的动人故事。苏轼是性情中人，所以能将钱镠这件性情中事记述得含情脉脉。另外他还写了三首《陌上花》诗，其中一首如下：

陌上花开蝴蝶飞，江山犹似昔人非。

遗民几度垂垂老，游女长歌缓缓归。

作为地方官，苏轼一方面写下"欲把西湖比西子，淡妆浓抹总相宜"的名句，为城市旅游产业做了成功推介；另一方面，动员杭州军民疏浚西湖，并利用挖出的淤泥构筑成一道堤坝，当地百姓把它命名为"苏堤"，以纪念苏轼治理杭州的功绩，我们今天可以在其上欣赏"苏堤春晓""六桥烟柳"的绝美景色。人民的眼睛是雪亮的，像钱镠、苏轼这样真正为民办实事的执政者，不需要搞什么个人宣传，其有形无形的政绩丰碑自然会在民众心中屹立千年而不朽。

| 州难添 诗难改 |

罗隐被钱镠厚待多年的消息不胫而走，另一位诗人贯休和尚也慕名前来。贯休，俗姓姜，比罗隐年长一岁，和皎然一样，是唐朝知名诗僧。他为避中原黄巢之乱来到吴越，也像罗隐那样用诗人们的惯常招数"投诗问路"，将自己为钱镠所写的一首诗托朋友进献。钱镠听说此诗来自大名鼎鼎的贯休和尚，立刻展开诗笺，朗声读道：

贵逼身来不自由，几年勤苦蹈林丘。

满堂花醉三千客，一剑霜寒十四州。

莱子衣裳宫锦窄，谢公篇咏绮霞羞。

他年名上凌烟阁，岂羡当时万户侯？

贯休此诗豪气干云，却一点不像出自四大皆空的和尚之手，最多也就像少林寺中一心习武、荒废佛法的武僧。不过他的确有预言天赋，唐昭宗后来果然将钱镠的画像挂入凌烟阁，与开国二十四位

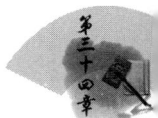

功臣并列。当时钱镠已经据有吴越十三州，再加上他的家乡安国衣锦军，可统称为十四州。读了贯休的这首《献钱尚父》，尤其是那句气冲斗牛的"一剑霜寒十四州"，钱镠不住啧啧叹赏。但他突然觉得"十四州"的气场还不够强大，无法充分体现他的宏伟志向，便对来人道："此诗甚好！你请贯休大师将其中的'十四州'改为'四十州'，便来见孤吧。"

朋友回去原话转告，不料脾气火爆的贯休一听便勃然大怒："州既难添，诗亦难改！"当即又吟出四句诗，让朋友带回给钱镠作为答复：

> 不羡荣华不惧威，添州改字总难依。
> 闲云野鹤无常住，何处江天不可飞？

贯休吟罢便收拾行囊，飘然离开浙江，远赴蜀地，从此杳无音讯。这种暴脾气与佛系毫不沾边，但胜在耿直果敢、毫无媚态，还蛮令人喜欢的。一向爱才的钱镠对于失去贯休颇为后悔，所以当又一位著名诗人皮日休穷途末路来投靠时，他立刻痛快地接纳了。

第三十五章

天街踏尽公卿骨　未老还乡须断肠

皮日休，字袭美，比罗隐小五岁，比鱼玄机大六岁，是他俩的同龄人。他自号鹿门子，又号间气布衣、醉吟先生。最优秀的作品是七绝《汴河怀古》：

> 尽道隋亡为此河，至今千里赖通波。
>
> 若无水殿龙舟事，共禹论功不较多？

诗中的汴河，便是那条引发杜牧"浮生恰似冰底水，日夜东流人不知"之叹的河流。隋炀帝征发无数民工，消耗了大量财力物力，开掘了名为通济渠的大运河，连接洛、黄、汴、泗、淮等水系，从洛阳直抵杭州。大运河在汴水那一段，习惯上也被称为汴河，所以汴河怀古即大运河怀古。唐人常反思殷鉴不远的隋朝之亡，基本上都认为隋炀帝开掘大运河穷耗民力是加速隋亡的一个重要原因，这个观点到今天仍有很多人认同。看起来，皮日休是打算为大运河翻案。

百年之利

翻案这种事情，好处是标新立异、夺人眼球，但同时要做到不悖情理却大为不易，只要功力稍微不足，必被砸得头破血流。皮日休第一句从隋亡于开掘运河的论调开篇，第二句便进行批驳。大运河使南北交通得到了显著改善，对南北方的经济联系与政治统一均有莫大好处。"千里"反映出得益的地域之辽阔，"至今"反映出造福的时间之长远，大运河的百年之利在中国古代工程中确实首屈一指。第四句甚至用大禹来做对比，以反问句式强调：大运河泽被后世的历史功绩，难道不比大禹治水更高吗？

皮日休为大运河翻案，却没为隋炀帝翻案。第三句以"若无水殿龙舟事"作为前提，而这个假设条件明显不成立。当年大运河竣工后，好大喜功的隋炀帝率众二十万人浩浩荡荡出游，自己乘坐四层高的"龙舟"旗舰，其余妃嫔、百官、侍从乘坐三层高的"水殿"大船多艘，无数大小杂船随侍，前后排出三百余里，遮蔽江面。拉船的劳工近万人，均身穿造价不菲的彩服。即使到了夜间，水陆两面依旧灯火通明，直映苍穹，其奢侈靡费在历史上罕有与其匹敌的。大禹为民治水，三过家门而不入，名垂千古；隋炀帝为一己之私而穷奢极欲，搞得民不聊生、国破身亡，遗臭万年。"玉树后庭花"的陈叔宝死后，杨广认为他荒淫无道，给他的谥号为"炀"；没想到杨广死后，李渊给他的谥号也是这个"炀"字。看来人有知人之明固然很难，有自知之明则是更难。

晚唐政治腐败，国家已经走上隋亡的老路，但一般人对于前车之鉴的感觉已日渐麻木，皮日休却很敏锐地用诗来讽谏。他后来进士及第，可一直未受重用，担任的始终是芝麻小官。黄巢造反攻入长安，建立朝廷，听说皮日休才高八斗，便封他为翰林学士，比唐僖宗识货多了。不管是主动投靠还是被动当官，反正皮日休最终接

受了，这下就成为唐朝的叛臣。黄巢败亡后，皮日休下落不明。有人说他是被黄巢所杀；也有人说他是因不容于唐廷，于是改名换姓，远逃东南，投靠钱镠，被惜才的吴越王悄悄收容在幕府之中，最后得以善终。

除了诗，皮日休还写过很多一针见血、针砭时弊的小品文，比如"古之杀人也怒，今之杀人也笑"，又如"古之置吏也将以逐盗，今之置吏也将以为盗"。鲁迅先生评价说："皮日休和陆龟蒙自以为隐士，别人也称之为隐士。而看他们在《皮子文薮》和《笠泽丛书》中的小品文，并没有忘记天下，正是一塌糊涂泥塘里的光彩和锋芒。"

花之君子

这位陆龟蒙与皮日休齐名，两人是挚友，世称"皮陆"。陆龟蒙最有名的诗作之一是《白莲》：

> 素花多蒙别艳欺，此花端合在瑶池。
> 无情有恨何人觉？月晓风清欲堕时。

诗歌感叹华而不实的人往往得到欣赏重用，朴实无华、洁身自好的人却被欺凌埋没，在默默无闻中消逝。陆龟蒙将自身的怀才不遇、孤芳自赏，都寄托于白莲身上。类似的抱怨，我们在唐诗中已经读得太多，本应产生审美疲劳，但他最后两句描写晓月当空、晨风轻拂之时，白莲花瓣即将在无人知觉中悄然坠落，意境着实凄婉唯美，可以触动人心底最柔软之处，这是此诗被称为名篇的精华所在。

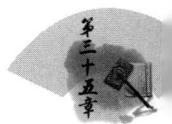

与陆龟蒙此诗相映成趣的，是刘禹锡那首牡丹花诗压卷之作《赏牡丹》。在《甄嬛传》中，认为低调会死的华妃在头上簪了一枝芍药，得意洋洋地自夸芍药鲜妍娇艳，以此讥讽皇后虽为正宫却不得宠，让口舌之功逊色的皇后很没面子。满腹诗书的甄嬛看不过眼，便吟诵了刘禹锡的这篇名作：

> 庭前芍药妖无格，池上芙蕖净少情。
>
> 唯有牡丹真国色，花开时节动京城。

　　芍药花形与牡丹相似，也是极美的观赏花卉，因其为草本，又称"没骨牡丹"；相对应地，牡丹也被称为"木芍药"。如果说牡丹是百花之王，芍药就是王者的近侍。诗歌明说芍药草本没有骨格，实则暗指它无骨气、无格调。"芙蕖"是莲花的古称，刘禹锡评价它虽然干净素雅，却缺少情韵。唯有牡丹才是国色天香，它不开则已，盛开时必定轰动京城、万众瞩目。甄嬛一方面恭维皇后的无与伦比，另一方面讥刺华妃的妖艳无格，文化人骂人不带脏字。

　　自从洛阳牡丹傲视武曌甲天下以来，刘禹锡"唯有牡丹真国色"的定调在先，罗隐"任是无情亦动人"的推波助澜在后，雍容华贵、高高在上的牡丹一直稳居百花之首。

　　但随着时间的推移，牡丹从被贬不屈逐渐演变成入世富贵的象征，比如薛宝钗的花语就是牡丹。陆龟蒙的《白莲》反映出立身高洁、不愿同流合污的人们开始从莲花中寻找精神共鸣的趋势。到了宋朝，周敦颐写出《爱莲说》："出淤泥而不染，濯清涟而不妖，中通外直，不蔓不枝，香远益清，亭亭净植，可远观而不可亵玩焉。"赋予莲花"花之君子"的崇高地位。时至今日，夏莲、秋菊、冬梅

这三种特立独行的花卉，在文化形象上均可与花王牡丹不分轩轾、分庭抗礼了。

陆龟蒙的这首《白莲》凄美柔婉，另一首名作《别离》则画风突变为慷慨激昂：

> 丈夫非无泪，不洒离别间。
> 杖剑对尊酒，耻为游子颜。
> 蝮蛇一螫手，壮士即解腕。
> 所志在功名，离别何足叹。

|城南韦杜|

温庭筠除了和李商隐齐名为"温李"，还和韦庄齐名为"温韦"。韦庄，字端己，名和字组合起来很"端庄"。他比温庭筠要小二十多岁，算是晚辈；比罗隐小三岁，比鱼玄机长八岁，他们才是一代人。他爷爷的爷爷，便是"野渡无人舟自横"的韦苏州韦应物，可谓家学渊源。

韦家从汉朝起，就已是名门望族。汉朝皇帝一般在登基后，就开始为自己营建陵寝，并在附近开发一片新的高档住宅区，将高官贵胄、名绅富户迁入其中，等皇帝驾崩葬入陵墓时，这个小区就已经发展得相当成熟了。大概皇帝觉得这样自己百年之后夜里出来走走，看见这么旺的人气也不寂寞。汉宣帝在长安城南为自己修筑陵墓"杜陵"，高官韦玄成、杜延年也把家搬到那片儿，后来发展成两大家族，世代聚居于此。韦家在有唐一代是顶级世族，出过十七位宰相，不过最知名的还是那位想学婆婆武则天当女皇的唐中宗

之妻韦后。韦家所住的那片高档住宅区，被人们称为"韦曲"。

从韦曲向东走五里，就是一群同样显赫的邻居，他们姓杜。杜家在唐代出的宰相只有八位，这一点上不及韦家，但他家的名人质量明显更高，比如"房谋杜断"中的名相杜如晦、诗圣杜甫、"小李杜"中的杜牧。杜家所居的小区就称为"杜曲"。

杜陵东南十余里有一座小陵，是汉宣帝皇后许平君的陵墓，称为"少陵"。杜甫在这一带住过十年，所以在诗中常自称"杜陵布衣""少陵野老"，后人便称他为"杜少陵"。在少陵边有一片起于韦曲的平川，汉高祖刘邦曾将其赐给鸿门宴上的猛将樊哙，因此叫作"樊川"。杜牧晚年落叶归根，住在这里的小别墅中，故后世称其为"杜樊川"。樊川杜曲有个桃溪堡，崔护那个"人面桃花"的故事就发生在这里，所以诗名《题都城南庄》。

因为城南韦杜两家在唐代极其显赫，所以时人有谚语"城南韦杜，去天尺五"，可见其贵盛颇有东晋王谢之意。中华民国大总统黎元洪下台后住在上海，青帮头子杜月笙对其非常礼敬，黎前总统的秘书长饶汉祥为此赠送了杜月笙一副对联："春申门下三千客，小杜城南五尺天。"就是从这个典故中化出来的。

| 故剑情深 |

既然提到杜陵和少陵，不得不提一提陵墓主人——汉宣帝刘询（原名刘病已）与其皇后许平君之间感人的爱情故事。汉武帝死后，霍去病的同父异母弟大将军霍光执掌朝政，辅佐年幼的汉昭帝刘弗陵。昭帝年过二十便驾崩，身后无子，霍光拥立武帝之孙昌邑王

刘贺为帝。结果这厮一步登天之后，生活放荡不堪，整天寻欢作乐、不务正业，望之不似人君。为国家前途忧心忡忡的霍光在二十七天之后废掉刘贺，这个废诚然是正确的，可就是反映出一个月前立得实在太不谨慎。霍光听说武帝的曾孙刘病已贤明，就立他为帝，是为汉宣帝。刘病已既贤且长，可见霍光立他并非为了自己的权欲，而是为了江山社稷，所以后世把霍光与曾经放逐又复立商王太甲的名相伊尹并称为"伊霍"，后世凡有权臣废立天子，都美其名曰"行伊霍之事"。

有刘贺的前车之鉴，刘询知道自己的生死存废完全决定于权势熏天的霍光，内心很是害怕。据《汉书》记载，宣帝即位后，乘坐马车去谒见祖庙，霍光同车而行，陪侍在侧，面容严峻，忧国忧民，看得宣帝感觉好像有芒刺扎在背上那样难受。这就是成语"芒刺在背"的出处。

刘询的爷爷是在"巫蛊之祸"中冤死的卫太子刘据（刘询即位后，追谥为"戾"，以表其冤屈，故又称戾太子），刘据的母亲正是大名鼎鼎的卫子夫卫皇后，舅舅是"不败由天幸"的名将卫青。刘病已刚出生数月，即逢巫蛊之祸，汉武帝宠臣江充陷害卫太子，刘据起兵失败，与母后卫子夫相继自杀。刘据的三子一女皆死，唯独襁褓中的刘病已逃过此劫。

刘病已长大成人后，娶了暴室啬夫（从事一般劳役者）许广汉之女许平君为妻。许平君温柔贤惠，在刘病已最困难的日子里与他患难与共、相依为命，让这位落魄皇孙感受到了家庭的温暖，并在成亲一年后为他生下了后来成为汉元帝的儿子刘奭（其妻王政君是中国历史上寿命最长的皇后之一）。同年，刘病已被霍光拥立为帝。

当时，几乎所有大臣都在霍光家族的威逼下，要求上表立霍光之女霍成君为后，上官太皇太后（昭帝的皇后、霍光的外孙女，中国历史上最年轻的皇后、皇太后、太皇太后）也对宣帝施加了强大的压力。就在这样的重压之下，宣帝下了一道诏书说："朕在贫微之时曾有一把故剑，现在非常怀念它，诸公能否帮朕将它找回来呢？"腿脚快的大臣赶快去找剑了，脑子快的大臣则很快通过"故剑"二字品出了这道史上最浪漫诏书的真意："皇上连贫寒时用过的一把故剑都念念不忘，这样的恋旧之人，又怎会抛弃曾经与自己相濡以沫的故贱之妻呢？"于是忙不迭地迎合上意，联名奏请立许平君为后，宣帝自然御准。这个典故就叫作"故剑情深"。

但霍光夫人一心想让女儿坐上皇后的宝座。当许皇后再度怀孕生下一个女儿之后，霍夫人命御医在滋补汤药中下毒，许皇后服用后即毒发逝世。宣帝悲痛欲绝，将她葬于杜陵南园，称为"少陵"。这个典故被称为"南园遗爱"。

霍成君如愿以偿登上皇后宝座后，飞扬跋扈、挥金如土，令宣帝心中十分厌恶。但刘询此时展现了成熟政治家的手腕，装作对霍成君及霍家百依百顺、信任有加的样子。而霍皇后自始至终没有为宣帝诞下子嗣，不知道是否与《甄嬛传》中的华妃没有子嗣原因相同。熬到霍光去世后次年，宣帝开始动手为许平君昭雪冤情，先为许父封侯，并立许平君的儿子为太子。霍光夫人对此非常恼怒，不仅寝食难安，还气急吐血。智商让人着急的她，授意霍成君毒杀太子，但太子的老师总是先试菜验毒，所以几次下手均未成功。又过了一年，再也忍不住的霍家发动政变，想让江山改姓霍，未遂而招致族灭，终于等到这一天的宣帝废掉了霍皇后，为结发妻子报了仇。霍成君在多年后自杀。与见异思迁的曾祖父武帝刘彻相比，宣

帝与许平君的故事是刀光剑影、血雨腥风的汉家历史中难得的一丝温暖，在整个中国帝王婚恋史中也是少有的一抹亮色。

而对于霍光这个权臣，后世争议不断。班固认可他的"匡国家，安社稷"之功，明代编修孙承恩也说他"赞治太平"。霍光独揽大权期间，采取休养生息的国策，奖励农桑、多次大赦，使得文景之治后被武帝的好大喜功、穷兵黩武所耗空的国力得到一定程度的恢复，这段时期加上后来的宣帝一朝，史称"昭宣中兴"，因此司马光也在《资治通鉴》里叹道"霍光之辅汉室，可谓忠矣"，"忠勋不可不祀"。然而苏轼、丁耀亢、蔡东藩等人都惋惜他忠厚有余、才智不足，司马光笔锋一转，也总结其教训道："久专大柄，不知避去，多置亲党，充塞朝廷，使人主蓄愤于上，吏民积怨于下，切齿侧目，待时而发，其得免于身幸矣，况子孙以骄侈趣之哉。"

莫还乡

王国维评价韦庄"情深语秀"，至于是哪种秀，还有进一步的分类："温飞卿之词，句秀也。韦端己之词，骨秀也。李重光（李煜）之词，神秀也。"也就是认为韦庄的成就虽不及李后主，但在温庭筠之上。

《菩萨蛮·小山重叠金明灭》是温庭筠的代表作，而韦庄同样也有一首脍炙人口的《菩萨蛮》：

> 人人尽说江南好，游人只合江南老。
>
> 春水碧于天，画船听雨眠。
>
> 垆边人似月，皓腕凝霜雪。
>
> 未老莫还乡，还乡须断肠。

此词对江南之美的描写荡人心魄，但更令人感慨的则是尾句所表达出来的无奈。相对于中原的狼烟四起、尘土灰黄，"春水碧于天，画船听雨眠"的江南无疑是人间天堂。韦庄端详酒店老板娘金镶玉那雪白的手腕也能看呆，和贾宝玉一样，是个多情种子。游子的心总是惦记家乡的，盼着能够早日归去。但这在可见的将来又是一种奢望，因为此时中原一片战乱，自己恐怕不得不在这烟雨江南待上很多年。

韦庄之所以逃出中原，可以从他的长篇叙事诗《秦妇吟》中找到答案。这位才子从年轻时就开始考进士，可是一直未能如愿。好在他的神经和孟郊同样坚强，屡败屡战的精神也是同样可嘉。所幸他是长安人，不需要进京赶考，既不用负担昂贵的路费，也免了舟车劳顿之苦。看来从古至今住在大都市里，都有额外的好处，不然你能想象为考公务员而一直当北漂的日子吗？就这样从满头青丝一直考到两鬓斑白，到了四十六岁那年，想想前辈孟郊正是这个年纪进士及第，老而弥坚的韦庄满怀期望地再次应考，却没想到这一年黄巢乱军杀入长安，倒霉的韦庄被困在了战火纷飞的都城之中。

孟子曰："天将降大任于是人也，必先苦其心志，劳其筋骨，饿其体肤，空乏其身，行拂乱其所为，所以动心忍性，曾益其所不能。"韦庄就是"是人"。他在战乱中逃出长安、来到洛阳之后，将自己在颠沛中的耳闻目睹，写成了第一人称的纪实长诗《秦妇吟》，使得自己因此跻身唐朝一流诗人的行列。诗歌通过虚拟的"秦妇"，即一位身陷长安、后来逃离的妇女之口，为我们展现了那个艰难动荡时世的各个方面。此诗篇幅长度超过《长恨歌》和《琵琶行》，是唐代最长的叙事诗，也是我国诗歌史上著名的长篇叙事诗之一。

| 秦妇吟 |

《秦妇吟》刚刚诞生就广为流传，韦庄因此被称为"秦妇吟秀才"而名满天下。但今天知道《秦妇吟》的人比知道《长恨歌》《琵琶行》的人少太多。过去的课本中的黄巢起义，是代表革命一方的贫苦农民武力反抗代表反革命一方的封建腐朽王朝，被冠以满满的正义感和使命感。但随着历史学研究的发展，我们今天首先意识到称从秦至清的这两千多年为"封建时期"是不严谨的；其次，有不少文献资料认为，黄巢是个杀人魔王。

都说历史是任人打扮的小姑娘，要想在各种文献资料中沙里淘金，更接近真实，公认靠谱的途径就是尽可能在接近当时的文献中获取信息。而《秦妇吟》正是没有时间差的现场作品。虽然我们如今对于古代妇女在战争中被当作战利品的苦难命运已经见惯不惊，但《秦妇吟》中所记录的黄巢农民军攻入长安后广大女性的悲惨遭遇，还是令人触目惊心。如果在被抢时逆来顺受，与丈夫从此一生分离，在刀枪丛中与强盗们一起吃人，那已经是最好的结局：

> 东邻有女眉新画，倾国倾城不知价。
>
> 长戈拥得上戎车，回首香闺泪盈把。
>
> ……
>
> 有时马上见良人，不敢回眸空泪下。
>
> ……
>
> 夜卧千重剑戟围，朝餐一味人肝脍。

只要有一点性格、敢于对强暴稍有反抗的女子，无不命丧黄泉、身死家灭：

西邻有女真仙子，一寸横波剪秋水。

妆成只对镜中春，年幼不知门外事。

一夫跳跃上金阶，斜袒半肩欲相耻。

牵衣不肯出朱门，红粉香脂刀下死。

南邻有女不记姓，昨日良媒新纳聘。

琉璃阶上不闻行，翡翠帘间空见影。

忽看庭际刀刃鸣，身首支离在俄顷。

仰天掩面哭一声，女弟女兄同入井。

北邻少妇行相促，旋拆云鬟拭眉绿。

已闻击托坏高门，不觉攀缘上重屋。

须臾四面火光来，欲下回梯梯又摧。

烟中大叫犹求救，梁上悬尸已作灰。

凡是女性读者，或者有女性亲人的读者，只要能稍微设身处地想一下，就能明白那样的人间地狱对一个人、一个家庭意味着什么。一场彻底的烧杀抢掠之后，长安城变得满目疮痍，满街尸骨无人收葬：

家家流血如泉沸，处处冤声声动地。

……

长安寂寂今何有？废市荒街麦苗秀。

……

昔时繁盛皆埋没，举目凄凉无故物。

内库烧为锦绣灰，天街踏尽公卿骨。

就在这首诗中，韦庄借一位虚拟的"新安老翁"之口，对唐朝官军的表现也进行了如实记录：

千间仓兮万丝箱，黄巢过后犹残半。

自从洛下屯师旅，日夜巡兵入村坞。

匣中秋水拔青蛇，旗上高风吹白虎。

入门下马若旋风，罄室倾囊如卷土。

家财既尽骨肉离，今日垂年一身苦。

一身苦兮何足嗟，山中更有千万家。

韦庄揭露了朝廷官军在对民众财物的掠夺方面丝毫不逊于农民军，或者说有过之而无不及。如果对官军的描写是真实的，对黄巢军队的描写自然也是可信的。他并没有像现在那些批驳他的人一般，为特定的一方辩解什么来换取荣华富贵，而是将所见所闻都尽量客观地记录下来，对人的生命充满了悲悯之情。这种翔实、客观和悲悯，使得《秦妇吟》成为一首伟大的诗作。

读者从中可以发现，唐朝的覆亡是统治者为政糜烂的咎由自取，而农民起义也不过是贫苦人活不下去时的揭竿而起，成功后进城便抢钱抢女人，想当官的当官，想当皇帝的当皇帝，换一拨人上台搞腐败而已，自古皆然：

还将短发戴华簪，不脱朝衣缠绣被。

翻持象笏作三公，倒佩金鱼为两史。

朝闻奏对入朝堂，暮见喧呼来酒市。

在这里，我们只看到人性的自私、贪婪和残忍，看到一群人想取代另一群人，却看不到所谓的"推动历史进步"的高大上意义。一个巨变时代中的乾坤反覆、生灵涂炭，在《秦妇吟》中尽皆体现。如此宏伟壮阔的画面，即使杜甫、白居易也未能创造过。

正因为对朝廷官军行为的忠实记录，和"天街踏尽公卿骨"这种权贵阶层的悲惨下场的写实，《秦妇吟》在当时就不受高层待见。韦庄年老后，投奔西川节度使王建，担任掌书记。在朱温篡唐建梁后，他劝说王建在成都自立为帝，并为之担任宰相。而当年黄巢军进攻长安时，与之作战的唐朝将领中就有这位前蜀皇帝王建，他的部队在抢掠民宅方面业绩斐然，所以韦庄后半生很讳言这首得意之作，担心领导看了不高兴，在自己的作品集《浣花集》中也不敢收录，导致该诗从中国诗歌史上匪夷所思地消失了一千多年，从宋至清，人们徒知其鼎鼎大名，而不见其文字。直到 20 世纪初，一批珍贵文物被发现于敦煌石窟，其中竟有这首失传已久的《秦妇吟》，真让人不禁要仰天长叹，感谢上苍！

┃台城空┃

韦庄在江南躲避黄巢之乱的战火，客游金陵时写下了怀古诗《台城》，这是入选了课本的佳作：

> 江雨霏霏江草齐，六朝如梦鸟空啼。
>
> 无情最是台城柳，依旧烟笼十里堤。

台城原是三国时东吴的后苑城，东晋成帝在此基础上将其营建成宫城。从东晋到宋、齐、梁、陈，台城一直是代表南朝中央政府的尚书台和皇宫的所在地，是政治中心。侯景之乱中，四度出家的神人梁武帝萧衍被困，饿死在台城。隋军灭陈时，也是在台城的景阳宫井中活捉了陈后主和他的宠妃，所以台城是一个很有故事的地方，历代诗人来到金陵，都免不了到此参观游览一番，写点儿凭吊抒怀的文字。韦庄来到台城时，这里已经沧海桑田、破败不堪，他

却不直接描写台城的衰残，转而描绘周围一片烟雨蒙蒙、柳浪闻莺的江南美景。但一个"空"字，就写尽了台城的萧瑟之状，"无情"二字更是点睛之笔。草木本是无情，但柳树在中国文学作品中一直是"有情"的意象代表，比如韩翃的"依依章台柳"。现在韦庄瞻仰前朝遗迹，别有用心地去指责台城历经六朝的老柳树"无情"，希望表达的深意是：只怕今日自己凭吊台城，数百年后他人凭吊长安，心中亦满是"后人而复哀后人"的亡国预感。不幸的是，这个预感很准，韦庄写下此诗二十四年之后，亲眼见证了唐朝的灭亡。

黄巢之乱被平定后，韦庄从江南回到长安，再次参加科举，在五十九岁时终于中了进士，担任校书郎。如果按照现在男性六十岁退休的政策，韦进士只怕刚熟悉工作，就得结束职业生涯了。从这个例子中，我们就能理解赵嘏那句"太宗皇帝真长策，赚得英雄尽白头"。假设年轻时的韦庄能够穿越时间，预见自己在什么年纪才能考中进士的话，前面那将近四十年的时间就可以放轻松。和他比起来，我们今天的高考复读生所经受的心理煎熬，那都不叫事儿。

|赵倚楼|

赵嘏，字承佑，和杜牧的年纪差不多。他娶了一位貌若天仙的美姬，对其宠爱有加，赴长安考进士时本想带着同去，但老母亲怕影响他考试，没有同意，这与很多国家的足球队主教练在参加世界杯时不准球员带女朋友同行的道理相同。爱姬在中元节去鹤林寺烧香，正好被当地权势熏天的浙帅看见，当场便强抢而去。第二年春天，赵嘏在长安进士及第，这个不幸的消息也从家乡传来。读书人无兵无权，无可奈何，只能写一首绝句寄给浙帅：

寂寞堂前日又曛，阳台去作不归云。

当时闻说沙咤利，今日青娥属使君。

这里引用了前文所讲的番将沙咤利强抢韩翃爱妻柳氏的故事。浙帅见了赵嘏的书信，不知他将来会在朝廷里爬到多高的位置，心想没必要为了一个女子与新科进士结仇，便派人将美姬送到长安还给他。赵嘏在返回浙江省亲的途中经过横水驿站时，只见对面来了一队花轿人马，吹吹打打，排场很大，就好奇地问他们是什么人，对方回答："我们是奉浙帅之命，护送新科进士赵承佑的娘子入京团聚。"美姬听到夫君的声音，失声相唤。赵嘏连忙揭开轿帘，两人抱头痛哭。女子越哭越伤心，哭着哭着，声音越来越小，竟然就此溘然长逝。赵嘏没想到这一见竟成永诀，只能悲痛欲绝地将爱姬安葬在横水之滨。乱世佳人，多不免红颜薄命，令人一掬同情之泪。赵嘏回到家乡后，登上江边小楼，想起去年携手同游之人已经天人永隔，赋得一首《江楼感旧》：

独上江楼思渺然，月光如水水如天。

同来望月人何处？风景依稀似去年。

赵嘏最著名的诗作是《长安秋望》：

云物凄凉拂曙流，汉家宫阙动高秋。

残星几点雁横塞，长笛一声人倚楼。

紫艳半开篱菊静，红衣落尽渚莲愁。

鲈鱼正美不归去，空戴南冠学楚囚。

杜牧非常欣赏赵嘏这句"长笛一声人倚楼"，所以称他为"赵倚楼"。能得到杜牧的称赞，可是件很不容易的事情。这里的"鲈鱼"是中国历史上一个脍炙人口的典故。西晋的张翰，字季鹰，性格

旷达、放纵不拘。他在长安为官时，有一年秋风初起，突然思念家乡苏州的时令美味莼菜羹、鲈鱼脍，就对身边人叹息道："人生贵在适志，何能羁宦数千里以邀名爵乎？"当即便辞官而归。其实那话多半是说给别人听的，真实原因是他见晋室祸乱方兴，没必要贪恋富贵，冒险留在政治旋涡中心，不如全身远祸。对比在八王之乱中或死或囚的无数名士，张翰实为智者。后人就多用"莼菜鲈鱼之思"来作为辞官归乡的理由。本人初到江南时，在饭店见菜单上有一道"莼菜羹"，就毫不犹豫地点了，尝之果然鲜美，有文化的韵味在其中。

第三十六章

芙蓉生在秋江上 一片伤心画不成

　　韦庄、罗隐与韩偓被称为唐末诗坛的"华岳三峰"。韩偓，字致光，比韦庄小六岁，在三人中最年轻。他写的多是艳词丽句的"香奁诗"，其中一首《懒起》、一首《偶见》（又名《秋千》），后来都被李清照点铁成金，我会在本书的姊妹篇《宋词一阕话古今》中说到。还有一首《寒食夜》比较别致：

　　　　恻恻轻寒翦翦风，小梅飘雪杏花红。

　　　　夜深斜搭秋千索，楼阁朦胧烟雨中。

　　韩偓童年时有件趣事很值得一提。他十岁时和家人一起为姨夫送行，即席赋诗一首，词句颇有老成之风，令得满座惊叹。小孩子的诗虽然不错，其价值也没高到能被记录下来、让千年之后的我们欣赏一番的地步。但他姨夫为此而写的赠答诗倒是流传至今：

　　　　十岁裁诗走马成，冷灰残烛动离情。

　　　　桐花万里丹山路，雏凤清于老凤声。

　　这首诗名为《韩冬郎即席为诗相送因成二绝》，冬郎是韩偓的乳名，而这位姨夫就是李商隐。韩偓的母亲和李商隐的妻子王氏夫人乃是同胞姐妹。我第一次见到此诗，还是《红楼梦》中北静王向贾政夸赞宝玉时说的"令郎真乃龙驹凤雏。非小王在世翁前唐突，将来'雏凤清于老凤声'，未可量也"。这句诗可用来非常雅致地赞扬别人家的孩子青出于蓝而胜于蓝，貌似拔高孩子，实则暗夸父亲，是效果极佳的恭维语，大家记着，肯定会有用。

| 郑鹧鸪 |

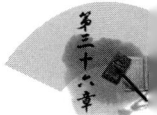

和李商隐一样独具慧眼、能够从娃娃中认出潜在诗人的，还有诗评家司空图。他著有中国文学批评史上的名篇《二十四诗品》，推崇的"诗家之景，如蓝田日暖、良玉生烟"被李商隐化入代表作《锦瑟》之中。司空图曾与永州刺史郑史同住在一个干部大院里，见郑史七岁的儿子聪明颖悟，居然像骆宾王一样能作诗，很是喜欢，有一天就问这孩子："你读过我写的诗吗？"孩子乖巧地点头："读过。"司空图故意逗他："那你认为写得如何呢？"孩子老气横秋地表扬道："您的《曲江晚望》里有一句'村南斜日闲回首，一对鸳鸯落渡头'，我觉得很有深意。"司空图一听，惊讶得眼珠都差点弹出来，不禁爱惜地抚摸着孩子的脊背道："你将来必在文坛上独领一代风骚啊！"这个被司空图寄予厚望的孩子，名叫郑谷，他长大后，果然没有让司空叔叔失望。

因为郑谷的故事比较多，让我们先看看司空图的一位好友崔道融。他有一首生动的《溪居即事》：

篱外谁家不系船，春风吹入钓鱼湾。

小童疑是有村客，急向柴门去却关。

崔道融更有名的作品，是借着《甄嬛传》而被广为人知的《梅花》：

> 数萼初含雪，孤标画本难。
>
> 香中别有韵，清极不知寒。
>
> 横笛和愁听，斜枝倚病看。
>
> 逆风如解意，容易莫摧残。

甄嬛在倚梅园用卓文君的那句"愿得一心人，白头不相离"许下心愿，但转念一想，这在孤寂深宫之中纯属痴心妄想，不由长叹一声，唯愿"逆风如解意，容易莫摧残"。这里的"逆风"，在有的版本中作"朔风"，即北风。寒冷的北风如果能够理解梅花出尘傲世的孤标心境，就请不要再轻易摧残她了。结果这句诗被皇帝偶然听见，觉得她与众不同，大感兴趣。树欲静而风不止，从此甄嬛就被卷入后宫争斗的激流漩涡之中。

让我们回到被司空图寄予厚望的郑谷。郑谷，字守愚，是钱镠的同龄人，成名作是《鹧鸪》：

> 暖戏烟芜锦翼齐，品流应得近山鸡。
>
> 雨昏青草湖边过，花落黄陵庙里啼。
>
> 游子乍闻征袖湿，佳人才唱翠眉低。
>
> 相呼相应湘江阔，苦竹丛深日向西。

鹧鸪是产于我国南方的鸟类，人们将其"咿呀咯咯"的鸣叫声拟音为"行不得也哥哥"，用以表示行路的艰难，同时也表达了对离别的伤感惆怅。郑谷是江西人，对于鹧鸪很熟悉。当时已经有《鹧鸪曲》流行，此曲反映离人思乡。望穿秋水的闺中女子一唱便

低眉神伤，漂泊流离的游子征夫一听则潸然泪下，可谓高楼怨妇相思曲、天涯游子断肠歌。"湘江阔"和"日向西"的幽冷景象，使鹧鸪之声越发凄凉。诗虽尽而意无穷，沉甸甸的乡愁直压人心。

这首《鹧鸪》一问世就广为传唱，人们因此称郑谷为"郑鹧鸪"。有一次，他参加酒宴，主人特意安排歌手演唱该诗，以此向他致意。郑谷即席赋诗一首作为答谢：

> 花月楼台近九衢，清歌一曲倒金壶。
> 座中亦有江南客，莫向春风唱鹧鸪。

意即请你不要再唱《鹧鸪》了，否则又要让我们这些南方人想家啦。结果这首《席上贻歌者》也大受欢迎。《红楼梦》里林妹妹曾试探宝哥哥："水止珠沉，奈何？"翻译出来就是："要是我死了，你怎么办？"宝玉坚定地回答说："禅心已作沾泥絮，莫向春风舞鹧鸪。"翻译出来就是："你若死了，我就出家为僧，即使听到鹧鸪叫也不会想家。"前一句摘自北宋著名僧人道潜的《口占绝句》，后一句就用了郑谷的这句诗。

"郑鹧鸪"的名头太响亮可能并非好事，反而掩盖了郑谷其他佳作的光芒。其实他有一首送别诗《淮上与友人别》，写得感人肺腑：

> 扬子江头杨柳春，杨花愁杀渡江人。
> 数声风笛离亭晚，君向潇湘我向秦。

诗歌通过春色、杨花、风笛、离亭、日暮这一系列令人伤感的事物，对离别之情进行反复渲染，使人对即将到来的漫长寂寞旅程更觉凄凉。佛教认为，爱别离是人生八苦之一，南朝江淹在其《别赋》中写道："黯然销魂者，唯别而已矣！"此句太过淋漓尽致地说出了所有经历过离别的有情人的内心感受，所以后来江郎才尽了。杨过一想到与小龙女的生离死别，了无生趣之下使出的黯然销魂掌，能使战斗值翻番，瞬间完胜功力本在伯仲之间的金轮法王。郑谷此诗中的"杨"字、"向"字均有重复，原应避免，但他似乎觉得这个重复不但不显累赘，反而更出味道，所以坚决重复，真是艺高人胆大。

| 一字之师 |

大唐是一个"全民诗人"的朝代，文官大臣之中盛产诗人并没什么稀奇，有意思的是：不但皇帝（比如唐宣宗李忱）是诗人，女皇也是诗人；不但反贼（黄巢）是诗人，平叛的（比如郑畋）也是诗人；不但道姑（比如李季兰）是诗人，好几位和尚也是诗人。贾岛这样的假和尚不作数，真正的诗僧除了前文提到的皎然和贯休，还有一位在清代才子纪晓岚看来堪称唐朝第一诗僧的齐己。而这位齐己，曾经拜郑谷为师。

齐己的诗作《剑客》极有特色：

> 拔剑绕残尊，歌终便出门。
> 西风满天雪，何处报人恩？
> 勇死寻常事，轻仇不足论。
> 翻嫌易水上，细碎动离魂。

"尊"现在一般写作"樽"，就是"金樽清酒斗十千"中那个装酒的容器。这位剑客的豪情借酒兴而发，拔剑起舞，慷慨高歌，一曲歌罢即出门扬长而去。"终"字后紧接"便"字，豪迈之情跃然纸上。门外"西风满天雪"说明行路艰难，更反衬出剑客一往无前的英雄气概。

当年燕太子丹和众宾客在易水之滨送别即将入秦行刺秦王的荆轲，高渐离击筑，荆轲和而高歌："风萧萧兮易水寒，壮士一去兮不复还！"歌声高亢激越，座中宾客无不被感动、激励得双目流泪、怒发冲冠。这是中国历史上著名的悲壮离别场面，而剑客居然嫌荆轲的反复悲歌过于细腻感伤。用众人敬佩的荆轲来做反衬，可谓别出机杼，更显出主人公的刚猛豪侠。在这首诗里，看得出肝胆照人、不畏死难、士为知己者死的豪气干云，却看不出和尚该有的心如止水归禅寂，比贯休的诗作更不像出自僧人之手。莫非这位齐己是像花和尚鲁智深一般被迫出家，身在佛门，心在江湖？

齐己久闻郑谷的大名，便带着自己的诗作登门拜谒，向前辈讨教。郑谷翻开诗卷，读到齐己早年时的成名作《早梅》：

> 万木冻欲折，孤根暖独回。
>
> 前村深雪里，昨夜数枝开。
>
> 风递幽香出，禽窥素艳来。
>
> 明年如应律，先发望春台。

郑谷微笑道："梅开'数枝'的话，就已经不早了，不如改用'一枝'，似乎更佳，不知大师以为如何？"齐己在整首诗中本来正是对"昨夜数枝开"一句最为得意，现在仔细一推敲，不禁对郑谷肃然起敬，当即恭恭敬敬地拜倒下去："先生真是贫僧的一字之师也！"郑谷这个"一字师"的盛名便在士大夫之中不胫而走。后来"一字之师"成为成语，一直沿用至今。

科举黑幕

虽然郑谷的水平这么高，其科举之路却很不顺利。他年方弱冠就开始考进士，拼了十六年还是一无所获。唐代几乎每年都开进士科，每次录取二三十人，这十六年来，至少有三百人登科。以郑谷的卓绝才华，再加上父亲是中层官员的并不寒酸的家世，三百人及第都轮不到他，可见录取之不公，取士已经完全被高层权贵所把持。直到黄巢攻入长安，许多世家大族遭受灭顶之灾，原有的格局被打乱，三十六岁的郑谷才考中进士，而此时距离唐朝的覆亡只剩下二十年。盛唐诗人，如李白、杜甫、王维、王昌龄、高适等人的命运都是被安史之乱改变，而晚唐诗人的命运则是被黄巢之乱改变。

现在已经接近唐朝的尾声，根据前文这么多诗人参加科举的悲喜剧故事，可以小结一下唐代的进士录取规律了，就是不仅要看考试成绩，更需要有权贵或知名人士的推荐。因此考生纷纷奔走于公卿名流门下，向他们投上自己的代表作以求得推荐，这被称为"投行卷"。投行卷确实能使有才华的人崭露头角，以免在考场发挥失常，被主考官疏忽遗漏。例如王维向玉真公主投的行卷、白居易向顾况投的行卷，都起到了良好效果。但这种风气也为提前找枪手弄虚作假、欺世盗名大开了方便之门。而且从吴武陵推荐杜牧的故事中看出，进士大多是事先内定，里面自然会有很大的权力寻租空间。除非主考官的个人修养极高，将自己的名节看得比眼前利益更重要，否则考场腐败难以避免。即使对于少数难以用利益打动的人，还有很多公关的方法，比如好友的情面、上司的压力、美色的诱惑等。

进士的录取与否，能决定很多人一生的命运。关系如此重大，如果其监督仅仅建立在考官的自我修养和道德约束上，肯定是没有

前途的。所以自隋唐开科取士以来，投卷之风使得徇私舞弊的现象愈演愈烈，公平指数一路下挫；到了唐末，进士考试的公信力已经荡然无存。此外，这种请托和录取之间的人情往来，已经发展到了朋党勾结的地步，晚唐为害四十余年的牛李党争就和科举考试的不公正有诸多关联。

有鉴于此，宋代对科举采取了相应的改进措施，比如实行"糊名制"。所谓的"糊名"，就是将考卷上的考生姓名和籍贯密封起来。但是糊名之后，熟人之间还是可以认得笔迹，不熟悉的人也可以约定在考卷的特定地方用特定字词来作为记号，所以后来又规定另派专人将考生的答卷改变格式，抄录一遍，这下考官不仅不知道考生的姓名，连字迹、暗号都无从辨认了。制度的改进，对于防止考官徇情取舍产生了很大效力，这就是从制度设计层面将权力寻租的漏洞堵死，而不是去相信人的自觉性在利益诱惑或压力威逼面前可以永放光芒。

虽然晚唐朝廷一直宣称当时的科举黑幕只是源于少数官员的堕落，但明眼人都看得出，这是制度的腐败。许多诗人对此发出了强烈的质疑，其中胡曾、罗隐、高蟾等人都有相关诗作流传下来。胡曾在其《下第》诗中讥刺道"上林新桂年年发，不许平人折一枝"，这是抱怨平民通过进士考试成为"新贵"的上升通道已经被顶层权贵完全堵死了。罗隐的《黄河》一诗中则有"解通银汉应须曲，才出昆仑便不清"之句。古诗词中的"银汉"常指代朝廷或君主，表面上说通天的黄河蜿蜒曲折，实际是嘲讽科举考试中各种见不得人的手段和勾当。古人认为黄河从昆仑山发源，"才出昆仑便不清"意即从源头上就是混浊的，矛头竟敢直指最高统治者，罗

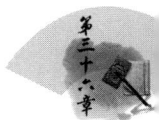

隐的刚直令人肃然起敬，同时也让当政的权贵十分忌恨。两首诗均以讽刺为主，是指向糜烂时事的匕首和投枪，但在艺术性上并非绝佳，这方面最杰出的诗作来自高蟾。

| 不怨东风 |

高蟾是郑谷很敬重的好友，出身于贫寒之家，不但天资聪颖，而且气节高尚。曾有人想用千金来资助他，被他断然拒绝，说即便饿死也不能接受不明不白的礼物，时人都很钦佩他的光明磊落。虽然高蟾相信命运不靠别人施舍，而是掌握在自己手中，但他参加进士考试也是一再受挫，年年都名落孙山。在连续十年落第后，高蟾写了一首诗向侍郎高骈投行卷，而这首诗终于改变了他的人生。

说起这位高骈，是一位成功收复交趾、多次重创黄巢的名将，也是一位忧国忧民的诗人。在他的诗作《对雪》中，可以看出其当年的胸怀：

> 六出飞花入户时，坐看清竹变琼枝。
> 如今好上高楼望，盖尽人间恶路歧。

可惜高骈逐渐变得不思进取，优游度日。在黄巢之乱烽火燎原、唐王朝大厦将倾的危急时刻，他还写得出《山亭夏日》这样的悠闲之作：

> 绿树阴浓夏日长，楼台倒影入池塘。
> 水晶帘动微风起，满架蔷薇一院香。

单就诗歌的文学性来说，此诗臻于一流。可惜从黄巢进攻长安、攻陷长安到此后朝廷收复长安的数年间，作为坐镇淮南的封疆大

吏，他居然不敢出一兵一卒勤王，只一味地拥兵自保，毕生的功名、诗名皆毁之一旦。但在高蟾向他投行卷时，高骈的人生还是积极向上的。高蟾递上的这首诗是《下第后上高侍郎》：

> 天上碧桃和露种，日边红杏倚云栽。
>
> 芙蓉生在秋江上，不向东风怨未开。

"天"和"日"象征皇帝，"露"寓意皇恩浩荡，"云"则指青云直上高天，"碧桃"和"红杏"比喻原本就接近皇权的权贵后代们。高蟾则自比江边秋季绽放的芙蓉，无须向东风（指春风）抱怨，因为属于自己的季节还没有来到。诗里有和胡曾、罗隐一样对权贵的讽刺却不只这么单薄，还有不屑与之比肩的孤高，更有请人拭目以待的自信，含意丰富，层出不穷。即使是讽刺，用以比喻的事物也优雅节制，很有孔夫子评价《诗经·国风·关雎》"乐而不淫，哀而不伤"的味道，使得整首诗的格调出类拔萃。

高骈越品味此诗，越是惊叹于自己这位本家的才华，从心里感到实在不应埋没了他，于是向王公大臣们极力举荐。公卿们读了此诗，也认为高蟾似乎守素安常，不像罗隐那样恃才傲物而令他们感觉到威胁和不快。于是在第二年，高蟾终于进士及第，"十年寒窗无人问，一举成名天下知"。

《红楼梦》第六十三回中，三姑娘探春掣的签上乃是一枝杏花，题着"瑶池仙品"四字，附的便是这句"日边红杏倚云栽"，小字注云"得此签者，必得贵婿，大家恭贺一杯，再同饮一杯"。我们从诗意可以看出，曹雪芹在暗示探春将来会和亲远嫁。

欧阳修在《明妃曲》里为王昭君叹息"红颜胜人多薄命，莫怨东风当自嗟"，明显是从高蟾"不向东风怨未开"之句化来。就在

宝钗掣了牡丹签、探春掣了杏花签之后，一向不甘落于人后的黛玉一边默默想着"不知还有什么好的被我掣着方好"，一边伸手掣了一支签，正是高蟾的形象代表芙蓉花，上题"风露清愁"四字，附诗就是欧阳修这句"莫怨东风当自嗟"，小字注云"自饮一杯，牡丹陪饮一杯"。连百花之王牡丹也要陪饮，看来在曹雪芹的心目中，芙蓉的地位与牡丹至少也是不相上下的。姐妹们都笑说"这个好极！除了她，别人也不配做芙蓉"，黛玉性格孤高，见掣得芙蓉，甚合心意，微笑不语。

| 金陵图 |

高蟾还有一首艺术成就也非常高的诗作《金陵晚望》：

> 曾伴浮云归晚翠，犹陪落日泛秋声。
> 世间无限丹青手，一片伤心画不成。

吴、东晋、宋、齐、梁、陈一连六个南方政权定都金陵，所以金陵被称为六朝古都。但这六个小朝廷的大部分君主昏庸无能，所以均历时不久就被长江后浪推前浪了。在金陵怀古，内容多是凭吊这几个既衰弱又短命的朝代，尤其是在落日、晚翠的时间点上。再看大唐也是日薄西山，好不教人黯然神伤。浮云、落日是有形之物，还能被画出来；而"一片伤心"的抽象感情，纵有丹青妙手也难以描绘，"画不成"三字将伤心之深抒发得淋漓尽致。

当时有位画家读了高蟾此诗，对其中情怀深表赞赏的同时，却对"画不成"这三字很不服气，觉得诗人跨界挑战了画家的专业能力，就精心描画了六幅南朝史事彩绘《金陵图》。才子韦庄仔细观摩之后，为之写下《金陵图》一诗：

谁谓伤心画不成？画人心逐世人情。

君看六幅南朝事，老木寒云满故城。

　　谁说"伤心"是画不成的呢？不过因为一般的画家都迎合世人心理，不愿画真实却凄凉的事物，而只去画那些粉饰太平的东西罢了。请看这六幅《金陵图》，古木枯萎、寒云笼罩，一派凋敝映出六朝之衰败，看后怎不令人伤心？高蟾感叹"一片伤心画不成"，韦庄说"谁谓伤心画不成"，形式上看似反驳，实质上遥相呼应，要表达的伤心之情一脉相承、异曲同工。这两位都是站在王朝末尾的敏感诗人的代表，眼看国家危机四伏，正无可挽回地走向崩溃，满怀忧虑却无计可施，只能借怀古而哀叹。

　　千年之后的今天，我们回首大唐，那个中国历史上武功强盛、文化繁荣、心态自信的伟大朝代，不得不使人悠然神往、午夜梦回。将近三百年间，在这样优越的环境中养育出的天才诗人们如同耿耿星河，让我们在仰望中目眩神迷。然而正如《三国演义》开篇的第一句话所说，天下大势是合久必分，分久必合。历史的规律不因人的伤感而改变，王朝败亡的旧事最终在唐朝照样重演。朱温篡唐之后，中国进入五代十国的分裂乱世，后梁、后唐、后晋、后汉、后周如走马灯般你方唱罢我登场，朝代的更迭令人目不暇接。要等到赵匡胤建立宋朝，中国才会进入新的伟大时代，而下一轮璀璨群星又将相继横空出世。

　　宋词与唐诗是中国诗歌史上并峙的巍峨双峰，而宋诗的光芒虽然被宋词所超越，却依然因以陆游为代表的两宋文人而光彩熠熠。宋朝以其无与伦比的开明、宽容和优雅，缔造了中国古代文化史上最后的辉煌。

附 录

|唐朝历代皇帝年表|

高祖 李渊（566-635），唐朝开国皇帝。玄武门之变后，被迫将皇位传给次子李世民。618-626 年在位，共 8 年。病逝，享年 69 岁。

太宗 李世民（599-649），开创了著名的"贞观之治"。626-649 年在位，共 23 年。病逝，享年 50 岁。

高宗 李治（628-683），太宗第九子，立先王才人武媚娘为后。649-683 年在位，共 34 年。病逝，享年 55 岁。

（武周）圣神皇帝 武曌（624-705），太宗才人、高宗皇后。中国历史上唯一一位女皇帝，690-705 年在位，共 15 年。病逝前发遗诏去帝号，称"则天大圣皇后"，享年 81 岁。

中宗 李显（656-710），武则天第三子。684-684 年、705-710 年，两度在位，中间为武则天所废。被皇后韦氏和女儿安乐公主毒杀，享年 54 岁。

殇帝 李重茂（694-？），中宗幼子。中宗被毒杀后，韦后扶时年十六岁的李重茂即位。一个月后韦后被杀，太平公主和李隆基联合废掉李重茂，并将其赶出长安，后事不详。

睿宗 李旦（662-716），武则天第四子。684-690 年、710-712 年，两度在位，中间让位于母后武则天；后让位于子李隆基，称太上皇。病逝，享年 54 岁。

玄宗 李隆基（685-762），睿宗第三子，亦称"唐明皇"。立儿媳杨玉环为贵妃。712-756 年在位，共 44 年。在位前半段缔造"开元盛世"，后半段纵容出"安史之乱"，唐朝由盛转衰。病逝，享年 77 岁。

肃宗 李亨（711-762），玄宗第三子。安史之乱中自立为帝，尊玄宗为太上皇。756-762 年在位，共 6 年。病逝，享年 51 岁。

代宗 李豫（726-779），肃宗长子。762-779 年在位，共 17 年，"大历十才子"涌现于此朝。病逝，享年 53 岁。

德宗 李适（742-805），代宗长子。779-805 年在位，共 26 年。在位前期颇有一番中兴气象；后期任用宦官、加重民负，导致民怨日深。病逝，享年 63 岁。

顺宗 李诵（761-806），德宗长子，是唐朝位居储君时间最长的太子。805-806 年在位，时间不足 200 天，后让位于子。在位期间采取了一系列改革措施，史称"永贞革新"，但终告失败。病逝，享年 45 岁。

宪宗 李纯（778-820），顺宗长子。805-820 年在位，共 15 年。

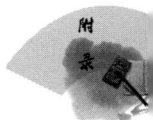

在位前期励精图治，重用贤良，改革弊政，史称"元和中兴"；后期日渐骄奢，追求长生不老，不善其终。牛李党争从宪宗朝开始。最后被宦官所杀，时年42岁。

穆宗 李恒（795-824），宪宗第三子。820-824年在位。在位期间耽于宴游，亲佞远贤，不理朝政。此时朝中牛李党争日炽，朝外藩镇日甚。服丹药致死，时年29岁。

敬宗 李湛（809-826），穆宗长子。824-826年在位，即位后奢侈荒淫，痴迷马球、打夜狐。被宦官所杀，时年17岁。

文宗 李昂（809-840），穆宗第二子。826-840年在位，共14年。执政期间政治黑暗，官员与宦官争斗不断，是唐朝彻底走向没落的转型时期。文宗本人也形同傀儡，"甘露之变"后被宦官软禁，抑郁而死，时年31岁。

武宗 李炎（814-846），穆宗第五子。840-846年在位。在位时任用李德裕为相，对唐朝后期的弊政做了一些改革，对内打击藩镇和佛教，对外击败回鹘，加强中央集权，唐朝一度出现中兴局面，史称"会昌中兴"。但武宗本人崇信道教，服丹药而死，时年32岁。

宣宗 李忱（810-859），宪宗第十三子。846-859年在位，共13年。统治期间勤于政事，孜孜求治，对内结束牛李党争，对外击败吐蕃，被后人称为"小太宗"。长期服食丹药，致使病入膏肓，享年49岁。大中十三年（859年），唐末农民大起义爆发。

懿宗 李漼（833-873），宣宗长子。859-873年在位，共14年。

被宦官迎立为帝，在位期间穷奢极欲、豪宠优伶、游宴无节、好大喜功、崇信佛教。迎佛骨的当年即病逝，享年 40 岁。唐朝此时已风雨飘摇，大厦将倾。

僖宗 李儇（862-888），懿宗第五子。873-888 年在位，共 15 年。感情上依赖宦官，认其为父。被宦官伪造遗诏迎立为帝，即位后专事游戏，军政大事均交于太监之手，黄巢之乱爆发于此朝。病逝，时年 26 岁。

昭宗 李晔（867-904），懿宗第七子。888-904 年在位，共 16 年。在位期间一直是藩镇的傀儡。被朱温所弑，时年 37 岁。

哀帝 李柷（892-908），昭宗第九子。904-907 年在位，后被朱温所废，唐朝正式宣告灭亡。次年被毒死，时年 16 岁。

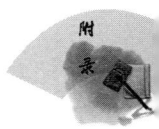

唐朝重要诗人年表

卢照邻（636-680），字升之，自号"幽忧子"，"初唐四杰"之一。

骆宾王（638-684），字观光，"初唐四杰"之一。

王勃（650-676），字子安，"初唐四杰"之一。

杨炯（650-693），"初唐四杰"之一。

宋之问（656-712），字延清，与沈佺期并称"沈宋"。

贺知章（659-744），字季真，自号"四明狂客"，与陈子昂、卢藏用、宋之问、王适、毕构、李白、孟浩然、王维、司马承祯并称为"仙宗十友"。

陈子昂（667-702），字伯玉，世称"诗骨"。因曾任右拾遗，亦称"陈拾遗"。

张说（667-730），字道济。封燕国公，与许国公苏颋并称"燕许大手笔"。

张九龄（678-740），字子寿，谥文献。唐朝韶州曲江（今广东省韶关市）人，世称"张曲江"或"文献公"，被誉为"岭南第一人"。

王之涣（688-742），字季凌。盛唐边塞诗人，常与高适、王昌龄相唱和。

孟浩然（689-740），名浩，字浩然，号"孟山人"。襄阳人，世称"孟襄阳"。山水田园派诗人，与王维并称"王孟"，与李白交好。

王昌龄（698-757），字少伯。被后人誉为"七绝圣手""诗家夫子"，与李白、王维、王之涣、高适、岑参等人交往深厚。

王维（701-761），字摩诘，号"摩诘居士"。有"诗佛"之称。曾任尚书右丞，世称"王右丞"。山水田园派诗人，同时精于音乐与绘画。与李白同岁，而无交集。

李白（701-762），字太白，号"青莲居士"，被尊为"诗仙""谪仙人"，与杜甫并称"（大）李杜"。

高适（704-765），字达夫。曾任散骑常侍，世称"高常侍"。边

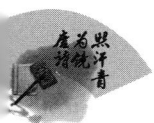

塞诗人，与岑参并称"高岑"。

杜甫（712-770），字子美，自号"少陵野老"，后世称杜工部、杜拾遗、杜少陵、杜草堂等。被尊为"诗圣"，其诗被称为"诗史"。

李季兰（713-784），名李冶，字季兰。美艳多才的道姑，与薛涛、刘采春、鱼玄机并称唐朝四大女诗人。常与刘长卿、皎然和尚等才子名流唱酬。

皎然（生卒年不详），俗姓谢，字清昼，谢灵运十世孙。著名诗僧、佛门茶事集大成者、茶文学开创者。与茶圣陆羽、书法家颜真卿、诗人韦应物等名士交好。

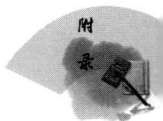

岑参（715-770），曾任嘉州（今四川乐山）刺史，世称"岑嘉州"。与王之涣、王昌龄、高适并称"边塞四诗人"。

钱起（722-780），字仲。曾任考功郎中，世称"钱考功"。被誉为"大历十才子之冠"。

刘长卿（726-786），字文房，自称"五言长城"。曾任随州刺史，世称"刘随州"。

顾况（727-820），字逋翁，号"华阳真逸"，晚年自号"悲翁"。曾对白居易戏言"米价方贵，居亦弗易"。

张志和（732-774），字子同，号"玄真子"。他的《渔父词》与张继的《枫桥夜泊》同列入日本的教科书。

韦应物（737-792），曾任苏州刺史，世称"韦苏州"。诗风淡泊清新，以善于描写景物及隐逸生活著称。

卢纶（739-799），字允言，"大历十才子"之一。

戎昱（744-800），杜甫的忘年交，中唐前期比较注重反映现实的诗人之一。

孟郊（751-814），字东野。有"诗囚"之称，与贾岛齐名"郊寒岛瘦"。与韩愈相善。

张籍（766-830），字文昌。曾任水部员外郎，世称"张水部"。其乐府诗与王建齐名，并称"张王乐府"。韩愈对其来说亦师亦友。

韩愈（768-824），字退之，自称"郡望昌黎"，世称"韩昌黎"。与柳宗元并称"韩柳"。后人尊其为"百代文宗"，为"唐宋八大家"之首。曾提携孟郊、张籍、贾岛等人。

薛涛（768-832），字洪度。唐朝四大女诗人之一，与卓文君、花蕊夫人、黄娥并称蜀中四大才女。曾与元稹相恋。

白居易（772-846），字乐天，号"香山居士"。有"诗魔""诗王"之称。前半生与元稹知交，共同倡导新乐府运动，并称"元白"。后半生与刘禹锡知交，并称"刘白"。

刘禹锡（772-842），字梦得，有"诗豪"之称。与柳宗元并称"刘柳"，与韦应物、白居易合称"三杰"。

李绅（772-846），字公垂 。与元稹、白居易交游甚密。

柳宗元（773-819），字子厚。河东（今山西运城永济一带）人，世称"柳河东""河东先生"。为"唐宋八大家"之一。

贾岛（779-843），字阆仙。有"诗奴"之称，与孟郊齐名"郊寒岛瘦"。受韩愈提携。

元稹（779-831），字微之。与白居易同科及第，共同倡导新乐府运动，终生好友，世称"元白"。

刘采春（生卒年不详），唐朝四大女诗人之一。极具影响力的伶人，深受元稹的赏识。

张祜（785-849），字承吉。杜牧的好友。

李贺（791-817），字长吉。家居福昌昌谷（今河南洛阳宜阳县），世称"李昌谷"。有"诗鬼"之称，与李白、李商隐合称为"唐代三李"。

杜牧（803-852），字牧之，号"樊川居士"，世称"杜樊川"。与李商隐合称"小李杜"。

温庭筠（812-866），字飞卿。文思敏捷，八叉手而成八韵，故有"温八叉"之称。作诗与李商隐齐名"温李"，作词与韦庄齐名"温韦"。被尊为"花间派"鼻祖。

李商隐（813-858），字义山，号"玉溪生"，又号"樊南生"。与杜牧合称"小李杜"，与温庭筠合称"温李"。

黄巢（820-884），唐末农民暴动领袖。

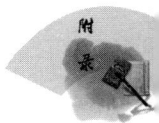

贯休（832-912），俗姓姜，字德隐。唐末五代十国时期诗僧，在中国绘画史上亦有很高声誉。

罗隐（833-909），字昭谏。史载他"十上不第"，晚年归依吴越王钱镠。

韦庄（836-910），字端己，韦应物四世孙。"花间派"代表，与温庭筠并称"温韦"。

皮日休（838-883），字袭美，自号"鹿门子"，又号"间气布衣""醉吟先生"。与陆龟蒙齐名"皮陆"。

鱼玄机（844-871），本名鱼幼薇，字蕙兰，道号玄机。唐朝四大女诗人之一，是温庭筠的学生和忘年交。

韩偓（842-923），字致光，号"致尧"，晚年又号"玉山樵人"。李商隐是其姨夫。

郑谷（851-910），字守愚。曾任都官郎中，人称"郑都官"。以《鹧鸪诗》声名鹊起，人称"郑鹧鸪"。 是侍僧齐己的"一字之师"。

齐己（863-937），俗名胡德生，晚年自号"衡岳沙门"。唐末五代十国时期诗僧。

* 本附录采用大致纪年，可能与不同资料有细微差别